Das Buch

Als Olivia nach dreieinhalb Jahren auf Bewährung aus dem Gefängnis kommt, schwört sie sich, nie wieder das Gesetz zu brechen und fortan ein ganz normales Leben zu führen. Doch mit ihrer Ausbildung als Köchin, die sie im Gefängnis gemacht hat, bekommt sie in der Freiheit keinen Job. Welcher Restaurantbesitzer stellt schon einen Ex-Häftling ein, der zudem in der gehobenen Gastronomie sein Unwesen trieb? Daher übernimmt sie kurzerhand einen Food-Truck im Bahnhofsviertel. Keine gute Idee, denn an diesem zentralen Punkt kommen irgendwann alle Gesellschaftsschichten vorbei. Auch ihre alte »Klientel«, die sie früher beraubt hat und die es selbst mit dem Gesetz nicht allzu genau nimmt. Natürlich juckt es Olivia in den Fingern, diese Leute von ihren teuren Uhren, Schmuck und Geldbörsen zu »befreien«, und sie muss immer wieder gegen ihre alten Gewohnheiten ankämpfen. Außerdem spricht sich ihr neues Business bald herum, und so tauchen ein paar kriminelle Gestalten an ihrem Food-Truck auf, die mit ihr noch eine Rechnung offen haben.

Die Autorin

Vera Morath studierte Kunst, Literatur- und Medienwissenschaften und arbeitete als Kulturmanagerin, Hörbuchlektorin und Untertitlerin japanischer Autoserien. In der Nähe ihres Wohnorts kann man von einem hohen Berg aus gleichzeitig in drei verschiedene Länder blicken. Seit 2012 ist sie als freie Autorin tätig.

Vera Morath

Fliegende Fische

Roman

Ullstein

Besuchen Sie uns im Internet:
www.ullstein-buchverlage.de

MIX
Papier aus verantwortungsvollen Quellen
FSC® C083411
FSC
www.fsc.org

Originalausgabe im Ullstein Taschenbuch
1. Auflage September 2018

Umschlaggestaltung: bürosüd° GmbH, München
Titelabbildung: www.buerosued.de
Innengestaltung: deblik Berlin
Gesetzt aus der Quadraat Pro powered by pepyrus.com
Druck und Bindearbeiten: CPI books GmbH, Leck
ISBN 978-3-548-29094-2

Fliegende Fische

In der rätselhaften Tiefe der Meere leben dort, wo absolute Dunkelheit herrscht und kein anderes Lebewesen mehr existieren kann, nicht einmal Pflanzen, wundersame Fische. Sie haben riesige Mäuler, teleskopgroße Augen und Leuchtangeln an ihren Köpfen. So sind sie gewappnet für den fortwährenden Überlebenskampf in der Tiefsee.

Mit den Leuchtangeln an ihrem Kopf gelingt es ihnen, die undurchdringliche Schwärze der Meere ein wenig zu erhellen. Dank ihrer riesigen Augen können sie das wenige Futter erkennen, das von der Nahrungskette in größeren Höhen übrig geblieben ist und nur spärlich auf den Meeresboden herababsinkt.

Um Kraft zu sparen, sperren manche von ihnen einfach ihr großes Maul auf, warten geduldig und lassen die Beute in sich hineinschwimmen.

Für eine Angelegenheit ist ihnen jedoch kein neues Organ gewachsen. In der ewigen Weite der Tiefsee treffen sie nur selten auf Artgenossen. Daher haben sie große Schwierigkeiten, einen Gefährten zu finden.

Einem menschlichen Wesen würde in dieser Tiefe, mit dem tonnenschweren Gewicht des Wassers auf dem Körper, alle Luft aus dem Leib gepresst werden. Tiefseefische gleichen den Druck, der dort unten herrscht, einfach aus. Sie haben keine Schwimmblasen, sondern bestehen selbst aus Flüssigkeit. Ihr Inneres gleicht dem Äußeren. Holt man die Fische aber gewaltsam an die Wasseroberfläche, platzen sie.

Hier, am dunkelsten aller Orte über dem Meer, habe ich versucht, mir derartige Mäuler, Augen und Angeln wachsen zu lassen, um weiterzuleben. Ich brauchte einen riesigen Mund, um mich zu behaupten. Dennoch war es manchmal auch gut zu wissen, wann ich besser still sein sollte. Ich benötigte gewaltige Augen, um Angriffe vorauszusehen, die hinter jeder Mauer lauern konnten. Diese musste ich aber oft genug auch verschließen, um nicht alles sehen zu müssen. Und mit meinen blinkenden Angeln versuchte ich, die Finsternis auszuleuchten, die mich hier ständig umgab.

Mehrfach verriegelte Türen, hohe Mauern mit Stacheldrahtrollen, ständige Vorschriften und Anweisungen, all das hat mich in eine Tiefe gepresst, in der ein menschliches Wesen nur dann unbeschadet überlebt, wenn es sich anpasst. Ich habe diesen Druck ausgeglichen, habe mich innerlich der Umgebung angepasst, um dreieinhalb Jahre der Unfreiheit zu überstehen.

Wie die bizarren Wesen der Tiefsee wurde ich dabei vielleicht ein wenig seltsam. Jeder schwimmt hier für sich. Einen Gefährten zu finden ist in dieser einsamen Gegend nahezu unmöglich.

Nun ist meine Zeit hier zu Ende. Ich frage mich, wie ich es überstehe, wenn ich an Land gespült werde und der Druck so plötzlich nachlässt.

Hoffentlich platze ich nicht.

Eins

Trimethylaminoxid.

Vom ersten Tag meiner Unfreiheit an wurde ich von Worten verfolgt.

Ich kannte dieses Phänomen vorher nicht, hielt es zunächst für eine vorübergehende Erscheinung und schenkte ihm wenig Beachtung.

Doch ich irrte mich.

Die Worte besetzten meinen Kopf, kontrollierten mein Bewusstsein, wann immer sie wollten, und ließen sich keinerlei Zensur unterwerfen. Was sie bedeuteten, war vollkommen gleichgültig. Es genügte eine Handvoll Konsonanten, und schon nisteten sie sich in meinem Gehirn ein wie hungrige Parasiten.

Trimethylaminoxid.

Selbst heute, an meinem letzten Tag, lässt mich mein aktueller Wortverfolger nicht in Frieden. Ich lenke mich mit der Vorstellung ab, die ich schon tausendmal in meinem Kopf durchgespielt habe.

Es ist mir ein wenig unangenehm, denn normalerweise bin ich nicht so sentimental. Doch meine beste Version beginnt damit, dass die Küche sich ein besonderes Frühstück für mich ausgedacht hat, vielleicht mit einem Ei oder einem frischen Brötchen. In einer Vase steckt eine kleine Margerite, die auf einer echten Wiese gepflückt wurde, das ist wichtig, nicht von einer Blumenfarm, die letztlich auch nur ein Pflanzengefängnis ist. Eine rote Papierserviette liegt auf dem Tablett. Die kleinen Aufmerksamkeiten deuten darauf hin, dass an diesem Tag alles anders sein wird.

Nach dem Frühstück kommt Karen, meine Lieblingsschließerin, und macht als Erstes einen ihrer absichtlich schlechten Witze. Zum Beispiel, dass meine Entlassung verschoben wurde. Ich tue zunächst so, als ob ich darauf reinfallen würde, und spiele Erschrecken. Dann lachen wir zusammen, und ich überreiche ihr mein Abschiedsgeschenk. Einen Delfin, den ich in den letzten Wochen in der Werkstatt geschnitzt habe. Karen möchte einmal in ihrem Leben auf den Florida Keys mit Delfinen schwimmen, das hat Sie mir einmal anvertraut. Sie wird ihn zu Hause auf ein Regal voller verstaubter Gebilde stellen. Ich werde rot und weiß nicht, wohin ich blicken soll. Wir verabschieden uns rau, aber herzlich.

Aufrecht wie eine Majestät schreite ich durch die Flure. Vereinzeltes Lachen, Sprüche. Tränen? Nein, Tränen nicht. Das würde zu weit gehen.

Draußen scheint natürlich die Sonne. Eine Woge von Glück flutet meinen Körper (wie das ist, würde ich gern wissen), als ich durch das Tor in die Freiheit trete. Satte Technicolor-Farben. Ich gehe beschwingt ins Aus. Happy End.

Dabei mag ich keine kitschigen Filme. Aber mein Abschied von diesem Ort kann gar nicht kitschig genug sein.

Trimethylaminoxid.

Es ist noch viel zu früh. Draußen ist es noch dunkel. Bald werden sie das Licht einschalten. Ich richte mich auf und setze mich an den Bettrand. An der Zellenwand hat sich eine meiner Vorgängerinnen verewigt: *Ich will endlich wieder raus!* Etwas weiter unten steht: *Ich schrie. Die Wände hatten keine Ohren.* Das ist für ein mitteleuropäisches Gefängnis ein wenig zu dramatisch, finde ich.

Es fing alles mit einer Feuchtigkeitscreme an: *Crème teintée hydratante.* Sie stand in der Untersuchungshaft auf dem kleinen Bord über meinem Waschbecken, und ich konnte sie aus fast jedem Winkel meiner Zelle sehen.

Ich saß auf dem Stuhl vor dem kleinen Schreibtisch: *Crème teintée hydratante*, ich stand am vergitterten Fenster, starrte in den steinernen Gefängnishof und drehte nur ein ganz klein wenig den Kopf: *Crème teintée hydratante*, ich ging abends zu Bett und setzte mich auf die Bettkante: *Crème teintée hydratante.*

Wo immer ich auch war, es gab kein Entkommen. Die einzige Möglichkeit war, direkt vor dem Waschbecken zu stehen und ihr den Rücken zuzukehren. Dann starrte ich auf die vollgekritzelte Wand und dachte: *Crème teintée hydratante.*

Bald erledigte sich das Problem von selbst, denn ich konnte mir die teure Crème nicht mehr leisten. Nivea ist als Wortverfolger völlig ungeeignet. Es fehlen die harten Konsonanten, die sich im Kopf einnisten könnten. *Niiveahhh.* Das gehauchte Versprechen einer Schneekönigin auf ewigen Seelenfrieden, den man im Gefängnis garantiert nicht findet.

Ich dachte, dass das ganze Wortverfolgungsproblem sich damit erledigt hätte. Aber bald wurde ich eines Besseren belehrt.

Doch das größte Problem in der Haft war die Zeit. Während die Leute draußen ständig das Gefühl haben, die Zeit sei etwas, was ihnen zwischen den Fingern zerrinnt, ist die Zeit hier drin ein zäher Teig, der sich zwischen zwei verklebten Händen immer weiter ausdehnt. Nach einer Phase der quälenden Langeweile, die auf Dauer in eine chronische Niedergeschlagenheit geführt hätte, beschloss ich, diese Zeit und mein erlahmtes Gehirn mit neuem Wissen anzufüllen.

Allerdings besaß die Gefängnisbibliothek ein seltsames Sortiment willkürlich zusammengestellter Themengebiete. Vermutlich stammten die Bücher aus diversen Nachlässen. Es gab unzählige Bildbände aus den 1970er-Jahren über die Sehenswürdigkeiten von Paris, die norwegischen Fjorde oder die unbekannten Pfade Tibets. Am Anfang machte ich den Fehler, sie auszuleihen. Bald litt ich unter einer Unzufriedenheit, die vermutlich auch Menschen hinter der Mauer gespürt haben: eine Sehnsucht nach fernen Ländern, die das Unerreichbare in einen Stand der übertriebenen Verehrung hob. Nichts schien mir auf einmal erstrebenswerter, als in das Paris der Siebzigerjahre zu fahren. Bald fühlte ich mich regelrecht krank vor Sehnsucht. Reisefieber. Also ließ ich die Folianten lieber in der Bibliothek.

Liebesromane und Krimis kamen aus naheliegenden Gründen ebenfalls nicht infrage. Daher blieb ich bei Fachbüchern. Ich entlieh ein Fremdwörterbuch, ein Fachbuch über Evolution, eines über Gehirnforschung. Am größten war aber der Nachlass eines Meeresbiologen. Ein völlig ungefährliches Gebiet, wie mir schien. Doch bald stellte ich fest, dass am Beispiel der Meeresfische die ganze Brutalität des Lebens geschildert wurde. Ich war abgestoßen, aber auch fasziniert. Von nun an widmete ich mich den Weltmeeren und ihren Bewohnern.

Alle Fachbücher lieferten zugleich Stoff für neue, komplizierte Wortverfolger. Sie nisteten sich in meinem Kopf ein, und ich wurde sie tagelang nicht mehr los. Am schlimmsten waren die unnützen Ausdrücke, die man im Alltag, zumal in einem Gefängnis-Alltag, nicht gebrauchen kann.

Heteromorphopsie. Eine Störung, bei der der gleiche Gegenstand von jedem Auge anders wahrgenommen wird.

Xenophyophoren. Träger fremder Körper.

Exaption. Die Nutzung einer Eigenschaft für etwas, wofür sie ursprünglich nicht gedacht war.

Von den meisten Wörtern weiß ich nicht einmal mehr, was sie bedeuten. Sie wurden zu bedeutungslosen Worthülsen, die in meinem Kopf pochten und den Rhythmus der langen Hafttage vorgaben.

Seltsamerweise wurde ich aber nie von Begriffen verfolgt, die etwas mit dem Gefängnis zu tun haben. *Strafgefangener, Justizvollzugsanstalt, Freiheitsentzug*. Ihnen fehlt schlicht die parasitäre Poesie.

Eine Mitgefangene hat mir einmal erzählt, dass sie in den mehr als zwanzig Jahren ihrer bisherigen Haft ausschließlich von dem Namen Schalck-Golodkowski verfolgt wurde. Das muss eine schlimme Folter gewesen sein. *Schalck-Golodkowski, Schalck-Golodkowski, Schalck-Golodkowski*. Sie war im Westen aufgewachsen und konnte sich das Mysterium dieser Belästigung nicht erklären.

So war das mit den Wortverfolgern. Sie meldeten sich nicht an. Kamen als ungebetene Gäste, die einfach nicht mehr gehen wollten. Saßen Tage, Wochen oder Monate in der eigenen Wohnstube und beschlossen schließlich, ganz zu bleiben. Und es gab keine Wortepolizei, die man anrufen konnte, damit sie auf der Stelle aus der eigenen Stube entfernt und mit einem Kontaktverbot belegt wurden.

Die Schlüssel zu den Zellentüren rasseln, meine Tür wird geöffnet, die Essensausteilerin reicht mir ein Tablett. Das Frühstück besteht wie immer aus Graubrot, Margarine, ekelhaft süßer Marmelade, die vielleicht noch nie eine Frucht gesehen hat, und einem Kaffee. Sie nennen es zumindest Kaffee, aber in Wahrheit ist es ein Aufguss von Zutaten, die es nicht verdient haben, in einem Atemzug mit Kaffee genannt zu werden. Manchmal glaubte ich, den Geschmack von Teer zu erkennen. Dann war es doch wieder die Bitterkeit der Zichorie. So muss Kaffee direkt nach dem Krieg geschmeckt haben. Kein Wunder, dass sich die Mädchen mit amerikanischen Soldaten einließen, um im Tausch Seidenstrümpfe und ein Pfund echten Bohnenkaffee zu bekommen.

Auf dem abwaschbaren Tablett in Grau: keine Blume, kein Zeichen, nichts. Ich bleibe zögernd stehen. Vielleicht hat sie mich verwechselt?

»Ist noch was?«, knurrt die Essensausteilerin. Ich stehe ihr im Weg.

»Nein, nein, alles gut! « Ich leiste mir ein Lächeln. Am letzten Tag kann ich mir das gerade mal erlauben. Sie runzelt misstrauisch die Stirn und schiebt den Wagen rabiat weiter. Ich springe zurück, damit sie mir nicht über die Zehen fährt.

Trimethylaminoxid.

Früher war Nichtstun unerträglich für mich, aber wenn man überhaupt etwas im Gefängnis lernt, dann ist es das Warten.

Man wartet darauf, dass eine unerträglich lange Nacht zu Ende geht, in der man sich lediglich von einer Seite auf die andere wälzt, man wartet auf das schal schmeckende Frühstück, das das Warten schließlich nicht wert ist, man wartet auf den Beginn einer stupiden Arbeit, ein Mittagessen, das immer nach Anstaltsessen schmeckt, die Pause, den Hofgang, das Arbeitsende, Sonderlieferungen, eine Duschgelegenheit, die Schlafenszeit und wieder auf den Schlaf, der sich aber erneut rarmacht wie ein scheues Waldtier. Man wartet auf Besuche und Briefe. Auf ein freundliches Wort. Ein nettes Lächeln, das so selten ist wie Schnee im September. Man wartet darauf, dass die Tage vergehen und das Haftende näher rückt. Man wartet und vergisst, worauf.

Trimethylaminoxid.

Ich packe meine wenigen Sachen zusammen und setze mich ein letztes Mal auf das Bett. Das Frühstück liegt mir bleischwer im Magen. Ich weiß nicht, was sie in das Brot mischen. Mehl allein kann es nicht sein. Kein Wunder, dass im Gefängnis, wie in jeder Anstalt, das Essen enorm wichtig ist. Ich habe nach einigen hirntötenden Tätigkeiten in der Werkstatt eine Kochlehre gemacht, um an besseres Essen zu kommen. Doch ich hatte nicht geahnt, dass Essen Revolutionen auslösen kann.

Einmal kochten wir einen Schokoladenpudding mit übrig gebliebenen Weihnachtsmännern, die im Januar aus den Geschäften ins Gefängnis geliefert wurden. Diese schmolzen wir und verarbeitete sie mit Sahne und etwas Kardamom aus der Weihnachtsbäckerei zu einem üppigen Nachtisch.

Er schmeckte nach Kindheit. Einer Kindheit auf dem Land, mit einer gütigen Großmutter, die einem freundlich durch das Haar streicht, wenn sie einen duftenden Pudding auf den Tisch stellt. Kardamom wirkt zudem stimmungsaufhellend, und so lag an diesem Tag eine seltsame Aufgekratztheit über der Anstaltskantine. Die bald darauf in gefährliche Begehrlichkeit umschlug. Das hatten wir nicht bedacht.

Eine langjährige Insassin hatte ihren Pudding nicht gleich

gegessen, sondern sog den Duft eine Weile in sich hinein. Als sie sich gerade entschloss, den Löffel in die köstliche Creme einzutauchen, legte sich ein bedrohlicher Schatten über ihren Tisch. Svetlana, eine gefürchtete grobschlächtige Russin, die in der Fresskette ganz weit oben schwamm, hatte sich vor ihr aufgebaut.

»Her damit!«, befahl sie knapp.

Die langjährige Insassin schüttelte trotzig den Kopf. Das war ungewöhnlich.

Die Russin lachte überrascht, stutzte kurz und riss ihr dann die Schüssel umso rabiater aus der Hand.

Die Langjährige war als resignierte Dulderin bekannt, die sich niemals wehrte und ein beliebtes Opfer war. Doch nun sprang sie auf und schlug einfach zu. Sie setzte einen festen Schlag auf die Nase der Russin, die trotz ihrer robusten Beschaffenheit mit einem leisen Knirschen brach.

Einen Pudding, der zugleich nach Kindheit und Ferne schmeckt, lässt man sich hier nicht einfach wegnehmen. Eine angespannte Stille lag über der Anstaltskantine. Niemand wagte es weiterzuessen. Alle waren davon überzeugt, dass die Russin sich das nicht gefallen lassen und entsetzlich Rache nehmen würde. Doch die Dulderin schnappte sich ihren Nachtisch, setzte sich in aller Ruhe hin und aß ihn in gelassener Langsamkeit vollständig auf. Aus dem Gesicht der Russin tropfte Blut auf den Boden. Sie verschwand wortlos. Die Dulderin wurde nie wieder belästigt. Und mir war buchstäblich auf einen Schlag klar geworden, welch emanzipatorische Wirkung Essen auf Menschen haben kann.

Wo bleibt Karen? Der Delfin in meiner Hand glänzt speckig, weil ich ihn dauernd hin- und herdrehe. Er ist hübsch geworden, ich habe mir wirklich Mühe gegeben. Das delfintypische Lächeln gibt ihm ein freundliches Gesicht.

Lassen die mich absichtlich warten, damit sie ihre Macht ganz am Schluss noch einmal auskosten können? Mein linkes Bein beginnt einzuschlafen und kribbelt.

Ich stehe auf und gehe hin und her.

Gestern Nachmittag ist Aka während der Umschlusszeit zu mir in die Zelle gekommen. Wir standen beim Hofgang oft zusammen und haben Zigaretten geteilt, die neben Schokolade eine der Hauptwährungen im Gefängnis sind. Im Gefängnis gibt es keine echten Freundschaften. Es gibt Zweckgemeinschaften, Notbekanntschaften und ein gegenseitiges Belauern, ob der andere vielleicht gerade etwas im Schilde führt. Doch Aka war mir gleich aufgefallen, weil sie als Einzige allein dastand. Alle anderen standen in Grüppchen zusammen und versuchten, durch coole Sprüche davon abzulenken, dass ihre Lage alles andere als komisch war. Aka sah aus, als ob sie niemanden brauchen würde. Das machte sie für mich gleich anziehend. Auch ich bin immer eine Einzelgängerin gewesen.

Sie stand an diesem Wintertag im Gefängnishof und kaute verbissen auf ihrer Zigarette herum. Innerhalb der Gefängnismauern hatte sie noch eine zweite Festung um sich herum hochgezogen. Ich stellte mich neben sie und sagte nichts. So blieben wir während des ganzen Hofgangs schweigend und frierend nebeneinander stehen.

Am nächsten Tag ging das wieder so und genauso die Tage darauf. Nach einer Woche wurde es wärmer, und Aka hielt mir wortlos ihre Zigarettenschachtel hin. Ich nahm eine, obwohl ich gar nicht rauche. Es war eine türkische Sorte ohne Filter.

»Olivia«, sagte ich und hielt ihr meine Hand hin. Sie sah stur nach vorn.

Ich zog die Hand zurück, zündete die Zigarette an und nahm einen tiefen Zug. Der Rauch schoss in meine Lunge und verstopfte sofort alle Zugänge meines Körpers. Ich musste husten wie ein lungenkranker Gaul. Aka verzog verächtlich das Gesicht.

»War ja klar!«

»Was?«, würgte ich in einer kurzen Hustenpause hervor.

»Ihr deutschen Kartoffeln seid alle Weicheier. Vertragt nix.« Sie nahm einen tiefen Zug aus ihrer Zigarette. Mir fiel auf, dass ihre Hände erstaunlich grob waren für ihre Größe. Denn Aka reichte mir gerade bis zu den Schultern. Unter ihren Fingernägeln trug sie Trauerränder, die vermutlich früher zurückdatiert werden konnten als zum Beginn ihrer Haftstrafe. Selbstverständlich rauchte sie, ohne zu husten.

Ich warf ihr einen grimmigen Blick zu, konnte aber nicht antworten, da ich mich noch immer in einem Zustand höchster Lebensgefahr befand. Tränen schossen aus meinen Augen. Im Knasthof zu heulen war mit Abstand das Unwürdigste, was man sich hier erlauben konnte.

Wir schwiegen weiter. Todesverachtend nahm ich noch weitere Züge, ehe die Zigarette ganz heruntergebrannt war.

»Hast du gewusst, dass es am Grund des Ozeans Schwarze Raucher gibt?«, sagte ich, um davon abzulenken, dass sich in mir drin ein gewaltiges Würgen seinen Weg bahnen wollte. Ich las gerade das Buch über die Geheimnisse der Tiefsee. Keine Reaktion. Vermutlich wartete sie auf weitere Informationen.

»Das sind Thermalquellen, die mit Metallen und Schwefel angereichertes Wasser ausstoßen und …«

»Du bist eine ganz Schlaue, was?«

Wissen war ganz offensichtlich nicht die Währung, mit der man bei dieser Frau punkten konnte. Ich schielte zu ihr hinüber. Ihr Gesicht war so verschlossen, dass man sich fragte, warum die Natur darin überhaupt so etwas Unnützes wie Körperöffnungen vorgesehen hatte.

Vermutlich war heute nicht der Tag, an dem sie neue Bekanntschaften schließen wollte.

Auch morgen nicht. Nicht übermorgen, in einer Woche, in einem Monat.

Vermutlich kam dieser Tag überhaupt nie.

Ich drückte die Zigarette mit meinem Absatz aus.

»Ich muss noch was erledigen. Man sieht sich.«

»Erledigen«, höhnte sie, »was musst du denn erledigen? In diesem Scheißkerker gibt es ja wohl nichts zu tun! Also, erzähl mir nicht, dass du was zu erledigen hast, verdammt noch mal!«

Den letzten Teil hatte sie ziemlich laut von sich gegeben. Die Anstaltsmauern taten ihr Übriges und jagten das Echo im Innenhof hin und her.

Andere Hofgängerinnen sahen zu uns hinüber. Svetlana tuschelte mit einer ihrer Untergebenen. Ihre Nase war nach dem Pudding-Vorfall schief zusammengewachsen und zeigte nach links, was die Russin nicht unbedingt anmutiger machte. Außerdem war sie sehr bemüht, ihr verlorenes Ansehen wiederherzustellen, und verhielt sich brutaler denn je.

Auszurasten gehörte zumindest für die kleinen Fische gleich nach Heulen zu den absoluten No-Gos in der Gefängnisfresskette. Wenn Svetlana hier der Hai war, waren wir so etwas wie simple Sardellen. Wir schwammen umher, fraßen keine anderen Fische, und unsere vorrangige Aufgabe war es, unauffällig zu sein, wenn wir nicht in die Kategorie Plankton abrutschen wollten. Ich wusste, dass die Russin und ihre Handlanger uns nun im Visier hatten.

Ein Seitenblick verriet mir, dass das menschliche Geschoss neben mir dies auch verstanden hatte, es ihr aber im Gegensatz zu mir vollkommen egal war. Nein, sie fand es sogar reizvoll. Es war besser, sich schnell aus dem Staub zu machen.

»Also dann ...«

»Akaltan«, kam es überraschend, »Akaltan Şimşek.«

Noch immer würdigte sie mich keines Blickes. Ein falsches Wort, und sie würde sich sofort wieder hinter ihrer meterhohen Mauer verschanzen. Die Russin sah mit verengten Augen zu uns hinüber und dachte offensichtlich darüber nach, ob wir wirklich nur harmlose Sardellen oder eine Bedrohung ihrer Hierarchieebene waren. Ich hätte sofort gehen sollen.

»Akaltan? Was ist das für ein Scheißname?«, spottete ich. »Akaltan – entfernt selbst hartnäckigsten Schmutz. Von führenden Hausfrauen empfohlen.«

Aka drehte endlich den Kopf und sah mich mit hochgezogenen Brauen an. Keine Ahnung, ob sie sauer war und gleich noch einmal explodieren würde oder ob sie sich heimlich freute.

»Das heißt rosarote Morgendämmerung, du Missgeburt!« Ich blickte in ihr holzschnittartiges Gesicht mit den breiten Wangenknochen, die von einer lange zurückliegenden mongolischen Wildheit kündeten. Sie musterte mich ihrerseits mit kalten Murmelaugen. Da sie in der Werkstatt arbeitete, war sie über einer Braue mit Öl verschmiert.

»Herzlichen Glückwunsch an deine Eltern für ihre fast seherisch zu nennende Namenswahl!«

»What? Fast was auch immer zu nennende Namenswahl? Du gehst mir vielleicht auf den Keks mit deiner Vornehmtuerei!« Ihr

Lachen, das sich seinen Weg auf einer teergepflasterten Straße nach oben bahnen musste, war ein lärmender Affront gegen alle Stillhaltevorschriften.

Svetlana entschied sich endgültig für Bedrohung und rauschte zu uns herüber. Um sie herum reihten sich sogleich ihre Putzerfische auf.

»Hast du irgendwas zu melden?« Sie sah auf Aka herunter, die zwei Köpfe kleiner war als sie. Aka trat sofort einen Schritt nach vorn, und ich hörte, dass sie ihre Spucke im Mund sammelte. Die Hofaufseherin war wie immer, wenn es nach Ärger roch, plötzlich verschwunden. Sie würden Aka zertreten wie einen Käfer, der bei der Überquerung eines Waldpfades vom Profil eines Geländewagenreifens zerquetscht wird.

Ich packte Aka am Kragen und zog sie zurück. Die Russin sog scharf die Luft ein.

»Hör zu, Svetlana.«

Ihr Schädel fuhr gereizt herum. Welches Nichts wagte es, sie mit ihrem Namen anzusprechen? Ich nutzte den Moment der Verwirrung, um Aka hinter mir in Sicherheit zu bringen.

»Ich bin Olivia aus der Küche.«

»Und?«, grunzte die Russin tief aus dem Abgrund ihres massigen Körpers und zielte vorsichtshalber mit ihrer kindskopfgroßen Faust in meine Richtung.

»Ich habe hin und wieder ein paar besondere Stücke, die ich beiseitelegen könnte«, beeilte ich mich zu sagen. »Fleisch.«

»Verstehe.« Die Russin leckte sich über das Maul, trat näher und bohrte mir ihren Zeigefinger in die Brust. »Ich nehme dich beim Wort.« Sie machte eine Pause, damit ich ängstlich nicken konnte. Ich nickte so ängstlich ich konnte. »Und dich ...«, sie sah bedrohlich über meine Schulter, »... werde ich in der nächsten Zeit ganz genau beobachten. Haben wir uns verstanden?«

»Kannst du das noch mal wiederholen? Ich hab irgendwie Stimmen im Ohr.«

Ich spürte, wie Aka hinter mir ihren Körper in Kampfbereitschaft brachte. Die kleine Handgranate war jederzeit bereit, eine explosive Ladung freizugeben. Schnell drückte ich sie noch weiter nach hinten und versicherte Svetlana nach vorn, dass wir beide sehr genau verstanden hatten. Zugleich ärgerte ich mich darüber, dass ich mich für jemanden einsetzte, der sich so mutwillig in Schwierigkeiten brachte und jederzeit willens war, noch größere Probleme an Land zu ziehen.

Die Russin zögerte kurz, verengte ihre Augen drohend zu Schlitzen und schob ab. Die Putzerfische folgten artig.

Das Signal, dass der Hofgang beendet war, ertönte wie der Pausengong nach einem ersten Akt der Eskalation. Ich atmete aus und drehte mich zu Aka um.

»Puh, das war knapp.«

Aka zog gleichgültig die Mundwinkel nach unten, schlug mir auf die Schulter und verließ gemächlich den Hof. Sie hatte keine Ahnung, dass ich ihr gerade ihren anatolischen Hintern gerettet hatte.

»Und vielen Dank auch!«, rief ich ihr hinterher.

»Komm morgen wieder«, antwortete sie schon fast an der Tür. Irgendetwas hatte sie also doch kapiert. Meine Schulter schmerzte die halbe Nacht. Aber ich verspürte eine lange nicht gefühlte Zufriedenheit.

Seitdem bekam Svetlana die besten Stücke Fleisch aus der Gefängnisküche, die der Chefkoch sonst für seinen Hund abknapste. Aka und ich hatten auf dem Hof unsere Ruhe, und ich gewöhnte mich an sie und ihr Höllenkraut.

Ich gebe es ungern zu, aber sie wird mir fehlen.

Aka ist Automechanikerin und litt schon vor der Haft unter unbeherrschbarem Jähzorn. Sie muss noch fast ein Jahr absitzen, weil ihr eine Jugendamtsmitarbeiterin unvorsichtigerweise in der Werkstatt mitgeteilt hatte, dass ihre Tochter in einer staatlichen Einrichtung besser aufgehoben sei als bei ihr. Aka war gerade mit Ausbeularbeiten beschäftigt.

Die Jugendamtsmitarbeiterin hatte den Vorfall nach einigen Wochen im Krankenhaus ohne bleibende Schäden überstanden, und die Tochter wohnt jetzt bei der Schwiegermutter. Diese hätte »böses Blut« und verderbe das Mädchen, sagt Aka. Deshalb will sie so schnell wie möglich wegen guter Führung raus und nimmt mit einer bewundernswerten Verbissenheit an jedem Anti-Aggressionstraining teil, das sie ihrem Ziel einen Schritt näher bringt.

»Kann ich dein Radio haben?«, verlor Aka an diesem Abend vor meiner Entlassung nicht unnötig Zeit. Sie hatte offensichtlich beschlossen, es uns nicht schwerer zu machen als unbedingt nötig.

Ich sah auf das kleine Tischchen an der Wand, auf dem mein wertvollster Besitz, ein kleiner Weltempfänger, stand. In der ganzen Zeit hatte ich kaum Radio gehört, denn hier drin ertrug man die Nichtigkeiten der Moderatoren noch weniger als draußen.

»Nein«, sagte ich und verschränkte die Arme.

Sie verschränkte ebenfalls ihre Arme und musterte mich irritiert. Der Muskel unter ihrem rechten Auge zuckte. Man konnte in ihrem Gesicht lesen wie in einem lebenden Lehrwerk der gewaltfreien Kommunikation. Oft genug hatte sie sich im Hof über den Unterricht lustig gemacht. Im Moment war sie bei Schritt eins angelangt: *Beobachte, ohne zu urteilen.* Ich konnte sehen, dass ihr bereits dieser Punkt eine Menge Schwierigkeiten bereitete, denn sie sah mich an, wie ein ausgehungertes Krokodil ein Schaf mustert, das zu nahe am Flussufer grast.

»Du brauchst dein Radio draußen doch gar nicht.«

Ich gab ihr mit einer wiegenden Bewegung meines Kopfes zu verstehen, dass ich mir da nicht so sicher war. Sie holte tief Luft und versuchte, sich das nächste Gebot zu vergegenwärtigen: *Benenne deine wahren Gefühle.*

»Ich hasse dich!«

Darin war sie wirklich gut.

»Du bist so abgrundtief schlecht.«

Das war genau genommen kein Gefühl, sondern eine Beurteilung. Aber ich wollte nicht so kleinlich sein.

»Du und deine Nachkommen sollen auf ewig verflucht sein!«

Ich beschloss, lieber doch als kleinlich zu gelten, denn das ging wirklich zu weit.

»Du wolltest sicher ganz wertfrei sagen: Ich fühle mich nicht gut, wenn ich das Radio nicht bekomme.« Ich schaffte es kaum noch, mein Grinsen zu unterdrücken.

Schritt drei: *Erkenne deine Bedürfnisse*, entfiel, denn die kannte sie bereits sehr genau. Daher ging sie direkt zu Schritt vier über: *die Bitte.*

»Rück sofort das Scheißding raus, du Bitch!«

Bis zu ihrer vorzeitigen Entlassung lag noch ein gewaltiges Stück Arbeit vor ihr. Ich beschloss, sie zu erlösen.

»Was hast du denn gedacht?«, sagte ich und drückte ihr das Gerät in die Hände. »Ist doch klar, dass du es kriegst.«

Sie atmete hörbar aus und hielt es an ihren Oberkörper gepresst, wie ein Reh am Straßenrand, das sie angefahren hatte und nun in Sicherheit bringen wollte. Es ging natürlich nicht um das Radio. Es ging darum, dass wir beide in diesen Untiefen eine Gefährtin gefunden hatten und eine von uns nun allein zwischen all den Raubfischen zurückbleiben musste.

Eine scheinbare Ewigkeit standen wir da, sahen uns an und sagten nichts.

»Melde dich mal«, sagte sie schließlich. Das war das äußerste Zugeständnis, das sie sich hier erlauben wollte. »Klar«, sagte ich, und wir wussten beide, dass ich log. Oft genug hatten wir draußen im Hof darüber gesprochen, dass wir nie wieder etwas mit dem Gefängnis zu tun haben wollten, wenn wir erst einmal draußen waren. Denn ehemalige Häftlinge sind wie Kraken, die einen gewaltsam in die Welt der Mauern und fest verriegelten Zellentüren hinabziehen.

»Na dann«, sagte Aka und klatschte mich ab.

»Na dann«, sagte ich. Sie ging, ohne sich noch einmal umzusehen. Die Zellentür fiel dröhnend ins Schloss.

Sofort fühlte ich mich verlassen und wie ausgehöhlt. Wer würde Aka jetzt vor der Russin schützen? Und vor sich selbst? Vielleicht war das meine eigentliche Aufgabe hier im Gefängnis gewesen.

Ich versuchte, das Bild zu vergessen, das vor meinem inneren Auge erschien. Aka, zerschunden auf dem Hofgelände liegend. Doch in einer Zelle gibt es keine Ablenkung. Nur vollgekritzelte Wände und Worte, die einen bis in den Schlaf verfolgen.

Trimethylaminoxid.

Zwei

Draußen klappert ein Anstaltsschlüsselbund. Mir wird übel. Als sich die Tür zu meiner Zelle öffnet, wird mir sofort klar, dass mir zumindest *dieser* Abschied leichtfallen wird.

Es ist natürlich nicht Karen. Dienst hat heute Morgen zu allem Übel eine Schließerin, die von allen nur *die Gans* genannt wird. Sie ist klein und rund und hat den unbeholfenen Gang eines Wasservogels. Dieser mag im See ein eleganter Schwimmer sein, sieht an Land jedoch vollkommen lächerlich aus.

Tatsächlich sind die meisten Justizvollzugsbeamten neutral. Manche sogar recht nett, wenn man sie nicht reizt und ihren Anweisungen folgt. Diese aber hat eine Vorliebe dafür, Inhaftierte zu quälen, sobald sich ihr auch nur die kleinste Gelegenheit dazu bietet.

»Schabbo, mitkommen!«, bellt sie jetzt in den Raum.

Sie hat es in dreieinhalb Jahren nicht geschafft, meinen ungarischen Familienamen Szabó *einmal* korrekt auszusprechen. Ich korrigiere: Sie hat es gar nicht erst versucht. Ich werde ihr nicht den Gefallen tun, das zu kommentieren

Trimethylaminoxid.

Schnell stehe ich auf und nehme meine Tasche fest in die Hand.

Es ist klar, dass die Gans jeden Anlass nutzen wird, um mich auf den letzten Metern noch in Schwierigkeiten zu bringen. Ich wäre nicht die Erste, die ihr eine Verlängerung zu verdanken hat, weil sie sich auf dem Weg nach draußen provozieren lässt. Einmal soll sie sogar einer Gefangenen ein Messer untergeschoben haben, worauf diese noch ein halbes Jahr länger sitzen musste. Das ist aber nur ein Gerücht. Ich nehme mir dennoch vor, auf der Hut zu sein.

Die Gans sieht den verschwitzten Delfin in meiner anderen Hand. »Was ist das denn? Therapeutisches Schnitzen?«

Ich stecke ihn schnell in die Tasche und verlasse die Zelle. Nichtprovozierenlassen! »Gehen wir!«

In den Gängen ist es vollkommen ruhig. Keine Sprüche, kein Lachen. Natürlich nicht, die meisten sind bei der Arbeit in einer der Gefängniswerkstätten.

Als ich an Akas Zelle vorbeikomme, zögere ich kurz. »Hast du's dir anders überlegt?«, herrscht mich die Schließerin sofort an.

Das Schlimmste im Gefängnis ist nicht der Verzicht auf die Freiheit, obwohl auch das schon hart genug ist, sondern der absolute Gehorsam gegenüber Personen, die in der marinen Nahrungskette allenfalls im Bereich des Zooplanktons anzusiedeln wären, sich hier aber mindestens wie Thunfische gebärden.

»Nein«, beeile ich mich also zu sagen und gehe sofort weiter. BLOSS nicht provozieren lassen. Zelle um Zelle bleibt hinter mir. *Trimethylaminoxid. Trimethylaminoxid. Trimethylamin …*

Die Gans schließt eine Sicherheitstür auf, die im gleichen Blassgrün gestrichen ist wie die Flure. Ich schlüpfe schnell hindurch. Seltsamerweise sind alle Farben im Gefängnis fahl. Die Zellen blassgrau, die Verwaltungsbüros blassgelb und die Flure blassgrün. Womöglich gab es irgendwann einmal eine Studie, dass eine höhere Farbsättigung die Gefangenen in eine hochaggressive Meute verwandelt, und dann wurde bundesweit umgestrichen. Und es stimmt: Die Ausgeblichenheit der Wände hüllt einen in eine wattige Gleichgültigkeit, macht einen innerlich selbst so fahl wie die Umgebung. Während ich weitergehe, beschließe ich, meine erste eigene Wohnung in satten Farben zu streichen.

Vor einigen Wochen hatte ich bereits Hafturlaub, bei dem sich die Gelegenheit bot, die düsteren Prognosen des Bewährungshelfers zur Jobsuche zu bestätigen. Es bleibt mir wahrscheinlich gar nichts anderes übrig, als etwas Eigenes zu machen.

Immerhin habe ich eine möblierte Zweizimmerwohnung gefunden, die ich für drei Monate von einer Studentin mieten kann. Die Mieten in der Stadt sind während meiner Haftzeit noch mehr gestiegen. Wo soll das hinführen, wenn sich niemand mehr das Wohnen leisten kann?

Die Studentin hat Semesterferien. Ich habe es in einem weit entfernten Leben auch einmal mit einem Linguistik-Studium versucht, fand aber den Versuch schnell sinnlos, die sich ständig verändernde Sprache in eine Systematik einsperren zu wollen, die am Ende nie aufging. Aber vielleicht fehlte mir auch nur die Geduld dafür. Schließlich verdiente ich damals schon genug mit meiner Hauptbegabung.

Vor dem Durchsuchungsraum stoppt die gans, schließt die Tür auf und grüßt den Vollzugsbeamten hinter der Theke, der in eine Zeitung versunken ist.

Sie bleibt kurz stehen, grinst boshaft und sagt: »Bis bald!« Sie scheint wohl keine Anhängerin des Gedankens zu sein, dass der Strafvollzug der Resozialisierung dienen kann.

Schließlich starrt sie mir ein wenig zu lange und mit zu wenig Abstand ins Gesicht, zieht schnippisch den rechten Mundwinkel hoch, dreht sie sich um und geht. Ich verspüre sofort das Verlangen, hinter ihr herzurennen und meine Fingernägel in ihr dummes Fleisch zu bohren.

Trimethylaminoxid.

Ich versuche, mich an die vier Gesetze der gewaltfreien Kommunikation zu erinnern, aber in mir drin rast nur ein einziger rot glühender Zornesball.

»Wir beide sehen uns ganz bestimmt nicht so schnell wieder! Ich habe nämlich nicht vor, hier überhaupt jemals wieder herzukommen. Hast du das verstanden? Und zwar nicht, weil ich mich diesmal nicht beim Klauen erwischen lasse, sondern weil ich von nun an überhaupt nie mehr mit dem Gesetz in Konflikt komme! Und wenn ich dich draußen irgendwo sehen sollte, werde ich dich nicht mal anschauen, denn wir zwei spielen in einer ganz anderen …«

Die Sicherheitstür schließt mit einem leisen Schmatzen. Die gans ist längst verschwunden. Ihr höhnisches Lachen klingt aber durch das dickste Glas hindurch.

»… Liga!« Aufgebracht starre ich ihr hinterher. Ich schlage mit der Faust gegen die Tür. Ich möchte wie ein rachevoller Engel über sie hinwegfliegen und sie mit meinem Flammenschwert zu Asche versengen.

Der Vollzugsbeamte bringt mich in einen irdischeren Zustand zurück. »Beruhigen Sie sich, ich muss sonst Alarm geben! Dann geht's schnurstracks wieder ab in Richtung Zelle! Sie haben es doch gleich geschafft.«

Ich atme tief durch. Beinahe wäre es der Gans tatsächlich gelungen, meinen Aufenthalt hier zu verlängern. Wie konnte mir das nur passieren?

Trimethylaminoxid.

Ich lächle den Beamten an. Ich lächle schon zum zweiten Mal an diesem Tag. Dass mir das bloß nicht bleibt. Wer weiß, wie es draußen ankommt.

Der Beamte zieht die Augenbrauen hoch, gibt mir ein Paket und zeigt auf den Paravent, der in der Ecke steht. Das Paket enthält die Kleidung, in der ich verhaftet worden bin.

Immerhin muss man sich hier, im Übergang von der Gefangenen zur Bürgerin, also im Prozess der Rehumanisierung, nicht vor den Augen des Justizbeamten umkleiden, wie es umgekehrt bei der Dehumanisierung der Fall war.

Ich schäle mich aus der taubenblauen Anstaltskleidung. Sie hat einen derart ungünstigen Schnitt, dass sie menschliche Wesen sofort in ein Neutrum verwandelt. Manche Frauen versuchen, sie mit einem Tuch oder einer Strickjacke aufzumöbeln. Doch es ist zwecklos. Vielleicht ist es im Gefängnis aber auch genau richtig, wie ein Neutrum auszusehen, um keine Irritationen auszulösen.

Ich wickle meine eigene Kleidung aus, die dreieinhalb Jahre lang in dem sperrigen Packpapier verharrt hat. Mir war es immer genug, wenn meine Kleidung sauber und bequem war. Aber jetzt erscheint mir der Inhalt des Pakets wie ein Wunder. Ich berühre andächtig den kostbaren Stoff meiner letzten Arbeitskleidung: ein Chanel-Kostüm. Es ist schwarz-weiß, tailliert, hat einen großen Kragen, und der Rock reicht gerade bis zu den Knien.

Es ist perfekt geschnitten, schreit seinen Preis aber nicht heraus. Dieses Kostüm war am weitesten davon entfernt, nach einer Diebin auszusehen. Der Reißverschluss des Rockes schnurrt. Die Jacke knistert leise, als ich hineinschlüpfe. All die Jahre haben diesem Kunstwerk nichts anhaben können.

Trotzdem wäre es mir lieber, wenn das Paket Jeans und ein T-Shirt enthalten würden. Ich fühle mich wie eine Dienstmagd, die heimlich das Kleid ihrer Herrin anprobiert. Der Rock ist etwas zu weit geworden und schlackert in der Taille.

Die teure Sonnenbrille stecke ich mir in mein falb gewordenes Haar.

Ich bevorzuge Schuhe, in denen man schnell flüchten kann. Diese Schuhe, schwarze High Heels mit Zehn-Zentimeter-Absatz, habe ich nur beruflich getragen. Ich bin ohnehin schon groß genug.

Mit geschlossenen Lidern puste ich den Staub von dem Leder, zwänge meine breiter gewordenen Füße hinein und stolpere vor den Paravent. Der Vollzugsbeamte schreckt von seiner Zeitung auf und sieht mich verdutzt an.

»Wenn Sie hier bitte quittieren würden?« Den Konjunktiv habe ich seit Jahren nicht mehr gehört. Seit dreieinhalb Jahren, genau genommen. Es ist sensationell, was dieser Aufzug bei anderen Menschen bewirkt. Einen großen Teil meines Erfolges als Diebin verdanke ich dem Werk von Designern. Normalerweise hätte sich der Vollzugsbeamte allerhöchstens ein »Unterschreiben!« abgerungen, jetzt rückt er mir sogar noch das Formular zurecht.

Ich bestätige den Erhalt meiner persönlichen Dinge, nicke dem Verdatterten huldvoll zu, nehme meine Tasche und verlasse als Dame einen Durchsuchungsraum, den ich als Neutrum betreten habe.

Der Himmel steht satt und blau über dem Gefängnishof. Tatsächlich: Technicolor-Farben. An der Sicherheitsschleuse bleibe ich stehen und warte, bis der Wärter den Mechanismus betätigt. Ich sehe mich mit einem seltsamen Einsamkeitsgefühl nach Bewachern um, aber es gibt keine. Also gehe ich auf das rostbraune Tor zu, das mit einem metallischen Quietschen zur Seite gleitet.

Auf hohen Schuhen zu gehen verlernt man genauso wenig wie Fahrrad fahren oder Schwimmen. Wenn man es aber nie gelernt hat, sieht es nach dreieinhalb Jahren Pause auch nicht eleganter aus.

Mir ist klar, dass ich von irgendwoher dabei beobachtet werde, wie ich ungeschickt über den Hof stolpere. Ich bleibe kurz stehen, setze meine teure Sonnenbrille auf und drehe mich zu dem Gebäude um, in dem sich der Zellentrakt befindet.

Aus Akas Zellenfenster hängt eine weiße Flagge. Ich kneife die Augen zusammen und präzisiere: ein weiß-blau kariertes Geschirrtuch. Zu gerne hätte ich gewusst, wo sie das geklaut hat. Zwei ihrer Höllenzigaretten hat es sie sicher gekostet. Ich lege zwei Finger an die Stirn und grüße kurz, da Aka sich bestimmt irgendwo versteckt hat und zu mir heruntersieht.

Das Gefängnistor steht nun weit offen, und vor mir liegt eine lange Wohnstraße, an deren Rändern die Autos ihrer Bewohner parken. Bewohner, die gerade frühstücken oder schon bei der Arbeit sind und ein richtiges Leben haben. Ein Gefängnis mitten in der Stadt ist wirklich ein mieser Witz, weil man ständig Geräusche und Gerüche aus diesen fremden Leben wahrnimmt. Das ist so, als ob man an einem köstlichen Essen schnuppern, aber nichts davon probieren darf.

Auf einmal fühle ich mich zu schwach, mein kommendes

Leben mit Geräuschen und Gerüchen auszufüllen. Lahm setze ich einen Fuß vor den anderen, als ob in der letzten Sekunde noch jemand rufen könnte, dass ich sofort stehen bleiben und zurückkommen solle, da das Ganze ein bedauernswerter Irrtum ist.

Doch es bleibt still.

Ich mache ein paar kräftige Schwimmzüge, tauche durch das Tor, schwimme nach oben und bin auf einmal an der Oberfläche. Ich schnappe nach Luft.

Hinter mir schließt sich mit leisem Surren das Gefängnistor. Plötzlich verspüre ich das Verlangen, an den rostbraunen Stahl zu hämmern und die sofortige Rückkehr in meine Zelle zu fordern.

Jetzt ist Opa vollkommen verrückt geworden.
Ich wusste natürlich vorher schon, dass er anders ist als andere Großväter, aber das geht jetzt echt zu weit.
Der Reihe nach: Ich bin Mama mal wieder zu viel geworden und bin seit einer Woche bei Oma und Opa.
Komischerweise werde ich Mama immer dann zu viel, wenn ich gerade Ferien habe. Oma sagt aber, dass es nichts mit mir zu tun hat, sondern Mama manchmal die ganze Welt zu viel wird. Was Erwachsene halt so sagen, wenn sie einen schonen wollen.
Aber es ist hier immer noch besser, als die ganzen Ferien aus dem Fenster zu glotzen, während Mama nur auf dem Sofa liegt, weil das Blei vom Himmel herunterkommt. (So fühlt sich das an, sagt sie.)
Oma Erzsébet und Opa Sándor wohnen in Esztergom. Das ist eine Stadt in Ungarn. Unsere ganze Familie wohnt in Ungarn. Nur Mama ist, als sie jung war, nach Deutschland abgehauen. Sie sagt, sie wollte dem »Familienterror« entkommen.
Opa sagt aber, man kann nicht gegen seine »Tradition« leben. Wenn man versucht, davor zu flüchten, wird man so unglücklich wie Mama. Also lieber nicht flüchten. Wovor auch immer. Denn was für eine Tradition das sein soll, sagt er nicht.
Jedenfalls verschwindet Opa immer wieder für ein paar Tage. Oma ist dann furchtbar nervös und gereizt und schaut ständig aus dem Fenster und macht zu viel Salz ans Letscho.
Dann kommt Opa bestens gelaunt zurück, verteilt Blumen und Pralinen und fasst Oma um die Taille und tanzt mit ihr durch die Küche. Oma quietscht dann immer wie ein junges Mädchen.
Ein bisschen peinlich, dabei zuzusehen, aber wenn´s ihnen Spaß macht ...

Ich glaube, Großvater ist eine Art Vertreter. Ich habe aber noch nie Staubsauger oder so was bei ihm gesehen.
Außerdem ist Opa Kommunist. Das bedeutet, dass allen Menschen gleich viel gehören soll, sagt er. In ganz Ungarn ist gerade Kommunismus. Bei uns ist Kapitalismus. Der ist schlecht, sagt Opa, weil alles ungerecht ist. Aber den Kommunismus in Ungarn findet Opa auch nicht gut, weil es gar kein echter Kommunismus ist, denn ein paar »Bonzen« haben trotzdem viel mehr als alle anderen zusammen.
Oma sagt, Opa wäre sowieso ein Luxus-Kommunist, weil er schöne Sachen so gern mag. Opa lacht dann nur und sagt, dass alle Menschen ein bisschen Luxus haben sollten.

Jetzt ist Opa aber, wie gesagt, vollkommen verrückt geworden. Einen Tag nach meinem Geburtstag (ich bin jetzt zwölf und damit praktisch erwachsen) sagte er, dass ich nun alt genug wäre, in die »Tradition der Familie Szabó«, also unserer Familie, eingeführt zu werden.
Das hat er wirklich so gesagt. Ganz feierlich, wie bei einer Kommunion oder so etwas.
Dann ist er mit mir im Zug nach Budapest gefahren und hat mich am Arm durch die Straßen gezogen. Ich konnte fast nicht mehr atmen, denn die Luft dort ist total verpestet. Ostautos stinken wirklich eklig! Als ob man nasse Pappe verbrennt.
Opa sagt, der Kommunismus legt keinen Wert darauf, schöne Autos zu bauen, sondern Autos, die fahren.
Zum Glück sind wir dann in ein Café gegangen. Und was für ein Café! Es gab lauter goldene Kronleuchter, und die Stühle waren mit rotem Samt überzogen. Auf schöne Cafés legt der Kommunismus also schon Wert.

Ich habe gleich Angst bekommen, dass ich mit meinen Riesenfüßen über irgendetwas stolpere, aber es ging alles gut.
Am Tisch sagte Opa dann: »Jetzt lernst du, wie richtig guter Mokka schmeckt. Denn guten Mokka gibt es nur an guten Orten. Und die musst du suchen!«
Das soll also die »Tradition der Familie Szabó« sein, wunderte ich mich. Mokka? Aber ich habe nichts gesagt, denn Opa kann sehr von sich überzeugt sein, wenn er sich etwas in den Kopf gesetzt hat.
Dann hat er bei dem Kellner, der aussah wie ein steifer Pinguin, eine Bestellung aufgegeben. Ich habe nicht alles verstanden, weil mein Ungarisch nicht so gut ist. Mama wollte nie, dass ich die Sprache unserer Familie lerne. Aber dann hat sie mich doch immer in den Ferien hierhergeschickt. Logisch ist das nicht!!!
Der Kellner hat ein bisschen verwundert geguckt, aber dann ganz vornehm die Hand an den Oberkörper gelegt und sich verbeugt. Kurz darauf ist er mit zwei silbernen Tabletts wiedergekommen.
Opa hat mir den Mokka eingeschenkt, und ich habe Milch und Zucker dazugetan, wie ich es bei Mama gesehen habe. Aus silbernen Kännchen!
Ich hatte gleich Angst, dass sie mir aus der Hand fallen. Bei uns zu Hause gibt es nur altes Tongeschirr, das meine Mutter mal in der Kur getöpfert hat, mit lauter abgeschlagenen Ecken.
Die sind so braun und hässlich! Mama sagt aber, sie wären therapeutisch sehr wichtig. Stimmt. Danach lag sie eine Weile nicht so oft auf dem Sofa. Aber dann kam wohl doch das Blei wieder herunter.
Aber zurück zum Café.

Opa hat sich gemütlich zurückgelehnt, an seinem Mokka

geschnüffelt, »Ahhh!« gesagt und einen großen Schluck genommen. Er ist wirklich ein Luxus-Kommunist!
Dann hat er gelächelt und »Probiere!« gesagt.
Ich habe bis dahin noch nie Kaffee trinken dürfen. Immer hieß es, dafür bist du noch zu jung, Kaffee schadet Kinderherzen.
Was ansonsten meinem Herzen schadet, hat aber bis heute niemanden interessiert.
Ich war wahnsinnig gespannt, wie der Mokka schmeckt.
Ich habe einen großen Schluck genommen, und was soll ich sagen? Es war so was von scheußlich! Es schmeckte, als ob jemand den Gestank der Budapester Autos in heißem Wasser eingefangen hätte. Ich wollte es am liebsten sofort in den Gummibaum spucken, der neben unserem Tisch stand.
»Schmeckt es, talált gyermek?« Opa weiß genau, dass es mich besonders auf die Palme bringt, wenn er mich Findelkind nennt. Schließlich habe ich eine Mutter, auch wenn sie fast nur an die Decke starrt! Okay, wo mein Vater abgeblieben ist, weiß keiner so genau.
Ich habe mich ganz grade hingesetzt, die Tasse mit zwei Fingern vorsichtig aufs Tablett zurückgesetzt und gesagt: »Köstlich! Der Kaffee schmeckt ganz köstlich!« Das habe ich mal in einem englischen Film gesehen, nur haben die beiden alten Ladys Tee getrunken.
Opa tat, als ob ihn meine Antwort überhaupt nicht interessieren würde, und sah sich stattdessen im Café um. An den Tischen saßen ausländische Touristen und einige reiche Ungarn, die sich die Preise hier leisten konnten. Ich überlegte, ob das die Bonzen waren, von denen er immer sprach.
Schnell tat ich noch ein bisschen Zucker in den ekelhaften Hexentrank.
»Nicht ein bisschen bitter?« Opa schielte auf meine Tasse.

»Nein«, antwortete ich, wie ich fand sehr tapfer, und nahm noch einen extra großen Schluck.

Opa nickte zufrieden.

Dann fing er so sehr an zu lachen, dass sein ganzer Körper wackelte. Die Leute im Café guckten sofort alle zu uns hin. Es war echt peinlich! Aber es kam noch schlimmer! Opa zeigte mit dem Finger auf mich und schrie: »Köstlich! Sie findet Spülwasser köstlich!« Und dann lachte er noch lauter und schlug sich vor Vergnügen auf die Schenkel. Und dicke Lachtränen liefen ihm die Wangen hinunter. Die anderen Leute im Café lachten mit, obwohl sie gar nichts kapierten.

Ich wurde knallrot, funkelte ihn mit meinen hellgrünen Augen an und sprang stinksauer vom Stuhl hoch. »Was? Du Szamar hast mich Spülwasser trinken lassen?« Der Stuhl fiel scheppernd nach hinten. Ich wollte abhauen.

Was Szamar heißt, weiß ich nicht genau, aber es muss ein schlimmes Schimpfwort sein, denn Großmutter verwendet es nur, wenn sie extrem sauer auf Opa ist. Jetzt hörte er sofort auf zu lachen und sah mich ganz ruhig an. »Setz dich wieder hin!«

»Nein!«, rief ich und blieb stehen. »Mit so einem gemeinen Großvater will ich nichts mehr zu tun haben!«

»Setz dich wieder hin! Ich erkläre es dir.« Da grinste Opa auch schon wieder. Warum kann ich nicht immer alles so lustig finden wie er?

Er stand auf, stellte meinen Stuhl wieder hin, legte seine Hand auf meine Schulter und schob mich auf den Sitz zurück. Ich schreibe das jetzt so genau auf, weil es ein sehr feierlicher Moment war. Denn danach setzte er sich auch wieder hin, sah mir ernst ins Gesicht und sagte: »Du hast heute eine ganz wichtige Lektion gelernt.«

»Aha«, sagte ich, guckte aber immer noch ziemlich böse zurück.

»Die Lektion lautet: Traue immer nur deinen eigenen Empfindungen! Du hast doch sofort geschmeckt, dass das ekelhaft war.«

»Stimmt«, antwortete ich und war schon ein bisschen weniger böse. Immerhin hielt Großvater mich nicht für ganz doof.
»Doch du wolltest erwachsen wirken und hast dich verstellt. Dagegen ist an sich nichts einzuwenden.«
»Ach so?« Darüber wunderte ich mich nun wirklich. Immer wurde doch gepredigt, dass man sich so geben soll, wie man ist. Sei ganz du selbst! Ganz natürlich! Und jetzt das.
»Ja, aber wenn du dich schon verstellst, darfst du dabei kein Gesicht machen, als ob du in eine Zitrone gebissen hättest. Die Kunst der Verstellung beherrschen nämlich nur wenige. Aber das lernst du schon noch.«
Großvater lachte und winkte dem Kellner: »Zwei Kännchen Mokka bitte!«
Der Kellner nickte aus der Ferne und zwinkerte Opa zu.
»Ich glaube nämlich, dass du die Begabung unserer Familie geerbt hast«, fuhr Großvater fort, »sie hat ja leider eine Generation übersprungen.«
Ich wusste, dass er dabei an meine Mutter dachte, die eine ziemliche Enttäuschung für ihn ist, weil sie »nur« als Buchhalterin arbeitet.
Dann kam der Kellner, und ich bekam einen Mokka. Zuerst habe ich es nicht geglaubt, aber er war echt. Denn ganz ehrlich, Tagebuch, er schmeckte zuerst wieder furchtbar eklig. Aber nach viel Milch und Zucker und ein paar Schlucken war er wirklich (!!!) köstlich.
Und dann fuhren wir wieder zurück nach Esztergom.
So war das.
Ich bin mir ziemlich sicher, dass Opa noch ein paarmal versuchen wird, mich reinzulegen. Aber beim nächsten Mal falle ich darauf nicht mehr herein, das schwöre ich!

Esztergom, Sommerferien 1987

Drei

Ich bin nicht geplatzt.

Ich stehe vor dem Gefängnis, das Tor im Rücken, vor mir die Freiheit, und habe keine Ahnung, was ich damit anfangen soll. In der Haft werden einem schließlich die meisten Entscheidungen abgenommen: wann man aufsteht, was man essen soll, wen man trifft, womit man sich beschäftigt, wann man arbeitet. Einzig die freie Zeit vor dem Nachteinschluss bietet die Möglichkeit, eigene Entscheidungen zu fällen.

Gehirnforscher behaupten, dass jeder Mensch im normalen Leben täglich bis zu zwanzigtausend Entscheidungen trifft. Das scheint eine Menge zu sein, doch man fällt die meisten Entscheidungen, ohne etwas davon zu merken. Es fängt damit an, dass man morgens den Wecker abstellt und aufsteht, oder den Wecker abstellt, sämtliche Konsequenzen ausblendet und einfach liegen bleibt. Sollte man sich für das Aufstehen entschieden haben, geht es gleich weiter mit der Wahlmöglichkeit: Kaffee, Tee, Kakao, Saft, Sojamilch, Kuhmilch, Sojadrink oder ayurvedisches heißes Wasser? Entscheidet man sich für Kaffee, dann welcher, aus der Maschine, Espresso, handgebrüht oder Instant? Wenn lieber Tee, dann Schwarztee, Weißer Tee, Rooibos, Oolong, Grüner Tee, Ingwertee, Pu-Erh, Gelber Tee, Früchtetee, Mate, Kräutertee? Wenn man sich für Kräutertee entscheidet, wählt man dann Kamille, Zinnkraut, Pfefferminz, Zitronengras, Fenchel, Melisse, Brennnessel, Ringelblume, Lindenblüte oder lieber eine Kräuterteemischung? Wenn Letzteres, dann welche? Beutel oder Aufguss? Und aus welcher Tasse? Oder trinken wir eine ganze Kanne? Und wo und mit wem trinken wir sie?

Es kann einem schwindelig werden, wenn man sich diese ganzen Entscheidungen bewusst macht. Es soll vorgekommen sein, dass Menschen aus der Angst heraus, etwas falsch zu machen, morgens einfach liegen blieben! Und überhaupt nie mehr aufgestanden sind.

Denn jede Entscheidung zieht unzählige neue Entscheidungen nach sich, die ihrerseits Folgen haben. Alles kann wichtig sein und über das weitere Leben entscheiden. Ob man gesund, reich, glücklich, zufrieden, erfolgreich wird oder überlebt, kann letztlich davon abhängen, welche Teesorte man am Morgen gewählt hat.

Jede Entscheidung für etwas ist außerdem immer mit einem Verlust verbunden, da es auch eine Entscheidung gegen etwas ist. Man könnte also etwas ganz Entscheidendes verpassen.

Kein Wunder, dass ich ein wenig überfordert bin. Das Vernünftigste wäre natürlich, in meine neue Wohnung zu gehen, die Sachen dort abzulegen, mich umzuziehen und mir die Zeit zu geben zu begreifen, dass ich tatsächlich frei bin. Aber ich habe keine Lust, vernünftig zu sein.

Daher fällt meine Wahl auf ein Café.

Schuld daran ist ein Satz, den mein Großvater vor vielen Jahren in mein Hirn gepflanzt hat wie einen jungen Setzling in verdorrte Erde.

»Guten Mokka gibt es nur an guten Orten. Die musst du suchen.«

Das Gefängnis war demnach ein abgrundtief schlechter Ort. Doch die Espressobar, die etwa in der Mitte der Straße zum Gefängnis liegt, verspricht eindeutig, ein besserer Ort zu sein. Wie von einem unsichtbaren Band gezogen, setze ich mich in Bewegung.

Der köstliche Duft von frisch gebrühtem Kaffee strömt auf die Straße hinaus und zieht mich sofort in seinen Bann. Seltsamerweise wittere ich zugleich eine Gefahr, die ich aber schnellstens beiseiteschiebe.

Als ich vor dem Eingang der Bar *Parole* stehe, sehe ich ihn sofort. Er ist etwas gebeugter als früher, seine Gestalt überragt aber noch immer alle anderen. Ich hätte ihn in einem Meer von Menschen erkannt, denn sein Choleriker-Kopf schwimmt obenauf wie eine Rettungsboje.

Ich habe ihn bei einem Abendessen um eine Schweizer Meisteruhr erleichtert, eine *Patek Philippe*. Die er auch nach meiner Verurteilung nicht zurückbekam, da ich sie längst auf dem Schwarzmarkt hatte verscherbeln lassen. Von dem Geld konnte ich ein halbes Jahr lang gut leben. Im Gegensatz zu meinem Großvater bedeutet mir Luxus nicht viel. Luxus ist etwas, was ich gewinnbringend verkaufen kann, um Miete, Kleidung und ein schönes Leben davon zu bezahlen. Ein schönes Leben bedeutet nicht, teure Autos oder Kleider zu kaufen, ein schönes Leben heißt Zeit und freie Entscheidungen. Mehr nicht. Oder nicht weniger.

Das Wiedersehen mit der Rettungsboje ist etwas, worauf man gerne verzichtet, wenn man nicht gerade ein Anhänger unangenehmer Begegnungen ist. Er ist schließlich ein stadtbekannter Waffenhändler mit einem Hang zum Nachtragend sein.

Es war dumm gewesen, ausgerechnet ihn zu beklauen und dann auch noch bei einem Abendessen, bei dem er ausgiebig Gelegenheit hatte, sich mein Gesicht einzuprägen. Normalerweise ging ich nicht so weit aus der Deckung. Aber als Diebin braucht man eben auch seine Herausforderungen. Im Moment kann ich darauf jedoch getrost verzichten.

Ich mache einen Satz und springe geradewegs in das Geschäft neben der Espressobar.

Die Rettungsboje hat mich zum Glück nicht gesehen. Oder doch?

Die Glocke an der Ladentür bimmelt, und ich sehe mich um. Ein Auge auf die Rettungsboje gerichtet, der sich mit Entscheidungen wohl ebenfalls schwertut, denn er blickt ratlos nach rechts und links.

Ein weiß gestrichener Raum, der mit einem schwarzen Designerschreibtisch und teuren Stühlen eingerichtet ist. Sogar der Boden ist weiß, was die Grenzen zwischen oben und unten verschwimmen lässt. Wenn man länger in diesem Raum bleibt, verliert man die Orientierung. Vielleicht wird man sogar verrückt?

An den Wänden hängen großformatige, konstruktivistische Bilder in Schwarz-Weiß.

Das sollte mich gleich misstrauisch machen. Ich habe auf meinen Beutezügen viele *Kunstfreunde* kennengelernt. Konstruktivismus-Anhänger sind meist leicht zu beeindruckende Kultur-Möchtegerns, die ihren fehlenden Sachverstand hinter einer durch nichts zu rechtfertigenden Begeisterung für Dreiecke und Quadrate verbergen.

»Ich habe Sie erwartet!«, begrüßt mich rätselhaft eine Frau, die aus dem hinteren Ladenteil nach vorn tritt. Sie sieht natürlich sofort mein teures Kostüm und wittert ein Geschäft. Gleich eine persönliche Beziehung zum Kunden aufbauen!

Aber was will sie eigentlich verkaufen? Es gibt absolut nichts.

Ich habe keine Zeit, lange darüber nachzudenken, denn die Rettungsboje geht gerade am Laden vorbei. Ich ducke mich. Er bleibt ausgerechnet vor dem großen Schaufenster stehen.

Ich drehe mich schnell zu der Ladeninhaberin und mustere sie. Sie hat sich an einem unbestimmten Punkt in ihrem Leben dafür entschieden, jegliche Rundung aus ihrem Leben zu verbannen. Sie ist dürr, trägt ein kompliziert gefaltetes schwarz-weißes Kleid, ihre Brille ist weiß und sechseckig, die kurzen schwarzen Haare schräg geschnitten, sodass sie immer wieder eine Tolle zurückwerfen will, die gar nicht da ist. Sie strahlt mich mit einem gelblichen Stutengebiss an. Ich wundere mich, dass ihr Schwarz-Weiß-Dogma hier unberücksichtigt geblieben ist. Wahrscheinlich lacht sie zu Hause vor dem Spiegel nicht.

Dafür strahlt sie jetzt umso mehr.

Manchmal beneide ich Leute, deren Überzeugung, so wie sie sind, richtig zu sein, von keinerlei Zweifeln getrübt wird. Aber nur in schwachen Momenten. In Momenten wie diesem, genauer gesagt.

Ich schiele nach draußen. Die Rettungsboje fuchtelt angewidert mit einem Taschentuch (das bestimmt mit seinen Initialen A.L. für Adi Lieberknecht bestickt ist) herum und versucht, etwas von seinem Stiefel abzuwischen. Seinen Fuß hält er dabei mit der anderen Hand fest und befindet sich dadurch in instabiler Lage. Zusätzlich schickt sich seine Sonnenbrille gerade an, auf der Schanze seiner schweißnassen Stirn in Richtung Nase zu rutschen. Normalerweise wäre das ein witziger Anblick. Jetzt aber bedeutet dieser Anblick, dass ich um ein Verkaufsgespräch nicht herumkommen werde.

Ich versuche, die Eckenfrau genauso selbstgewiss anzustrahlen wie sie mich.

An ihrem Blick, der einmal meinen Körper hoch- und runterwandert, erkenne ich, dass sie glaubt, eine gewisse Schwarz-Weiß-Verwandtschaft zwischen uns auszumachen.

Ich habe die Wahl zwischen einem Waffenhändler, der mit mir noch eine Rechnung offen hat und Gewalt für ein gewöhnliches Ausdrucksmittel hält, und einer begrenzt blickenden Kunstfreundin. Diese Entscheidung fällt mir wirklich nicht schwer.

»Ja«, sage ich, »ich bin etwas zu spät.«

Ich strecke ihr meine Hand entgegen, doch sie versteckt ihren rechten Arm hinter dem Rücken. Das steht in einem krassen Widerspruch zu ihrem einladenden Stutengrinsen.

Leider habe ich keine Zeit, mich darüber zu wundern. Ich muss unauffällig versuchen herauszufinden, was hier eigentlich verkauft wird.

In meiner Tasche knistern zweihundertzwanzig Euro, die ich zur Entlassung angespart habe.

Bei einem täglichen Arbeitslohn von elf Euro fünfundvierzig ist das eine ganze Menge. Der Laden sieht jedoch nicht so aus, als ob ich hier etwas dafür bekommen würde.

»Ein paar Minuten machen gar nichts!« Verträumt lässt die Ladenbesitzerin ihre Blicke durch den Raum schweifen, der nun von einem Sonnenstrahl erhellt wird.

Leider wird davon auch die Rettungsboje angezogen. Er hüpft auf einem Bein an das Schaufenster heran, um sich auf dem Fenstersims niederzulassen. Am Abend seines Uhrenverlusts habe ich gesehen, dass er Seidensocken trug, was ihm eine völlig unangebrachte feminine Note gab. Jetzt dreht er mir den Rücken zu, das beruhigt eine Sekunde lang meine Nerven.

»Willkommen in unserem Institut für Divination«, flötet die Ladeninhaberin. Sie sieht mein verwundertes Gesicht und lächelt verzeihend. Wie man ein zurückgebliebenes Kind anlächelt, das den einfachsten Sätzen nicht folgen kann.

»Landläufig sagt man auch Wahrsagerei dazu.«

Ich bin mir auf einmal nicht mehr sicher, ob der Waffenhändler nicht doch die bessere Wahl gewesen wäre. Immerhin will mir diese Design-Kassandra eine Zukunft voraussagen, über die ich gar nicht so genau Bescheid wissen möchte. Ich erwäge, den Laden schnellstmöglich zu verlassen. Daran sieht man wieder einmal, dass Entscheidungen oft sehr wenig mit dem Verstand zu tun haben.

Denn zwei Sekunden später habe ich mich bereits wieder umentschieden. Die Rettungsboje presst sein Gesicht an die Scheibe der Galerie. Er sieht mir mit einem durchdringenden Blick direkt in die Augen. Seine Sonnenbrille rutscht endgültig auf die Nase hinunter, und er schiebt sie mit einer unwirschen Handbewegung wieder nach oben.

Offensichtlich arbeitet sein Gehirn noch daran zu verstehen, wer ich bin. Doch sein Verstand rast bereits auf der Einbahnstraße der Erkenntnis dahin.

Ich drehe mich schnell zur Ladeninhaberin zurück und sage: »Wahrsagerei, wunderbar. Dann bin ich ja genau richtig.« Angstentscheidungen erweisen sich allerdings im Nachhinein oft als vollkommen verkehrt.

Doch das Stutengebiss wird einladend gebleckt.

»Aber haben Sie vielleicht einen etwas diskreteren Rahmen?« Ich trete näher an die Frau heran und zeige mit dem Kopf auf den

Waffenhändler, ohne ihm dabei erneut mein Gesicht zu zeigen. »Der Mann verfolgt mich seit einer Stunde.«

»Sollen wir die Polizei rufen?« Die Wahrsagerin blickt alarmiert nach draußen und mustert die Rettungsboje, die noch immer mit blödem Gesichtsausdruck und dem rechten Stiefel in der Hand an der Frage arbeitet, wer ich bin. Dass er nicht gerade den Verstand eines Raketenforschers besitzt, macht meine Situation ein wenig komfortabler.

»Nein, nein, der ist ganz harmlos«, beeile ich mich zu sagen, »ein armer Kerl, der sich vor ein paar Jahren bei einem Motorradunfall sein halbes Gehirn weggefahren hat. Er sucht nur Gesellschaft.«

Das würde mir gerade noch fehlen, dass ich nach fünf Minuten Freiheit schon wieder mit der Staatsgewalt in Kontakt trete, die verständlicherweise nicht gerade mein bester Freund ist.

»Ach«, sagt die Wahrsagerin, blickt noch einmal nach draußen und weist dann auf den hinteren Raum, »was für ein bedauernswerter Mensch!«

Ich bemitleide ihn aus Berechnung ein wenig mit, bis wir hinter einer Wand verschwunden sind. Im meinem früheren Leben hätte ich die Wahrsagerin nun in ein verlogenes Gespräch über harte Schicksale verwickelt und ihr dabei klammheimlich die Tageskasse geleert.

Rechtzeitig fällt mir noch ein, dass ich mich nicht mehr in meinem früheren Leben befinde. Ein leichtes Bedauern darüber steigt in mir hoch. Vielleicht wie bei einem Raucher, der gerade das Rauchen aufgegeben hat. Manchmal blitzt der Geschmack der Zigaretten aber ganz unerwartet in seiner Nase auf. Ich begreife in diesem Moment: Ich werde wie eine Süchtige immer wieder gegen meine Neigung zum Kriminellen kämpfen müssen.

Die Wahrsagerin führt mich an einen Schreibtisch. Dort stehen ein Computer und ein Gerät, das wie ein Scanner aussieht.

»Wo ist denn Ihre Kristallkugel?«, versuche ich, einen Witz zu machen. Immer wenn ich unsicher bin, will ich mich selbst und meine Umgebung mit einem schlechten Witz auflockern. Das gibt den anderen das Gefühl, dass sie intelligent sind, weil sie sich niemals auf dieses Niveau begeben würden.

Bei der Wahrsagerin bringt mir das aber nur einen zornigen Blick ein. Darin kann ich lesen, dass sie mich für eine komplette Ignorantin auf ihrem Gebiet hält. Dem muss ich uneingeschränkt zustimmen.

»Wir haben uns längst an die digitale Entwicklung angepasst«, teilt sie mir salbungsvoll mit und weist auf einen Stuhl.

»Ach so, nun, ich war dreieinhalb Jahre ... im Ausland, da verpasst man manche Entwicklungen.«

Sie nickt milde.

»Und Sie kommen direkt vom Flughafen.« Sie zeigt auf meine Tasche.

»Ja ... genau!«

»Und wollen gleich wissen, wie es hier für Sie weitergeht?«

»Richtig!« Langsam übertreibt sie es aber ein bisschen mit dem Nachbohren. Ich muss sie ablenken. Ich stelle meine Tasche auf den weißen Boden, setze mich und zeige auf den Scanner.

»Und was ist das hier?«

»Das ist ein *Chirosoph*, man könnte auch sagen, ein elektronischer Handleser. Eine ganz wunderbare Erfindung.«

»Sie lesen also gar nicht aus meiner Hand?«, heuchle ich.

»Wo denken Sie hin?« Entsetzt sieht die Wahrsagerin mich an. »Wissen Sie, wie viele Bakterien sich durchschnittlich auf einer Hand befinden? Über dreihundert! Darunter so unappetitliche

Dinge wie Enterokokken, Darmkeime, Eiterkeime. Sogar ein Acinetobacter kann dabei sein. Unter Umständen tödlich.«

Ich starre angewidert auf den Hort allen Übels, meine Handfläche. Im Gefängnis schwirren bestimmt eine Menge Keime herum. Unauffällig streife ich sie an meinem Kostüm ab.

Sie nimmt ein Desinfektionsspray, sprüht und wischt mit einem Tuch über die Oberfläche des Scanners. Ungefragt ergreift sie danach meine Hand mit den äußersten Spitzen ihrer Finger und sprüht sie gründlich ein. Ich zucke irritiert zurück.

»Ist die Aussage solch einer Maschine denn zuverlässig?«, frage ich, um sie von ihrem Desinfektions-Furor abzulenken.

»Aber selbstverständlich!«

Die Wahrsagerin stoppt und sieht in einer Verzückung auf das Gerät, als ob sich dort gerade eine Marienerscheinung abzeichnen würde. »Wenn *ich* Ihnen aus der Hand lese, bekommen Sie die Analyse einer *einzelnen* Person, wenn Sie Ihre Hand darauf legen, die von *Tausenden* Handlesespezialisten aus der ganzen Welt.«

Ihre Begeisterung lässt darauf schließen, dass das Ganze ein teures Vergnügen werden wird.

»Was kostet das denn?«, will ich folgerichtig wissen.

Im Vorraum bimmelt die Ladenglocke, und eine Person betritt das Geschäft. Besser gesagt: humpelt einbeinig in das Geschäft. Ich treffe meine Entscheidung.

»Die Kunst der Chirologie oder des Handlesens ist eine jahrhundertealte Wissenschaft, die bereits Gelehrte wie Platon und Aristoteles ...«

»Ich brauche keine historische Abhandlung, sondern den Preis!«, unterbreche ich brüsk. Denn mit jedem weiteren Gelehrten, den sie aufbieten kann, würde das Ganze noch teurer werden, so viel ist klar.

Die Wahrsagerin ist beleidigt und presst »einhundertfünfundzwanzig Euro« zwischen ihren Zähnen hervor. Ich blase meine Wangen auf und lasse die Luft geräuschvoll entweichen. Einhundertfünfundzwanzig Euro geteilt durch elf Euro fünfundvierzig, das sind zehn Komma neun ganze Arbeitstage im Gefängnis.

»Inklusive Mehrwertsteuer!«, beeilt sie sich zu sagen.

»Das kann man nicht absetzen«, protestiere ich.

»Hallo?«, ruft die Person im Vorraum mit einer seltsam rauen Stimme. Diese resultiert aus einer kindlichen Stimmlippenlähmung, wie mir die Rettungsboje beim Abendessen im Viersternerestaurant vertrauensvoll mitgeteilt hat.

»Darin ist natürlich eine komplette Charakteranalyse enthalten«, schiebt die Wahrsagerin eilig nach.

»Ich weiß nicht, ob ich meinen Charakter so genau kennenlernen möchte. Man ist ja schon den ganzen Tag mit sich zusammen, da braucht man hin und wieder ein bisschen Abstand.«

Das findet sie auch nicht lustig. Ich wette, sie findet überhaupt nichts lustig, weil sie ständig auf der Hut vor bakteriellen Attacken ist. Und wenn sie die erfolgreich niedergekämpft hat, ist sie zu ergriffen von der Macht der Gestirne. Angst und Ergriffenheit sind keine guten Voraussetzungen für Humor.

Ich lehnte mich zurück und verschränkte die Arme. Eine Zeitverzögerung ist innerhalb eines Spiels oft eine Möglichkeit, den Gegner mürbe zu machen. Er hält die Stille nicht aus und macht den nächsten Zug. Damit kommt er aber aus der Deckung und bietet Angriffsfläche.

»Hallooo, haben Sie vielleicht eine Rolle Papiehierr?« Die Rettungsboje ist kurz davor, den hinteren Ladenbereich zu entern.

»Sie können natürlich auch wieder gehen und Ihren ... Hirntoten da vorn gleich mitnehmen.«

Die kunstvolle Pause vor dem Wort »Hirntoten« soll mir zu verstehen geben, dass die Wahrsagerin ganz genau weiß, wie verlogen meine Geschichte ist. Sie versteht sich also auch auf die Kunst der Erpressung, die womöglich noch sehr viel älter ist als ihre eigene Kunst der Wahrsagerei. Ich muss zugeben, dass ich sie unterschätzt habe.

»So teuer ist es ja auch wieder nicht«, lenke ich zähneknirschend ein.

Die Wahrsagerin versucht immerhin, sich ihren Triumph nicht allzu sehr anmerken zu lassen, doch ihr Lippenstiftmund kräuselt sich zu einer Rosette der Genugtuung.

»Dann legen Sie jetzt Ihre Hand auf den Chirosophen, und ich regle das da vorn.«

Einhundertfünfundzwanzig Euro, um einen gewaltbereiten Waffenhändler loszuwerden, ist ja wirklich nicht zu viel Geld, denke ich. Und ein bisschen treibt mich doch um, was das Gerät herausfinden wird.

Widerstrebend setze ich meine Hand auf die Glasplatte. Die Wahrsagerin startet mit triumphierendem Stutengrinsen das Scanprogramm am Computer. Dann schnappt sie sich das Desinfektionsspray und verschwindet leichtfüßig in den vorderen Ladenteil.

Der Chirosoph brummt und beginnt seinen Abtastvorgang, indem er meine Hand zunächst in ein gleißendes Licht taucht. Dann fährt eine Art Schiene darunter hin und her.

Ich wende gequält meinen Blick ab und versuche, an etwas Schönes zu denken. Tatsächlich denke ich daran, dass ich mir nicht mehr so blöd vorgekommen bin, seit mir für die Anstaltskleidung akribisch Busen, Taille und Hintern von den gierigen Fingern der Gans vermessen wurden. Sie hatte die Ergebnisse dieser Messung mit mokantem Lächeln an ihre Kollegin weitergegeben, die sie ebenso anzüglich grinsend in eine Tabelle eintrug. Die Gefängniskleidung war dann wahlweise zu groß oder zu klein ausgefallen, damit die Gefangenen sich nicht allzu gut darin fühlten. Ich hatte das Glück, dass meine wenigstens zu groß war.

Im Vorraum, aus dem bis dahin nur leises Gemurmel zu mir gedrungen ist, höre ich auf einmal laut den Satz: *Was wollen Sie wirklich?* Die Wahrsagerin ist tatsächlich noch unerschrockener, als ich dachte.

Wer ist das Miststück da hinten? Der arme Kerl weiß also immer noch nicht, wer ich bin, doch seine Erinnerung verbindet mich mit einer eher unangenehmen Erfahrung.

Hier riecht es ja widerlich! Ganz offensichtlich ist die Rettungsboje näher gekommen.

Ich höre, wie die Wahrsagerin einen Hub aus ihrem Desinfektionsspray freisetzt. *Verlassen Sie sofort meinen Laden, Sie Keimschleuder! Oder ich rufe die Polizei!*

Die Rettungsboje fängt an zu schreien. *Du bist ja wohl durchgeknallt, du Gewitterziege, vollkommen durchgeknallt! Mitten ins Gesicht! Du!* Nur ein Hustenanfall verhindert, dass er sich noch mehr in Rage redet.

Natürlich bilde ich mir nicht ein, dass es der Wahrsagerin bei ihrem antimikrobiellen Gefecht um mich geht. Aber ihre Hundertfünfundzwanzig-Euro-Einnahme verteidigt sie wirklich gut. Sie macht das wohl öfter.

Erneut scheint die Wahrsagerin einige Desinfektionshübe in Richtung Rettungsboje abzuschießen. Er hustet noch verzweifelter.

Ich komme wieder, du Schnalle! Du weißt ja gar nicht, wer ich bin!

Ein Ausrufezeichen bleibt einsam im Ladenvorraum stehen. Offensichtlich hat das Desinfektionsspray das Sprachzentrum der Rettungsboje endgültig lahmgelegt. Ihm fallen keine weiteren Beschimpfungen mehr ein.

Die Ladenglocke bimmelt erneut, und er humpelt davon.

Zufrieden lächelnd kommt die Wahrsagerin in den hinteren Ladenteil zurück. Ich nicke anerkennend.

Dies hätte der Beginn einer sonderbaren Freundschaft sein können, doch nun beginnt der unangenehmste Teil unserer Zusammenkunft: die Auswertung.

»Sie können Ihre Hand runternehmen«, sagt die Wahrsagerin.

Da merke ich, dass der Chirosoph seine Durchleuchtungstätigkeit eingestellt hat und der Drucker dabei ist, freudig zwei Seiten Papier auszuspucken. Ich ziehe rasch meine Hand von dem Scannerglas herunter. Dort bleibt ihr schweißiger Abdruck wie ein Mal der Peinlichkeit zurück. Es wird sofort mit Spray und Tuch ausgemerzt.

Der Chirosoph hat sich mit der Analyse meines Charakters viel Mühe gegeben.

Die Wahrsagerin lässt es sich nicht nehmen, mir das Gutachten laut vorzulesen.

»Sie sind eine eigenständige, freiheitsliebende und misstrauische Person, die Schwierigkeiten hat, sich auf andere einzulassen. Andererseits haben Sie einen starken Gerechtigkeitssinn und setzen sich gern für Schwächere ein.«

Sie sieht mich prüfend an, und ich tue ihr den Gefallen und nicke. Jetzt, nachdem die Rettungsboje sich getrollt hat, hält mich nichts mehr hier drin. Bringen wir es also schnell hinter uns, denke ich.

Die Wahrsagerin fährt fort: »Das ist jedoch genau das Einfallstor für schwache Personen, Sie auszunutzen. Das kann Sie in große Schwierigkeiten bringen. Eine Schwächung in Ihrer Jugend führte zu einer Außenseiterposition. Sie leben seit jeher jenseits der Gesellschaft (dabei sieht sie mich wieder mit einem prüfenden Über-die-Brille-Blick an) und nehmen lieber die Position des Beobachters ein, als mitten im Geschehen zu sein. Sich unterzuordnen fällt Ihnen schwer, sodass Sie für viele Berufe komplett ungeeignet sind.«

Ich seufze, was die Wahrsagerin gleich als Zustimmung wertet.

Leider muss ich einräumen, dass diese Charakteranalyse recht treffend ist. Aber das würde ich niemals zugeben. Allerdings bin ich tatsächlich neugierig, was das Gerät über meine Zukunft aussagt.

Die Wahrsagerin referiert mit sichtlicher Genugtuung weiter: »Aufgrund Ihrer Veranlagung werden Sie niemals ein normales Leben in der Mitte der Gesellschaft führen. Sie werden immer wieder versuchen, aus Ihrem vorgezeichneten Lebensweg auszubrechen, aber unweigerlich dorthin zurückkehren. Was auch immer Sie dagegen tun wollen. Da ist viel Gefahr in Ihrer Nähe!« Bei dem Wort »Gefahr« macht sie eine beschwörende Geste mit der aufgefächerten Hand. Dreihundert Bakterien fahren unfreiwillig Achterbahn.

Langsam ist meine Toleranzschwelle überschritten. »Sie sind ja verrückt! Das ist der größte Blödsinn, den ich je gehört habe!«

Die Wahrsagerin sieht mich erneut über den Rand ihrer Brille an. »Ich lese nur vor, was hier steht. Das habe nicht *ich* geschrieben, sondern Tausende von ...«

»... Gelehrten, ich weiß!«, unterbreche ich sie schnell. Ich will hier weg, bevor mein Vorsatz, nie wieder kriminell zu werden, noch weiter auf die Probe gestellt wird.

»Okay, weiter!«

Die Wahrsagerin senkt ihren Blick und liest. Sie versucht gar nicht erst, ihren Triumph zu verbergen. Sie zieht ihre Daseinsberechtigung aus der Gewissheit, dass sie am Ende immer recht behält.

»Und jetzt kommt es: Wenn Sie endlich aufhören, sich gegen Ihre Berufung zu wehren, werden Sie glücklich.«

Ich spüre, wie das Blut aus meinem Gesicht weicht. Doch etwas an der leicht abgewandten Haltung der Wahrsagerin, die auf das Papier starrt, macht mich misstrauisch.

»Das steht da genau so?«

»Nun, da gibt es durchaus einen gewissen Interpretationsspielraum«, gibt die Wahrsagerin zu, »aber im großen Ganzen stimmt es.«

Sie sagt wirklich *im großen Ganzen*, denke ich. Interessant, wie der menschliche Geist sich von der eigentlichen Bedrohung abspalten und sich stattdessen mit sprachlichen Nichtigkeiten beschäftigen kann.

»Das ist unmöglich! Ich komme gerade …«

»… aus dem Gefängnis, ich weiß.« Die Wahrsagerin lächelt milde.

»Wie kommen Sie darauf?« Entsetzt starre ich sie an. Steht mir wirklich auf die Stirn geschrieben, wo ich die letzten dreieinhalb Jahre verbracht habe?

»Das ist mein Beruf«, antwortet sie schlicht. Als ob das eine Erklärung für alle irdischen Rätsel wäre. Ihr Beruf.

Trimethylaminoxid.

Da ist er wieder: mein Wortverfolger, den ich glaubte, im Gefängnis zurückgelassen zu haben.

»Dann sollten Sie den Beruf wechseln! Ich war im Ausland!«

»Ach, wo denn genau?«

»In … das geht Sie überhaupt nichts an.«

Die Wahrsagerin grinst reichlich unverschämt. Ihre Zähne sind wirklich sehr lang und gelb. Sie sollte etwas machen lassen. Oder auf ein anderes Farbspektrum zurückgreifen.

Wütend öffne ich meine Tasche, hole den Umschlag mit dem Geld heraus und knalle ihr hundertfünfundzwanzig Euro auf den Tisch.

»Auf Ihre weiteren Dienste verzichte ich jedenfalls!«

Ich werfe ihr noch einen verächtlichen Blick zu und springe auf.

Trimethylaminoxid.

»Halt, ich habe doch noch gar nichts zu Ihrem Beziehungsleben gesagt!«

»Darauf verzichte ich erst recht«, schnaube ich und lasse sie stehen. Ich brauche Luft, dringend frische Luft! Etwas hier drin schnürt mir den Atem ab. Und es ist nicht das Desinfektionsmittel.

»Sie werden jemand Besonderen kennenlernen«, ruft sie mir nach, als ich schon im Vorraum des Ladens bin, »Ihren Antagonisten!«

Trimethylaminoxid.

Ich reiße die Ladentür auf. Die Glocke bimmelt.

»Er wird Sie in große Ver …«

Den Rest höre ich nicht mehr, da ich aus dem Laden stürme, als ob der Teufel persönlich hinter mir her wäre. Um den Großteil meines Geldes ärmer und jede Vorsicht beiseitelassend.

Vor der Ladentür bleibe ich stehen und sauge frische Luft in meine Lungen. Der Schweiß rinnt mir die Stirn herab und sammelt sich in meinen Augenbrauen.

Was wollte sie wohl sagen? Verlegenheit? Verzweiflung? Verelendung? Wohl kaum.

Ich wische den Schweiß mit dem Handrücken ab und sehe mich um. Die Rettungsboje ist verschwunden.

Doch genau wie mit der Entscheidung, zuerst ins Café zu gehen, liege ich auch mit dieser Annahme vollkommen falsch. Mir ist im Gefängnis wirklich jede Fähigkeit abhandengekommen, sinnvolle Entscheidungen zu treffen.

Vier

Mein Großvater hat mir einmal erklärt, dass das stolze Volk der Magyaren immer dann starken Kaffee brauchte, wenn es wegen äußerer Ereignisse, die es selbst wenig beeinflussen konnte, Aufmunterung brauchte. Aufgrund der wechselvollen Geschichte, der unser Land im Lauf der Jahrhunderte unterworfen war, tranken die Ungarn schließlich den ganzen Tag Unmengen an tiefschwarzem Mokka und wurden regelrecht kaffeesüchtig.

In Budapest entstanden im 19. Jahrhundert wunderbare Kaffeehäuser, in denen manche sich den ganzen Tag aufhielten, dichteten, Aufstände schmiedeten, Pamphlete formulierten und sich bis zum Abend in einen hoffnungsvollen Zustand versetzten, der am Morgen jedoch durch die klare Sicht auf die wahren Zustände des Landes zerstört wurde und daher mit einer neuen Kanne Mokka mühsam wieder aufgebaut werden musste.

Ich fürchte, dass sich durch die heutige Lage unseres Landes die Kaffeesucht seiner Einwohner nicht unbedingt gebessert hat.

In diesem Punkt haben meine halb ungarischen Erbanlagen den Kampf um die genetische Vorherrschaft klar gewonnen. Wann immer ich eine Form von Schwäche verspüre, brauche ich dringend Koffein. In diesem Zustand ist es mir bedauerlicherweise vollkommen egal, ob die Rettungsboje wieder in die Kaffeebar zurückgegangen ist oder nicht. Ich bin gerade eine halbe Stunde in Freiheit und habe bereits meinen ärgsten Widersacher getroffen und zudem eine überaus beunruhigende Zukunftsvision aufgemalt bekommen.

Ich brauche jetzt dringend genau diese *Aufmunterung*, die nur starker Kaffee bewirken kann.

Die Espressobar *Parole* ist an diesem frühen Vormittag nur schwach besetzt. Die Rettungsboje treibt zum Glück weder vor ihr herum, noch hat sie sich in ihrem Innern verankert.

Ein Businessmann im hellgrauen Anzug lehnt an der Theke und nippt an seinem Espresso. Drei junge Frauen, wahrscheinlich Studentinnen, sitzen an einem Tisch beim Fenster. Ich bleibe kurz stehen und höre ihnen zu. Sie haben ihre Bücher vor sich aufgeklappt und diskutieren mit heiligem Ernst darüber, welchen Beitrag ein Autor zur Rezeption seines Werkes selbst überhaupt leisten kann. Die Brünette findet: keinen, weil er zu nah an seinem Werk dran ist, worauf ihr die Schwarzhaarige mit kurzem Haar vehement widerspricht, da nur der Autor ihrer Meinung nach die ganze Tragweite seiner Gedanken erfassen könne, während die langhaarige Schwarze nur nachdenklich nickt. Keine Ahnung, wem sie damit ihre Zustimmung erteilt. Es ist noch gar nicht so lange her, dass ich solchen Fragen genauso viel Bedeutung beigemessen habe. Und doch erscheint es mir wie eine Ewigkeit.

Zwei Tische weiter telefoniert eine zu stark geschminkte Frau viel zu laut. Dabei klopft sie wütend mit den Fingerknöcheln auf die Tischplatte und sagt immer wieder: *eine bodenlose Frechheit!* Ihre leere Kaffeetasse vibriert in der Untertasse. Ich denke an einen schlimmen Betrug, vielleicht von einer Versicherung oder einer

Bank, die sie um ihr ganzes Erspartes gebracht hat. Doch ich kann nicht heraushören, was sie so in Rage gebracht hat.

Ich finde das alles faszinierend NORMAL. Die wahren Dinge des Lebens. Und doch so weit weg von mir wie Pluto von der Erde.

Ich stelle mich an die Theke und bestelle einen doppelten Espresso. Meine Stimme kratzt ein wenig, da ich es nicht mehr gewohnt bin, etwas zu verlangen. Ich habe in den letzten Jahren nur Dinge bekommen, die ich nicht bestellt habe, und konnte mich nicht einmal frei entscheiden, ob ich sie annehmen wollte.

Ich will mich nicht beklagen. Nach normalen gesellschaftlichen Maßstäben habe ich es verdient, dass mir für eine Weile jedes Recht auf einen eigenen Willen abgesprochen wurde. Dennoch frage ich mich manchmal, ob die wahren Verbrecher unserer Gesellschaft nicht immer noch frei herumlaufen. Korrupte Politiker, Steuerhinterzieher im großen Stil, skrupellose Banker, die auf Lebensmittel spekulieren ... die Gefängnisse wären voll von solchen Raubfischen, würden sie gezielt verfolgt werden.

Der Barista gibt mit geübten Händen Kaffeebohnen in eine Mahlmaschine, füllt das fein gemahlene Kaffeemehl in den Siebträger der Espressomaschine, stellt eine weiße dickwandige Tasse darunter und drückt den Startknopf. Ich liebe es, wenn Menschen ihr Handwerk verstehen und ihre Bewegungen so selbstverständlich geworden sind, dass sie nicht mehr darüber nachdenken müssen. Vielleicht sind das die wahren Dinge des Lebens: einen richtig guten Kaffee zubereiten, Blumenzwiebeln in die Erde stecken und beobachten, wie sie aufblühen, einer Katze beim seligen Zucken im Schlaf zusehen.

Die Maschine zischt, und sofort rinnt feinster Kaffee in die Tasse. Ein wundervoller Duft strömt zu mir hinüber. Ich atme ihn ein wie ein lebensverlängerndes Elixier und fühle mich prompt besser.

»Und bitte ein Croissant!«

Der Barista nimmt einen Teller, gibt vorsichtig mit einer Zange ein Croissant darauf und reicht ihn mir hinüber. Es duftet nach Leichtigkeit und Butter. Ich kann nicht auf den Kaffee warten und verputze das Croissant sekundenschnell mit drei großen Bissen. Es schmilzt auf der Zunge und schmeckt nach Paris. Unglaublich, wie zart Gebäck schmecken kann. Ich werde nach Frankreich hinüberfahren und dort die stärkste Gauloise ohne Filter rauchen. Für Aka.

Ich bekomme den heiligen Kaffee serviert. Allein der Duft versetzt mich in einen überirdischen Zustand.

Als ich genau die richtige Menge an braunem Zucker in den Espresso gebe und den ersten wunderbaren Schluck nehme, erscheinen mir die Worte der Wahrsagerin schon weit weniger beunruhigend.

Sie werden immer wieder versuchen, aus Ihrem vorgezeichneten Lebensweg auszubrechen, aber unweigerlich dorthin zurückkehren.

Was für ein Unsinn! Das erzählt sie wahrscheinlich jedem, weil es immer irgendwie passt. Doch schon melden sich die Zweifel zurück: Warum passt es gerade bei mir so gut?

Ich trinke noch einen Schluck und spähe zum Laden der Wahrsagerin hinüber. Sie ist wieder im hinteren Ladenteil verschwunden.

Wenn Sie endlich aufhören, sich gegen Ihre Berufung zu wehren, werden Sie glücklich.

Ich werde wütend und trinke den Rest des Espressos in einem Zug. Ich bin glücklich, verdammt! Nun ja, vielleicht nicht glücklich, aber froh. Froh schon.

Der Zucker hat sich nicht ganz aufgelöst und sich auf dem Tassenboden abgesetzt. Ich versuche, ihn mit der Zunge aufzulecken. Es gelingt mir nicht.

Wahrscheinlich tummeln sich ständig verirrte Seelen wie ich im *Institut für Divination*. Gerade aus der Haft entlassen und sofort ein williges Opfer für eine fragwürdige Schicksalsdeuterin, die ihnen auch noch ihr letztes Geld abknöpft. Immer schön mit den Urängsten der Menschen arbeiten. Was für eine perfide Masche. Könnte von mir sein. Nein, doch nicht. Denn ich würde niemals jemanden ausnutzen, der ganz unten ist. Mich haben immer nur die größeren Fische gereizt.

Nach einem weiteren Espresso sehe ich die Dinge wesentlich klarer.

Sie treffen Ihren Antagonisten! Wer soll der Antagonist einer kaffeesüchtigen, alleinlebenden Ex-Gefangenen sein? Ein Tee trinkender verheirateter Gefängniswärter, der gerade gekündigt hat?

Ich ärgere mich, dass mir das nicht gleich aufgefallen ist! Ein Riesenbluff!

Ich winke dem Barista schon sehr geübt zu.

Einen weiteren doppelten Espresso später habe ich Herzrasen von zu viel Kaffee.

Jetzt erwäge ich, hinüberzugehen und mir mein Geld gewaltsam zurückzuholen. Gerade noch rechtzeitig fällt mir ein, dass es optimalere Einstiege in die Bewährungszeit einer Diebin gibt als eine Rauferei mit der Wahrsagerin von gegenüber.

Wenigstens bin ich die Rettungsboje losgeworden. Ich beschließe, mich nicht weiter aufzuregen, sondern stattdessen die wahren Dinge des Lebens anzugehen und gute Entscheidungen zu fällen. Ich gebe dem Barista einen Zwanzigeuroschein.

»Gehe ich jetzt direkt nach Hause, oder begrüße ich zuerst meine alten Freunde?«

Der Barista wundert sich nicht besonders. Er ist offensichtlich an seltsame Fragen gewöhnt und überlegt ernsthaft, während seine Blicke mich abscannen.

»Geh nach Hause in deine Villa«, antwortet er. Verachtung schwappt über den Tresen.

Ich sehe an mir herunter. In den Augen des Barmanns bin ich eine reiche Gattin um die vierzig, die ihr vom Ehemann finanziertes Luxusleben langweilt und die sich deshalb in Cafés und Geschäften herumtreibt.

Er selbst trägt mächtige Tunnelohrringe, zahlreiche Tattoos bedecken seine Unterarme. Ein Fisch windet sich um sein Handgelenk und schnappt nach einem kleineren Artgenossen, der sich mit einem Biss in seinen Schwanz revanchiert.

Der Kreislauf des Lebens, steht daneben.

»Das ergibt keinen Sinn«, sage ich.

»Was?«

»Da, auf deiner Hand. Wenn der große Fisch den kleinen frisst, kann der kleine Fisch noch nicht mal zuschnappen, so schnell ist er gefressen.«

Die kommunistischen Großvatererbanlagen in mir vertragen es nicht, wenn man mich für einen Bourgeois hält.

»Das ist es ja gerade: Die großen Fische sollten sich nie zu sicher sein!« Der Barista sieht mich mit hochgezogenen Augenbrauen an.

»Ist das die Neuauflage von: *Macht kaputt, was euch kaputtmacht?*«

»Kann sein.«

Er ist nicht alt genug, um die Bedeutung dieses Satzes noch zu kennen. Meine Mutter kramte ihn gern aus dem verschütteten

Zitatenschatz ihrer Jugend hervor: Es fiel ihr nicht auf, wie sehr sie damit gescheitert war. Denn am Ende war nur sie selbst dabei kaputtgegangen.

»Dann hättest du vielleicht danebenschreiben müssen: *Wenn der große Fisch versucht, den kleinen zu fressen, sollte er sich vorsehen! Denn am Ende gibt es immer einen noch größeren Raubfisch.*«

Ich sehe ihn an. »Robben zum Beispiel. Sind scheinbar possierliche Säugetiere, aber gehören zu den gefräßigsten Raubtieren der Meere.« Ich freue mich, dass meine Studien im Gefängnis doch zu etwas nütze waren.

»Zu viel Text!« Der Barista gießt Milchschaum in eine Tasse mit Kaffee und zieht in Sekundenschnelle ein Muster in den Schaum: ein Hai, der von einem Schwarm kleiner Fische umringt wird.

»Wow«, sage ich, »das ist ja Kunst!«

»Ich bin deutscher Latte-Art-Meister«, antwortet er stolz.

»So was gibt es«, sage ich und versuche, beeindruckt zu klingen.

»Und die Message?«, hakt er nach.

»Nicht schlecht! *Im Schwarm sind wir unbesiegbar.*«

Es irritiert ihn sichtlich, dass eine Villenbesitzerin wie ich solch klassenkämpferische Sätze von sich gibt. Er mustert mich noch einmal, kann sich keinen Reim auf meinen Status machen und reicht den Kaffee zu dem Anzugmann hinüber, der nicht einmal hinsieht und die kritische Kaffeekunst mit einem einzigen Schluck wegtrinkt. Ich lache leise in mich hinein. Der Barista zuckt mit den Schultern und greift nach der Kellnerbörse mit dem Wechselgeld.

»Wie auch immer: Man muss sich entscheiden, mit welchen Fischen man schwimmt.«

»Stimmt so«, sage ich und meine das Restgeld. Aber ein wenig auch seine Antwort.

Er lächelt.

Ich lächle zurück. Zum dritten Mal an diesem Tag. Mein an sich friedliches Wesen, das dreieinhalb Jahre unter einem Coolness-Berg verschüttet war, scheint langsam wieder zum Vorschein zu kommen.

Der Barista steckt das Geld ein und dreht sich zu dem Anzugmann, der nun ebenfalls die Rechnung einfordert.

Mit welchen Fischen will ich schwimmen? Keine Ahnung. Jedenfalls sollte ich mich von Raubfischen wie der Rettungsboje fernhalten. Denn der schlimmste Räuber ist immer noch der Mensch.

Und ich sollte aufhören, mich zu verkleiden. Ich streife mein Folterschuhwerk ab, stelle es auf die Theke und verlasse die Bar. Es fühlt sich endlich nach Freiheit an.

Fünf

Ich habe eine Übergangswohnung, einen Beruf, aber keinen Job, und ich bin auf Bewährung. Etwas an diesem Zwischen-Zustand gefällt mir. Ich gehe durch die Fußgängerzone, um in den Ostteil der Stadt zu kommen. Meine Drei-Monats-Wohnung liegt leider im hipsten Viertel. Das Problem am Hipsein ist, habe ich bei meinem Freigang festgestellt, dass ich mich dort selbst unhip fühle. Hipster verbringen sehr viel Anstrengung damit, möglichst unangestrengt auszusehen. Ich hingegen bin zum Hipsein zu alt, habe meist einen angestrengten Gesichtsausdruck und falsche Klamotten. Ich trug schon als Kind verkehrte Kleidung, da meine Mutter sie billig in Ungarn gekauft hat. Ostmode. Die falsche Jeans aus dem falschen Stoff. Synthetikpullover in grellen Farben. Selbstgestricktes. Turnschuhe mit nur zwei Streifen. Ein Albtraum für ein Mädchen, das nichts anderes wollte, als dazuzugehören.

Die Fußgängerzone, eine Shoppingeinflugschneise, die die Stadt in zwei Hälften teilt, ist voller Menschen. Sie tragen riesige Plastiktüten und sehen gestresst aus. (Also nicht hip.)

Sie sind es wahrscheinlich von ihrer Arbeit so sehr gewohnt, gestresst zu sein, dass sie ihren Arbeitsstress einfach weiter auf die Freizeit ausdehnen. Das verwundert mich sehr. Ich habe mir

Freizeit die ganzen Jahre im Gefängnis als etwas Traumhaftes vorgestellt.

Die Kaufwilligen rempeln mich an. Man darf nicht einfach stehen bleiben. Man muss weitergehen und im Strom mitshoppen. Ihr Blick fällt auf meine nackten Füße. Es arbeitet in ihnen. Eine Verrückte? Eine ehemals Reiche, heruntergekommen, die sich keine Schuhe mehr leisten kann? Oder eine Genießerin, die das macht, wozu sie gerade Lust hat? Der Gedanke ärgert sie vermutlich am meisten. Ich hingegen freue mich, dass sie mich nicht einordnen können.

Im Gefängnis gab es einen kleinen Laden, in dem man ein paar Produkte kaufen konnte: Zigaretten, Schokolade, Seife, Instant-Nudeln und Getränke. Instant-Nudeln waren deshalb beliebt, weil die Nudeln der Anstaltsküche meist vollkommen verkocht waren. Das Angebot im Laden war überschaubar. Für mich hatte diese Beschränkung etwas Erleichterndes. Man musste nicht ständig Entscheidungen fällen. Hier rufen Tausende von Produkten nach einer Wahl. Das überfordert mich.

Schnell überquere ich die Haupteinkaufsstraße und biege in eine Nebenstraße mit kleinen Läden ab. Darin werden teure Taschen, Geschenke und Bücher verkauft.

Der Feinkostladen an der Ecke bietet *Apfel-Calvados-Senf*, *handgeschöpfte Schokolade* und *Prosecco-Granatapfel-Gelee* an. Darunter steht: *Genusskultur.*

Gegenüber verspricht ein italienisches Modegeschäft *Lebensart zum Tragen.*

Ein Kosmetikstudio wirbt mit einem *schnellen Business-Paket für neunundneunzig Euro*. Im Schaufenster steht ein Spiegel, daneben lächeln drei maskenhaft geschminkte Kosmetikerinnen von einem Werbeaufsteller herunter. Eine von ihnen teilt mir per

Sprechblase mit, dass *Schönheit kein Zufall ist.* Mein Gesicht sieht grau aus.

Ich habe genug gesehen. An der nächsten Haltestelle opfere ich weitere drei Euro und steige in die Straßenbahn. Die Wohnung liegt im dritten Stock eines Gründerzeithauses, das schon bessere Zeiten erlebt hat. Ausgetretene Treppenstufen und ein von diversen Umzügen verschrammtes Treppenhaus führen nach oben in den ausgebauten Dachboden. Im Eingangsbereich hängt der typische Altbau-Geruch von Sandstein, Essensgerüchen und altem gebohnerten Holz. Ich sehe mir die Reihe der verbeulten Briefkästen an. An einem steht bereits mein Name. Schnell gehe ich nach draußen und schaue auf die Klingel. Auch dort: OLIVIA SZABÓ. Mit Accent. Die Studentin hat wirklich ganze Arbeit geleistet. Ich versuche, das Klingelschild abzumachen und den Papierstreifen mit dem Namen zu entfernen. Zwecklos. Es ist mit einem kleinen Schräubchen fest angezogen. Ich muss oben nach einem Schraubenzieher suchen.

Als ich wieder hineingehe und die Treppe nehmen will, ahne ich, dass es bereits zu spät ist. Die Tür zum Hinterhof ist nur angelehnt. Etwas stellt mir die Härchen an den Armen auf. Ich spüre einen Lufthauch und drehe mich um.

»Hast du gedacht, ich bin blöd? Du!«

Ja, habe ich, denke ich, halte es aber für besser, das im Moment für mich zu behalten.

»Aber ein Adi Lieberknecht ist nicht blöd. Ein Adi Lieberknecht kann sich wie ein Indianer zurückziehen und dann leise anschleichen und im richtigen Moment zuschlagen. Nämlich jetzt!«

Er tritt einen Schritt auf mich zu und stellt sich mit der Spitze seiner Cowboystiefel direkt auf meinen rechten nackten Fuß. Die Stiefel hat er in einer kleinen Manufaktur in Kanada individuell anfertigen lassen, das Leder stammt aus Louisiana.

Das hat er mir an jenem Abend in allen Einzelheiten berichtet. Die größte Herausforderung war daher, nicht einzunicken, bevor ich einen günstigen Moment für den Armbanduhren-Klau erwischte.

»Scheint ja wirklich eine super Qualität zu sein, wenn du die immer noch trägst«, sage ich und versuche, mir nicht anmerken zu lassen, wie sehr mein Fuß schmerzt. Zugleich bereue ich es bereits heftig, meine Schuhe auf der Theke abgestellt zu haben. Ihre Spitzen wären jetzt eine gute Waffe.

Lieberknecht tritt einen Schritt zurück und betrachtet stolz seine Stiefel. Auf seine Eitelkeit ist nach wie vor Verlass! Mein Fuß atmet fast hörbar auf.

»Sicher, Alligatorenleder ist praktisch unverwüstlich! Mississippi-Alligatoren können bis zu 75 Jahre alt werden.« Er sieht mich Beifall heischend an. »Wenn sie nicht vorher als Schuh enden!« Sein heiseres Lachen huscht durch das Treppenhaus wie ein fliehendes Zwergkaninchen.

»Schön, wenn man zusammen mit seinen Lieben alt werden kann! Ist ja nicht mehr selbstverständlich heutzutage.«

Seine Augen verengen sich augenblicklich zu so schmalen Schlitzen, dass man glauben könnte, er hätte nie welche gehabt. Ich weiß, dass der Waffenhändler seit Jahren verzweifelt eine Frau sucht und seine Anstrengungen dabei in keinem besonders günstigen Verhältnis zu ihrem Erfolg stehen.

Er greift unter seine Jacke. Die Faust taucht, ein Bowie-Messer umklammernd, wieder auf. Wie es genannt wird, hat er mir ebenfalls an jenem Abend verraten. Außerdem, dass es früher von Büffeljägern benutzt wurde. Und noch vieles mehr hat er mir erzählt, was ich aber als *stream of unconsciousness* an mir habe vorbeiziehen lassen.

Ich gehe einen Schritt zurück und stoße gegen die erste Treppenstufe. Ich muss versuchen, Zeit zu gewinnen. »Du hast dich nicht verändert. Immer noch haarscharf am Rand der Eskalation.«

»Ha, aber dafür hast du dich verändert«, feixt er, »an dem Abend warst du noch blond.« Er nimmt eine meiner Haarsträhnen und wickelt sie um seinen Zeigefinger. »Stand dir besser, du. Irgendwie sexier als braun, wenn du mich fragst.«

»Ich frage dich aber nicht!«

Die menschliche Beobachtungsfähigkeit ist eine sehr begrenzte Gabe. Untersuchungen haben ergeben, dass Zeugen bei einem fingierten Überfall vollkommen abweichende Aussagen über das Aussehen des Täters tätigen. Oft wird dieser als männlich, nordafrikanisch und mit einer schwarzen Lederjacke bekleidet beschrieben. Das liegt daran, dass der menschliche Geist sich in Notsituationen auf das Wesentliche fokussiert (die vorgehaltene Waffe) und das Gedächtnis die fehlenden Inhalte durch bekannte Bilder ersetzt. Also Fernsehbilder oder solche, die uns von Vorurteilen eingeflüstert werden. Zeugenaussagen sind also nicht sehr viel wert. Trotzdem sitzen zahlreiche Täter genau derentwegen im Gefängnis.

Die Klischeevorstellung der Rettungsboje ist also, dass Diebinnen, die ihn beklauen, sexy und blond sind. Tatsächlich trug ich an diesem Abend meine hellrote Kurzhaarperücke. Doch es ist wohl relativ sinnlos, das jetzt mit ihm zu diskutieren.

Denn die Rettungsboje kommt mir gerade wieder bedrohlich nahe.

Ein feiner Hundekotduft kämpft mit einem penetranten Desinfektionsmittelgeruch auf dem Weg in meine Nase um die olfaktorische Vorherrschaft.

Wenn er sich rächen wollte, hätte er es sofort getan, überlege ich. Also will er Geld.

»Nimm deine schrumpeligen Griffel weg, sonst fange ich an, *Überfall* zu schreien.«

Er lacht triumphierend. »Bitte, schrei ruhig, wenn es dir guttut. Es ist keiner da. So was checkt ein Adi Lieberknecht natürlich vorher.«

Ich sehe ihn betont müde an.

»Dafür checkt ein Adi Lieberknecht nicht, dass ich ihm gerade wieder etwas sehr, sehr Wertvolles abgeknöpft habe.« Ich halte seine neue Armbanduhr hoch und lasse sie vor seiner Nase hin- und herbaumeln. Sie sieht billig aus. »Ach, nur eine Replika! Laufen die Waffengeschäfte im Moment nicht ganz so gut?«

Man sollte einen Choleriker nicht mehr reizen als unbedingt notwendig. Die Wut schießt dementsprechend in ihm hoch wie eine frisch angebohrte Ölquelle. Er lässt das Messer herabfahren und trennt mir eine Haarsträhne ab.

Triumphierend hält er sie einen Moment in die Luft und lässt sie los. Mein Haar rieselt in braunen Fäden zu Boden. Ich rette mich schnell auf die erste Treppenstufe, bevor er ganz durchdreht.

»Hör gut zu, du! Ich gebe dir zwei Wochen Zeit! Wenn ich bis dahin mein Geld nicht wiederhabe, ist das nächste Mal nicht nur dein Haar kürzer. Haben wir uns verstanden?«

Er gestikuliert mit dem Messer in der Luft herum. Ich nicke vorsichtshalber nur.

»Dreißigtausend! Und keinen Cent weniger.«

»Dreißigtausend? So viel war die Uhr doch gar nicht wert.«

»Da ist noch Schmerzensgeld dabei.« Er unterstreicht seine Worte, indem er mit dem Messer unter meiner Nase herumfuchtelt.

»Schmerzensgeld?« Ich kann mir das Lachen nicht verkneifen.

Er springt auf meine Stufe. »Hast du mal darüber nachgedacht, wie ich als Waffenhändler dastehe, ja, wenn ich mir von einer kleinen Diebin wie dir eine Uhr abknöpfen lasse? HAST DU EIN MAL DARÜBER NACHGEDACHT?« Gleich wird er endgültig explodieren.

Was soll ich sagen? *Oh, vielen Dank, dass du mich danach fragst. So habe ich endlich einmal die Gelegenheit, mich ausführlich zu diesem Themenfeld zu äußern. Lass mich drei Dinge dazu ausführen. Punkt eins: Unsere Gesellschaft geht viel zu gedankenlos mit den Gefühlen von Schwerverbrechern um …*

Nein, ich habe natürlich nicht darüber nachgedacht. Ich halte es auch nicht für die Aufgabe einer Diebin, in Betracht zu ziehen, was für ein Imageverlust mit ihrer Tat für das Opfer möglicherweise einhergeht.

Der Waffenhändler war wirklich eine schlechte Wahl. Er hat einfach nicht das Format für sein Business. Ich entschließe mich zur Deeskalation.

»Tut mir leid. Darüber habe ich mir wirklich keine Gedanken gemacht.«

Er versucht, an meinem Gesicht abzulesen, ob ich mich über ihn lustig mache. Ich gebe mir Mühe, möglichst verständnisvoll auszusehen. So verständnisvoll, wie es eben im Angesicht eines Psychopathen mit fehlender Impulskontrolle möglich ist.

»Gut, dann haben wir uns ja verstanden.« Das Messer schlüpft in sein Lederholster unter der Jacke zurück. Er grinst zufrieden und hält die Hand auf.

»UHR!«

Ich strecke den Arm aus und lasse seine Armbanduhr aus großer Höhe fallen. Er fängt sie knapp auf. Grinst. Er glaubt, dass er ohnehin gewonnen hat.

»Dann sehen wir uns in zwei Wochen wieder.« Die Rettungsboje dreht ab und schiebt sich zum Ausgang. Kurz vor der Hintertür wendet er sich noch einmal um.

»Das Original habe ich natürlich im Safe.«

Er sieht mich an wie ein Hund, der von seinem Frauchen für das Apportieren der Tageszeitung gelobt werden will. Fast tut er mir ein wenig leid, dass er sich von der Anerkennung anderer so abhängig macht.

»Natürlich«, antworte ich. *Natürlich* glaube ich ihm kein Wort.

Die Tür fällt in ein nicht funktionsfähiges Schloss. Der Waffenhändler-Spuk ist vorüber. Ich lasse mich auf die Treppenstufe fallen und atme tief durch. Die gestutzte Haarsträhne steht seltsam vom Rest meiner Frisur ab. Ich versuche, sie herunterzuziehen, aber sie schnellt sofort wieder nach oben.

Das größere Problem ist jedoch, wie ich in zwei Wochen dreißigtausend Euro beschaffen soll. Oder eine neue Stadt, eine neue Wohnung, einen neuen Namen, ein neues Gesicht.

Unter der Dusche verbrauche ich den Jahreswasserbedarf eines aufstrebenden Agrarschwellenlandes. Wasser beruhigt mich. Im Gefängnis habe ich mich auf genau diese Dusche gefreut. Eine gekachelte Einzeldusche, eine gut regulierbare Armatur, statt kochend heißem oder eiskaltem Wasser, kein Zeitdruck.

Jetzt kann ich sie nicht richtig genießen. Ich habe noch zweiundsiebzig Euro Bargeld und dazu dreißigtausend Euro Schulden. Zum Glück hatte ich bei Sula und Wolf noch rechtzeitig einige

Sachen deponiert, die sie für mich im Notfall verkaufen sollten. Aber ob das für die Schulden *und* für das Restaurant reicht?

Sula und Wolf betreiben nebenberuflich einen Trödelladen und verhökerten hauptberuflich unter ihrem Ladentisch Hehlerware von mir. Einige meiner Möbel und persönlichen Gegenstände haben sie ebenfalls gerettet, bevor die Staatsanwaltschaft meine Wohnung auflösen ließ, um die von mir Geschädigten auszuzahlen.

Auch die *Patek Phillipe* der Rettungsboje haben Sula und Wolf für mich verkauft. An einen hiesigen Stadtrat übrigens, der sich die Uhr sonst kaum hätte leisten können. Ich habe ihn danach sogar einmal damit in der Zeitung gesehen. Wenn die Rettungsboje Zeitung lesen würde, hätte das ziemlich schlecht für den Stadtrat ausgehen können.

Aber was mache ich, wenn das Geld nicht reicht?

Mir fehlt jenes Unterordnungsgen, das in der menschlichen DNA normalerweise vorgesehen ist. Ich kann daher unmöglich als Angestellte arbeiten. Ich muss mein eigenes Restaurant aufmachen. Mir schwebt ein kleines, feines Lokal mit wenigen Tischen vor, mit dafür ausgesuchten Speisen klassisch ungarisch-europäischer Küche. Statt der ziemlich deftigen ungarischen Speisen eher feine Varianten mit internationalem Einschlag. Alles wird frisch zubereitet und schmeckt auf keinen Fall *puritanisch*. Mein Essen wird nicht *fettarm*, *kohlenhydratfrei*, *clean*, *glutenfrei*, *Paleo*, *zuckerfrei*, *ketogen*, *minimal*, *laktosefrei*, *frutarisch*, kein *slowfood* oder mit *Superfoods* angereichertes Essen sein. Wer aber ein ernstzunehmendes gesundheitliches Problem hat, darf sich gern an mich wenden. (Diesen Satz schreibe ich in die Karte!)

Mein Essen wird vielleicht *bio*, *regional*, *vegan* oder *vegetarisch* sein. Doch ich werde einen Teufel tun, dies zu verkünden. Denn ich mache keine Gesinnungsküche, sondern Genussessen. Essen soll wieder das sein, was es ist. Üppig, köstlich, verschwenderisch, opulent, lecker.

Ich stelle mir die Wirkung der Speisen vor wie bei unserem Gefängnis-Pudding: Die Gäste verlassen mit einem seligen Lächeln das Restaurant, weil sie sich an eine Großmutter erinnert haben, die wunderbar gekocht hat. Meine Küche soll alle Geschmäcker und Düfte der Kindheit einfangen und destillieren. Sie soll so sein, wie ich Speisen immer dann erlebt habe, wenn ich bei meinen Großeltern in Ungarn war.

Das Lokal selbst wird jedoch schlicht und einfach sein. Understatement ausstrahlen. Entweder werde ich damit sagenhaft siegen oder krachend untergehen.

Ich glaube fest an die therapeutische Wirkung des Kochens. Man erschafft etwas mit seinen Händen und seinem Geist, und das so Erschaffene nährt einen. Meine Mutter konnte nicht kochen und ergab sich den größten Teil der Zeit ihrer unerklärlichen Schwermut. Die plötzlich durch eine mir ebenso unerklärliche Euphorie abgelöst wurde. In Phasen der Schwermut lag sie tagelang auf dem Sofa in der Küche und beachtete mich kaum. In Phasen der Euphorie kaufte sie Unmengen an Kleidern und Schmuck, schminkte sich wie eine Diva, band sich Pfauenfedern ins Haar und feierte rauschende Feste. Ich wusste nicht, was ich schlimmer finden sollte. Die Männer, die sie mir in solchen Euphorie-Zeiten als zukünftigen Vater vorstellte, habe ich mir gar nicht mehr richtig angesehen. Es lohnte sich nicht, sie kennenzulernen, denn so schnell sie aufgetaucht waren, so rasch waren sie vom Erdboden verschluckt. Danach lag Mutter wieder auf dem Sofa. Die

Wimperntusche von Tränen verschmiert, die Kleider zerrissen, die Federn schlaff herabhängend.

Heute würde ich wissen, dass sie krank ist, und sie in eine Klinik bringen. Als Kind erschien mir meine Mutter nur launenhaft und selbstsüchtig. Ganz egal, in welcher Phase sie gerade war.

Sula und Wolf sind mit den Jahren etwas wie Ersatzeltern für mich geworden. Auch wenn sie gerade mal zwanzig Jahre älter sind. Sie haben mich oft im Gefängnis besucht und wollten mich auch abholen. Aber ich bestand darauf, meine ersten freien Schritte allein zu gehen. Ich freue mich, sie bald wiederzusehen. Das hat aber Zeit bis morgen.

Ich steige aus der Dusche, trockne mich mit einem Handtuch der Studentin ab und schütte den Inhalt eines der blauen Säcke auf das Bett im Schlafbereich. Die haben Sula und Wolf schon vor ein paar Tagen vorbeigebracht, bevor die Studentin nach Indonesien abgedüst ist. Der eine enthält Wäsche, Kleidung, Schuhe. Ein frischer Duft entströmt der Tüte und breitet sich im Zimmer aus. Die zwei Lieben haben alle meine Sachen zuvor gewaschen. Ich schlüpfe in frische Wäsche, ziehe mir eine leichte Leinenhose und ein gestreiftes T-Shirt über.

Die Wohnung ist klein, aber hell und sauber. Ich staune darüber, wie perfekt Studenten heute eingerichtet sind. Mit Einbauküche und Sofalandschaft. Wir hatten Paletten, Matratzen auf dem Boden und Apfelkisten und wollten es so. Nach hinten gibt es sogar einen kleinen Balkon. Ich überprüfe schnell, ob man von außen hochklettern könnte. Es ist praktisch unmöglich, wenn man nicht über affenartige Kletterkünste verfügt. Die Wohnung ist sicher.

Ich nehme den zweiten blauen Sack, drehe ihn um und schütte

ihn daneben aus. Bücher, eine Schatulle mit billigem Modeschmuck, den ich von meiner Oma geerbt habe, ein Stein mit einem Ammoniten, bei einer Wanderung mit der Schule im Jura gefunden. Und eine Kladde mit meiner Lose-Blatt-Tagebuchsammlung, die ich als Kind bei meinen Großeltern auf der alten Schreibmaschine getippt habe.

Das kleine A war immer ganz mit Farbe ausgefüllt, sodass sich über die ganzen Blätter kleine schwarze Tupfen wie Fliegendreck zogen. F und Q klemmten und mussten nach jedem Tippen mit den Fingern zurückgesetzt werden. Danach waren die Finger vom Zurechtfummeln des Farbbands rot und schwarz. Ich kann jetzt unmöglich darin blättern, wenn ich nicht von einem Strom der Wehmut fortgespült werden will.

Stattdessen räume ich schnell meine Kleidung und Schuhe in den Schrank und verteile alles andere auf das Wandregal und den kleinen Schreibtisch.

Den Delfin aus der Gefängnistasche, der eigentlich für Karen vorgesehen war, stelle ich ebenfalls auf den Schreibtisch. Delfine lächeln nicht, sie haben einen Mangel an Gesichtsmuskulatur. Das gefällt uns Menschen so gut. Selbst wenn sie tot sind, müssen Delfine immer weiterlachen.

Ich lege mich auf das Sofa und versuche, an etwas Schönes zu denken. Ich denke an die Rettungsboje.

Habe ich es nicht gesagt?!!! Fragezeichen, drei Ausrufezeichen. Tagebuch, erinnerst du dich daran, dass ich gesagt habe, Opa wird wieder versuchen, mich hereinzulegen?
Nur hat er sich diesmal ÜBERHAUPT keine Mühe gegeben, es zu vertuschen.
Aber der Reihe nach: Es sind Weihnachtsferien. Und ich bin wo? Natürlich: in Esztergom. Diesmal ist Mama aber gar nicht das Blei heruntergekommen. Sondern sie hat einen neuen Verehrer, der sie in den Winterurlaub eingeladen hat. Ganz schick in die Schweiz. Mit Skifahren, Moonboots, Après-Ski und all dem Zeug. Mich wollte der Verehrer natürlich nicht dabeihaben.
Mama hatte erst ein bisschen ein schlechtes Gewissen und hat sich deshalb vorher ganz viel angestrengt. Jeden Tag gekocht und mir einen neuen Pulli mit Rentieren drauf gekauft und ganz viele Mamasachen gemacht. Abends zusammen spielen und so.
Aber ich war natürlich sofort misstrauisch. Und auch ein bisschen gemein, denn ich habe so getan, als ob ich nichts merke, und ihr gesagt, dass ich in den Weihnachtsferien ganz viel mit ihr Eislaufen gehen will, wenn der See wieder zugefroren ist. So wie früher.
Da hat sie ein bisschen komisch den Mund verzogen und mir versprochen, dass wir das machen. Dabei konnte sie mir aber nicht in die Augen schauen. Und sie hat mich dauernd bei Mühle gewinnen lassen. Ich habe ihr dann versprochen, dass ich sie beim Eislaufen gewinnen lasse, da bin ich nämlich immer schneller. Das war noch ein bisschen gemeiner. Siehst du, Tagebuch: Es gibt Sätze, die so tun, als ob sie nett sind, aber eigentlich sind sie richtig ekelhaft.
Dann habe ich am nächsten Abend an der Tür gelauscht und gehört, wie der Verehrer zu ihr gesagt hat, es sei für ein Kind doch wichtig zu wissen, welche »Wurzeln« es hat. Und dass ich deshalb so oft wie

möglich nach Esztergom fahren sollte, um diese Wurzeln kennenzulernen. Und überhaupt: Man solle sich nicht von seinem Kind erpressen lassen, sondern habe ja auch ein Leben. Danach hat Mama sofort wieder mit den Mamasachen aufgehört, weil sie mir ja schon so viel Gutes damit tut, dass sie sich für eine Fahrkarte zu Oma und Opa das Geld vom Mund abspart, hat sie gesagt.
Also bin ich hier. Oma und Opa haben sich aber gefreut und mir eine selbst bestickte Bluse mit roten und gelben Blüten zu Weihnachten geschenkt. Die kann ich zu Hause unmöglich anziehen. Sie ist so was von unmodern. Sie ist sogar in Ungarn unmodern. Also ultraunmodern.
Aber Oma hat mir die vielen Stiche gezeigt, die sie sich beim Sticken in ihren Finger gemacht hat. Sie stickt nämlich mit einer spitzen Nadel, weil die besser in den Stoff reingeht. Da habe ich die Bluse doch angezogen.
An Heiligabend hat Mama aus der Schweiz angerufen und war ganz happy. Sie hat gesagt, dass jetzt alles anders wird. Viel besser nämlich! Wenn wir zurückkommen, hat sie gesagt. Und bei dem »wir« so komisch in sich hineingelacht. Vielleicht ist es ja doch gut, wenn man sich nicht immer von seinem Kind erpressen lässt. Kann schon sein.
Aber ich quatsche schon wieder zu viel.
Schließlich wollte ich ja erzählen, wie Opa mich wieder reingelegt hat. Zuerst war es so wie beim letzten Mal. Deshalb bin ich natürlich sofort misstrauisch geworden. Er hat gesagt: Wir fahren nach Budapest.
Ich habe mich schon auf das Café gefreut. Draußen war es nämlich richtig kalt. So kalt, dass der Atem im Zug direkt mit Eisblumen an das Fenster gefroren ist. Ich hatte meinen Rentierpullover an und eine dicke blaue Strumpfhose mit weißen Tupfen, die ich von Mama zu

Weihnachten gekriegt habe (immerhin), aber ich hab trotzdem gefroren.
Dann sind wir aber gar nicht in das Café. Wir sind in eine riesige Markthalle gegangen, wo es Unmengen Kohlköpfe, eingemachtes Gemüse in Gläsern, getrocknete Würste und Paprikakränze gab. So einen Kranz hätte ich gern gehabt, aber Opa hat gar nicht hingeschaut und mich schnell weitergezogen. Die Markthalle hatte drei Etagen, ganz hohe Decken, und Opa sagte, sie sei fast zweihundert Jahre alt. Er hat mich zu einem Stand geführt, hinter dem eine dicke Frau mit Küchenschürze und Kuchen stand. Sie hatte zwei Bleche mit Bejgli. Eines mit Mohn und Rum und eines mit Walnüssen. Opa hat ein Stück mit Mohn gegessen und sich mit der Frau über die Lage der ungarischen Wirtschaft unterhalten (schlecht). Ich habe eins mit Walnüssen bekommen und zuerst nur vorsichtig dran geknabbert. Womöglich hat er sie vorher Senf reintun lassen oder so was.
Diesmal hat aber alles ganz normal geschmeckt, sogar richtig lecker! Es kamen immer wieder Leute an den Stand, um sich ebenfalls etwas von dem Kuchen zu kaufen. Aber ich habe Opa ganz genau im Auge behalten. Ich wusste, dass er irgendeine Gemeinheit vorhatte! Komischerweise hat er nach einer halben Stunde gesagt, dass wir jetzt noch zwei Stücke Kuchen für meine Großmutter kaufen und dann wieder gehen. Wir sind zum Bahnhof gefahren und wieder in den Zug zurück nach Esztergom gestiegen. Da habe ich schon gedacht, dass Opa nicht mehr ganz richtig im Kopf ist.
Aber im Zug hat Opa mich in ein leeres Abteil gezogen und wieder sein feierliches Gesicht aufgesetzt.
»Mein Findelkind, ich werde dir jetzt drei Fragen stellen. Wenn du alle drei richtig beantwortest, bist du sehr begabt. Wenn du zwei Fragen

schaffst, besteht große Hoffnung. Und wenn du eine richtig hast, ist immerhin noch nicht alles verloren.«

Opa lehnte sich zurück und sah mich an, ohne zu lächeln. Meine Hände wurden auf einmal ganz nass vor Nervosität.

»Und wenn ich keine Frage richtig beantworten kann?«

Opa schloss die Augen, als ob er an etwas ganz Schlimmes denken musste. Dann schnalzte er mit der Zunge und schüttelte einmal den Kopf, als ob das völlig unmöglich wäre! Die Augen ließ er dabei geschlossen.

Mein Herz rutschte eine Etage tiefer, das kann ich dir sagen, Tagebuch. Ich dachte, jetzt kommen bestimmt ganz schwere Mathe- und Physikfragen, oder so was.

Aber dann passierte erst mal gar nichts. Opa versenkte seinen Körper in das Sitzpolster und schaukelte im Takt des Zuges mit. Ich dachte schon, er wäre eingeschlafen. Habe ihn aber in Ruhe gelassen und aus dem Fenster geguckt.

»Wie viele Kinder hatte die Frau im roten Mantel?«, fragte er auf einmal, wie aus dem Nichts.

»WAS?«, habe ich geantwortet. Denn ich habe natürlich damit gerechnet, dass er fragt: »Was ist Photosynthese?«, oder so etwas. Aber nein.

»Ich habe keine Frau im roten Mantel gesehen.«

»Mach die Augen zu, und schau noch einmal!«

Das ist ein Widerspruch, wollte ich sagen. Habe dann aber doch lieber die Klappe gehalten und »geschaut«.

Zuerst war da gar nichts. Dann tauchte aus dem Nebel der Erinnerung (tolles Bild, was?) tatsächlich eine kleine Frau im roten Mantel auf, die ganz am Anfang am Stand gewesen war. Aber sie war allein gekommen, ohne Kind.

Ich schaute noch mal. Sie hatte drei Stück von dem Bejgli-Kuchen gekauft. Alle drei mit Walnüssen.
»Sie hat zwei Kinder!«, habe ich schnell gerufen und die Augen aufgerissen, »ein Stück Kuchen für sich und zwei für die Kinder.«
»Wirklich?«, hat Opa nur gefragt und die Augen nicht aufgemacht. »Schau noch mal genau hin.«
Ich habe die Augen wieder zugemacht und geschaut. Da habe ich gesehen, wie die Frau ganz lange in ihrem Portemonnaie gekramt hat, bis sie endlich das Kleingeld für die drei Stücke Kuchen zusammengeklaubt hatte.
»Sie hat drei Kinder.« Als ich das gesagt hatte, war ich ganz geschockt. Eine Mutter kann also selbst auf ein Stück Kuchen verzichten, um jedem ihrer drei Kinder eines mitbringen zu können. So kann eine Mutter sein.
»Richtig!«, sagte Großvater und machte seine Augen einen winzigen Schlitz weit auf.
Danach fragte er mich noch nach der Fellfarbe eines Streuners, der in der Halle herumgestrichen war, um an den Ständen nach Wurstresten zu betteln (er war braun, wie das Kastanienpüree von Oma, und hatte einen weißen Fleck vorn), und danach, wie viele Kohlköpfe das alte Ehepaar ganz am Schluss gekauft hatte, vier, nein sogar fünf! Was macht man bloß mit fünf Kohlköpfen?
Das war einfach. Fast war ich ein bisschen enttäuscht, dass er sich nichts Schwierigeres hatte einfallen lassen. Aber vielleicht bin ich ja auch nur ganz gut im Beobachten?
Schließlich stehe ich zu Hause stundenlang am Fenster, wenn Mama wieder liegt, und schaue den Leuten auf der Straße nach.
Oder es steckt wieder irgendwas dahinter. Bei Opa weiß man nie!
Er hat nur genickt und den Rest der Fahrt geschwiegen. Manchmal

hatte ich das Gefühl, dass er die Augen nicht ganz zuhat und mich beobachtet.
Zurück in Esztergom, hatte ich also zweieinhalb Fragen richtig beantwortet. Doch ein bisschen begabt. Glück gehabt.
Wofür? Weiß ich immer noch nicht.

Esztergom, Winterferien 1987

Sechs

Der Trödelladen von Sula und Wolf liegt im vergessenen Hinterhof eines Mehrfamilienhauses aus den Anfängen des letzten Jahrhunderts. Hier gab es einmal eine Porzellanfabrik. Dass das Gebäude nicht schon längst abgerissen und das Grundstück mit schicken Lofts bebaut worden ist, ist allein der Tatsache zu verdanken, dass Sula und Wolf den Laden vor dreißig Jahren gekauft haben. Nun trotzt er wie ein widerspenstiges Unkraut der ihn umgebenden Neubauwüste.

Immer wieder schleichen Immobilienhaie um das Geschäft herum und bieten Sula und Wolf absurde Summen für das Areal. Und immer wieder schütteln die beiden entschieden den Kopf und vertreiben die Raubtiere aus ihrem Laden. Das Unverständnis in den Gesichtern der Mahler bereitet ihnen einen Heidenspaß, sagen sie. Die Immobilienhaie gehen, nur, um beim nächsten Mal mit noch abwegigeren Summen wiederzukommen. Wenn sie einmal Blut gerochen haben, sagt Sula, kommen sie immer wieder. Wie Menschenhaie.

Hingegen liegt meist ein Irrtum vor, wenn der echte Menschenhai oder auch Weiße Hai einen Menschen beißt. Er verwechselt die Silhouette von Schwimmern oder Surfern mit der eines Seehundes und gibt sie meist sofort wieder frei, wenn er merkt, dass es keine Beutetiere sind. Der Hai steht an der Spitze der maritimen Nahrungskette. Dafür endet er oft als Beifang oder, wegen seines schlechten Rufs, als Trophäe und ist mittlerweile vom Aussterben bedroht.

Der Preis, den Sula und Wolf für ihren Widerstand zahlen, ist ein zugiges Loch, in dem ständig die Scheiben kaputt sind und in das es ab und zu hineinregnet. Sie haben nicht genug Geld, es in Schuss zu halten. Alles in allem ist es jedoch die perfekte Tarnung für einen Hehlerladen.

Als ich über den Hof gehe, knacken wieder Splitter herausgefallener Scheiben unter meinen Turnschuhen. Ich habe eine Tüte Croissants gekauft, denn ich weiß, dass die beiden sich morgens nicht die Zeit nehmen zu frühstücken. Außerdem hoffe ich auf einen Kaffee aus ihrer alten *Faema*-Kaffeemaschine. Die Bohnen beziehen sie von einer kleinen Rösterei direkt am Gardasee. Etwas Besseres gibt es nicht.

Ich werfe mich gegen die Tür des Trödelladens. Früher klemmte sie immer ein bisschen. Jetzt nicht mehr. Sula sieht erschrocken hoch, als ich in den Raum stürze.

Wieder einmal bin ich überrascht, wie aufgeräumt es hier drin ist. Ein Möbelkontor mit registrierter Ware, die säuberlich in Hochregalen aufbewahrt ist und mit Angaben zu Herkunft, Alter und Verkäufern in den Büchern festgehalten wurde. Diese Ordnung soll bei möglichen Polizeikontrollen den Eindruck vermitteln, dass hier alles mit rechten Dingen zugeht. Manchmal überlege ich, ob das nicht sogar ein bisschen zu perfekt ist.

Sula sitzt am Computer und ist dabei, Zahlen in ihr Buchhaltungsprogramm einzugeben. Aus der Werkstatt sind Schleifgeräusche zu hören. Sula starrt mich immer noch an, und ich bemerke einen Zwei-Augen-Blick. Das irritiert mich. Im Gefängnis lernt man, die leisesten Zweifel in einem Gesicht zu registrieren. Eines ihrer Augen flammt vor Freude über unser Wiedersehen auf, das andere zuckt erschrocken zurück. Ich will es nicht sehen, konzentriere mich auf das freudige Auge.

»Oli! Du bist schon draußen!«

»Seit gestern!«

Ich breite meine Arme aus und strahle sie an. Sula sieht müde aus, aber sie ist meine gute alte Sula, die verlässliche, mütterliche Freundin geblieben.

Sie umkurvt den Schreibtisch und rollt auf mich zu. Sie trägt ein Blumenkleid, in dessen Rüschen sie fast ertrinkt. Dass sie im Rollstuhl sitzt, bedeutet, dass es ihr zurzeit nicht gut geht. Ich sage nichts, denn sie hasst es, über ihre Krankheit zu sprechen. *Gib ihr zu viel Aufmerksamkeit, und sie frisst dich gleich mit Haut und Haaren.*

Ich beuge mich zu ihr herunter, und sie umarmt mich fest, jedoch sagt sie zunächst kein Wort. Dann dreht sie den Kopf und ruft in den hinteren Ladenteil.

»Wolf! Sieh mal, wer da ist!«

Die Geräusche verstummen, ein Schleifblock wird zur Seite gelegt.

Wolf schlurft aus der Werkstatt nach vorn. Er trägt eine blaue Arbeitslatzhose mit orangen Nähten, ist wie immer voller Holzspäne. Sein wuscheliges Haar ist grauer geworden. Was ihm oben an Volumen abhandengekommen ist, hat er durch Länge ersetzt. Er sieht immer noch wie ein gutmütiger Holzonkel aus, der Kindern die wunderbare Welt des Möbelschreinerns erklärt. Ich weiß aber, dass man nicht den Fehler machen sollte, ihn zu unterschätzen.

»Mädchen, das ist ja eine Überraschung! Nein, so was!« Wolf

stürmt auf mich zu und hebt mich hoch. Er macht eine Drehung und stellt mich wieder ab.

»Pass auf deinen Rücken auf!«, rufe ich lachend. Er ist nicht mehr ganz so schnell wie früher. Doch er hebt mich gleich noch einmal hoch und wirbelt mich herum.

Als ich wieder stehe, sieht er mir prüfend ins Gesicht. Keine Spur von Zwei-Augen-Blick.

»Erzähl, wie waren die letzten Tage?« Es ist schon drei Monate her, dass die beiden mich im Gefängnis besucht haben. *Sehr viel um die Ohren. Leider.*

»Gibt es zum Gefängnisrapport einen Kaffee?« Ich schwenke die Croissant-Tüte.

Wolf strahlt mich an. Sein Goldzahn in der hinteren Reihe blitzt. Ein bisschen zu eifrig, zu groovy, zu gut gelaunt. Doch ich will es einfach glauben. Rede mir ein, dass es normal ist, dass einem draußen zunächst alles seltsam vorkommt.

»Aber gern, Gnädigste, Sekündchen!«

Wolf stürmt wie die personifizierte Dienstbarkeit zur Maschine und füllt Kaffeebohnen ein. Sula rollt nicht minder emsig zu einem Holztisch, wischt mit der Handfläche den Staub auf den Boden und legt eine kleine Decke darauf. Mehrfach streicht sie den Stoff glatt. Dann holt sie aus einem alten Küchenschrank ein abgestoßenes Geschirr mit blauem Zwiebelmuster heraus und deckt den Tisch.

Ich schütte die Croissants in eine Schüssel und stelle sie in die Tischmitte. Wolf eilt mit zwei duftenden Tassen herbei, beschreibt eine Kurve und stellt sie galant auf dem Tisch ab, um sofort wieder zur Maschine zu verschwinden. Dort zischt gerade der dritte Kaffee in die Tasse.

Ich setze mich zu Sula an den Tisch. Wolf gesellt sich mit

dem letzten Kaffee dazu. Eine Vater-Mutter-Heimkehrer-Tochter-Atmosphäre schwingt durch den Raum wie ein lange nicht gehörtes Lieblingslied. Ich atme den Duft des Kaffees ein und stelle mir vor, dass ich gerade von einem Auslandsaufenthalt nach Hause gekommen bin und nun den gebannt lauschenden Daheimgebliebenen von meinen absurden, komischen oder anrührenden Abenteuern berichten werde. Leider klingt in diesem Lied irgendeine leise Dissonanz mit. Sie erreicht meine Ohren, wird aber von dort nicht an die Synapsen weitergeleitet.

Ich beiße in ein Croissant, kaue und erzähle von meinen letzten Wochen im Gefängnis, meiner Entlassung, meinen Plänen mit dem klein-feinen Restaurant, der Wahrsagerin, der Rettungsboje. Ich gebe alles. Bekämpfe den Misston mit aufgesetzter Albernheit, bis er unter die Wahrnehmungsschwelle gedrückt wird. Ich mache mich lustig über die Zukunftsprognose der Wahrsagerin, spotte über ihren Chirosophen, in dem Tausende von Gelehrten stecken, ihren Bakterienwahn, spiele die tumbe Mimik der Rettungsboje nach, als ich ihm erneut seine Armbanduhr abgeknöpft habe, treffe genau seine heisere Stimme, verausgabe mich vollkommen als Alleinunterhalterin auf einem heiteren Kreuzfahrtschiff der Ahnungslosigkeit.

Nach ein paar Minuten merke ich endlich, dass ich die Einzige bin, die spricht, lacht, isst und trinkt. Sula und Wolf sitzen wie versteinert vor ihrem Meissner Porzellan und starren mich an.

»Was ist? Ist jemand gestorben?«

Sula fällt augenblicklich der letzte Rest Verstellung aus dem Gesicht, sodass ich eine Viertelsekunde fürchte, dass wirklich jemand von uns gegangen ist.

»Dir geht es nicht gut«, stelle ich schon feinfühliger fest und streichle über Sulas matte Hand.

Sula antwortet nicht.

Stattdessen räuspert sich Wolf. »Du hast den Lieberknecht getroffen?«

»Ja, und er war genauso dämlich … Wieso?«, frage ich verwundert.

»Aber er wollte dir doch bestimmt nicht nur einen Besuch abstatten, oder?«

Ich nehme einen Schluck Kaffee.

»Der ist wirklich verdammt gut! Ihr glaubt nicht, wie der Knastkaffee …«

»OLIVIA!«

»Dreißigtausend in zwei Wochen.«

Sula wird noch blasser und lässt sich in die Lehne des Rollstuhls zurückfallen. Ich umklammere ihre Hand.

»Mach dir keine Sorgen. Der Rest reicht doch noch. Wird das Restaurant eben noch ein bisschen kleiner und feiner. Ausbauen kann ich ja immer noch!«

Es ist erstaunlich, dass ein Mensch, der schon kalkweiß ist, noch blasser werden kann. Die absolute Abwesenheit von Lebensfarbe.

»Es ist alles weg«, sagt Sula endlich.

Ich verstehe nicht. Will nicht verstehen. Kann, muss und darf nicht verstehen. Sollte aber.

»Ihr habt alles verkauft.« Das ist nicht einmal eine Frage.

Wolf beißt sich auf die Lippen. »Ja.«

»Dann ist doch alles prima.«

»Eben nicht.« Er sieht zu Sula hinüber, die sich an ihrer Kaffeetasse festhält.

»Das Geld ist weg.«

»Wie: weg?« Ich kapiere immer noch nicht.

Sula stöhnt auf. »Wir haben es verbraucht.«

»Verbraucht? Allein die *Birkin Bag* war mindestens vierzigtausend Euro wert.«

»Aber nicht auf dem zweiten Markt. Du musst die Risikomatrix berücksichtigen«, wirft Wolf fachkundig ein.

»Ich glaube nicht, dass das jetzt der Moment für Betriebswirtschaftslehre ist. Lass es dreißigtausend gewesen sein. Meinetwegen!«

Mein fassungsloser Blick geht zu Sula.

»Weg.« Sie sinkt in sich zusammen. Sie ist ohnehin nicht groß, doch nun sieht sie aus wie ein altes Kind, das sich an die Tischplatte klammert, um bei den Erwachsenen mitspielen zu dürfen.

»Die *Leica M9 Titanium?*«

»Weg.«

»Der Schmuck, die Uhren?«

»Alles weg.« Sula flüstert nur noch.

Ich starre auf das angebissene Croissant, das ich noch in der Hand halte. Angeekelt lege ich es weg.

»Moment, ich fasse das mal zusammen. Ihr habt die ganze Ware, die ich bei euch vorsorglich als Notgroschen deponiert habe, verscherbelt.«

»Richtig!« Wolf nickt anerkennend mit dem Kopf, als ob ich eine besonders schwierige Kalkulation bewältigt hätte. Wut kriecht wie ein heranschleichender Tiger in mir hoch.

»Aber das Geld, das ihr dafür bekommen habt, ist weg.«

»Nein«, sagt Sula leise.

Ich lache erleichtert auf. Wolf stimmt in Alter-Ziegenbock-Mecker-Manier mit ein.

»Ach so! Ihr miesen Trödelratten wolltet mich auf den Arm nehmen. Super Humor, wirklich. Lustig!«

»Ja, wir, ne?« Wolf knufft mich in die Schultern und kann sich kaum beruhigen. Er glaubt sich selbst gerade, dass alles in Ordnung ist, und lacht daher besonders ausgiebig. Schließlich seufzt er auf und wischt sich mit dem Daumennagel eine Träne aus dem rechten Auge.

Ich nehme abwehrend die Hände hoch. »Jetzt ist aber genug! Ihr habt euren Spaß gehabt. Mal im Ernst: Was habt ihr aus den Sachen rausgeholt?«

Wolf und Sula tauschen einen Blick. Wolf räuspert sich.

»Fünfundsiebzigtausend.«

Ich pfeife anerkennend durch die Zähne. »Nicht schlecht! Abzüglich zwanzig Prozent für euch. Bleiben mir sechzigtausend. Damit kann ich was machen. Selbst wenn ich die Rettungsboje ausbezahlt habe.«

Sula richtet sich auf und streckt ihren Rücken durch. »Fünftausend Euro sind noch da.«

Ich sehe sie an. Ich sehe ihn an. Keiner lacht mehr. Langsam sickert in mir durch, dass ich minutenlang auf einem taubblinden Schimmel der Ignoranz dahingeritten bin.

»Was heißt das?«

»Das heißt, dass nicht das ganze Geld weg ist«, versucht Wolf, mir die verheißungsvolle Seite des Deals schmackhaft zu machen.

»Ihr habt SIEBZIGTAUSEND Euro ausgegeben? Mein ganzes Geld?!«

»Nun, genau genommen war es ja auch nicht dein ...«

Ich ziehe die Luft so scharf ein, dass sein Satz abgeschnitten wird. Sula sagt ohnehin nichts mehr, sondern starrt angestrengt in ihre Kaffeetasse, als ob sie auf dem Boden lesen könnte, wo die schwindelerregende Summe geblieben ist.

Meine Wut wächst ins Unermessliche. »Wisst ihr überhaupt,

was das heißt? Das heißt, dass ich in zwei Wochen entweder dreißigtausend Euro auftreiben muss oder ich mich aus dieser Stadt, ach was, von der nördlichen Erdhalbkugel für immer verabschieden kann. Ist euch das klar?«

Ein Betonklotz der Stille steht im Raum.

Sula will etwas sagen, zögert aber. Dann sagt sie es leider doch. »Du könntest wieder ...«

»Oh, NEIN. Ich könnte NICHT. Denn ich bin nicht aus diesem Gefängnis herausgekommen – gerade gestern übrigens –, um sofort wieder dort hineinzumarschieren! Wenn ich euch daran erinnern darf: Ich bin auf Bewährung. Und ich habe nicht vor ... Ach, was soll das denn? Seit wann verstehen Blinde etwas von Farben?«

Vor Wut habe ich auf den Tisch geschlagen, und die Tassen sind bei jedem Schlag in ihren Untertassen auf und ab gehüpft. Der unberührte Kaffee in ihren Tassen ist über den Rand geschwappt. Sula und Wolf sind bei jedem Klirren zusammengezuckt, als ob sie selbst einen Schlag abbekommen würden.

Ich springe auf. Keine Minute möchte ich mehr mit diesen beiden Verrätern verbringen. Denn das sind sie, bei allem, was sie für mich getan haben, ganz eindeutig. Sie haben mich um meine Zukunft gebracht. Ich will hier nur noch weg.

Ich raffe meine Sachen zusammen. Die Croissant-Tüte lasse ich wie einen Vorwurf zurück. An der Tür bleibe ich jedoch stehen und drehe mich noch einmal um.

»Wofür habt ihr überhaupt so viel Geld gebraucht?«

Sula und Wolf sehen sich an. Sie winden sich. Oder: tun, als ob sie sich winden?

»Du weißt doch«, sagt Wolf, »dass wir keine Krankenversicherung haben.«

Ich erinnere mich, dass ich jahrelang auf sie eingeredet habe, wie auf zwei fußlahme Mulis, die man über einen hohen Berg bringen muss. Aber die beiden misstrauen dem Staat und sehen Versicherungen als behördliche Zwangsmaßnahme, die einem Geld wegnimmt, das man woanders besser gebrauchen könnte.

»Als du ...«, er vermeidet bewusst das Wort *Gefängnis*, »... nicht hier warst, hatte Sula einen schlimmen Schub. Sicher auch psychisch bedingt wegen der Sache mit dir.«

Grelle Augenblitze signalisieren ihm von meiner Seite, dass er sich gerade auf stark vermintes Gelände begibt.

»Jedenfalls: Sie konnte sich kaum noch bewegen. So schlimm war es noch nie. Wir wollten dich im Gefängnis nicht damit belasten.«

»Aber jetzt belastet ihr mich problemlos damit, dass mein ganzes Geld weg ist?«

Sula knetet ihre Hände. »Es war wirklich schlimm. Ich hatte sogar schon mein Testament gemacht.«

Ich verkneife mir die Frage, was sie denn vererben wollte, außer ihren Schulden.

»Und da haben wir von diesem neuen Mittel gegen MS gelesen.«

»Es kostet tausend Euro pro Woche.«

»Ein wahres Wundermittel! Es hat sofort angeschlagen.«

»Wir haben gedacht, wir können es zurückzahlen.«

»Aber seit du im Gefängnis bist, fehlt uns die Ware.«

»Und auf einmal war das Geld weg. Wie zerronnen.«

Ich stehe die ganze Zeit an der Tür, die Hand auf der Klinke. Mir fehlen die Worte. Natürlich bin ich mir vollkommen bewusst, dass das Ganze auch ein verlogenes Rührstück sein kann. Ganoven trauen sich niemals untereinander. Da kann die Freundschaft noch so tief gehen, das Misstrauen lauert stets in der schlangenverseuchten Grube.

»Warum habt ihr nicht den Laden beliehen?«

Wolf sieht mich müde an. »Die Hypotheken sind schon zu hoch.«

Das ist mir neu. Ich habe die beiden immer als unverwüstliche Disteln im Dschungel der Stadtentwicklung gesehen, in Wahrheit kämpfen sie um ihr eigenes Überleben. Und ziehen mich mit in ihren Abgrund.

Mir wird schlecht. Ich reiße die Tür auf, stürme in den Hof und übergebe mich in einen ausrangierten Blumenkübel.

Trimethylaminoxid.

Sieben

Wolf hat noch einmal frischen Kaffee gemacht. Er hat den Obstbrand aus dem Schrank genommen, drei Gläser auf den Tisch gestellt und alle gleich vollgeschenkt.

Und auf der Stelle sein Glas angesetzt, in einem Zug leer getrunken und wieder vollgeschenkt. Dann hat er einen Umschlag aus der Schreibtischschublade geholt und vor mich hingelegt. Ohne ihn zu öffnen, weiß ich, dass fünftausend Euro darin sind. Ich habe es ihm mit dem Obstbrand gleichgetan und warte nun auf dessen wohltuende Wärme. Vergeblich. Wenigstens hilft er gegen den ekelhaft säuerlichen Geschmack im Mund. Sula hat ihr Glas nicht angerührt. Vielleicht verträgt Alkohol sich nicht mit ihrem Wundermittel.

Meine Wut ist einer matten Niedergeschlagenheit gewichen. Vor einer Stunde hatte ich noch Pläne. Ich wollte ein Restaurant eröffnen, etwas schaffen, nicht mehr im Untergrund agieren, mit meinen Kochkünsten kleine Wunder bewirken. Jetzt kann ich froh sein, wenn sich der Waffenhändler für den Anfang mit fünftausend Euro zufriedengibt.

»Wovon bezahlt ihr eigentlich die nächsten Medikamente?«, fällt mir plötzlich ein.

Sula ist sichtlich froh, dass ich wieder mit ihr spreche.

»Mach dir keine Sorgen, Oli. Wir haben welche gebunkert, falls wieder ein Schub kommt. Eine günstige Gelegenheit in Spanien.«

»Da bin ich aber froh«, antworte ich. Ich meine es sarkastisch. Aber während ich es sage, denke ich, ob es nicht wirklich wichtiger ist, dass Sula ihre Medikamente nehmen kann. Ich bin vergleichsweise jung, gesund und werde schon irgendetwas finden. Der Obstbrand scheint zu wirken. Ich halte Wolf noch einmal mein Glas hin. Er grinst und schenkt großzügig nach.

»Und wenn du dir die Uhr einfach wieder zurückholst?« *Zurückholst.* Als ob es mein gutes Recht wäre, etwas, was ich einmal geklaut habe, wiederzuholen, wenn es mir wieder abhandengekommen ist.

»Genau«, stimmt Sula zu, »anzeigen wird der Stadtrat dich ja nicht können!« Sie kichert. Bei ihr funktioniert die Wirklichkeitsverdrängung auch ohne Alkohol.

Ich schüttle nur den Kopf und sage nichts. Sula und Wolf fehlt eindeutig der kathartische Reinigungseffekt, den ein längerer Gefängnisaufenthalt auf Kriminelle ausüben kann.

Oder auch nicht. Manche werden erst in der Haft zu richtigen Schwerverbrechern.

»Ich hole sie dir!« Wolf hat schon einen nächsten Schnaps inhaliert. Ab drei neigt er meist zur vollkommenen Selbstüberschätzung.

»Du?! Ich darf dich daran erinnern, wie es war, als du für mich die Bierbaronin ausspähen solltest.«

Die Bierbaronin war eine reiche Brauerei-Gattin, die ihre luxusbedingte Langeweile mit öffentlichen Auftritten bekämpfte. Wolf sollte vor allem ihre Gewohnheiten auskundschaften. Er hatte sich als vermeintlicher Pressevertreter auf diverse Events geschlichen (der Presseausweis kostete mich einen Vormittag mit einem nervigen Reporter), um die Lady zu beobachten und Informationen über sie zu sammeln. Leider hatte er auch bei jedem Sektglas zugegriffen, das ihm vor die Nase gehalten wurde.

»Das habe ich sehr gewissenhaft erledigt«, verteidigt sich Wolf. Ein leichtes Lallen lähmt jetzt schon seine Zunge.

»Ja, bis du beim Ball des Sports die Blumendeko umgerissen hast.«

»Und damit ins noch nicht eröffnete Buffet gefallen bist«, kann Sula sich nicht verkneifen. »Da waren die Herrschaften aber sauer, dass es keine Kaviarschnittchen mehr gab.«

»Und für mich war die Bierbaronin damit verbrannt.«

Wolf windet sich wie ein Lachs an der Fischtreppe. »Ich könnte noch mal …«

»Denk gar nicht daran! Es hat Jahre gedauert, bis dein Gesicht in der Stadt wieder vergessen war.«

»Obwohl auf dem Foto noch sehr dekorativer Häppchenbelag daran klebte«, amüsiert sich Sula. Kaum zu glauben, dass sie eben noch wie ein Häufchen Elend vor mir saß.

»Wie auch immer: Ich brauche einen Job und fünfundzwanzigtausend Euro.«

Augenblicklich setzen Sula und Wolf wieder ihre betroffenen Mienen auf. Sagenhaft, was für großartige Schauspieler beide sind.

Das Ticken der alten Küchenuhr über dem Eingang bleibt lange das einzige Geräusch im Laden. Draußen geht der Bewohner des Hinterhauslofts vorbei, ein Germanistikprofessor. Er winkt durch die zerbrochene Scheibe. Sula winkt ohne großen Aufwand zurück. Er ist kein Kunde, da lohnt sich allzu viel Energieverbrauch nicht.

Das Winken gibt dem Professor aber das Gefühl, dass er gut eingebunden ist in sein Viertel. Er duzt wahrscheinlich auch den Weinhändler seines Vertrauens und wird beim Italiener um die Ecke lässig mit Namen begrüßt. Die Loftbewohner finden es wichtig, dass mit dem Trödelladen noch *so etwas Echtes* überlebt hat. Es erinnert sie, wenn sie in ihrer Designer-Wohnung sitzen, an widerständige Zeiten mit *Hausbesetzung* und *Kommune*, eben an ihre eigene rückwärts verklärte Jugend oder die Studentenjugend ihrer Eltern. Etwas zu kaufen bei Sula und Wolf, um das Stück Echtheit zu bewahren, finden sie aber nicht so wichtig.

»Ich Trottel!« Wolf schlägt sich die Hand auf die Stirn und verdreht die Augen.

»Was ist denn los?«, Sula fühlt sich unangenehm aus ihrer Trägheit herausgerissen.

»Dass wir da nicht gleich draufgekommen sind! Das ist es!«

»Wärst du so freundlich, uns zwei Ahnungslose an deinen Überlegungen teilhaben zu lassen?« Ich versuche, ihn streng anzusehen.

Wolf strahlt mich an. »Ich hab die Lösung für dein Restaurant. Der Bus!«

»Der Bus«, jubelt Sula, »natürlich, das ist es!«

Ich blicke verständnislos von einem zur anderen.

»Wir haben einen alten Bus gegen einen Jugendstilschrank eingelöst. Der Besitzer konnte nicht anders bezahlen«, erklärt mir Wolf.

Bei solch großmütigen Geschäftsbedingungen wundert es mich allerdings nicht, dass die beiden pleite sind.

»Und ich soll jetzt ein Transportunternehmen gründen?«

»Aber nein, es ist ein Imbisswagen!«

Langsam beginne ich zu verstehen. »*Olivia – letzte Bratwurst vor der Autobahn*, oder was?«

»Ja, warum denn nicht?« Wolf nickt begeistert.

»Weil ich ein RESTAURANT aufmachen werde und keine Frittenbude, darum nicht!«

Sula kommt Wolf zur Hilfe. »Die Imbisse sind heute ganz was anderes, *Streetfood* ist total angesagt.«

»Da könntest du doch trotzdem ungarische Küche anbieten, nur halt ... ohne Tische. Keine olle Imbissbude, ein Food-Truck!«

»Auf KEINEN Fall! Ihr wisst doch, dass ich den direkten Kontakt mit Kunden nicht ausstehen kann. Deshalb will ich ja in die Küche!«

»Dann stell dir einfach vor, du würdest sie umbringen. Mache ich immer so bei schwierigen Fällen.« Sula grinst.

»So viele Mordfantasien kann man sich gar nicht ausdenken.«

»Jetzt schau ihn dir doch erst mal an, Oli.«

Wolf springt auf, geht zum Schreibtisch und holt eine Kamera aus der Schublade.

Er klickt sich durch diverse Fotos. Schließlich hält er mir das Display vors Gesicht. Ein dunkelgrüner Citroën Typ HY. Ausgebaut als Imbisswagen. Ein echter Oldie! Es ist Liebe auf den ersten Blick.

»Der ist ja rostig bis unter die Kühlerhaube«, knurre ich.

»Ich wusste, dass er dir gefällt!«, strahlt Sula und klatscht erfreut in die Hände.

Langsam frage ich mich, ob das Ganze nicht ein abgekartetes Spiel ist. Aber Wolf lässt mir überhaupt keine Zeit für Bedenken.

»Kein Problem. Wir stellen ihn in den Hof und machen ihn zusammen fertig.«

Ich denke nach. Großvater sagte immer: *Wo ein Schwein geschlachtet wird, da bleib zum Essen.*

»Aber nur, wenn es die *Faema* mit dazu gibt.« Ich zeige mit dem Kopf auf die Kaffeemaschine. »Schließlich muss ich vernünftigen Espresso anbieten können. Und kaufen kann ich sie mir ja nun nicht mehr.«

Wolf sieht zu Sula, Sula sieht zur Kaffeemaschine, und ich bilde mir ein, dass sich die *Faema* bereits ein wenig zu mir hin neigt. Ein geschlossener Kaffeekreislauf, da ich wiederum Wolf gnadenlos fixiere.

»Meinetwegen«, seufzt er, »aber du garantierst uns lebenslanges Kaffeegenussrecht.«

»Geht klar«, stimme ich zu.

In den nächsten Stunden finde ich dennoch zahlreiche Widerstände, die Sula und Wolf alle niederreißen: Wie finde ich einen guten Standort: *Kenne zufällig jemanden auf dem Bauamt.* Bekomme ich einen Gewerbeschein: *Haben wir auch bekommen.* Und die Gaststättenerlaubnis: *Kenne zufällig auch jemanden auf dem Ordnungsamt.* Polizeiliches Führungszeugnis: *Hättest du fürs Restaurant auch gebraucht.* Und so weiter.

Am Ende glaube ich fast selbst daran, dass es besser ist, zunächst mit einem Food-Truck anzufangen. Man spart sich immerhin Personalkosten. Wolf schlägt vor, keine Zeit zu verlieren und sich den Wagen gleich anzuschauen. Ich habe den leisen Verdacht, dass er Tatsachen schaffen will, bevor mir auffällt, dass ich reingelegt worden bin, stimme aber zu. Allerdings nur unter der Voraussetzung, dass ich am Steuer des Lieferwagens sitze. Zu seinen drei Obstbränden haben sich mittlerweile noch zwei weitere hinzugesellt.

Sula umarmt mich fest. Ich verspreche, bald wiederzukommen.

Als wir über den Hof gehen, klingelt das Telefon. Ich sehe durch einen herausgebrochenen Fensterflügel in den Laden. Sie haben ihr allererstes dunkelrotes Tastentelefon behalten, das gut in den Trödelladen passt, aber nicht transportabel ist. Sula steht beschwingt auf und geht zum Schreibtisch.

Acht

Nach elf Tagen intensiven Schleifens, Sprühens und Pinselns haben wir den Citroën weitgehend vom Rost befreit. Wir haben Hohlräume, Schweller und Fahrwerksteile entrostet, alles mit Rizinusöl geschmiert, Kotflügel und Unterboden mit Wolfs Spezialmischung aus Vaseline und Bienenwachs eingefettet. Gerade sind wir dabei, den Wagen mit einer neuen dunkelgrünen Lackschicht RAL 6004 zu überziehen. Es zeichnet sich jetzt schon ab, dass der Wagen ein echtes Schmuckstück wird. Wenn der Innenraum noch gründlich geputzt und geölt worden ist. Es ist anstrengend, aber die körperliche Arbeit tut mir gut. Es ist sehr befriedigend, etwas Kaputtes in ein intaktes Gebilde zu verwandeln.

Sula hat inzwischen ihre Kontakte genutzt und tatsächlich einen Standort und eine Gaststättenerlaubnis beschafft. Ich habe sie nicht gefragt, wie sie das geschafft hat, will glauben, dass ihre *guten Kontakte* und eine *günstige Gelegenheit* dazu beigetragen haben. Die *günstige Gelegenheit* war, dass ein Imbissbetreiber am Bahnhof aus Altersgründen sein Geschäft aufgibt und die Behörden einen Nachfolger mit modernem Konzept suchen. Da der Imbiss nicht ganz zentral steht, sondern etwas abseits unter einer Brücke, sollen die Bewerber nicht allzu zahlreich gewesen sein. Sagt Sula. Es bleibt mir nichts anderes übrig, als ihr zu glauben.

Bei einer Ortsbesichtigung habe ich gesehen, dass eine Menge *Barflies* dort herumschwirren. Ich werde das Problem lösen, indem ich vorerst keinen Alkohol anbiete. Sonst bleibt mir die seriöse Kundschaft weg, die wegen des Essens kommt. Und genau die brauche ich, wenn sich der Truck rentieren soll. Ich ertappe mich bei einem Widerspruch: Eine Ex-Kriminelle wünscht sich serösе Kundschaft. Aber will ein Verrückter nur von lauter Irren umgeben sein?

Jedenfalls habe ich einen Gewerbeschein beantragt und bin gespannt, ob ich ihn trotz meiner Vorstrafe bekomme.

Zwei Tage später habe ich doch bemerkt, dass aus dem Umschlag fünfhundert Euro fehlen. Ich habe nichts gesagt, Sula nur mit hochgezogenen Brauen angesehen. Das Biest hat sofort ihr armes-schwaches-Frauchen-Lächeln angeknipst, was mittlerweile an mir abperlt wie Wasser an Entengefieder.

Mein Vorsatz, von nun an ein ehrliches Leben zu führen, hat also schon einen tiefen Kratzer bekommen. Auch wenn ich nicht selbst daran beteiligt war, so toleriere ich es doch stillschweigend, dass mein neues Leben auf einer Bestechung aufgebaut wird. Mag sein, dass es bereits ein lächerlicher Versuch war, eine ehrbare Existenz auf den Erlös von Hehlerware zu gründen.

Das bedeutet aber auch, dass mit Lacken, Sprühflaschen, Schleifgerät, Anti-Rostmitteln und Essen nun schon tausend Euro von meinem Restgeld fehlen. Bleiben mir also gerade noch drei Tage und viertausend Euro, um den Waffenhändler zu besänftigen. Beide Zahlen tragen nicht unbedingt dazu bei, dass ich ruhiger schlafe.

Wolf ist gerade dabei, eine Sprühschablone für die Seite des Busses anzufertigen.

»Wie soll das Ding überhaupt heißen? *Hungaria* oder so was? Oder *Hungeria?*

Du weißt schon: wegen Hunger und Ungarn …«

»Jaja, ich hab schon verstanden.« Genervt verdrehe ich die Augen.

Ich trete mit der Sprühflasche einen Schritt zurück, wische mir den Schweiß von der Stirn und sehe mir den Bus an.

»Mein Restaurant sollte eigentlich *Esszimmer* heißen.«

Wolf hört die Wehmut in meiner Stimme und will sie schnell beiseitewischen. »Dann nenn ihn doch *Essenswagen!*«

»Warum nicht gleich *Knastküche?* Oder *Speisesaal im Altersheim?*« Mein vernichtender Blick trifft ihn wie die Pranke einer Raubkatze.

Wolf zuckt mit den Schultern. Er besitzt eine beneidenswerte Abwehrtechnik gegen kritische Worte und Gesten.

»*Speisewagen*«, sagt eine Stimme hinter mir. Sula hat sich geräuschlos zu uns gesellt. Seit ein paar Tagen verstaubt der Rollstuhl wieder ungenutzt in der Werkstatt.

»*Speisewagen!*«

»Das ist gut«, sage ich, »sehr gut!«

Sula macht das Daumen-hoch-Zeichen. Beide sind immer noch sehr bemüht, ihren Fauxpas auszugleichen. Aber das Misstrauen hat sich in unser Verhältnis gefressen wie ein Wurm, der sich in weiches Tannenholz bohrt. Jedes Wort, jede Geste kann plötzlich eine ganz falsche Bedeutung bekommen. Umso wichtiger, dass es solch unzweifelhaft gute Momente gibt.

»*Speisewagen*«, wiederhole ich, »und darunter: *Feine ungarisch-europäische Küche.*«

Wolf nickt und macht sich an die Arbeit. Er ist gelernter Grafiker. Aus einer Zeit, in der Gestaltung noch Handarbeit war. Mit

Grafikprogrammen kann er nichts anfangen. Er zeichnet sorgfältig mit einem Bleistift Buchstaben auf die Platte und schnitzt sie danach mit einem Teppichmesser akkurat aus dem Kunststoff heraus. Als die Schablone fertig ist, füllt er Farbe in eine Sprühflasche und sprüht den Schriftzug in Orange auf beide Seiten des Busses. Trotz meines Ärgers über die beiden muss zugeben: Es sieht umwerfend aus.

Vor ein paar Tagen habe ich bereits Gewürze und Utensilien aus Ungarn bestellt, die den typischen Geschmack der Speisen ausmachen: ungarisches Paprikapulver mild und scharf, ein paar Gläser Paprikapaste, eingelegten Knoblauch. Dazu habe ich einen original ungarischen Gulaschkessel bestellt sowie einen besonders langen Holzlöffel. Beides dient eher zur Dekoration, da ich im Wagen kein offenes Feuer entfachen kann. Kochen werde ich ohnehin am Morgen in meiner Studentenbude. Bald muss ich mich um eine Wohnung mit einer gut ausgestatteten Küche kümmern.

Im Gefängnis habe ich mir immer vorgestellt, wie es sein wird, wenn ich in meinem eigenen Restaurant stehe. Ich sah mich, wie ich nach einem langen Kocharbeitstag erschöpft in der Tür zur Küche stehe, in das Lokal blicke und lauter zufriedene Gäste vor leer gegessenen Tellern sitzen.

Natürlich weiß ich, dass das nicht so gewesen wäre und auch im Food-Truck nicht so sein wird. Es wird Menschen geben, die einen völlig anderen Geschmack haben, Menschen, die partout nicht genießen können, und Menschen, denen man nie etwas recht machen kann. Vielleicht habe ich auch mal schlechte Tage und koche miserabel. Ein solch dankbares Publikum wie im

Gefängnis werde ich so schnell nicht wiederfinden. Ich muss also schleunigst lernen, mit Kritik umzugehen.

»Morgen wird nicht gearbeitet«, verkünde ich. »Ich kaufe ein und koche ein Probeessen. Ladet ein paar Freunde ein. Um zwanzig Uhr gibt es hier eine Menge leckerer Sachen!«

Erfreut sehen Wolf und Sula mich an. Beide sind keine begeisterten Köche, Sula isst ohnehin nur wie ein Spatz. Aber für ein lärmendes Ereignis, bei dem sicher auch eine Menge Wein fließen wird, sind sie immer zu haben.

Am nächsten Morgen stehe ich früh auf und kaufe ein. Wenn ich meinen Gewerbeschein habe, kann ich das im Großmarkt viel billiger erledigen. Für heute reichen der kleine Wochenmarkt in meinem Viertel, der türkische Supermarkt gegenüber und ein Metzger.

Noch zwei Tage und dreitausendfünfhundertvierundsiebzig Euro bis zur Rettungsboje.

Den Rest des Tages verbringe ich in der Küche der Studentin und schneide, hacke, brate, rolle und rühre. Am Abend holt Wolf mich mit dem Lieferwagen ab, den ich mit einer Menge Schalen und Schüsseln und Flaschen vollլade.

Sula hat den großen Holztisch in der Werkstatt gedeckt und mit Blumen und Kerzen geschmückt.

Außer uns sind drei weitere Leute da: der Professor aus dem Hinterhaus, eine ältere, spektakulär in einen Leoparden-Fake-Fur-Mantel gekleidete Dame, die mir als frühere Fassadenkletterin vorgestellt wird, und Sulas Neffe, der als Kochazubi in einem Sternerestaurant arbeitet. Eine ziemlich hinterhältige Gästeauswahl. Meine Nervosität steigt ins Unermessliche. Ich wundere mich besonders über die Anwesenheit des Professors, sage aber nichts.

Als Vorspeise serviere ich eine Fischsuppe *Halászlé* mit Karpfen, Tomaten und Paprika. Ich habe sie mit ein wenig bulgarischem *Mastika* abgeschmeckt und einen Klecks *Crème fraîche* darauf gegeben. Die Gewürze bleiben das Geheimnis der Köchin. Schweigend beginnen meine Testesser zu löffeln. Ich schmecke selbst kaum etwas, da ich die anderen immerzu beobachte und auf ihre Reaktion warte. Aber die bleibt lange aus.

Als Hauptspeise gibt es eine Auswahl verschiedener ungarischer Hauptgerichte: Paprikahuhn *Csirkepaprikás* mit *Salzzitronen*, Krautwickel in einer vegetarischen Version mit arabisch gewürzter *Linsenfüllung*, ein *Letscho* mit frischem *Oregano*, Böhmische Hefeknödel, Quarknudeln *Túrós csusza* und natürlich ein Gulasch, das in Ungarn jedoch *Pörkölt* heißt, mit *Johannisbeergelee* abgeschmeckt. Für all das habe ich nur beste Zutaten gekauft und jedem Gericht eine ungewöhnliche Zutat hinzugegeben. Das werde ich in meinem *Speisewagen* genauso machen. Das Essen wird also nicht billig. Ein weiteres Risiko.

Die betagte Fassadenkletterin schmatzt zufrieden und nimmt sich von allem Nachschlag, als ob sie sich für das Erklimmen des Burj Khalifa rüsten würde. An ihren Armen klimpert schwerer Goldschmuck. Ich beginne zu ahnen, dass sie früher nicht nur die Fassaden erklettert, sondern auch das eine oder andere offene Fenster für ihre Zwecke genutzt hat. Und für die Zwecke von Sula und Wolf noch dazu.

Der Professor hingegen macht ein Gesicht, als wäre ihm gerade die Überarbeitung einer neuen Prüfungsordnung aufgetischt worden. Er pickt lustlos in jeder Schüssel herum, nimmt sich jeweils eine Winzigkeit auf seinen Teller, kostet sie vorsichtig mit den äußersten Spitzen seiner Lippen und wendet sich angewidert ab. Jeder Bissen, der unverständlicherweise den Weg ins Innere seines Mundes gefunden hat, wird dreihundertmal gekaut, vermutlich, damit er die Verdauung nicht zu sehr belastet.

Trimethylaminoxid.

Vielleicht gehört der Professor einer calvinistischen Religionsgemeinschaft an, die es sich zum Ziel gesetzt hat, den Verlockungen der Welt radikal zu entsagen. Wenn dem so ist, gelingt es ihm jedenfalls hervorragend. Er ist eine menschgewordene Verzichtserklärung.

»Schmeckt es nicht?«, bricht es schließlich aus mir heraus.

»Oh doch.« Er würgt einen weiteren Bissen herunter. »Aber ich pflege eher beim Japaner zu essen. Leichte Küche.«

Ich sehe genervt zu Sula, die mir schelmisch zuzwinkert. Sie hat den Professor natürlich ganz bewusst eingeladen, um mich in den Wahnsinn zu treiben.

Ich versuche es mit Sulas Tipp und stelle mir vor, ich würde ihn erschießen. Aber es hilft nicht. Genauso wenig wie vom Turm hinunterschubsen, vergiften oder mit dem Food-Truck überfahren. Er sitzt weiter da und stellt mein Essen, meine Philosophie, mein Dasein mit jeder widerstrebenden Gabel infrage. Dieser Mann ist mein Dorn im Auge, mein rotes Tuch, meine Heimsuchung.

Ich nehme die Schüsseln und knalle ihm eine mächtige Portion Gulasch, Quarknudeln und Paprikahuhn auf den Teller. Dann schenke ich sein Glas randvoll mit Wein. Er will protestieren, doch ich bin in diesem Punkt unerbittlich.

Das Glas ist so voll, dass er zunächst einen Schluck abtrinken muss, ehe er es zum Mund führen kann. Und jedes Mal, wenn er die Spitze seines Essberges abgebaut hat, fülle ich ihm die gleiche

Menge wieder auf und gebe einen Extraklacks Saure Sahne obendrauf.

Von den Gesprächen am Tisch bekomme ich wenig mit, da ich nun ständig dem Professor auflauere. Ich höre nur, wie der Jungkoch erzählt, dass seine Kochlehre kein Zuckerschlecken sei, da er vierzehn Stunden am Tag nur angebrüllt wird. Die Hierarchie in großen Küchen sei erdrückend. Schön, dass ich das Glück hatte, meine Lehre im Gefängnis zu machen. Das meine ich ganz ohne Spott. Mein alter Küchenchef hat Generationen von desinteressierten oder unbegabten Gefängnis-Lehrlingen hinter sich bringen müssen. Dass ich dann seine Einweisungen endlich aufsog wie ein Schwamm und mit einer ungeahnten Leidenschaft bei der Sache war, war das Glück seiner späten Jahre. Er hat mir Dinge beigebracht, die er in der simplen Gefängnisküche selbst beinah vergessen hatte.

Zum Nachtisch gibt es *Gundel palacsinta*, Pfannkuchen, die mit einer aufgeschlagenen Nuss-Rosinen-Creme gefüllt wurden. Dazu Krokant von dreierlei Nüssen. Ich flambiere sie am Tisch großzügig mit *Calvados*.

Der Professor bekommt selbstverständlich unter Missachtung aller Höflichkeitsregeln als Erster davon. Aber ich bin gnädig und biete ihm einen Espresso aus der *Faema* dazu an. Er schafft es immerhin, den halben Pfannkuchen hinunterzuwürgen. Spült mit dem Espresso nach. Ist sehr grün im Gesicht, steht auf, wankt, bedankt sich für den *delikaten Abend* und schützt *unaufschiebbare* Arbeit vor. Die anderen nicken verständnisvoll. Doch als er über den Hof verschwunden ist, bricht endlich ein Lachen aus ihnen heraus.

»Der arme Kerl«, lacht Sula. »Ich glaube, so viel isst der sonst in einem ganzen Jahr.«

Die Fassadenkletterin grinst und lässt sich noch einen Pfannkuchen auftun.

Gegenüber im Loft des Professors geht das Licht hinter dem Badezimmerfenster an.

Ich wage nun endlich, die verbliebenen Gäste zu fragen, wie es ihnen geschmeckt hat. Tatsächlich will ich überhaupt nichts hören. Niemand, der etwas erschaffen hat, was ihm wirklich etwas bedeutet, möchte sein Werk in den rauen Wind der Kritik stellen.

Ich bewundere Schauspieler, die im empfindlichsten Moment ihrer Kunst auf die Bühne kommen und die Publikumsreaktion über sich hinwegfegen lassen müssen. Ganz egal, wie sie ausfällt. Ich möchte am liebsten in meiner Küche bleiben, bis alle Gäste weg sind. Aber das geht ja nun nicht mehr. Denn ein Food-Truck hat keine Küche.

Der Jungkoch, der jedes Gericht ausgiebig probiert hat, meldet sich als Erster zu Wort. »Also, es ist natürlich keine Sterneküche.«

»Natürlich nicht«, antworte ich und balle meine Fäuste. Vielleicht scheitert mein Konzept schon beim allerersten Versuch, nämlich genau hier. Vielleicht ist diese Stadt voller Asketen, die sich der Entbehrung und Kargheit verschrieben haben, und ich liege völlig falsch.

Der Jungkoch pickt mit der Gabel ein Paprikastück aus dem verbliebenen Rest *Letscho*. »Aber … es schmeckt so unglaublich gut, dass man gar nicht mehr aufhören will!«

»Und man fühlt sich wie zu Hause. Nur ganz anders«, stellt Wolf fest. »Besser!«

Das bringt ihm einen gehässigen Blick von Sula ein.

Ich freue mich. »Zu Hause, aber doch fremd. Das ist gut!«

Die Fassadenkletterin hat bisher geschwiegen und andächtig den Rest ihres zweiten Palatschinkens vertilgt. Es ist unglaublich, dass so eine zarte Person so viel essen kann. Sie wischt sich den Mund mit einer Serviette ab. Die Goldreife klimpern aneinander, singen einen Song von Wohlstand und Sorglosigkeit.

»Es stimmt. Ihre Gerichte weisen zurück in die Vergangenheit, und doch eröffnen sie ein Fenster in die Zukunft. Nur der Osten hat etwas derart Seelenvolles.«

Sie blickt mich aus graublauen Augen prüfend an.

»Ich bin Halbungarin«, bestätige ich.

Die Fassadenkletterin nickt zufrieden. Sie lehnt sich zurück. Ihre Lider flattern ein wenig.

»Ich kannte einmal einen tschechischen Seiltänzer, der ähnlich kochte wie Sie. Er hat die wunderbarsten Gerichte für mich gezaubert. Für seine *Knedliky* bin ich extra aus St. Petersburg angereist! Natürlich wurde er schnell mein Geliebter.«

Sie blickt forsch in die Runde, und ich nicke verständnisvoll.

»Ich hätte vielleicht sogar eine Ausnahme gemacht und ihn geheiratet. Leider stürzte er ab und brach sich das Genick, bevor mehr daraus werden konnte.«

Sie umfasst meine Hand.

»Ich werde jeden Tag in Ihr Restaurant kommen, Kindchen.«

Enttäuscht und doch erfreut lehne ich mich zurück. »Aus dem Restaurant wird leider nichts. Liquiditätsprobleme. Aber an meinem *Speisewagen* sind Sie jederzeit herzlich willkommen!« Ich zeige auf den Bus im Hof.

»Ein Imbiss?« Entsetzt blickt die Lady auf den *Citroën*.

»Mehr ein Food-Truck. Das ist jetzt echt ganz angesagt, Gertrude«, beeilt Wolf sich zu sagen. Gertrude, denke ich, was für ein aus der Zeit gefallener Name für solch eine gegenwärtige Frau.

»So, ein Food-Truck«, stellt Gertrude fest, »dann komme ich eben da hin. Hauptsache, es gibt keine Currywurst.«

Sie steht beschwingt aus ihrem Stuhl auf. »Und jetzt muss eine Greisin wie ich ins Bett. Und Sie sehen zu, dass Sie ein Restaurant daraus machen, solange ich noch lebe. Ich esse nicht gern im Stehen.«

Dann umarmt sie Wolf und Sula, gibt mir huldvoll die Hand, winkt dem Jungkoch zu und stolziert auf atemberaubend hohen Hacken davon.

»Ich halte immer einen Stuhl für Sie bereit«, rufe ich ihr in den Hof hinterher. Sie winkt, aber ich bin nicht sicher, ob sie mich verstanden hat.

Im Bad des Professors brennt noch Licht.

Neun

Der moralischste Mensch, den ich kannte, war mein Großvater. Ein Dieb, der zugleich Moralist ist, mag wie ein Widerspruch klingen. Doch mein Großvater glaubte unverbrüchlich an Gerechtigkeit. Er war überzeugt, dass alle Menschen das Recht haben, gleich viele Chancen und Besitztümer zu haben. Daher zweifelte er zunächst nicht daran, dass der Kommunismus die Lösung für alle Gesellschaftsprobleme seiner Zeit sein würde.

Als er jedoch feststellte, dass sich selbst im liberaleren Gulaschkommunismus einige wenige außerordentliche Privilegien verschafften und den Rest der Bevölkerung für dumm erklärten und kleinhielten, hielt er es für legitim, die Dinge selbst in die Hand zu nehmen und jene, die seiner Meinung nach zu viel angehäuft hatten, etwas um ihren Reichtum zu erleichtern.

Seine Theorie hatte nur den winzigen logischen Fehler, dass er danach nicht dafür sorgte, dass das Geld umverteilt wurde, sondern es lieber selbst ausgab.

Ich glaube nicht an Gerechtigkeit. Das ganze Dasein ist ungerecht. Manche kommen klüger, begabter, schöner oder gesünder auf die Welt als andere. Daran kann man nicht viel ändern. Für mangelnde Schönheit gibt es mittlerweile die plastische Chirurgie, die die genetische Ungleichheit wettmachen kann. Erfreut hätten meinen Großvater deren Auswüchse aber dennoch nicht. Denn die operierte Schönheit hätte er als etwas zutiefst Trauriges empfunden.

Für gesundheitliche Nachteile von Geburt an hat der medizinische Fortschritt bis zu einem gewissen Grad Gegenmittel gefunden. Nur die Intelligenz und das Talent bleiben ein wahres Geschenk der Erbanlagen. Aber auch auf diesen Gebieten wird es in den nächsten Jahrzehnten gentechnische Entwicklungen geben. Notfalls wird die künstliche Intelligenz dem Einzelnen überlegene Roboter beistellen, der seine erblich bedingten Defizite ausgleicht.

Ist es nicht ein frustrierender Gedanke, dass nicht die Politik für mehr Gerechtigkeit sorgen wird, deren eigentliche Aufgabe genau das wäre, sondern die Wissenschaft und die Forschung? Und ist der unbedingte Wille zur Gleichheit nicht auch eine Art Kapitulation davor, dass jede Daseinsform ihre Berechtigung haben sollte?

Gleichzeitig wird die eigentliche Ungleichheit, nämlich die gerechtere Verteilung des Reichtums auf der Welt, immer weiter in den Hintergrund gerückt. Ich habe es daher ebenfalls als richtig angesehen, an dieser Umverteilung selbst mitzuwirken. Und ich habe mich immer an den Grundsatz meines Großvaters gehalten, niemals armen, alten oder kranken Menschen etwas wegzunehmen. Sondern immer nur denen, die zu viel Geld haben. Wo dieses *Zuviel* jedoch anfängt, darüber kann man sicher geteilter Ansicht sein. Wenn meine Opfer aber auch noch so unsympathisch waren wie die Rettungsboje, gab es für mich keinerlei Skrupel mehr! So gesehen bin auch ich am Ende viel mehr Moralistin, als ich es wahrhaben will.

Leider hilft mir die Moral bei meinem Erbfeind Lieberknecht kein bisschen weiter. Er will seine dreißigtausend Euro abholen und wird keinerlei Verständnis dafür aufbringen, dass ich sie nicht habe. Und der Tag, an dem er dies tun wird, ist heute.

Er wird mich wohl nicht umbringen. So blöd ist nicht einmal die Rettungsboje, die Kuh zu schlachten, bevor sie gemolken werden kann. Aber er wird sich etwas besonders Niederträchtiges ausdenken, um mich dafür zu bestrafen, dass ich die Frist nicht einhalten konnte.

Eines der Probleme mit der Rettungsboje ist, dass er alles persönlich nimmt. Er hat überhaupt nicht begriffen, dass das Ganze nur ein großes Spiel ist und wir selbst eine unbedeutende, kleine Figur, die die meiste Zeit selbst auf dem Spielbrett hin- und hergeschoben wird und der nur manchmal winzig kleine Sprünge gelingen.

Er könnte mir einen Finger abschneiden lassen oder die ganze Hand, wie man dies früher mit Dieben gemacht hat, oder mich von einem eigens angeheuerten Schlägertrupp übel zurichten lassen. Keine der Alternativen erscheint mir besonders verlockend. Aber er wird es sich wohl nicht nehmen lassen, den Schlägertrupp zu begleiten. Denn er liebt dramatische Auftritte, mit denen er seine labile Persönlichkeit aufpolieren kann.

Ich habe zu Sula und Wolf gesagt, dass ich heute nicht komme, weil ich weitere Rezepte ausprobieren will. Tatsächlich möchte ich sie nicht in Gefahr bringen. Auch wenn *sie mich* in Gefahr gebracht haben. Sie haben mir nicht geglaubt, weil sie sich natürlich ausmalen konnten, dass der Lieberknecht heute kommt. Wolf hat mich sehr besorgt angesehen und mir seine Hilfe angeboten. Ich wollte ihn nicht kränken. Aber vor dem harmlosen Wolf hat noch nicht einmal ein Feldhamster Angst.

Allerdings habe ich sofort das Schloss der Hintertür reparieren lassen. Wenigstens muss die Rettungsboje jetzt klingeln, wenn sie zu mir kommen will.

Ich habe versucht, mich zu beschäftigen. Das Bad ist geputzt, der Herd glänzt wie nie zuvor. Nun laufe ich nervös in der Wohnung auf und ab. Es ist bereits Nachmittag, und bis jetzt ist nichts passiert. Wann würde ein Geldeintreiber zu einer Zahlungssäumigen kommen? Sicher nicht, solange es hell ist. Er würde warten, bis es dunkel geworden ist, damit sein Auftritt dramatischer und gefährlicher erscheint.

Schließlich habe ich keine Lust mehr, wie ein Opferlamm in der Wohnung zu sitzen. Ich streife meine Lederjacke über, nehme den Umschlag mit dem Geld vom Tisch und stecke ihn ein. Gestern habe ich drei Stehtische und einen passenden Stuhl gekauft, falls die Fassadenkletterin an meinem Imbiss vorbeikommt. Außerdem schlichtes weißes Geschirr, auf dem das Essen schön zur Geltung kommt. Jetzt sind nur noch rund dreitausend Euro im Umschlag. Zehn Prozent der geforderten Summe.

Ich gehe aus der Wohnungstür, schließe sie gut ab und schleiche wachsam die Treppe hinunter. Auf eine weitere Begegnung im Treppenhaus kann ich getrost verzichten. Ein nachmittäglicher Sonnenstrahl taucht den Flur in ein friedliches Licht. Diesmal ist die Hintertür fest verschlossen und die Luft rein. Schnell schlüpfe ich aus dem Haus.

Auf dem Weg zu Sula und Wolf bin ich immer an einem Waffengeschäft vorbeigekommen. Ich möchte mich absichern. Und wenn es nur psychologisch weiterhilft, irgendeine Art von Waffe dabeizuhaben. Eine Schreckschusspistole würde die Rettungsboje sofort erkennen. Schließlich ist das sein Metier. Ein Messer möchte ich nicht, da ich kein Blut sehen kann. Außerdem kann er es gegen mich verwenden. Jetzt ärgere ich mich, dass ich im Gefängnis keinen Selbstverteidigungskurs besucht habe.

Es sind kaum Menschen unterwegs. Wer nicht muss, bleibt bei der Mittagshitze lieber im Haus. Das Waffengeschäft liegt in einer ruhigen Seitenstraße. Es braucht keine Laufkundschaft. Wer eine Waffe will, kommt gezielt. *Waffenmaier – seit 75 Jahren* steht über dem Eingang. Da fehlt entweder ein Bindestrich, die Ladenbesitzer heißen wirklich so (*unwahrscheinlich*), oder eine berufliche Überidentifikation hat Ware und Mensch miteinander verschmolzen.

Ich trete ein. Der Laden sieht auf den ersten Blick aus wie ein vollgestopfter Werkzeugladen. Doch hinter den abschließbaren Glasvitrinen verbergen sich keine Hämmer und Zangen, sondern Gewehre, Pistolen und Messer. Ein massiger Mann in Leinenhemd und mit Glatzentonsur ist gerade dabei, Regale mit Munition aufzufüllen. Als er mich kommen hört, dreht er sich eifrig um.

»Kann ich helfen?«

Du kannst mir zwei Schlägertypen besorgen, die zu allem bereit sind, denke ich.

Der Waffenladenbesitzer sieht mich irritiert an. Verdammt, ich habe es laut gesagt.

»Immer denken alle, in einem Waffenladen kann man Gewalt kaufen«, klagt der Besitzer prompt. »Aber eine Waffe hat mit Gewalt rein gar nichts zu tun. Eine Waffe stiftet Frieden. Wenn alle Waffen hätten, gäbe es auf der Welt viel weniger Mord und Totschlag.«

Trimethylaminoxid.

Kann man in dieser Stadt noch nicht einmal in Ruhe eine Waffe kaufen gehen, ohne gleich eine Weltanschauung mitgeliefert zu bekommen? Der Waffenladenbesitzer leidet ganz offensichtlich unter einem besonders ausgeprägten Sendungsbewusstsein.

Wo kommen wir denn hin, wenn man sich dafür schon rechtfertigen muss, dass man sich und seine Familie beschützen will?

So oder ähnlich wird es jetzt kommen. Ich versuche es mit Logik: »Wenn es aber gar keine Waffen gäbe, könnte man auch niemanden umbringen.«

»Das glauben Sie! Aber hätte es im Kalten Krieg über vierzig Jahre Frieden gegeben, wenn nicht beide Mächte bis an die Zähne bewaffnet gewesen wären?«

»Sie meinen das atomare Aufrüsten, bei dem die Erde zigmal hätte vernichtet werden können? Der totale Overkill?«

Ich glaube es nicht, dass ich mich gerade in ein Gespräch über Sinn und Unsinn von Waffen hineinziehen lasse, während ich in Wahrheit ganz andere Sorgen habe.

»Und, haben sie es getan?«

»Nun, sie haben zumindest einige Stellvertreterkriege geführt. Mit Waffen übrigens.«

»Das ist doch etwas ganz anderes! Was ich meine, ist ...« Er geht zu einem Schrank und nimmt ein Repetiergewehr heraus. »... dass diese technischen Wunderwerke eine Unschuld haben, die ihnen erst durch den Menschen geraubt wird.«

Er drückt mir das Gewehr wie ein Kind in die Arme. Ich halte es angewidert von mir.

»Eine Waffe hat einen einzigen Zweck: zu töten. Was also soll daran unschuldig sein?« Ich gebe ihm schnell das Gewehr zurück.

Der Waffenladenbesitzer seufzt. »Ein Auto wird ja auch nicht verboten, obwohl es Menschen umbringt.«

»Ein Auto hat aber zusätzlich die nicht ganz unwesentliche Bestimmung, die, wenn ich mich richtig erinnere, darin liegt, Menschen von A nach B zu bringen.«

»Das *Ding an sich* ist unabhängig von unserer Wahrnehmung.«

Jetzt sehe ich mir den Waffenhändler zum ersten Mal genauer an. Sein Hemd hat Stickereien am Kragen und besteht aus grobem Leinen. Für sein Metier sieht er ungewöhnlich folkloristisch aus.

»Meine Wahrnehmung sagt mir, dass Sie eigentlich studiert haben, im dritten Semester aber abbrechen mussten, um das Geschäft Ihres Vaters zu übernehmen. Seitdem suchen Sie einen Sinn in etwas, was für Sie *an sich* gar keinen Sinn ergibt.«

Der Waffenladenbesitzer starrt mich bestürzt an. Er dreht sich abrupt um und stellt das Repetiergewehr in den Schrank zurück. Sofort beiße ich mir auf die Lippe. Ich Idiotin bin so stolz auf meine Beobachtungsgabe, dass ich es mir mutwillig mit der einzigen Person verscherze, die mir gegen die Rettungsboje helfen könnte.

Wie kann man nur so blöd sein!

Auf dem Ladentresen steht ein Aquarium, in dem Zierfische stupide hin- und herschwimmen, an der Seite jeweils mit ihrem Maul an das Glas stoßen, von dort wieder zurückschwimmen, um verzweifelt den Ausgang auf der anderen Seite zu suchen. Ich habe nie verstanden, was entspannend daran sein soll, Lebewesen bei der fortwährenden Feststellung ihrer Gefangenschaft zuzusehen.

»Fischfreunde« behaupten, Goldfische hätten ohnehin nur ein Drei-Sekunden-Gedächtnis und würden ihr begrenztes Umfeld daher ständig als neu empfinden. Leider haben britische Forscher gerade bewiesen, dass Fische intelligent sind und mindestens ein Drei-Monats-Gedächtnis haben.

Der Waffenladenbesitzer rückt auffällig lange das Gewehr in der Halterung zurecht.

Ich zermartere mir das Hirn, wie ich ihn wieder versöhnlich stimmen kann. Unter Druck kann ich nicht gut denken.

»Und Sie predigen Gewaltfreiheit, wenn es aber darauf ankommt, winseln Sie nach Schlägertypen, die Ihnen aus der Patsche helfen.«

Der Waffenladenbesitzer dreht sich um. Er ist nicht wütend. Im Gegenteil, unser Gemetzel macht ihm Spaß. Wenn ich nicht aufpasse, stehe ich noch heute Abend hier drin.

Ich nicke anerkennend. »Okay! Gleichstand!«

Der Waffenladenbesitzer hebt die Hand, und ich tue ihm den Gefallen und klatsche ab. Ich hasse diese alberne *Was-sind-wir-doch-coole-Hunde*-Geste.

»Also, was kann ich für Sie tun?«

»Ich brauche ein Pfefferspray!«

»Sie meinen ein Tierabwehrspray. Gegen Menschen darf man es nicht benutzen.«

»Sicher. Wenn ich in der Stadt unterwegs bin, will ich vor wilden Bären geschützt sein.«

Er bückt sich mühsam und greift in ein Regal unter dem Verkaufstisch. Dann taucht er mit einer knallgelben Spraydose wieder auf. »Das ist das Beste, was es derzeit auf dem Markt gibt. Der Schlägertyp unter den Pfeffersprays.« Er zwinkert mir zu.

Ich greife schnell nach der Dose, bevor es zu schlimm wird mit der Verbrüderung.

»Vorsicht, das legt einen ausgewachsenen Bullen lahm.«

»Dann ist es genau das Richtige!«

Er nimmt mir die Dose ab und stellt sie wieder auf den Tisch. »Und passen sie auf, immer nach vorn sprühen, sonst kann es ins Auge gehen.«

»Was ist da drin?«

»Oleoresin Capsicum, ein höllischer Stoff aus der Paprika.«

»Gut. Das nehme ich.«

Ich finde es sehr passend, dass ich im Sinn meiner *Corporate Identity* auch bei der Selbstverteidigung auf die ungarische Frucht zurückgreife.

Von dem Geld für die Rettungsboje gehen weitere fünfundzwanzig Euro ab. Der Waffenladenbesitzer packt mir das Spray in eine Tüte. Ein besonders prächtiger Zierfisch kommt an die Wasseroberfläche und schnappt nach Luft.

»Kommen Sie doch mal zu unserem Stammtisch der friedlichen Waffenfreunde. Jeden ersten Dienstag im Monat.«

»Ich fürchte, dass ich mindestens ein Aufnahmekriterium nicht erfülle«, hebe ich bedauernd die Hände. Er zuckt ergeben mit den Schultern. Vermutlich ist er Absagen gewohnt.

»Ich muss jetzt los, Bären jagen.«

Der Waffenladenbesitzer nickt. Sein Interesse an mir ist merklich abgekühlt. Ich gehe zur Tür. Jetzt erst fällt mir auf, dass es angenehm kühl ist im Laden.

»Ich bin nie bis zum dritten Semester gekommen.«

»Was?« Ich drehe mich überrascht um. Der Waffenladenbesitzer steht bang lächelnd da und lechzt nach Verständnis.

»Ich musste das Geschäft gleich nach dem Abitur übernehmen. Herzinfarkt. Bumm. Aus. Das Studium blieb nur ein Traum.«

Er sieht mich mit traurigen Bernhardineraugen an. Dicke

Schweißtropfen laufen an seinen Schläfen herunter. Er wischt sie mit dem Ärmel seines Leinenhemdes ab. Ich nicke so, dass es mitfühlend aussieht, und deute auf das Aquarium. »Die Fische, sie brauchen ein größeres Becken«, sage ich und verlasse den Laden.

Die Hitze trifft mich wie eine Steilwand. Ich ziehe meine Lederjacke aus und stopfe sie zu dem Spray. Es hat keinen Sinn, sich bei diesen Temperaturen in der Stadt herumzutreiben, bis es dunkel wird. Also gehe ich besser wieder in meine Wohnung.

Die Luft ist so dick, dass jeder Schritt echte Arbeit ist. Ich kämpfe mich durch einen feuchten Watteberg hindurch und bin froh, als ich die Haustür aufschließen kann. Der kühle Luftzug im Flur tut gut.

Moment: ein kühler Luftzug? Sofort sehe ich, dass die Hintertür nur angelehnt ist. Das neue Schloss hängt noch an einer einzigen Schraube. Meine Nackenhaare stellen sich auf. Die Rettungsboje!

Der Hausflur ist leer. Er wartet also schon oben. Ich schleiche mich Etage um Etage hoch. Wo würde er sich verstecken? Hat er auch noch die Wohnungstür aufgebrochen? Mein Herz wummert. Auf halber Höhe zwischen den Stockwerken befindet sich eine Toilette. Das war früher wohl das Dienstbotenklosett. Wenn ich mich hier im Haus verstecken müsste, ich würde es dort tun.

Ich greife in die Tüte, nehme das Pfefferspray heraus, achte peinlich genau darauf, dass ich die Düse nach vorn halte, und pirsche mich an die Toilette vor meiner Wohnung heran. Ich lausche. Durch die Ritzen der Zwischengeschoss-Tür sind leise Scharrgeräusche zu vernehmen. Ich habe einmal gelesen, dass man Tätern nicht die Hoheit über das Handeln überlassen soll. Also agieren, tief Luft holen, Tür aufreißen und lossprühen.

Die Rettungsboje schreit erstaunt auf. Ich versprühe die gnadenlose Schärfe der ungarischen Nationalfrucht, bis er wehrlos am Boden liegt.

Ich war ein Jahr lang nicht hier. Ein ganzes Jahr, Tagebuch! Das liegt daran, dass der Verehrer diesmal gegen jede Wahrscheinlichkeit dageblieben ist. Noch schlimmer: Wir sind sogar bei ihm eingezogen! Er hat ein Haus auf dem Land, in dem ich immerhin ein großes Zimmer bekommen habe.
Außerdem hat das Haus ganz viel dunkles Holz, das nach altem Öl stinkt, und Wände wie Papier.
Mama hat mir das Haus aber angepriesen wie das achte Weltwunder. »Stell dir vor, es gibt einen Garten, in dem du den ganzen Tag spielen kannst! Ist das nicht toll!«
Nein, das ist nicht toll, Mama, denn ich bin dreizehn(!) Jahre alt. Da will man nicht mehr im Garten spielen!
Aber gut. Mama ist ja sehr beschäftigt und kriegt vielleicht nicht mit, wie erwachsen ich schon bin. Sie muss kochen und backen und es dem Verehrer schön machen. Der Verehrer heißt Klaus-Peter. Klaus-Peter hat gesagt, er möchte wie ein Vater für mich sein. Er hat mich ein paarmal gefragt, ob ich in den Zoo gehen möchte oder ein Eis haben will. Ich habe nur die Augen verdreht und ihn stehen lassen. Durch die Papierwände habe ich dann gehört, wie er sich bei Mama beschwert hat. Sie hat gesagt, er solle sich nichts draus machen, ich sei in der Pubertät. Klaus-Peter hat mich dann immer so wissend angeguckt, mich aber ansonsten in Ruhe gelassen.
In den Sommerferien sind wir nach Lloret de Mar gefahren.
Wie eine richtige Familie, hat Mama geschwärmt. Ich war vorher noch nie am Meer, nur am Plattensee. Ich habe es mir immer groß und grollend vorgestellt, wie einen Drachen, der schläft, aber schon ein Auge offen hat und gelegentlich knurrt. So ist das Meer in Lloret de Mar aber gar nicht. Da gibt es ein Hochhaus neben dem anderen, und am Strand liegen alle wie Grillwürstchen nebeneinander. Dort haben

auch Mama und Klaus-Peter den ganzen Tag gelegen und gekichert. Das war vielleicht öde. Sie haben nicht mal gemerkt, dass ich nachts aus dem Hotel geschlichen bin und in der Stranddisco war. Leider hat mich dann die Rezeptionistin verpfiffen, die doofe Ziege. Mama ist dann wie ein aufgescheuchtes Huhn nachts um drei durch die Hotelhalle gerannt und hat sich vor Klaus-Peter als Supermutter aufgeführt, die immer wissen will, wo ihr Kind ist.
Nach vierzehn Tagen sind wir wieder nach Hause gefahren, und Mama und Klaus-Peter haben noch eine Weile weitergekichert.
Bald war es aber vorbei damit. Dann habe ich abends im Bett gehört, wie sie sich gestritten haben (Papierwände!!!). Klaus-Peter hat Mama vorgeworfen, dass sie nicht kochen kann und eine schlechte Hausfrau ist. Es hat mich nur gewundert, dass er so lange gebraucht hat, um das zu merken. Mama hat Klaus-Peter vorgeworfen, dass er geizig ist und man mit so wenig Geld auch nichts Vernünftiges kochen KANN.
So ging das ein paar Wochen.
Ende Oktober sind wir aus dem Haus mit Garten und Papierwänden wieder ausgezogen. In eine Dreizimmerwohnung mit dunklen Fenstern und wenig Sonne.
Den ganzen November lang hat Mama geschimpft, was für ein Idiot Klaus-Peter ist. Das hat sie ihm auch am Telefon gesagt. Wenn er mal abgenommen hat. Dann ging ihr irgendwann die Munition aus, und sie hat sich wieder aufs Sofa gelegt.

Jetzt sind Weihnachtsferien, Mama fürchtete sich vor dem ganzen »Romantikkitsch« und hat sich wieder aus dem Staub gemacht, und ich bin natürlich wieder bei Oma und Opa.
Ich bin sehr gespannt, was Opa sich diesmal ausgedacht hat.
Vielleicht lässt er mich auch in Ruhe, denn Oma Erzsébet und Opa Sándor schleichen die ganze Zeit um mich herum und gucken mich

mitleidig an. Mitleid finde ich total ätzend! Gerade hat man sich noch super gefühlt, da kommt jemand mit diesem Blick um die Ecke, und schon denkt man: Stimmt, mir muss es ja richtig mies gehen, wenn der so viel Mitleid mit mir hat. Und schon fühlt man sich wirklich sauschlecht. Ich hab mir also Oma und Opa vorgeknöpft und ihnen gesagt, dass sie nicht mit so barmherzigem Blick um mich herumgeistern sollen.

Oma war sogar irgendwie erleichtert. Sie hat in die Hände geklatscht und gesagt, dass es ja nun wirklich gut damit ist, und ist in die Küche gegangen, um Cremeschnitten zu backen. Cremeschnitten haben wenig Teig drum herum und ganz viel Creme innen drin.

Wenn man sie gegessen hat, ist das ganze Gesicht voller Puderzucker, weil Oma den so dick oben draufstäubt.

Am nächsten Tag hat Opa gesagt: Zieh dich schön an, wir machen eine Fahrt. Opa hatte auch seine schicken Vertreterklamotten an. Da habe ich gleich gewusst, was los ist. Es war rattenkalt draußen, und ich habe gehofft, dass wir in Budapest wieder in ein schönes Café gehen.

Aber nein. Wir sind gleich am Bahnhof Keleti pályaudvar geblieben. Das heißt Ostbahnhof, weil hier immer die Züge in den Osten abfahren, sagt Opa. Er hat mich in einen Seitenflügel mitgenommen, wo seltsame Dinge passierten.

Eine Menge Männer mit ausländischem Aussehen und schlechter Kleidung standen dort, als ob sie dahingehörten, aber zugleich sichtbar und unsichtbar sein wollten. Wenn Touristen kamen, gingen sie alle wie zufällig an ihnen vorbei und zischten ihnen etwas zu. Dann tauschten sie blitzschnell ein paar Scheine mit ihnen aus und gingen weiter. Wenn die Bahnhofspolizei in diesen Teil des Gebäudes kam, stoben sie wie Fliegen auseinander und waren so schnell verschwunden, dass ich mich fragte, ob sie überhaupt da gewesen waren. Wenn die Polizei dann weg war, kamen sie wieder herangeflattert wie Schmetterlinge, die man von einer Blüte voller Nektar vertrieben hat. Es war also klar, dass sie etwas Verbotenes taten.

»Das sind Schwarzmarkthändler«, erklärte Opa. »Sie hauen die Touristen übers Ohr, die hier günstig Geld tauschen wollen, und die merken es noch nicht einmal. Sie falten die Scheine doppelt oder geben ihnen einen falschen Kurs.«

Ich habe einen Händler gesehen, der einem deutschen Paar einen Haufen Forintscheine in die Hand geblättert hat. Er hat wirklich so schnell gezählt, dass man ihm unmöglich folgen konnte.

Opa nahm einen Hundert-D-Mark-Schein aus der Tasche und drückte ihn mir in die Hand. »Das sind mindestens zweitausendvierhundert Forint. Jetzt wollen wir mal sehen, wie viel du herausschlagen kannst.«

Ich habe geschockt auf den Schein gestarrt. Das war eine Menge Geld!

»Aber lass dich nicht betrügen! Du musst überzeugend sein«, sagte Opa noch und war verschwunden. Ich stand inmitten der ganzen Schwarzmarkthändler und fühlte mich wie ein kleiner Käfer zwischen lauter hungrigen Fröschen.

Ich nahm mir vor, mir die Händler erst einmal genau anzusehen. Einer war groß und massig und hatte ein verstohlenes Lachen. Ich traute ihm nicht. Ein anderer war sehr nervös und rieb ständig die Scheine zwischen seinen Fingern. Und ein weiterer stürzte sich regelrecht auf die Leute und forderte sie aggressiv zum Geldtausch auf. Alle drei waren nicht die richtigen für mich, das sah ich sofort.

Ich wollte schon aufgeben und zu Opa in die Vorhalle zurücklaufen, da entdeckte ich ihn. Er saß auf einer Bank am Rand der Händlergruppe

und schien es gar nicht darauf anzulegen, ein Geschäft zu machen. Stattdessen starrte er nur müde vor sich hin.
Als ich vorsichtig näher kam, blickte er überrascht auf. Ich habe noch nie gesehen, dass die ganze Traurigkeit eines Lebens in einem großen, dunklen Paar Augen liegen kann. Aber bei ihm war es so!
»Hallo, kleines Mädchen«, sagte er.
Kleines Mädchen! Der Typ hatte sie ja wohl nicht mehr alle. Schließlich bin ich dreizehn und klein schon gar nicht.
Ich beschloss, gleich zur Sache zu kommen, damit ihm klar wurde, dass er mit seinen Schmeicheleien nicht weiterkam.
»Ich möchte zweitausendsiebenhundert Forint für hundert D-Mark!« Ich streckte meine Hand nach vorn und hielt ihm den Schein hin. Dabei versuchte ich, nicht zu zittern.
»Ich habe in meiner Heimat auch so ein kleines Mädchen wie dich«. Er lächelte. Falls er glaubte, dadurch einen besseren Preis erzielen zu können, hatte er sich gründlich geschnitten.
»Aber sie ist weit weg, in Bāzārak. Sie heißt Jamila. Ihren Vater hat sie schon seit vier Jahren nicht gesehen.«
»Zweitausendachthundert«, sagte ich mit fester Stimme. »Du musst überzeugend sein«, hatte Opa schließlich gesagt.
Der Schwarzgeldhändler musste lachen. »Und sie ist genauso frech wie du!«
Ich zuckte mit den Schultern. Was ging mich ein dreizehnjähriges Mädchen mit großen traurigen Augen in irgendeinem fremden Land an? Ich war die kalte, abgebrühte Schwarzmarkthändlerin Olivia Szabó.
»Woher kommst du?«
»Deutschland«, antwortete ich knapp. Das wusste er doch schon längst, schließlich hatte er mich auf Deutsch angesprochen.
»Ah, gutes Land. Mercedes. BMW.«

»Wir haben kein Auto.«

»Das kommt noch. Jeder in Deutschland hat ein gutes ...«

»Was ist jetzt?«, unterbrach ich ungeduldig.

Er grinste, nahm den Schein und hielt ihn prüfend gegen das Sonnenlicht, das durch eines der großen Fenster hereinströmte.

»Zweitausendvierhundert.«

»Zweitausendsechshundert.«

Er hielt mir die Hand hin. »Zweitausendfünfhundert, weil du mich an meine Jamila erinnerst.«

Ich überlegte kurz. Alles über zweitausendvierhundert war ein Erfolg. Ich schlug ein. Der Mann grinste noch immer und griff in seine Jackentasche. Seine Hand tauchte mit einem Riesenbündel Forint wieder auf. Dann zählte er mir flink zweitausendfünfhundert Forint in die Hand. »Süße Jamila«, sang er dabei in einem komischen Singsang und sah mich immer wieder mit seinen Riesenaugen an. Aber ich passte ganz genau auf, wie viele Scheine er mir gab.

»Okay«, sagte ich dann kalt und lächelte zufrieden, »und grüßen Sie Ihre Tochter!«

»Das werde ich«, sagte er, »wenn ich sie mal sehe.« Sein Lächeln verschwand sofort wie eine zu früh untergehende Sonne. Das ist ein kitschiges Bild, ich weiß, Tagebuch. Aber genau so war es.

Ich rannte in die Vorhalle des Bahnhofs zurück, wo Opa stand und einen Zigarillo rauchte.

»Und«, fragte er erwartungsvoll, noch bevor ich bei ihm angekommen war, »wie viel?«

»Zweitausendfünfhundert Forint«, jubelte ich.

»Zeig mal her«, forderte Opa zungenschnalzend und nahm mir das Bündel ab. Er zählte. Eintausend. Tausendfünfhundert. Sechshundert, siebenhundert, achthundert. Neun.

»Der wollte mich zusülzen, aber ich habe mich kein bisschen verwirren lassen«, sagte ich stolz.
»Zweitausend. Da fehlen fünfhundert.«
Wie von einem Donnerschlag wurde ich zurück geworfen.
»Was? Das kann nicht sein! Zähl noch mal nach!«
Opa zählte noch einmal und kam wieder nur auf zweitausend Forint.
»Er hat dir einen Fünfhunderter gegeben und so getan, als ob es ein Tausender wäre.«
»Dieser Scheißkerl!« Du kannst dir nicht vorstellen, wie sauer ich war, Tagebuch. Ich war stinkwütend.
»Er hat mir von seiner Tochter Jamila erzählt, die genauso alt ist wie ich.«
Opa sah mich an. »Ja, von den Schwarzmarkthändlern kann man viel lernen. Er hat dich abgelenkt.«
»Aber ich habe mich gar nicht ablenken lassen! Ich habe ihn sofort unterbrochen, weil ich gemerkt habe, dass er mich nur einlullen wollte.«
»Dann warst du abgelenkt, weil du dich so darauf konzentriert hast, nicht eingelullt zu werden.«
Opa sah mich bedauernd an. Da war es wieder: dieses Mitleid.
Ich bin sofort in den Seitenflügel zurückgerannt. Aber der Mann mit den traurigen Augen, Vater einer Jamila, die es vielleicht noch nicht einmal gibt, war verschwunden. Ich fühlte mich, als ob mich jemand mit Dreck beworfen hätte.

Auf der Rückfahrt tröstete Opa mich. »Du wirst in deinem Leben viele Niederlagen einstecken. Und du wirst merken, dass man durch sie viel mehr lernt als durch Siege.«
»Dann bist du gar nicht sauer wegen dem Geld?«
Opa lachte. »Nein, das war sehr gut angelegt, du wirst sehen!«

Ich dachte nach und sah dabei müde aus dem Fenster. Es war schon dunkel, und die kleinen Orte, die vorbeiflogen, waren viel weniger beleuchtet als bei uns, wo gerade alles in Weihnachtslichtern ertränkt wurde.

»Opa, sind wir Szabós so etwas wie Betrüger?«

»Nein, mein Findelkind. Im Gegenteil. Wir Szabós sorgen dafür, dass es in der Welt ein bisschen gerechter zugeht.«

Dann lehnte er sich zufrieden zurück, schlief ein, und ich wusste auch nicht viel mehr als vorher.

Esztergom, Winterferien 1988

Zehn

Bis heute streiten sich Neurobiologen darüber, ob Fische tatsächlich in der Lage sind, Schmerz zu empfinden. Das liegt hauptsächlich daran, dass Fische keine entsprechenden Laute von sich geben und ihnen zudem die Hirnstrukturen fehlen, die bei Säugetieren für das Schmerzempfinden notwendig sind. Aber womöglich verspüren sie den Schmerz mit ganz anderen Organen, so wie sie mit Kiemen atmen statt mit einer Lunge, und wir beurteilen ihre Reaktionen auf Schmerzreize zu sehr aus der menschlichen Perspektive? Immerhin dachte man vor mehr als hundert Jahren auch noch, Frauen könnten nicht denken, weil sie ein kleineres Gehirn hätten.

Angler entspannen sich gern bei ihrem Hobby. Aber würde ihnen das genauso gehen, wenn der Fisch an der Angel vor Schmerz schrie, weil ein Haken sich durch sein Maul bohrt, bevor er im besten Fall wieder zurück ins Wasser geworfen wird?

Das Empfinden von Schmerz ist auch beim Menschen bis zu einem gewissen Punkt eine subjektive Angelegenheit. Es hängt von Erfahrungen, den Genen, Hirnstrukturen und dem Geschlecht ab. Ein britischer Forscher entdeckte vor einigen Jahren einen pakistanischen Jungen, der als Fakir über glühende

Kohlen lief und sich Messer in die Arme stach, ohne den geringsten Schmerz zu verspüren. Eine Genmutation hatte bei ihm und sechs weiteren Kindern aus seinem Heimatdorf jegliches Schmerzempfinden ausgeschaltet. Alle wiesen zahlreiche Verletzungen und Knochenbrüche auf, da sie nicht vor gefährlichen Situationen gewarnt wurden und zu viel riskierten.

Dem Fakir-Jungen wurde diese Laune der Natur schließlich zum Verhängnis: Er sprang in seiner Show leichtsinnig von einem viel zu hohen Dach hinunter und starb.

Schmerz kann also eine sehr sinnvolle Einrichtung des menschlichen Körpers sein, die vor allzu riskanten Aktionen warnt.

Ganz anders sieht dies allerdings beim Zeremonienmeister der Körperwahrnehmung aus: dem Hypochonder. Er empfindet selbst dort starke Schmerzen, wo gar keine sind, weil es keinerlei Anlass für sie gibt. Nun möchte ich keineswegs behaupten, dass es nicht sehr schmerzhaft ist, wenn man eine halbe Dose Pfefferspray ins Gesicht gesprüht bekommt. Doch das Spektakel, das mein Opfer seit einer Stunde aufführt, erscheint mir langsam reichlich übertrieben.

Er liegt auf dem blau geblümten Sofa der Studentin und klagt und wimmert ergiebig. Ich renne zwischen Bad und Sofa hin und her und befeuchte Handtücher mit eiskaltem Wasser aus dem Hahn.

»Was versteckst du dich auch auf dem Dienstbotenklo?«, schimpfe ich. Er nimmt das Handtuch herunter, tauscht es gegen ein neues aus und sieht mich wütend an. Sein Gesicht ist feuerrot und geschwollen. Nur an den Stellen, wo seine Sonnenbrille war, ist es weiß. Er sieht aus wie ein inverser Clown oder jemand der am Strand bei sengender Mittagshitze eingeschlafen und erst am

Abend wieder aufgewacht ist. Ich sollte jetzt nicht lachen. Es klettert dennoch unaufhaltbar in meinem Hals hoch.

»Ich habe mich nicht versteckt. Ich musste mal.« Vollkommen erledigt greift er nach dem nächsten nassen Handtuch und bedeckt sein Gesicht damit. Zum Glück kann er jetzt wenigstens wieder sprechen.

Als ich Wolf vor einer halben Stunde vom Toilettenboden aufgeklaubt hatte, war er erschreckend still gewesen. Ich dachte zunächst, er würde nicht mehr atmen. Aber dann fing er zum Glück plötzlich an, stark zu husten.

»Bist du vollkommen durchgeknallt? Wie konntest du mir das bloß antun?«

Ich korrigiere: Leider kann er jetzt wieder sprechen.

»Ich konnte doch nicht wissen, dass du da drin sitzt. Mein Gott. Ich dachte, du bist der Lieberknecht! Heute ist schließlich Zahltag. Und dass ich diesem Tag nicht in der größtmöglichen Gelassenheit entgegenblicken kann, verdanke ich unter anderem dir! Wenn ich das hier noch mal erwähnen darf.«

Wolf grunzt unter seinem Handtuch. Ich werte das als Vorstufe der Versöhnung. Ich will etwas Nettes zu ihm sagen. Überall liest man doch, dass man das Positive im Leben betonen muss. Aber was ist das Positive an einer Dose Pfefferspray im Gesicht?

»Scharfe Gewürze sollen sogar keimtötend sein. Hast du gewusst, dass zum Beispiel auf einer Handfläche Tausende von Bakterien wimmeln?«

Schön, dass mein Besuch bei der Wahrsagerin doch noch zu etwas nütze war.

Wolf nimmt sein Handtuch herunter und sieht mich gereizt an. »Soll ich dir jetzt auch noch dankbar sein, dass du mich entkeimt hast? Sei so gut und hol mir noch mal ein kaltes, aber ein GANZ kaltes Handtuch, bevor ich mich vergesse.«

Ich gehe ins Bad und tränke ein weiteres Handtuch mit eiskaltem Wasser aus der Leitung. Ich lasse den Wasserstrahl gegen die Hitze auch ein wenig über meine Pulsadern laufen. Dann kehre ich wieder zu Wolf zurück und tausche die Handtücher aus.

»Sag mal, was wolltest du eigentlich heute bei mir?«

»Ich habe mir Sorgen gemacht und wollte nach dir sehen.«

»Das ist nett von dir. Wirklich.« Ich bin doch ein wenig gerührt. »Aber du brauchst nicht auf mich aufzupassen. Ich bin erwachsen.«

Von Wolf kommt nur ein undefinierbares Brummen.

Eine Weile starren wir schweigend vor uns hin. Ich zumindest, während er seine Augen unter dem Handtuch vermutlich geschlossen hält.

Aber so ist das mit der Stille, man hält sie einfach nicht allzu lange aus. Und versucht, irgendetwas zu sagen, damit das unerträgliche Nichts schnell mit Worten angefüllt wird.

»Du hast ja gemerkt, dass ich alleine klarkomme.«

Das Brummen wird gefährlicher.

»Der Lieberknecht wäre jetzt vermutlich tot an deiner Stelle. Die alte Memme.«

Wolf reißt sich das Handtuch herunter. Die Reizung seiner Haut scheint etwas zurückgegangen zu sein. Das trifft auf sein Gemüt nicht zu.

»Das sind Schmerzen, die kannst du dir nicht mal vorstellen!«

Ich mache große Augen und nicke verständnisvoll.

»Das ist ein Gefühl, als ob man dir die oberen Hautschichten abrasiert hätte.«

»Gut. Aber jetzt mal Klartext: Was wolltest du wirklich hier?«

Wolf ringt ein wenig mit sich, dann öffnet er den Reißverschluss seiner Latzhosentasche, greift hinein und kommt mit geschlossener Pranke wieder heraus. Er strahlt und verbirgt die Arme hinter dem Rücken.

»Rechts oder links?«

»Links, natürlich.«

Er streckt die linke Handfläche nach vorn. Leer. Ich hasse solche Spiele. Doch Wolf hat sich in seiner Jugend mit Taschenspielertricks etwas dazuverdient und liebt es, sie gelegentlich anzuwenden.

»Noch mal!«

»Sei nicht albern und gib schon her!«

»Du musst raten!« Wolf freut sich wie ein Neunjähriger, der seine kleine Schwester versteckt hat und nicht merkt, dass sie schon längst wieder neben ihm steht.

»Also: rechts.«

Wieder die leere Hand. Er beherrscht seine Tricks leider immer noch.

»Jetzt ist aber mal gut!«

Ich strecke meine Hand aus und sehe ihn streng an.

Wolf gibt auf und drückt mir einen goldglitzernden Gegenstand in die Hand. Sofort sehe ich, dass es die *Patek Philippe* der Rettungsboje ist. Meine Hand zuckt zurück.

Trimethylaminoxid.

Der Wortverfolger nistet sich bedenklich oft in meinem neuen Leben ein.

»Bist du vollkommen durchgeknallt?«

Wolf strahlt mich an, als ob er alle sieben Welträtsel auf einmal gelöst hätte. Seine hellen Zähne sehen ein bisschen beängstigend aus in all dem Rot.

»Du hast gedacht, ich bin zu ungeschickt. Aber es war ganz leicht! Mit Grips! Der Stadtrat geht jeden Morgen schwimmen und schließt seine Sachen ...«

»Ich will das gar nicht wissen! Die Uhr muss sofort zurück! Ich will mit kriminellen Machenschaften nichts mehr zu tun haben! Glaubst du wirklich, ich will gleich wieder ins Gefängnis?«

Wolf lehnt sich bequem zurück. »Dann musst du es selbst machen, denn ich kann ja so nicht unter die Leute.«

Da hat er leider recht. Man könnte genauso gut einen Flakscheinwerfer auf eine dunkle Stelle richten und ein Schild daneben platzieren: *Bitte sehen Sie hier nicht hin.* Die Vorstellung, die Uhr selbst wieder zurückzubringen, erscheint mir allerdings wenig verlockend.

»Hör zu Oli, überleg es dir. Früher oder später taucht der Lieberknecht hier auf und will sein Geld. Das da ist deine Lebensversicherung!«

Er nimmt die Uhr und hält sie mir genau vors Gesicht. Selbst in dieser Lage muss ich anerkennen, dass sie ein Meisterwerk der Schweizer Uhrmacherkunst ist. Das Ziffernblatt ist fein verarbeitet, kleine Zeiger weisen auf Monat und Wochentag hin. Und sie bildet sogar die Mondphasen ab. Goldene Kreise, von der Sichel bis zum Vollmond, auf blauem Grund. Nur das gelbgoldene Armband ist ein bisschen zu protzig. Also für die Rettungsboje genau richtig.

»Ich will ab jetzt ein unkriminelles Leben führen.« Ich zögere. »Und: Ich möchte etwas Gutes erschaffen und nicht nur Gegenstände von Besitzer A zu Besitzer B verschieben.«

Wolf nickt mit seinem haarumkränzten Schädel. Das Resthaar fliegt auf und ab.

»Glaubst du denn, dass du für das Gute geschaffen bist?«

»Ich wünsche es mir zumindest.« Ich sehe nachdenklich auf die Uhr. »Was denkst du denn?«

Für psychologische Fragen fühlt Wolf sich nicht zuständig. Er zuckt desinteressiert mit den Schultern. Aber ich lasse nicht locker.

»Was ist denn das Gegenteil von kriminell?«, will ich wissen. »Legal, gesetzestreu, anständig?«

Wolf verschwindet wieder unter seinem Handtuch. »Langweilig!«

»Langweilig? Na gut, dann wird mein Leben eben langweilig. Alles besser, als ins Gefängnis zu gehen.«

Wolf verliert die Geduld. »Behalte das Scheißding einfach, und drücke es dem Lieberknecht in die Hand, wenn er kommt. Danach kannst du dich noch früh genug langweilen.«

Ich nehme die Armbanduhr in die Hand, drehe sie, sehe sie mir von allen Seiten an.

Es ist so verlockend einfach. Die Uhr zurückgeben, und alles ist gut. Es könnte der würdige Abschluss meiner kriminellen Karriere sein. Ein Überbleibsel aus vergangenen Zeiten, das nur noch schnell getilgt werden muss. Ein tiefer Seufzer steigt in mir hoch. »Ich denke darüber nach!«

Wolf streckt sich bequem auf dem Sofa aus.

»Gut. Und ich bleibe heute Abend hier und passe auf dich auf.«

Ein lieber Holzonkel in Latzhose, der sich von einer in Gewaltfragen völlig unbedarften Ex-Diebin auf dem Außenklo hat niederstrecken lassen und jetzt wimmernd auf einem geblümten Mädchensofa liegt: Die Rettungsboje wird beeindruckt sein.

Die beiden könnten allerdings zu ihrer Erbauung ein kleines Rote-Köpfe-Messen veranstalten. Zum Glück habe ich nicht die ganze Dose leer gesprüht, sodass Lieberknecht seine Wettbewerbschancen noch steigern könnte.

Ich stehe auf: »Dann mache ich uns mal ein *Letscho*. Das lenkt ab.«

»Aber bloß nicht so scharf!«

»Mal sehen!« Ich grinse, aber das sieht er ja nicht.

Wolf jammert sich unter dem Handtuch bereits wieder in seinen Opferstatus zurück.

Ich koche ein mittelscharfes *Letscho* mit Reis, und wir essen und bleiben wachsam. Doch die Rettungsboje lässt sich den ganzen Abend nicht blicken. Ich überlege, ob ich mich im Datum geirrt habe, checke es im Smartphone, das ich mir am Vortag ebenfalls gekauft habe *(wieder dreihundert Euro weniger)*, aber das Datum stimmt. Wolf und ich beschließen um Mitternacht, abwechselnd Wache zu halten. Wolf darf als Capsaicin-Versehrter natürlich zuerst schlafen. Nach zwei Stunden wecke ich ihn, und er übernimmt die Schicht bis vier Uhr.

Danach versuche ich wieder, mich wach zu halten. Es ist mühsam. Im Gefängnis konnte ich nicht schlafen, und hier kann ich nicht wach bleiben. Warum ist in der Welt bloß immer alles verkehrt?

Es wird fünf Uhr, und alles bleibt ruhig.

Einbrecher schlagen am liebsten in den frühen Morgenstunden zu, weil ihre Opfer um diese Zeit nicht mit einem Angriff rechnen und sich in einer tiefen Phase ihres Schlafs befinden.

Ich nicke immer wieder kurz ein, schrecke hoch und sehe mich panisch um, ob er schon in die Wohnung eingedrungen ist. Doch da ist niemand.

Die Sonne geht auf, und nach wie vor ist keine Rettungsboje in

Sicht. Ich lasse Wolf bis sieben schlafen, denn ich glaube kaum, dass jetzt noch jemand kommt.

Wir klammern uns müde an unseren Kaffeetassen fest und versuchen, eine Erklärung zu finden. Wolf glaubt, dass die Rettungsboje mich psychisch fertigmachen will und erst dann zuschlägt, wenn ich nicht mehr damit rechne. Ich halte dies bei seiner sadistischen Veranlagung durchaus für eine denkbare Möglichkeit.

Aber die Rettungsboje kommt auch nicht am nächsten Tag. Nicht am übernächsten, überübernächsten und überüberübernächsten. Auch zwei Wochen später: Kein Lieberknecht lässt sich blicken.

Wir putzen und schleifen in der Werkstatt weiter am Bus und tun, als ob nichts wäre. Doch meine Nervosität steigt mit jedem Tag, an dem er nicht auftaucht. Schließlich bin ich so weit, dass ich fast froh wäre, wenn er endlich kommen würde. Ob es genau das ist, was er beabsichtigt?

Ich laufe mitten auf der Straße, um mich zu zeigen, gehe in die Bar *Parole*, in der ich ihn zuerst gesehen habe, trinke dort drei Espressi, bis mein Herz so laut pocht, dass die Rettungsboje es hören müsste, lasse sogar die erneut reparierte Hintertür des Hauses absichtlich offen. Und liege nachts wach.

Er kommt nicht.

Seine *Patek Philippe* verharrt in unbemerkter Pracht in der Nachttischschublade neben dem Studentinnenbett. Ich glaube, sie in meinen schlaflosen Nächten in das Sperrholz ticken zu hören. Kein würdiger Ort für solch ein Kunstwerk.

Elf

Gleich nachdem ich den Gewerbeschein bekommen habe, eröffne ich ohne übertriebenes Getöse meinen *Speisewagen*. Ich stelle mich einfach auf den Platz und warte auf Kunden. Ich hatte jedoch nicht bedacht, dass so ein zentraler Standort wie der Bahnhof alle möglichen Arten von Menschen anziehen würde. Selbst wenn der Bus etwas abseits des Bahnhofsvorplatzes unter einer Eisenbahnbrücke steht, wo es im Sommer angenehm kühl ist, im Winter aber furchtbar zugig sein wird. Ein Ort, an dem sich normalerweise nur finstere Gestalten tummeln würden, was ich tatsächlich dadurch verhindert habe, dass ich absolut keinen Alkohol ausschenke. Außerdem entfaltet mein *Citroën* eine Strahlkraft, die auch andere Gesellschaftsschichten anzieht. Es kommen Studenten und Professoren (natürlich nicht der Germanistikprofessor!), Banker und Penner, die umsonst ein Essen schnorren wollen, Businessleute und Mütter, die keine Lust haben zu kochen und sich eine Portion mitnehmen, Rentner, die viel Zeit und wenig Appetit haben, Normale und Verrückte, Sportler und Genießer, Lobpreiser und Motzer, Schweigsame und Schwätzer, Verborgene und Durchscheinende.

Frühmorgens fange ich an, in der Studentinnenküche zu kochen, stehe den ganzen Tag im Wagen und schließe die Ausgabeklappe abends um elf. Es ist ziemlich hart. Das eigentlich Anstrengende aber ist, dass viele Kunden reden wollen. Nur ganz wenige kommen, geben ihre Bestellung ab, nehmen die Mahlzeit entgegen und stellen sich schweigend an einen der Hochtische, um das zu tun, wozu sie eigentlich da sind: essen.

Am Anfang habe ich gleich ein paar Kunden verloren, weil ich einfach die Kunst des Small Talks nicht beherrsche. Das sorgte, gelinde gesagt, für Irritationen. Jetzt sage ich meist nur noch *Ja* und *Nein*, lächle delfinisch, und die meisten haben begriffen, dass es bei mir zwar Essen gibt, aber keine anregende Unterhaltung.

Das Essen kommt zum Glück gut an. Ich habe mit bekannteren Gerichten wie Gulasch, Paprikahuhn und Kohlrouladen angefangen. Nun, nach drei Wochen im Wagen, experimentiere ich mehr. Es gibt Strudelteigtaschen mit Pilz-Kraut-Füllung, Palatschinken mit geschmorten Auberginen, frittierte Waldpilze mit Wirsinggemüse, Wildschweinragout mit Nockerln, Bohnensuppe mit Mangalitza-Wurst. Gulasch ist aber das beliebteste Gericht, daher bereite ich es regelmäßig mit verschiedenen Beilagen zu.

Zum Kaffee backe ich kleine Nussbeigel oder, wenn ich Zeit habe, auch mal eine prächtige Dobos-Torte aus Biskuit, Schokocreme und Karamell.

An manchen Tagen muss ich früher aufhören, weil mir das Essen ausgegangen ist. Ich brauche bald eine Wohnung mit einer richtig großen Küche. Und ich muss eine Aushilfe einstellen. Lange halte ich diese Arbeitszeiten nicht durch, zumal ich mir im Moment nur den Sonntag als Ruhetag gönne.

Sula und Wolf kommen regelmäßig zum Essen, und natürlich drücke ich beim Preis schon mal ein Auge zu. Die meisten Kunden an meinem *Speisewagen* kenne ich nicht. Doch leider kommen auch Bekannte.

Bekannte aus einem Leben, das ich eigentlich hinter mir lassen wollte.

Bekannte, die viel Hunger, aber wenig Geld haben.

Bekannte, die tief eingetaucht sind in das Meer meiner Vergangenheit.

Trimethylaminoxid.

Ihn erkenne ich schon von Weitem. Sein eigenartig schlenkernder Gang auf dürren Beinen verrät die nun vergangene Neigung, in seiner Jugend alles auszuprobieren, was der Markt an bewusstseinsverändernden Stoffen bereithielt. Den ersten Joint hat er vermutlich schon hinter der Schaukel des Kindergartens geraucht. Jahrelang behauptete er steif und fest, dass er *jederzeit* aufhören könnte, wenn er nur wollte. Nur wolle er eben noch nicht. Bis dahin habe er aber alles *fest im Griff*. Niemand glaubte ihm. Doch eines Tages stellte Viktor den Konsum von harten Drogen tatsächlich für immer ein. Keiner weiß, wie er das geschafft hat. Aber außer gelegentlichen Haschpfeifen ist er seitdem tatsächlich clean geblieben. Daher schlenkert Viktor mit Mitte vierzig als Dienstältester Ex-Drogenkonsument noch vergleichsweise munter durch die Stadt, während seine damaligen Kumpel längst das Zeitliche gesegnet haben.

»Sieh an, die flinke Olivia!«, ruft er, schon bevor er am Speisewagen angekommen ist.

»Hat es sich schon rumgesprochen? Du bist doch bestimmt nicht zufällig hier!«

»Klar, du bist das Stadtgespräch in gewissen Kreisen!«

Er nähert sich japsend und macht kurz vor dem Wagen eine Verbeugung. Früher gingen Gerüchte um, dass Viktor aus einer alten Adelsfamilie stamme, zu der er aber komplett den Kontakt abgebrochen habe. Oder sie zu ihm. Seine gute Kinderstube konnte er aber in all den Jahren nicht ganz abstreifen.

»Diese Kreise kann ich mir gut vorstellen«, nehme ich den Faden wieder auf.

»Aber sicher. Allerfeinste Gesellschaft.«

Viktor grinst und mustert meinen Bus.

»Coole Tarnung, Mann. Machste deine Deals jetzt vom Imbisswagen aus?«

»So gut scheinst du doch wieder nicht informiert zu sein. Ich bin absolut sauber. Außerdem ist das kein Imbiss, sondern ein Food-Truck.«

Viktor beugt sich über die Theke des *Citroën*. Sein Gesicht hat in den dreieinhalb Jahren meiner Abwesenheit zunehmend die Haut eines gegerbten Ziegenfells angenommen. Tiefliegende, gelbe Augen huschen in ihren Höhlen umher wie emsige Nagetiere auf Beutesuche.

»Ich habe einen tausendprozentigen Tipp!«

»Vergiss es. Dein letzter tausendprozentiger Tipp hat mich dahin geführt, wo ich die vergangenen dreieinhalb Jahre verbracht habe. Und es gibt angenehmere Plätze auf dieser wundervollen Welt!«

»An besagtem Wochenende waren aber ein paar fette Fische im Hotel.«

»Stimmt. Nur leider hast du diesen Tipp auch zwei weiteren Kunden verkauft.«

»Es war genug für alle da.« Viktor blickt eingeschnappt zum Bahnhof hinüber und tut, als ob er sich brennend für eine Reisegruppe interessiert, die mit großen Rollkoffern im Schlepptau der Eingangstür zustrebt.

»Es ist auch gar nicht auffällig, wenn drei Diebe um eine

Handvoll lukrativer Hotelgäste herumschleichen. Zumal die anderen beiden absolute Anfänger waren. Nur leider haben sie mich erwischt, und die zwei Trottel sind davongekommen.«

»Wenn du deine Beute nicht hättest fallen lassen, wäre trotzdem nichts passiert.«

»Ich habe die Beute nicht fallen lassen. Ich habe sie bei der Flucht weggeworfen.«

Viktor löst seinen Blick vom Bahnhofseingang, der die Reisegruppe vollständig verschluckt hat, und sieht mich beschwörend an.

»Ich habe dir ja immer gepredigt: Die Portiers müssen besser geschmiert werden.«

Ich seufze. Selbstkritik war noch nie Viktors Stärke. Dafür hat er einfach zu viele psychoaktive Substanzen durch sein Gehirn geschleust, die die Reizübertragung nachweislich gestört haben. Aus jahrelanger Erfahrung mit ihm weiß ich, dass es sinnlos ist, an diesem Punkt weiter zu insistieren. Ich gehe zum großen Kessel über der Gasflamme und rühre das Gulasch einmal kräftig um, damit es nicht am Boden ansitzt.

Der Abend im Hotel ist mir in allerschlechtester Erinnerung geblieben. Ich bin fast erleichtert, dass mein Großvater das nicht mehr erleben musste, denn ich hatte mich wirklich angestellt wie eine Anfängerin. Ich hätte selbst merken müssen, dass ich im Hotel nicht die Einzige war, die es auf die Wertsachen der Gäste abgesehen hatte. Leider bekam ich bei meinen Streifzügen stets einen Tunnelblick und konzentrierte mich nur noch auf meine Beute und ihre Besitzer. Dafür fiel dem Personal bald auf, welche Räuber zwischen den ganzen fetten Fischen herumschwammen.

Viktor verfolgt meine Bewegungen wie gebannt. Ich nehme einen tiefen Teller, häufe Gulasch darauf und lege zwei Scheiben

Böhmische Knödel dazu. Auf die Gründeko verzichte ich in seinem Fall.

»Hier, aufs Haus!«

Viktor reißt mir den Teller fast aus der Hand, greift sich einen Löffel aus dem Besteckkorb der Theke und schaufelt das Essen in Lichtgeschwindigkeit in sich hinein. Wahrscheinlich hat es ihn auch gerettet, dass er, im Gegensatz zu anderen Junkies, über all die Jahre immer gut gegessen hat.

Zwei Damen Mitte fünfzig nähern sich, sehen Viktor angewidert an und bestellen zweimal Gulasch ohne Beilage zum Mitnehmen. Ich vermute, dass sich ihre Familien heute Abend über ein *selbst gemachtes* Gulasch freuen dürfen. Bis ich ihre Portionen in zwei Take-away-Becher gefüllt habe, sie gezahlt haben und schleunigst verschwunden sind, ist Viktor fertig.

»Espresso?«

Viktor nickt. Ich mahle Kaffeebohnen, fülle das Pulver in den Siebträger und stelle eine Tasse unter den Auslauf der *Faema*. Immer noch freue ich mich wie ein Kind über das herrliche Zischen, wenn der Espresso in die Tasse läuft. Erstaunlicherweise habe ich nach einer kurzen Phase des Rausches wieder zu einem mäßigen Kaffeekonsum zurückgefunden. Wahrscheinlich brauche ich im Moment nicht allzu viel Aufmunterung.

Ich lege einen Nussbeigel auf ein Tablett und gebe ihn mit dem Espresso zu Viktor hinüber. Er schippt sofort wahre Zuckerschneeberge in seine Tasse.

»Mein Tipp ist wirklich astrein.«

»Keine Chance!«

»Lohnt sich der Laden denn?«

»Es ist viel Arbeit, aber ich kann davon leben. Allerdings ...«

Ich denke nach. Viktor war zwar immer ein unzuverlässiges

Großmaul, dabei aber stets loyal. Ich konnte mich darauf verlassen, dass nichts von dem, was unter uns besprochen wurde, nach außen drang. Es könnte also eventuell nicht schaden, einen Verbündeten in der Szene zu haben. Viktor vermengt in seiner Tasse Espresso und Zucker gedankenlos zu einer Art Kaffee-Melasse.

»Allerdings hab ich ein kleines Problem. Es reicht nicht, um meine Schulden abzubezahlen.«

»Schulden?« Das Wort schreckt Viktor von seiner Rührarbeit auf. »Bei wem?«

»Du kennst doch den Lieberknecht, dem ich die Uhr abgeknöpft habe.«

»Der Kollege, der immer hart auf der Eskalationswelle surft?«

»Genau der.«

»Und der will seine Uhr zurück?«

Ein Kunde im neongelben engen Fahrraddress nähert sich, stellt sein Mountainbike ab, mustert Viktor, lässt sich rasch eine Portion Gulasch mit Beilagen zum Mitnehmen geben und verschwindet in dem seltsam klackernden Fahrradschuhe-Gang zur nächsten Bank. Ich muss aufpassen, dass mir meine alten *Freunde* nicht die Kundschaft vergraulen. Wer am Wagen stehen bleibt, nimmt nach dem Essen gern noch einen Kaffee und ein Stück Kuchen.

»Er will dreißigtausend«, beantworte ich Viktors Frage.

Er pfeift durch die Zähne. »Das nenn ich mal ein *kleines Problem!*«

»Die Sache ist, ich hab das Geld nicht, aber die Uhr.«

Viktor starrt mich an, als ob ihm in diesem Moment bewusst geworden wäre, dass ich restlos den Verstand verloren habe. Er sagt nichts. Steht mit gerunzelter Stirn und hochgezogenen Brauen da und wartet auf eine Erklärung.

»Ich will ihm aber die Uhr nicht zurückgeben, weil die geklaut ist.«

Ich merke selbst, wie wirr ich mich sogar in den Ohren eines Kleinkriminellen anhören muss.

»Jedenfalls hat mir der Lieberknecht ein Ultimatum gestellt, und das ist seit drei Wochen überfällig.«

Viktor puhlt selbstvergessen mit einem Zahnstocher in seinen Zähnen herum und vernuschelt seine Antwort entsprechend. Offensichtlich haben sich doch nur Relikte der Erziehung zum Adelsspross in seine Drogenkarriere hinübergerettet.

»Das allerdings ist in der Tat seltsam. Ich habe gehört, dass er ziemliche Spielschulden hat.«

Also war seine Uhr tatsächlich eine Replika. Die Rettungsboje braucht dringend Geld. Mir läuft ein Schauer über den Rücken. Welche Taktik verfolgt er bloß? Ich hatte mir schon ein wenig eingeredet, dass er mich einfach vergessen hat. Aber jetzt weiß ich, dass er sich das gar nicht leisten kann. »Sag mal, kannst du vielleicht mal unauffällig für mich rauskriegen, was da los ist?«

Viktor schüttelt den Kopf. »Ja, kann ich machen.«

»Was jetzt?«

»Ich denke, dass ich mich deutlich ausgedrückt habe.«

»Nein, hast du nicht! Du hast *Ja* gesagt und dabei den Kopf geschüttelt.«

»Das war nur ein unkontrollierter Reflex. Ich mache das manchmal unbewusst, wenn ich Gefahr laufe, zu gutmütig zu sein.«

»Verstehe. Was willst du dafür?«

»Kohle hast du ja selbst nicht.«

»Richtig erkannt.«

»Du könntest ...«

»Nein, könnte ich nicht!«

»Aber …«

»Vergiss es einfach!«

Trimethylaminoxid.

Viktor verzieht sein Gesicht. »Na gut, ich komme hin und wieder mal zum Essen.«

»Okay, abgemacht!«

»Und bekomme einen Espresso dazu.«

Ich nicke gnädig.

Viktor reicht mir mit zitternden Händen sein Geschirr über die Theke zurück und geht. Er hat nichts getrunken. Die Kaffee-Melasse bleibt beim Spülen hartnäckig in der Tasse kleben

Zwölf

Der Muschelwächter ist ein erbsengroßer Krebs, der sich bevorzugt in Austern und, wie sein Name bereits andeutet, auch in Muscheln einnistet. Die Griechen glaubten vor über zweitausend Jahren, dieser Minikrebs würde die Muscheln vor Gefahren warnen, indem er sie zart ins Fleisch kneift. Woher er allerdings von diesen Gefahren wissen sollte, wenn er doch in einem geschlossenen Kalkpanzer steckte, darüber gaben die Griechen keinerlei Auskunft.

Tatsächlich ernährt sich der Krebs von dem Plankton, das die Muschel für sich selbst aus dem Wasser filtert. Der Muschelwächter ist schlau genug, nur so viel davon zu fressen, dass die Muschel am Leben bleibt. So verharrt der Parasit zeitlebens in seinem Wirtstier und verdirbt den Restaurants ihre sonst so rentable Austernernte.

Zwei Tage lang höre ich nichts von Viktor. Das ist nicht ungewöhnlich, denn das Ausspähen ist eine zeitaufwendige Angelegenheit, bei der man nichts überstürzen darf, wenn man nicht auffallen will.

Dafür bekomme ich am Mittag einen anderen, spektakulären Besuch. Besuch ist in diesem Zusammenhang ein Wort, das die

Großartigkeit dieses Ereignisses keinesfalls widerspiegelt. Es handelt sich eher um einen Auftritt, eine Inszenierung, eine Darbietung divahaften Ausmaßes.

Zwei Bauarbeiter stehen gerade am Tisch und verspeisen mit Kraut gefüllte und frittierte *Lángos* mit Knoblauchschmand. Das richtige Essen für körperlich hart arbeitende Menschen. Ich musste heute ausnahmsweise etwas Einfaches kochen, da ich nicht viel Zeit für die Vorbereitung hatte. Denn ich habe den Vorabend mit Sula und Wolf verbracht, und die Nacht war entsprechend kurz.

Das Erste, was ich sehe, ist ein atemberaubend schönes silbernes Mercedes 300 SL Cabrio aus den späten 1950ern, welches sorglos unter einem Halteverbotsschild gegenüber meinem *Speisewagen* geparkt wird. Am Steuer sitzt eine elegante Dame mit Sonnenbrille und, wie ich auf den ersten Blick erkenne, einem verführerisch teuren *Hermès*-Seidentuch, das sie sich um den Kopf geschlungen hat. Die Kenntnis der verschiedenen Designer habe ich mir im Lauf der Zeit so angeeignet, wie man als Freizeitgelehrter Kunstgeschichtswissen erwirbt. Ich stufe das Tuch sofort als geeignete Diebesbeute ein. Mein Denken ist also immer noch vergiftet.

Du bist solide. Du wirst einer Kundin kein Tuch wegnehmen. Du bist keine Diebin mehr. Während ich innerlich mein Mantra spreche, entsteigt dic Dame ihrem Wagen, beugt sich vor und nimmt eine Designer-Handtasche vom Sitz (*Valentino*). Jetzt erst bemerke ich, dass auf dem lila Leder des Beifahrersitzes ein riesiger weißer Pudel sitzt, der viel Lebenszeit bei einem Hundefriseur verbracht hat.

Seine Besitzerin nimmt eine Hundeleine in der Farbe der Autopolster aus der Handtasche, leint den Pudel an und fordert ihn auf, aus dem Auto zu springen: »Aristoteles, komm!« Der Hund gehorcht sofort.

Frauchen und Pudel trippeln auf den Bus zu. Frauchen trägt sehr hohe Schuhe und einen sehr kurzen Rock. Sie ist mindestens siebzig.

Die Bauarbeiter vergessen weiterzuessen.

»Gertrude!«

Die Fassadenkletterin löst das Tuch vom Kopf, schlingt es sich um den Hals und strahlt mich an. Ihr Haar ist blau. Ich überlege, wie viele Essensportionen ich verkaufen muss, bis ich den Preis des Tuches eingenommen habe. Abzüglich meiner Kosten und am möglicherweise erzielten Schwarzmarktpreis gemessen, komme ich auf sechzig. Dafür muss ich mindestens zwei Vormittage in der Küche und zwei Tage im Bus stehen.

»Ich wollte doch mal schauen, wie der Laden läuft!«, ruft die Fassadenkletterin und zeigt auf meinen Bus. »Sieht ja schon mal gut aus!«

Ich nehme den Hoch-Klappstuhl, den ich für diesen großen Tag bereitgehalten habe, trage ihn vor den Bus und stelle ihn vor ihr auf: »Bitte schön, nehmen Sie Platz!«

Die Fassadenkletterin schwingt sich mit einer Nonchalance auf den Stuhl, die die Bauarbeiter endgültig in Verwirrung stürzt. Ihr Radar meldet ihnen *Oma*, doch diese Oma beansprucht alle Attribute einer echten *Granate* für sich. Sie wissen nicht, ob sie sich für Bewunderung oder Verachtung entscheiden sollen.

Ich verstehe nicht, warum alle immer davon sprechen, dass man *in Würde* alt werden muss. Ist es denn würdevoll, wenn man sein Haar ergrauen lässt, sich in beiger Kleidung weitgehend unsichtbar macht und mit missgünstigen Kommentaren die Lebenslust anderer geißelt? Oder ist es würdevoll, sich einen

Minirock anzuziehen, die Haare blau zu färben und mit hundertzwanzig im offenen Sportwagen durch die verkehrsberuhigte Zone zu brettern?

»Leider habe ich heute kein besonderes Gericht«, sage ich bedauernd zu der Fassadenkletterin, »ich war gestern Abend bei Sula und Wolf.«

»Dann dürfte es ein langer und vor allem feuchtfröhlicher Abend gewesen sein.«

»Richtig!« Seit ich festgestellt habe, dass der Laden gut läuft, ist mein Verhältnis zu den beiden wieder entspannter. Wolf hat sich von meinem Pfeffersprayangriff auch weitgehend erholt, nutzt aber jede Möglichkeit, mir ein schlechtes Gewissen zu machen.

Ich sehe Gertrude bedauernd an. »Ich könnte Ihnen gefüllte *Lángos* anbieten. Das sind …«

Gertrude klatscht in die Hände. »Ich weiß: frittierte Teigtaschen. Wunderbar, die nehme ich! Gleich zwei Stück, bitte.«

Ich frage mich, wie sie bei ihrem Appetit solch eine Figur behält, aber ich vermute, sie trainiert immer noch regelmäßig. Sie hat meinen Blick gelesen.

»Ich hänge mich jeden Abend an den Schlafzimmerschrank. Da baumle ich dann eine halbe Stunde. Früher habe ich eine ganze geschafft.«

Den letzten Satz sagt sie lächelnd zu den Bauarbeitern, die ihr mit unverhohlener Neugier direkt auf die beeindruckenden Bizepse starren. Dankenswerterweise trägt Gertrude ein ärmelfreies Top, sodass sie ihre Behauptungen verifizieren können.

Ich steige in den Bus, lasse zwei *Lángos* in das heiße Fett gleiten und backe sie goldglänzend aus. Dann umhülle ich sie mit Papier, lege sie auf einen Teller, gebe auf jeden einen Klacks Knoblauchschmand und geriebenen Käse und reiche sie zur Fassadenkletterin hinüber.

Sie greift hungrig danach, beißt sehr undamenhaft und sehr herzhaft in einen hinein. Korallenrote Lippenstiftspuren bleiben am Papier kleben.

»Wie geht es Sula und Wolf? Ich habe sie seit dem Abend nicht mehr gesehen.«

»Sie haben ziemlich zu kämpfen. Antiquitäten sind gerade nicht so gefragt.«

»Wie unerfreulich. Da fällt mir ein: Ich bräuchte mal wieder einen neuen Schrank. Der alte hat unter meinen Übungen doch sehr gelitten.«

Gertrude grinst und beißt erneut in den *Lángos*. »Hm, diese Füllung ist wirklich herrlich. Da ist wieder irgendetwas etwas Besonderes drin ... aber was?«

»Champagnerkraut. Aber ich habe *Crémant* genommen, ist billiger.«

Die Bauarbeiter kommen an die Theke, zahlen und gehen. Dabei werfen sie einen abschließenden Blick auf die Oma, dem man entnehmen kann, dass sie sich für *Verachtung* entschieden haben. Ich nehme mir vor, die beiden das nächste Mal mit einem ganz speziellen Mahl zu beglücken. Gertrude ist gerade dabei, einen Teil ihres *Lángos* an Aristoteles zu verfüttern, und merkt nichts. Ich nehme mir außerdem vor, in Zukunft hundegerechte Kost bereitzuhalten.

Das Geschirr der Bauarbeiter räume ich ab und spüle es gleich. So vermeide ich hässliche Pappteller, und billiger ist es auch. Schließlich muss ich auf meine Ausgaben achten. Ich darf aber in meinem kleinen Bus keinen Geschirrberg anwachsen lassen und muss daher immer gleich spülen.

Als ich mich wieder umdrehe, hat sich unbemerkt ein neuer Kunde an den Wagen gestellt. Er trägt sein Haar halb lang, hat Jeans und eine braune Lederjacke an und ist mit sich selbst überaus einverstanden.

Das erkenne ich an der Art, wie er meinen Wagen und mich mustert. Als ob alle irdischen Dinge nur durch ihn eine Daseinsberechtigung hätten. Etwas an ihm lässt sofort all meine Alarmsignale schrillen.

Trimethylaminoxid.

»Ungarische Küche, kann man das essen?« Der eigentlich charmante Akzent verrät, dass er von der anderen Seite des Rheins stammt.

»Bei mir wird keiner zu etwas gezwungen. Essen ist hier eine rein freiwillige Angelegenheit.«

»Das freut mich. Wird man doch an anderen Imbissen ständig genötigt, etwas zu sich zu nehmen, was man gar nicht wollte. *Incroyable*, wie viele Currywürste ich in meinem Leben deshalb schon essen musste.« Er reibt sich den Bauch.

»Man kann bei mir sogar wieder gehen, ohne überhaupt etwas bestellt zu haben.«

»Das wäre möglich, aber wirklich sehr unhöflich. *Peut-être*, Sie denken, dass mir Ihre Speisekarte nicht gefällt.«

Es bringt mich auf die Palme, wie er französische Wörter in sein perfektes Deutsch streut, um sich interessant zu machen.

»Ich bin psychisch stabil genug, mit Ablehnung umzugehen. Machen Sie sich um mich keine Sorgen.«

Gertrude sieht mich mit hochgezogenen Brauen an. Sie wundert sich sichtlich, wie schlecht ich meine Kunden behandle. Aristoteles hingegen späht angespannt zu dem Mann hinüber. Auch er wittert Gefahr. Pudel sind sehr besitzergreifend, daher passen sie gut auf ihre Besitzer auf. Er knurrt leise und schiebt bedrohlich sein Untergebiss vor. Guter Hund.

Gertrude zieht ihn kopfschüttelnd an seiner Designer-Lederleine zurück. Mir schießt dabei wieder der Gedanke durch den Kopf, dass Gertrude aufgrund ihrer Luxusneigung bis hin in die Hunde-Ausstattung ein ideales Diebesopfer gewesen wäre, moralische Gründe es mir aber verboten hätten, diese herrliche Frau zu berauben. Und das nicht nur wegen ihres Alters. Allerdings ist ihr Reichtum wohl ebenso auf der Basis von kriminellen Aktionen begründet, daher hätte der Fall auch wieder anders liegen können. Aber jetzt ist nicht der Moment für derartige Überlegungen.

Monsieur Cool steht immer noch da, grinst und ordert einen *Lángos* ohne Käse. Ich nicke betont gelangweilt, gebe einen Teigfladen in das heiße Fett und frittiere ihn so lange, bis er nahezu schwarz ist. Dann streue ich Käse darauf, klatsche eine Portion Knoblauchschmand daneben und reiche den Teller über die Theke.

»Ach, wollten Sie ohne Käse?«

Er starrt auf den verbrannten Fladen, schluckt, nimmt den Teller aber klaglos zu einem der Stehtische mit. »Das macht gar nichts, dann sieht man nicht so, was darunter ist.«

Gertrude und ich verfolgen gebannt, wie Monsieur Cool den *Lángos* mit sichtlicher Belustigung verspeist. Entweder sind seine Geschmacksknospen vollkommen abgestorben, oder er verstellt sich ziemlich gut. Das macht mich gleich noch viel misstrauischer.

Plötzlich sehe ich aus den Augenwinkeln, dass Viktor gerade den Bahnhofsvorplatz überquert. Es handelt sich jedoch um einen ganz anderen Viktor als den vor zwei Tagen. Einen strahlenden, triumphierenden, mit erhobenen Armen winkenden Viktor, dem etwas gelungen ist und der allzu bereit ist, diese Leistung anderen mitzuteilen. Die Gewissheit des nahenden Triumphes beschleunigt seinen schlenkernden Schritt rapide. Ich versuche, ihm durch Handzeichen klarzumachen, dass er sich besser verkrümeln soll. Doch sein vernebeltes Hirn lässt keine andere Deutung meiner Gesten zu als die einer besonders freudigen Begrüßung. Er winkt zurück.

Viktor trägt ein knallrotes, reichlich zerknittertes Shirt, auf dem in Gelb *I'm a Rocketman* steht. Auch Monsieur Cool hat ihn bemerkt und tut, als ob er keinerlei Interesse an ihm hätte. Dies bestätigt mich erneut in meiner Einschätzung, dass etwas mit ihm nicht stimmt. Und in diesem vollkommen ungünstigen Moment begreife ich: Der Typ spielt den lässigen Szenetypen, beobachtet aber mit voll aufgedrehtem Radar, was um ihn herum vorgeht. Verzweifelt versuche ich Viktor, der gerade am *Speisewagen* andockt, zu signalisieren, dass er besser still ist.

»Olivia! Hast du dir den Mund verbrannt?« Viktor macht das fürsorglichste Gesicht, das sein begrenztes Mimik-Repertoire gerade noch hergibt.

»Nein, es geht mir ausgezeichnet. Aber ich wollte gerade schließen.«

»Was? Du hast doch noch Kundschaft.« Verwirrt blickt Viktor zu Gertrude. Dann zu Aristoteles. Dann zu dem seltsamen Neukunden.

»Eben«, bestätigt dieser, »ich wollte gerade noch einen Espresso trinken. Der Fladen liegt mir im Magen wie ein Senkblei.«

»Wenn Ihnen mein Essen nicht schmeckt, warum dann noch einen Kaffee? Vermutlich schmeckt der auch grauenhaft!«

Viktor dreht sich zu mir. »Oh nein, der Espresso ist ganz ausgezeichnet.«

»Das weißt du doch gar nicht, du hast ihn doch nur gerührt.« Wenn ich so weitermache, habe ich bald meine ganze Kundschaft gegen mich aufgebracht.

Ich atme durch, drehe mich zur *Faema*, mache zwei Espressi und gebe sie zu Gertrude und Monsieur Cool hinüber. Dann mache ich gleich noch mal zwei, einen davon für Viktor. Den anderen will ich selbst trinken. Ich brauche jetzt dringend Aufmunterung.

Viktor hebt seine Tasse an die Lippen. Und setzt sie wieder ab. »Ach, vielleicht sollte ich erst mal was essen. Was gibt´s denn Schönes?«

Trimethylaminoxid.

Ich seufze, lasse meine Tasse stehen, lege einen Teigfladen in das heiße Fett und backe ihn genau richtig aus. Dann streue ich Käseraspel drauf, gebe einen Klecks Knoblauchschmand hinzu und reiche alles zu Viktor hinüber.

»Och, nur Brot heute?«

»Das ist kein Brot, das ist ein herrlicher *Lángos*, junger Mann.« Gertrudes Espressotasse landet vor lauter Empörung angesichts der Banausen in ihrer Umgebung klirrend in der Untertasse.

Monsieur Cool sieht interessiert zu ihr herüber. Er hat seinen Espresso in einem Zug ausgetrunken, macht aber leider keinerlei Anstalten zu gehen.

Viktor bekommt von allem nichts mit und beißt furchtlos in seinen Fladen. »Du glaubst nicht, was ... Hm, das schmeckt ja wirklich gut, da nehme ich gleich nochmal einen.«

Trimethylaminoxid. Trimethylaminoxid.

Ich seufze, nehme einen Teigling, wiederhole den Frittiervorgang und gebe besonders viel Käse und besonders viel Knoblauchschmand dazu. Hauptsache, er redet nicht. Als Viktor den letzten Bissen seines ersten *Lángos* vertilgt hat, steht auch schon der nächste vor ihm.

»Die sehen ja jetzt viel besser aus, da nehme ich auch noch mal einen, *s'il vous plaît.«* Nein, es gefällt mir nicht! Monsieur Cool ist leise an die Theke getreten und hat seine leere Espressotasse daraufgestellt.

Seine Augen sind grün und blaugrau, denke ich verwundert. Rechts grün, links blaugrau. Dann wundere ich mich, dass ich mich darüber wundere.

»Tut mir leid, ausverkauft!«

»Aber da sind doch noch jede Menge.« Er zeigt auf die Bleche, wo sich zahlreiche, leicht vorgebackene *Lángos*-Teiglinge stapeln.

»Die sind leider vorbestellt.«

»Vorbestellt? Von wem?«

»Schulklasse!«

»Ich muss dann los! Den Schrank kaufen.« Gertrude rutscht genau im richtigen Moment von ihrem Sitz, wobei ihr Rock noch ein bisschen höher rutscht, legt einen Geldschein auf die Theke, winkt ab, als ich ihr Rückgeld geben will, zieht an Aristoteles lila Leine und stöckelt zu ihrem Cabrio.

Monsieur Cool blickt ihr anerkennend hinterher. Ich sehe ihm an, dass er *Granate* denkt. Das macht ihn leider ein kleines bisschen sympathisch.

»Sie wollen sicher auch bezahlen? Der Espresso geht aufs Haus.«

Irritiert zückt Monsieur Cool sein Portemonnaie. »Also, eigentlich ...«

»Wie gesagt, der Lieberknecht. Du glaubst nicht, was ...!« Viktor hat auch schon den zweiten *Lángos* vertilgt und schickt sich endgültig an, die Geschichte der Rettungsboje vor einem allzu neugierigen elsässischen Spion auszubreiten.

»Hier, nimm noch einen Kaffee!«, rufe ich und schütte meinen Espresso auf seinen Oberkörper. »Huch!«

Viktor springt zurück und schreit auf. »Spinnst du, mein letztes sauberes Shirt!«

Gertrude stolpert und dreht sich mitten im Gehen um. Monsieur Cool sieht verdutzt auf Viktors Shirt, dann zu mir, dann wieder auf Viktors Shirt.

»Das musste eh mal in die Wäsche«, sage ich zu Viktor. Der Espresso breitet sich rasch über das I und das C aus und sickert langsam zum K von *Rocketman* hinunter.

»Fünf Euro neunzig«, sage ich zu Monsieur Cool. Er zögert, öffnet sein Portemonnaie, zählt exakt fünf Euro neunzig ab und legt sie auf die Theke. Geizig ist er also auch noch. Dann sieht er mich und Viktor prüfend an, nickt beinah unmerklich und geht. Ich bin mir sicher, dass er wiederkommt.

Gertrude lässt Aristoteles auf den Beifahrersitz klettern, schwingt sich auf den Fahrersitz und startet furios den Motor. Sie winkt ein letztes Mal und gibt viel zu viel Gas. Mit einem Satz springt der Wagen aus dem Halteverbot.

Dreizehn

Nachdem die Luft endlich rein ist, will ich natürlich unbedingt wissen, was Viktor über die Rettungsboje herausgefunden hat. Doch Viktor vertilgt mittlerweile seinen dritten *Lángos* und hat es überhaupt nicht mehr eilig, mit seinen Neuigkeiten herauszurücken. Wenn er so weiterfuttert, ruiniert er mich, noch bevor ich richtig angefangen habe.

Ich seufze, mache mir noch einen Espresso und trinke diesen endlich auch. Der Bahnhofsvorplatz ist an diesem milden Spätsommertag voller Touristen, die heuschreckenartig in die Stadt einfallen, dort von einem Geschäft in das nächste hasten und am Abend wieder zurück zum Bahnhof strömen. Da ich etwas abseits liege, verirrt sich nur selten jemand von ihnen an meinen Food-Truck.

Jetzt nähert sich jedoch ein asiatisches Paar in einfacher beigetoniger Kleidung. Es trägt Fotoapparate um den Hals und zu kleine Sonnenhüte auf den Köpfen. Beide kneifen die Augen zusammen und versuchen, die Aufschrift an meinem Wagen zu deuten.

»Typical food?«, fragt die Frau und deutet auf die *Lángos*.

»Yes, Lángos, typical food!«, bestätige ich. Das ist schließlich nicht ganz gelogen, denn für Ungarn sind *Lángos* ein absolut typisches Gericht. Und für ein riesiges Land wie China ist Deutschland ohnehin nur eine kleine Provinz in Europa.

Das Paar bestellt zwei *Lángos* und verzieht sich damit an einen Stehtisch. Aus dem Augenwinkel sehe ich, dass es ihnen schmeckt. Viktor hat nur den halben Fladen aufgegessen und hält sich jammernd den Bauch: »Ich kann nicht mehr! Noch ein Bissen, und ich platze!«

»Ich habe dich ja auch nicht genötigt, gleich drei davon zu essen.«

»Doch. Die Dinger sind so lecker. So gesehen hast du mich kulinarisch genötigt.« Viktor wischt sich zufrieden den Mund ab. »Ein Kaffee würde mir jetzt guttun, nach dem ganzen fettigen Zeug.«

Viktor zeigt auf die *Faema*. »Kann die auch Cappuccino? Einen Espresso hatte ich ja schon.«

Er zeigt vorwurfsvoll auf sein Shirt, wo der Espresso langsam eintrocknet und dabei hässliche Flecken auf dem Schriftzug hinterlässt.

»Der geht dann aber nicht mehr aufs Haus«, antworte ich grimmig.

Der Muschelwächter ist immerhin so schlau, sein Wirtstier nicht zu killen, indem er ihm nicht das ganze Plankton wegfrisst. Bei Viktor bin ich mir da nicht so sicher.

»Ach so. Dann doch nicht. Ich wollte eh gleich los. Schließlich muss ich noch meinen tausendprozentigen Tipp an den Mann bringen.«

Voller Grimm gehe ich zur Kaffeemaschine, stelle eine große Tasse darunter und mache einen doppelten Espresso. Dann gebe ich heißen Milchschaum obendrauf, bis die Tasse voll ist. Die Kunst des kritischen Milchschaumverzierens beherrsche ich nicht. Aber selbst wenn ich sie beherrschen würde, würde ich mir für Viktor ohnehin nicht die Mühe machen.

Ich knalle den Cappuccino vor ihn hin, was er mit einem triumphierenden Grinsen quittiert. Er will sofort danach greifen, doch ich ziehe ihm die Tasse schnell wieder weg.

»Zuerst die Infos, dann bekommst du den Kaffee!«

Viktor sieht mich vorwurfsvoll an. »Jetzt entspann dich mal wieder! Die ganze Zeit habe ich doch versucht, dir zu erzählen, was ich herausgefunden habe. Und wenn mich nicht alles täuscht, hast du viel dafür getan, um genau das zu verhindern. Und jetzt willst du mir den Lohn für meine, übrigens nicht ganz einfache und auch nicht ganz billige Arbeit verweigern?«

Viktor schnieft beleidigt.

»Wenn du mal ein bisschen weiter gucken würdest als bis vor deine Haustür, hättest du bemerkt, warum ich das getan habe. Direkt neben dir stand ein Spitzel!«

Viktor wendet sich zu dem Chinesen und sieht, wie er sich den Mund mit einer Serviette abwischt. »Good typical food!«, sagt die Frau. Ich nicke ihnen geistesabwesend zu.

»Nicht der!«

»Du meinst den Langhaarigen?«

»Er hatte halblange Haare. Und zwei verschiedene Augen.«

Viktor zeigt mit ausgestrecktem Finger auf mich. »Ha, du fandest ihn gut. Stimmt's? Sonst hättest du ihn dir nicht so genau angeschaut.«

Er dreht sich feixend zu den Chinesen. »She liked him.« Die Chinesen nicken freundlich, aber ahnungslos. Ich werde rot und schüttle den Kopf. »Blödsinn. Ich habe ihn mir so genau angeschaut, weil ich gleich gemerkt habe, dass mit dem was nicht stimmt. Das rieche ich auf hundert Meter Entfernung!«

Die Wucht, mit der ich das sage, bringt Viktor für einen Moment zum Nachdenken. »Gut, dass ich nicht erzählt habe, was ich über den Lieberknecht herausgefunden habe.«

»Du hast es erfasst!«

Wir schweigen und brüten eine Weile vor uns hin.

Das chinesische Ehepaar kommt an die Theke und will bezahlen. Der Mann gibt mir einen Fünfzigeuroschein und sagt: »Okay.«

»No«, widerspreche ich, »not okay. Too much!« Ich gebe ihm fünfunddreißig Euro zurück.

»Okay now.«

Der Tourist nimmt das Geld ehrfurchtsvoll mit beiden Händen entgegen und lächelt. Die beiden nicken mir zu und verlassen ohne große Hast den *Speisewagen*.

Viktor greift sich stöhnend an die Stirn. »Bist du dämlich? Die hätten dir fast vierzig Euro Trinkgeld gegeben!«

»Hast du gesehen, was die beiden anhatten? Die waren bestimmt zum ersten Mal in ihrem Leben überhaupt im Urlaub. Außerdem bin ich anständig.«

»Wahrscheinlich auserwählt vom Zentralkomitee der Volksrepublik für besonders unterwürfige Leistungen.« Viktor sieht dem chinesischen Paar grinsend hinterher.

»Vielleicht haben sie auch jahrelang dafür gespart.«

»Jedenfalls war das dämlich.« Viktor winkt ab. Er bezweifelt offenbar gerade, dass ich als Wirtstier auf Dauer die geeignete Wahl bin.

Ich gehe vor den Wagen, sammle die beiden Teller der Chinesen ein und tauche sie ins Spülwasser. Abspülen hat etwas Beruhigendes. Abspülen ist eine einfache und klare Angelegenheit. Ein Teller ist schmutzig und muss in einen sauberen Zustand überführt werden. Daran gibt es überhaupt nichts zu deuteln. Schmutzig – sauber. Ein klares Gegensatzpaar.

»Was war nun mit dem Lieberknecht?«

»Gibt es morgen was Leckeres? Heute war‘s ja nicht so berühmt.«

»Eben fandest du es noch so lecker, dass du gleich drei Stück verputzt hast.«

»War ein Scherz, Süße. Ich will nur schon mal wissen, worauf ich mich freuen kann.«

Er lächelt mich an wie ein Herbergsvater, der eine neu angekommene Schar von Fünftklässlern begrüßt.

»Das entscheide ich morgen spontan auf dem Markt. Vielleicht Fischsuppe. Also?«

»Kennst du das? Man hat gerade etwas Salziges gegessen, und obwohl man eigentlich pappsatt ist, hat man plötzlich Appetit auf etwas Süßes. Als ob es zwei verschiedene Mägen für süß und salzig geben würde. Verrückt, was?«

Mein Smartphone brummt. Sula und Wolf geben bekannt, dass sie später noch zum Essen vorbeischauen und ich Ihnen unbedingt etwas aufheben soll. Selbstverständlich zum Freundschaftspreis.

Trimethylaminoxid.

Genervt gehe ich zur Kuchenplatte, knalle zwei Nussbeigel auf einen Teller und reiche sie Viktor rüber.

»Der Cappuccino ist jetzt aber kalt«, mault er.

Ich stecke den kleinen Finger in den Milchschaum. »Nein, ist er nicht.«

Viktor schnuppert daran, trinkt einen winzigen Schluck, spült ihn ein wenig durch den Mund, gurgelt, nimmt noch einen Schluck und befindet nach langem hin- und herwiegen des Kopfes, dass das Getränk für seinen erlesenen Gaumen gerade noch genehm ist. Ich denke an Sulas Rat und stelle mir vor, dass ich ihn umbringe. Langsam, qualvoll, mittelalterlich.

»Was grinst du so?« Der zweite Beigel verschwindet in seinem Schlund.

»Nichts. Ich habe nur an etwas Schönes gedacht.«

»Verstehe. Positive thinking, Macht der Gedanken, Affirmation, Mentaltraining und so weiter. Psychoquatsch halt.« Er schluckt den letzten Beigelrest hinunter und spült kräftig mit Cappuccino nach.

»Ja, so kann man es nennen. Nun: Was hast du erfahren?«

»Also.« Umständlich pickt Viktor Krümel der beiden Beigel von seinem Teller. »Es war alles andere als einfach.« Er blickt mich Bewunderung heischend an.

Ich tue ihm den Gefallen. »Sicher.«

Langsam habe ich die Befürchtung, dass er sich hier nur Vorteile verschaffen will und tatsächlich gar nichts herausgefunden hat.

»Du weißt ja, wie gefährlich es ist, in gewissen Kreisen Fragen zu stellen«

Ich nicke gelangweilt.

»Da hat sich schon mancher mit einem Betonklotz an den Füßen im Rhein wiedergefunden.«

»Viktor! Verdammt! Wo ist der Lieberknecht?! «

Doch mein kleiner Informant lässt sich nicht beirren. Er will seinen Auftritt auskosten. Hat seine Rede geübt und will jetzt nicht von seiner rhetorisch erprobten Bahn abkommen. »Zum Glück habe ich ja gute Kontakte. Kontakte, die ich mir in all den Jahren mühsam aufgebaut habe. Das ist echte Vertrauensarbeit. Vertrauen, das mir nur durch zeitraubende ...«

Ich sehe zu den Bäumen hinüber, die jenseits des Bahnhofs die Straße säumen. Ich glaube, sie aufgrund der handförmigen Blätter als Ahorn identifizieren zu können. Oder sind es Kastanien? Der Sommer ist mit sehr trockenen Winden über sie hinweggegangen, ihre Blätter haben jetzt im August schon braune Spitzen.

Mir fällt auf, dass ich dreieinhalb Jahre lang in keinem Wald war. Ich muss unbedingt mal wieder frisches Grün einatmen, die Vögel zwitschern hören, über weichen Waldboden laufen, der von Nadeln bedeckt ist. Manchmal glaubte ich im Gefängnis, den leicht modrigen Geruch riechen zu können. Dann waren es doch nur die Ausdünstungen der feuchten Ziegelwände.

Japanische Forscher haben herausgefunden, dass die Phytonzyden, die Bäume gegen Schädlinge produzieren, von Spaziergängern eingeatmet werden und so das menschliche Immunsystem stärken. Spazierengehen im Wald soll sogar Killerzellen gegen Krebs aktivieren.

Vielleicht sollte ich mir auch einen Hund zulegen. Keinen Pudel, nein. Einen richtigen Draußen-Hund, mit dem man durch Felder und Wiesen streifen kann und der einen vor üblen Gestalten beschützt, die sich am *Speisewagen* ...

»... und da lag er!«

»Was? Was hast du gesagt?«

Viktor sieht mich empört an. »Ich habe dir gerade erklärt, wo und wie ich den Lieberknecht gefunden habe!«

»Oh, kannst du das bitte noch mal wiederholen? Ich war gerade ein wenig abgelenkt.«

»Also wirklich! Ich gebe mir solche Mühe, dir die Geschichte spannend und abwechslungsreich zu erzählen, baue retardierende Momente, Höhepunkte und Cliffhanger ein, und was machst du? Du hörst nicht einmal zu?«

Beleidigt stützt Viktor sein Kinn auf die Hand und guckt in den blauen Mittagshimmel.

»Entschuldige bitte. Ich bin noch so müde von letzter Nacht.«

»Echt jetzt. Ich weiß nicht, ob ich das alles noch mal erzählen kann. Ich habe einen ganz trockenen Hals. Ganz trocken. Hörst du?« Er keucht und hustet aus dem verdorrten Ödland seiner Kehle heraus.

Ich seufze erneut, greife nach unten und hole einen Pálinka unter dem Thekentisch hervor. Den gibt es nur inoffiziell, damit die Barflies nicht wieder an den Speisewagen heranflattern. Ich nehme ein Schnapsglas und schenke es randvoll ein. Viktor sieht mir wohlwollend dabei zu. Wie ein Großvater seinen Enkel ermunternd anblickt, der zum ersten Mal eine komplizierte Aufgabe erledigt. Ich schiebe ihm das Glas hinüber, schenke mir auch gleich eins ein und hebe es an den Mund.

»Egészségedre.«

»Macht gar nix.« Viktor leert das Glas in einem Zug und schiebt es mir gleich wieder hin. »Übles Zeug!«

Ich schenke ihm noch einmal voll ein, und wieder leert er es in einem Zug. Er hüstelt probeweise. »Okay! Geht wieder einigermaßen. Aber jetzt gibt es nur noch die Schnellversion. Auf meine raffinierte Erzähltechnik musst du nun leider verzichten.«

»Das ist äußerst bedauerlich, aber nicht mehr zu ändern.«

»Also: Du weißt doch, dass der Lieberknecht Spielschulden hat.«

Ich nicke. Schließlich hat Viktor mir das selbst berichtet.

»Leider hat er nicht bei irgendwem Spielschulden, sondern,

du glaubst es nicht«, Viktor stößt ein wieherndes Lachen aus, »bei den Red Wolves.«

Ich pfeife durch die Zähne. Die Red Wolves sind ein mieser Rocker-Clan, der das ganze Schutzgeld-Milieu der Stadt kontrolliert.

»Mit denen sollte man sich lieber nicht anlegen.«

»Richtig! Der Lieberknecht hat sich aber für ganz schlau gehalten und hat ihnen Falschgeld untergejubelt.«

»Das ist bestimmt sehr wohlwollend aufgenommen worden.«

»So wohlwollend, dass sie ihm ihren kompetentesten Schlägertrupp auf den Hals gehetzt haben.«

Mir läuft ein Eisschauer den Rücken hinunter. Ich kann nicht behaupten, dass ich der Rettungsboje besondere Sympathien entgegenbringe, doch die Red Wolves zum Feind zu haben, ist keine beneidenswerte Angelegenheit.

»Ist er tot?«

Viktor nimmt sich die Flasche mit dem *Pálinka* und schenkt sich noch ein Glas ein. Dann sieht er, wie blass ich bin, und schenkt auch mir großzügig nach.

»Koma«, meldet er knapp.

»Wacht er wieder auf?«

»Die Stationsschwester meint, man kann es noch nicht sagen.«

»Die Stationsschwester hat DIR Auskunft gegeben?«

Viktor sieht mich mit hochgezogenen Augenbrauen an. Wenn er sich Mühe gibt, kann er immer noch eine adelseigene Arroganz an den Tag legen, wie man sie nur mit der Muttermilch einsaugen kann.

»Gestatten: Viktor Lieberknecht.«

»Verstehe.«

»Nur, wenn er wieder aufwacht, hat mein *lieber Bruder Albert* immer noch genügend Gründe, gleich wieder ins Koma zu fallen.«

»Adelbert.«

»Was?«

»Er heißt nicht Albert sondern Adelbert. Adi.«

»Ach so.« Viktor winkt ab. »Hat die gar nicht gemerkt. Jedenfalls hat sich sein Problem dann nicht in Luft aufgelöst.«

»Du meinst die Spielschulden.«

»Exactly!«

Ich pfeife anerkennend. Die Anerkennung bezieht sich dabei auf die Tatsache, dass ich zweifellos nicht in der Haut der Rettungsboje stecken möchte.

»Warst du bei ihm?«

»Nein, wo denkst du hin! Da sitzen zwei sehr freundliche Herren vor seiner Tür!«

Viktor kippt seinen Schnaps unerschrocken hinunter.

»Bullen?«

»So ist es!«

»Erstaunlich, dass sie ihm Personenschutz geben.«

»Er ist immerhin ein Zeuge. Die Polizei hat bei den Red Wolves bisher kein Bein auf den Boden gekriegt. Ist ja auch eine fiese Truppe.«

Viktor schüttelt sich und will gleich noch mal nach dem *Pálinka* greifen. Ich denke aber, dass er genug für heute hat, und lasse die Flasche galant unter der Theke verschwinden. Mein kleiner Parasit Viktor sieht ihr mit einem sehnsüchtigen Blick hinterher. Ich bin mir sicher, auch er wird wiederkommen.

Hast du gewusst, Tagebuch, dass das Herz eines Menschen hunderttausend Mal am Tag schlägt? Ich habe das ausgerechnet. Das sind 4.166 Mal pro Stunde und 69,4 Mal Herzschlag pro Minute.
Poch, poch, poch. Das ist eine Menge Arbeit für so ein Organ, das bei Erwachsenen gerade mal dreihundert Gramm wiegt, findest du nicht? Und ich schätze, dass mein Herz sogar nur zweihundertfünfzig Gramm wiegt. Oder allerhöchstens zweihundertsechzig.
Du wunderst dich wahrscheinlich, warum ich mich dafür interessiere, nicht wahr? Will ich jetzt plötzlich Ärztin werden und verschlinge deshalb alles, was mit Medizin zu tun hat? Nein. Ich kann doch kein Blut sehen. Zumindest mein eigenes nicht. Da bin ich vor zwei Jahren sogar mal umgekippt, als unser Hausarzt Dr. Rothbart mir Blut abgenommen hat, um zu sehen, ob ich Eisenmangel habe, weil ich immer so blass war. Die Arzthelferin hatte mir vorher noch gesagt, ich solle auf keinen Fall hinsehen, wenn er die Nadel in die Vene sticht und »der rote Saft« (das hat sie echt so gesagt, wie man es zu einem Kind sagen würde), also wenn das Blut in die Kanüle fließt, soll ich wegschauen. Ich war aber natürlich neugierig und habe doch hingesehen. Und da wurde mir auf einmal ganz schwarz vor den Augen, und etwas Finsteres hat mich nach unten gezogen. Wie im Schwimmbad, wenn man zu nah an die Wasserpumpe kommt. Keine Sorge, mir ist nichts passiert. Zum Glück saß ich schon auf einer Liege und bin dann einfach zur Seite gekippt.
Aber ich komme schon wieder vom Thema ab. Ich wollte erzählen, warum ich mich mit dem Herzschlag beschäftigt habe.
Es sind Osterferien. Du ahnst es: Ich bin bei Oma und Opa. Mama ist in der Klinik und erholt sich von dem schrecklichen Jahr mit Klaus-Peter. Sagt sie. Dabei war doch für sie eigentlich nur der letzte Teil schrecklich und nur für mich das ganze Jahr, aber okay.

Opa und ich sind wieder nach Budapest in ein Hotel gefahren. Das Café im letzten Jahr war ja schon toll, aber dieses Hotel ist einfach gigantisch! Es liegt direkt an der Donau und hat ein eigenes Schwimmbad mit blauen Kacheln, Säulen und einer tollen Kuppel. Opa hat noch in Esztergom gesagt, ich solle lernen, mich in der besseren Gesellschaft zu bewegen. Da habe ich mich gefreut, denn das hörte sich nach einer echt leichten Aufgabe an. Man muss einfach nur gucken, wie sich die anderen verhalten, und das dann nachmachen.
Wenn man sich nur ein wenig freut, schlägt das Herz vielleicht achtzigmal pro Minute. Aber glaube nicht, dass ich wegen so einer Belanglosigkeit die Sache mit dem Herzen nachgeschlagen habe.
Als wir im Restaurant saßen, bestellte Opa zunächst ein Gulasch und wollte mir zeigen, wie man Messer und Gabel richtig hält. DAS WEISS ICH DOCH SCHON LANG!!! Mama hat immer Wert auf gute »Tischmanieren« gelegt. Schließlich ist sie seine Tochter. Aber das hatte er wohl vergessen.
Beim Kaffee sagt er dann auf einmal: »Und jetzt erlernst du unsere Familientradition.«
Und deshalb habe ich das mit dem Herzschlag nachgesehen. Denn mein Herz wummerte auf einmal wie verrückt und schlug mindestens hundertmal pro Minute. Ich dachte schon, es springt mir aus dem Ausschnitt, und ich muss wieder ohnmächtig werden wie damals beim Blutabnehmen. Sollte ich jetzt wirklich endlich die Wahrheit über unsere Familie erfahren?
Dann zog Opa eine Tüte Bonbons aus seiner Tasche und legte sie auf den Tisch.
»Du gehst jetzt zu der Dame, die drüben am Tisch sitzt, fragst sie, ob du ihre Zuckerdose haben kannst, und steckst ihr dabei ein Bonbon in

die Tasche ihrer Jacke, die über ihrem Stuhl hängt. Aber sie darf nichts davon merken, hörst du?«

Opa hat gar nicht gesehen, dass ich ihn wütend angeguckt habe. Erst als ich mich nicht gerührt habe, hat er sich gewundert.

»Was ist? Traust du dir das nicht zu?«

Da habe ich ihn so böse angesehen, wie ich nur jemanden ansehen kann.

»Das soll unsere Familientradition sein? Anderen Leuten Bonbons in die Tasche stecken?«

Mein Herz war jetzt bestimmt auf zweihundert Schlägen pro Minute. Opa hält mich wohl für blöd! Ich weiß schon lang, dass wir etwas machen, was nicht erlaubt ist. Aber Opa hat nur gelacht.

»Das ist gut! Familie Szabó, die Bonbonverteiler! Ja, so kann man es umschreiben!«

Mehr hat er nicht gesagt. Ich war so sauer, dass ich ihn zwei Tage lang nicht angeguckt habe. Immer wenn er mich gesehen hat, hat er »Bonbonverteilerin« gerufen und sich gekrümmt vor Lachen.

Das war so gemein!

Ach so, und das Bonbonverteilen war dann supereinfach. Ich bin zu der Frau, habe sie ganz höflich nach der Zuckerdose gefragt und ihr ein Bonbon in die Jacke gesteckt. Sie hat absolut nichts gemerkt, weil sie nur auf die Zuckerdose geachtet hat. Als ich ihr diese zurückbrachte, habe ich ihr gleich noch ein Bonbon in die andere Tasche gesteckt.

Sie hat sich bestimmt gefreut, als sie sie entdeckt hat. Und ein bisschen gewundert.

Nachdem die Frau gegangen war, habe ich dann das Gleiche noch bei einem Mann und einer anderen Frau gemacht. Nur habe ich dort nach der Milch (Mann)und der Uhrzeit (Frau) fragen sollen, damit es weniger auffällig ist.

Opa hat nichts gesagt, aber ein sehr zufriedenes Gesicht gemacht. Beim Herausgehen hat er dem Kellner einen Geldschein in die Westentasche gesteckt, obwohl wir schon bezahlt hatten.
»Warum hast du das gemacht?«, habe ich gefragt.
»Damit er nicht so genau hinsieht«, hat Opa geantwortet.
Ich wiederhole das jetzt noch mal, Tagebuch: Mein Großvater Sándor hat einem Kellner Geld gegeben, damit er nicht so genau hinsieht, wenn ich den Leuten Bonbons schenke. Oder was auch immer.
Glaubt Opa wirklich, dass Kellner so doof sind?
Langsam wird er wirklich ein bisschen senil, fürchte ich.

Vierzehn

»Und Sie wollen wirklich selbst da hoch?« Gertrudes Augen folgen einem Seil, dessen Ende in sieben Metern Höhe an einem Fahnenhalter befestigt ist. Vor einer halben Stunde hat sie es dort selbst angeknotet. Sie hat sich einen Bademantel übergestreift, ist auf die gerontologische Station geschlurft, hat sich in ein Zimmer mit zwei vor sich hin dämmernden Patienten geschlichen und das Seil außen befestigt.

»*Wollen* ist in diesem Zusammenhang vielleicht nicht ganz das richtige Wort.«

»Sie müssen sich einfach immer klarmachen, was ich Ihnen beim Training gesagt habe: Jeder Vorsprung an der Mauer ist ein potenzieller Haltegriff. Positiv denken! Und auf keinen Fall nach unten sehen.«

Ich sehe an der roten Klinkerwand des Klinikgebäudes nach oben. Zum Glück ist es ein Gebäude aus den Zwanzigerjahren und hat jede Menge *Haltegriffe*. Nicht auszudenken, wenn die Rettungsboje in einem Gebäude der Postmoderne liegen würde.

»Und jetzt: aufwärmen!« Gertrude und ich tragen dunkle Jogginganzüge mit Kapuzenjacken, damit wir von der Schwärze der Nacht verschluckt werden. Die allerdings im Park des Krankenhauses gar nicht so schwarz ist, da er durch unzählige Laternen erhellt wird. Als ich Gertrude am *Speisewagen* gefragt habe, ob sie mir helfen kann, war sie sofort Feuer und Flamme und arbeitete flugs ein komplettes Trainingsprogramm aus. Das Aufwärmen gehöre unbedingt dazu, sagte sie.

Ich bin erstaunt, wie fidel Gertrude in ihrem Alter morgens um vier ist. Mit zackigen Kniebeugen demonstriert sie eine unerbittliche Munterkeit. Ich seufze und mache es ihr mit gelenksteifen Bewegungen nach.

»Und jetzt den Seemann!« Sie bückt sich, legt die rechte Hand an die Stirn und schwingt ihren Oberkörper hin und her wie ein Matrose auf Beobachtungsposten. Das Gleiche macht sie dann auch mit der anderen Hand. Ich frage mich, ob ihre Aufwärmmethoden nicht doch ein bisschen veraltet sind. Jedenfalls sieht es selbst bei einer eleganten Lady wie ihr ziemlich komisch aus. Sollte uns jemand beobachten, wirken wir aus der Ferne aber zumindest nicht wie zwei Diebinnen. Darüber muss ich lächeln, weil ich ja doch eine Diebin bin. Nur dass ich heute nichts klaue, sondern etwas zurückbringe.

»Sehen Sie! Die Bewegung macht gute Laune!«, jubelt Gertrude. Es kommt seltsam dumpf von unten.

»Das mag im Fall von bewegungsnahen Personen wie Ihnen vielleicht so sein, im Fall von bewegungsfernen Menschen wie mir jedoch …« Ich verstumme, weil mir gerade eingefallen ist, dass es ja sehr nett von Gertrude ist, sich für mich die Nacht um die Ohren zu schlagen. Vorher war sie auch noch dreimal mit mir in der Kletterhalle, um zu üben. Und sie hat keine einzige Frage gestellt, wozu das Ganze überhaupt gut ist.

»… ist es zumindest sehr erfrischend.«

Gertrude taucht aus ihrer Verbeugung auf und lächelt sphinxhaft.

Überrascht stelle ich fest, dass die Übungen tatsächlich wach machen und meine Laune sich dabei deutlich bessert. Ich schicke gleich noch ein paar ambitionierte Kniebeugen hinterher.

»Stopp, stopp, stopp! Schonen Sie Ihre Kräfte! Sie müssen noch ganz nach da oben.«

Sofort sackt mein neu aufgeblühtes Selbstbewusstsein wieder in sich zusammen. Ich habe doch tatsächlich für einen gnädigen Moment vergessen, warum ich hier bin.

»So, Sicherheitscheck!«, befindet Gertrude, »Handschuhe?«

Ich nehme die Kletterhandschuhe aus der Hosentasche, streife sie über die Finger, ziehe sie über meine Handgelenke und schließe den Klettverband. Die Fingerkuppen bleiben frei, um ein besseres *Feeling für die Wand* zu haben, wie Gertrude meinte.

»Sicherung!«

Ich steige in den Gurt und ziehe ihn um die Taille herum fest. Dann befestige ich den Karabiner an der Seilbremse. Mein Herz rutscht ungefähr an genau die Stelle, wo der Karabiner mich sichert. Jetzt wird es unangenehm konkret. Bis jetzt war das Ganze nur eine Idee, ein Hirngespinst, eine Verrücktheit. Aber wie es aussieht, werde ich nun tatsächlich diese Wand hochklettern.

»Helm!«, bellt Gertrude.

Ich setze mir brav den Helm auf. Diesen habe ich eigens in einem Kletterladen erworben und komme mir damit sofort noch lächerlicher vor. Schließlich habe ich mich immer über die Verbissenheit lustig gemacht, mit der die Leute sich dem für die jeweilige Sportart vorgesehenen Outfit unterwerfen.

»Klorolle!«

Ich binde mir eine Toilettenpapierrolle, die an einer Schnur befestigt ist, um die Taille. Mit dieser werde ich später das gekippte Fenster öffnen. Das hoffentlich gekippte Fenster.

Mein Blick geht nach oben zu der Maueröffnung, hinter der die Rettungsboje liegt. Die vollkommene Senkrechte der Wand lässt mein Herz noch eine Etage tiefer rutschen.

Ich muss unbedingt lockerer werden. Entspannen. Alles eine Frage der Einstellung! Du bist, was du denkst! »Was sind schon sieben Meter«, verkünde ich, »in der Horizontalen würde ich nicht einmal darüber nachdenken, wenn ich diese Strecke laufe.«

»Nehmen Sie das nicht zu sehr auf die leichte Schulter!«, warnt Gertrude mit einer Cassandra-Stimme, die mich prompt wieder in den Sumpf meiner Urängste zurückstößt. Interessant, denke ich. Wenn man bei einer gefährlichen Aufgabe vor Angst schlottert, sagen alle, man soll mutig und zuversichtlich sein. Ist man das dann, wird man sofort zurückgepfiffen. Also kann man es ohnehin nie richtig machen.

»Na gut. Ich fange jetzt an.«

»Toi, toi, toi. Und denken Sie daran: Sie können nicht tiefer fallen als in Gertrudes Seil.« Kichernd hält sie das Sicherungsseil in die Höhe. Mir ist aber überhaupt nicht nach Scherzen zumute. Ich will jetzt wirklich loslegen.

»Okay.« Mit zitternden Knien klettere ich auf ein stabiles Geländer, halte mich an einem Fensterrahmen fest und ziehe mich auf die Fensterbank. Geschafft. Ich widerstehe der Versuchung, zu Gertrude hinunterzusehen, und klettere an der Wand hoch, die dankenswerterweise nicht vollkommen glatt ist, sondern diverse Vorsprünge hat. So arbeite ich mich auf das Gesims des ersten Stockwerks hinauf.

Die Fenster des Klinikgebäudes sind überwiegend dunkel, nur in den Stationszimmern und auf den Fluren brennt Licht. Ich lege die Stirn an ein Fenster, spähe hinein und ducke mich gerade noch rechtzeitig, als ein Nachtpfleger vorbeigeht. Mein Herz klopft so laut, dass ich überzeugt bin, er müsste es hören. Doch er geht rasch weiter durch den Flur.

Ich greife an den nächsten Mauervorsprung, er kommt mir morsch vor. Also verschiebe ich mich auf dem Gesims schrittweise mehr nach links und versuche es dort noch einmal.

Diese Stelle hat mehr Griff. Ich stelle einen Fuß auf einen darunter gelegenen Mauervorsprung und ziehe mich hoch. Es geht leichter, als ich dachte. Erstaunlicherweise macht es sogar Spaß. *Ich bin eine Gams im Hochgebirge. Ich springe von Fels zu Fels, juchheee!*

Mein Smartphone klingelt. Verdammt. Der Punkt *Handy ausschalten* hat im Sicherheitscheck leider gefehlt. Wer ruft bloß um vier Uhr morgens auf meinem Smartphone an? Vielleicht ist es Gertrude, die mich vor einer Gefahr warnen möchte? Doch ich wage es noch immer nicht, zu ihr hinunterzusehen.

Die Stille der Nacht verstärkt alle Geräusche, die im normalen Alltagsrauschen untergehen würden. Bald wird der Nachtpfleger sich wundern, warum die Außenwand klingelt. Es bleibt mir nichts anderes übrig, als jetzt, während ich wie ein Gecko an der Hauswand klebe, ans Telefon zu gehen.

Ich prüfe zitternd, welche Hand ich eher loslassen kann, und ziehe das Handy dann ganz langsam und vorsichtig mit links aus der Jackentasche.

»Hallo?«

»Ah, hallo, Olivia, warum rufst du mich denn mitten in der Nacht an?« Viktors Stimme klingt verwaschen.

»Ich habe dich nicht angerufen, du hast mich angerufen!« Es ist schwer, streng zu klingen, wenn man nur flüstern kann.

»Kannst du etwas lauter sprechen, es ist so laut hier«, brüllt

Viktor. Er ist ganz offensichtlich in einem Klub oder einer Bar. Techno-Beats wummern durch den Smartphone-Lautsprecher hindurch.

»Du hast mich angerufen!«

Viktor entfernt sich etwas von der Quelle des Lärms und ist nun besser zu verstehen. »Nein, ich habe dich nicht angerufen, ich bin hier am Feiern.«

»Hast du wohl! Schau doch mal auf dein Display.«

Es entsteht eine längere Pause, in der ich mich frage, warum ich nicht einfach auflege.

»Stimmt! Da bin ich wohl aus Versehen drauf gekommen. Sorry, Hase. Was machst du denn grade Schönes?«

»Viktor! Das ist jetzt nicht der richtige Moment für eine Unterhaltung. Ich hänge in der Wand.«

»Ach so«, sagt Viktor, als ob es das Selbstverständlichste wäre, dass jemand um vier Uhr morgens an der Außenwand eines Krankenhauses klebt, und legt auf. Ich schüttle den Kopf und stecke mein Handy wieder in die Jackentasche. Vorher drücke ich den AUS-Knopf.

Jetzt erst merke ich, dass meine Hände schweißnass sind. Ich streife sie nacheinander an meiner Jogginghose ab und atme tief durch. Dann greife ich nach dem nächsten Haltepunkt und steige höher.

Das Handy klingelt wieder. Ich habe ganz offensichtlich nicht den AUS-Knopf gedrückt. Ich muss mich unbedingt mit den Smartphone-Funktionen beschäftigen.

Vor Schreck rutsche ich von einem Fußhalt ab und zapple einen kurzen Moment in der Luft. Ich atme tief durch und finde tastend einen festen Halt. Das Handy klingelt unbarmherzig weiter in die nächtliche Einsamkeit. Ich nestle es aus der Jackentasche und gehe ran.

»Was gibt es morgen zu essen? Ich überlege grade, ob ich …«

»Viktor!« Das habe ich geschrien.

»Du brauchst nicht so zu schreien, ich bin auf der Toilette. Hier ist es ruhig. Puh, das geht aber auch ab da draußen. Holla, die Wald-und-Wiesen-Fee! Ich überlege nur gerade, ob ich jetzt nach Hause gehe, weil ich sonst morgen durchpenne. Wenn es aber ausgerechnet morgen das schweineleckere Paprikahuhn bei dir gibt, will ich es auf keinen Fall verpassen, und daher dachte ich …«

Er hat einen Laberflash. Ich hole aus und pfeffere das Smartphone in die Weiten des Klinikparks. Wenn es dabei nicht kaputtgeht, kann Viktor meinetwegen den ganzen Akku leer quatschen.

»Olivia, ist alles okay bei Ihnen?« Gertrudes Stimme aus der Tiefe hat einen besorgten Unterton.

»Alles gut. Danke.«

Ich schüttle mich kurz und mache weiter. Die restlichen Meter klettere ich wie in Trance. Auf einmal stehe ich auf dem Fenstersims von Lieberknechts Zimmer und weiß nicht, wie ich dahin gekommen bin. Genau davor hat Gertrude mich gewarnt, weil man sich in diesem Flow-Zustand allzu sicher fühlt.

Doch plötzlich läuft alles wie am Schnürchen. Das Fenster ist gekippt, und ich kann es mithilfe der Klorolle an der Schnur öffnen. Wie das genau geht, verrate ich natürlich nicht. Berufsgeheimnis.

Im Zimmer ist es nahezu dunkel. Schwere Vorhänge schlucken das Licht der Laternen im Park. Der Überwachungsmonitor piept leise und zeigt an, dass das Herz-Kreislauf-System der Rettungsboje tadellos funktioniert. Das Beatmungsgerät faucht, das Luftkissenbett surrt einwandfrei. Zahlreiche Schläuche führen von verschiedenen Geräten zu dem Menschen, der dort liegt, und wieder zurück. Es riecht stark nach Desinfektionsmitteln. Die ganze Lebensumgebung ist derart feindlich, dass ich nicht aufwachen wollte, wenn ich hier im Koma liegen würde.

Ich halte den Atem an und trete näher an das Bett. Das, was einmal die Rettungsboje gewesen ist, liegt nun bandagiert und intubiert da. Seine Augen sind geschlossen. Die Gesichtshaut sieht fahl aus. Keine Spur der übermäßigen Durchblutung, die ihn sonst so unverwechselbar macht.

Ich bekomme einen dicken Mitleidskloß im Hals, der sich nicht einfach herunterschlucken lässt. Ich versuche, mich daran zu erinnern, dass dieses Mullbündel mir vor wenigen Wochen noch ein Messer an den Hals gehalten hat, doch ich schaffe es nicht, die beiden Individuen miteinander zu synchronisieren.

Ich öffne den Reißverschluss meiner Jackentasche, nehme die *Patek Philippe* der Rettungsboje heraus und hebe seinen Arm hoch. Er fühlt sich schlaff und leblos an.

Ich lege ihm die Uhr um, knipse den Verschluss des schweren Goldarmbands zu und bette seinen Arm auf den Bauch, damit er die Uhr gleich sieht, wenn er wieder aufwacht.

Mir wird ein wenig feierlich zumute. Ich sollte jetzt so etwas wie eine Rede halten.

»Hier, deine Uhr, du«, sage ich. Vielleicht hört er es, tief in den entferntesten Winkeln des Bewusstseins. In rührseligen Filmen würde der Kranke genau jetzt seine Augen aufschlagen, und ein glückliches Lächeln würde seine Lippen umspielen. Doch die wahre Dramaturgie des Lebens gehorcht keinen kitschigen Drehbüchern. Die Augen von Adi Lieberknecht bleiben geschlossen.

Ich muss schleunigst von hier verschwinden. Die Intensivpfleger wachen sicher besonders gründlich über ihre Patienten und sehen in kurzen Abständen nach dem Rechten. Ich tätschle der Rettungsboje noch einmal die Hand und will mich gerade umdrehen. Da sehe ich, wie langsam die Türklinke heruntergedrückt wird.

Intuitiv zerre ich sofort die *Patek Philippe* vom Handgelenk der Rettungsboje und stecke sie in meine Jackentasche. So ein plötzlich aufgetauchtes Stück würde die Anwesenheit einer weiteren Person im Zimmer verraten. Ich werde sie ihm wieder umlegen, sobald der Pfleger weg ist. Gerade noch rechtzeitig husche ich hinter einen Vorhang. Mein Herz pocht bis zum Hals.

Die Tür geht auf, und eine dunkel gekleidete Person mit schwarzer Kapuze schleicht herein. Sie sieht sich prüfend im Zimmer um. Das ist kein Pfleger. Die Person geht zum Bett und beugt sich über die Rettungsboje. Verdammt! Die Red Wolves haben einen Killer geschickt.

Mir wird sofort klar: Ich kann mich jetzt entscheiden, ob ich einem Mord zusehe und als potenzielle Zeugin die Wölfe am Hals habe. *(Zeugenschutzprogramm, Gesichtsoperation, neue Identität auf einer gottverlassenen nordfriesischen Insel ohne Autoverkehr, wo ich dann den ganzen Tag Fische entschuppen und in meiner Freizeit auf das aufgewühlte dreckig-braune Meer starren muss, immer in der Angst, dass ein lederbejackter Killer mit engen Augen der nächsten Fähre entsteigen könnte)* oder ob ich mich auf diese Person stürze, die vermutlich ein professioneller Mörder ist, und dann ebenfalls die Wölfe am Hals habe.

Ich bin ein Trottel und stürze mich auf den Killer.

Er schreit. Ich korrigiere: Ich bin es selbst, die diese unmenschlichen Laute von sich gibt. Ich packe ihn am Handgelenk und drehe ihm den Arm nach hinten. Der Killer bäumt sich auf, um mich abzuschütteln. Ich werfe mich auf ihn, er stellt mir ein Bein, und wir fallen wie ineinander verkeilte Käfer auf den nach Desinfektionsmitteln riechenden Linoleumboden des Intensivzimmers. Beim Fallen reiße ich ihm die Kapuze vom Kopf, was der allergrößte Fehler sein dürfte, den ich bisher in meinem Leben gemacht habe.

Fünfzehn

Um sie nicht ansehen zu müssen, tue ich so, als ob ich den Ärmel meiner Kapuzenjacke im Spiegel des Aufzugs inspiziere. Fusseln sieht man auf schwarz besonders deutlich. Erstaunlich, wie schmutzig so ein Krankenhausboden ist, obwohl er doch bestimmt täglich geschrubbt wird. Ich versuche, den Staub von dem Jerseystoff zu klopfen. Dann nehme ich endlich den Helm ab und schüttle mein Haar aus. Es klebt feucht an der Kopfhaut.

Gertrude zupft ihrerseits an der Jogginghose, mit der sie das Linoleum gründlich sauber gemacht hat. Wir vermeiden es, uns in die Augen zu sehen. Wenn man kurz zuvor schreiend und eng umschlungen auf dem Boden eines Krankenhauszimmers gelegen hat, braucht man danach ein wenig Abstand. Bevor der Aufzug im Erdgeschoss ankommt, treffen sich unsere Blicke aber doch im Spiegel.

»Ich konnte ja nicht wissen ...«, sagen wir gleichzeitig.

»Du zuerst!«

»Nein, du.«

Ich registriere beiläufig, dass wir uns duzen. Es wäre vielleicht auch seltsam, sich nach dieser Aktion weiter zu siezen. Dennoch freut es mich ein wenig, dass Gertrude das offenbar genauso sieht.

Der Aufzug setzt mit einem leisen Ächzen im Erdgeschoss auf, und die Tür springt auf. Das lebhafte Geräusch erscheint mir unangemessen, denn das Erdgeschoss ist menschenleer. Wir schlüpfen aus dem Lift und durchqueren die Halle. Am Empfang sitzt ein Nachtportier mit bleiernen Schildkrötenaugen. Er schreckt auf, als wir vorbeigehen, und kann sich offenbar nicht erklären, was zwei dunkel gekleidete Gestalten um diese Zeit im Krankenhausfoyer verloren haben. Doch man sieht ihm genauso deutlich an, dass er keinerlei Verlangen hat, um diese Zeit Nachforschungen anzustellen, was einen unnötigen Energieverbrauch nach sich ziehen würde. Immerhin bringt er aber so viel Tatkraft auf, uns misstrauisch zu mustern und mit gerunzelter Stirn darüber nachzudenken, was unsere Absichten sind. Einbrecher können wir nicht sein, da wir aus dem Krankenhaus herausgehen und dabei ganz offensichtlich keine Beute mit uns führen.

Gertrude liefert ihm die nötige Erklärung, indem sie eine Packung Zigaretten aus ihrer Jackentasche zieht und damit in der Luft herumwedelt. Ich bewundere sie für ihre Weitsicht. Erlöst nickt der Portier. Patienten, die im Morgengrauen von ihrer Sucht getrieben herumgeistern, sind nichts, was eine Aktivität seinerseits erfordern würde. Er hebt jovial, aber ohne großen Effort die Hand und lässt eine Sekunde später die Schildkrötenlider wieder herabsinken.

»Spätestens, wenn wir nicht mehr zurückkommen, wird er wissen, dass unser Alibi falsch war«, raune ich Gertrude grinsend zu, als wir rasch die Eingangstür passieren.

Sie zuckt mit den Schultern. »Er ist nicht der Typ, der in die Tiefe geht.«

»Und wenn doch, wird er nichts Verdächtiges an uns finden.«

Wir gehen schweigend zu Gertrudes Sportflitzer, den sie zuvor zwei Straßen weiter geparkt hat. Vertrauensvoll hat sie das Verdeck offen gelassen. Ich beneide Menschen, die immer darauf bauen, dass alles gut gehen wird, während ich lieber dreimal kontrolliere, ob ich auch wirklich abgeschlossen habe.

Auf einmal merke ich, wie müde ich bin. Wenn ich Glück habe, schlafe ich gleich noch ein paar Stunden, bevor mein Tagwerk mit Einkaufen und Kochen losgeht.

»Fast fünf. Da kann man auch gleich wach bleiben«, durchkreuzt Gertrude meine Schlafpläne mit einer Munterkeit, die ihrem Alter keineswegs angemessen ist.

»Um diese Zeit gibt es am Großmarkt schon ordentliche Rahmschnitzel mit Pommes.«

»Ein normales Frühstück würde mir auch reichen.« Ich will mir gegenüber einer Frau, die mehr als dreißig Jahre älter ist, keine Blöße geben.

»Gibt es auch, gibt es auch!«

»Soll mir recht sein«, gähne ich, »kann ich gleich noch einkaufen. Keine Ahnung, was ich heute kochen soll.«

Wenn ich nicht aufpasse, gibt es bald jeden zweiten Tag Gulasch an meinem Food-Truck, weil ich keine Zeit und Energie habe, mir etwas Besonderes auszudenken. Gehobene Imbissküche verträgt sich nicht mit Freizeitaktivitäten wie nächtlichem Fassadenklettern.

»Da fällt uns schon was ein.« Gertrude springt auf ihren Ledersitz und startet den Wagen. Ich schaffe es gerade noch, mich auf den Beifahrersitz zu hieven, bevor sie aufs Gaspedal drückt.

Ich liebe es, um diese Zeit, in der die meisten Menschen noch in ihren Betten liegen, unterwegs zu sein. Nur ein paar Zeitungsausträger auf Fahrrädern, Lieferanten und ein Müllwagen kreuzen unseren Weg. Ich kurble das Seitenfenster herunter und lehne mich heraus. Der frische Morgenwind macht mich gleich etwas munterer. Ich spüre, wie allmählich eine große Anspannung von mir abfällt und einem Gefühl von Zufriedenheit Platz macht. Ich lächle Gertrude an, die mir mit einem Auge zuzwinkert. Ihren Grad an Zufriedenheit, nur vergleichbar mit einer sachte dahinschwebenden Seegurke am Meeresgrund, werde ich allerdings nie erreichen.

Aber es macht mich für einen Moment fast glücklich, mit einer so lässigen Komplizin unterwegs zu sein. Früher war ich eine absolute Einzelgängerin. So sehr habe ich mich schon verändert.

Gertrude schaltet einen Gang hinunter und überholt einen Obdachlosen, der unzählige Tüten mit seinen Habseligkeiten, Pfandflaschen und alten Zeitungen, die er nachts vielleicht zum Zudecken benutzt, an seinem Fahrradlenker hängen hat und darüber ein wenig ins Schlingern geraten ist.

»Pillen-Paul«, sagt sie und winkt ihm zu. Er ist aber zu sehr damit beschäftigt, sein Gleichgewicht zu halten. Ich denke darüber nach, wie unterschiedlich ein Leben verlaufen kann und womit es zusammenhängt, dass einer sein ganzes Leben in Plastiktüten spazieren fährt und andere ohne großes Zutun das Wohlbehagen einer Seegurke verspüren dürfen. Großvater hätte natürlich *die Verhältnisse* dafür verantwortlich gemacht. Die waren immer Schuld. Es muss aber auch damit zu tun haben, welche Notlagen, Enttäuschungen und Begegnungen uns ereilen. Und wie man damit umgehen kann.

»Wusstest du, dass die Seegurke bei Gefahr einfach ihre Eingeweide aus dem Körper schleudert?«

Gertrude wirft mir einen amüsierten Seitenblick zu. »Das ist ja hochinteressant.«

Ihren Spott überhöre ich geflissentlich. »Die klebrigen Fäden machen ihre Feinde vollkommen bewegungsunfähig, und der Seegurke gelingt es in der Zwischenzeit, das Weite zu suchen. Schlau, was?«

»Weniger schlau ist aber, dass sie dabei gleichzeitig Kamikaze vollzieht. Keine Organe mehr, kein Leben.«

»Nein, eben nicht«, sage ich triumphierend. »Innerhalb von ein paar Wochen wachsen die Eingeweide nämlich einfach nach.«

Sollte die Seegurke jemals eine Anwältin oder eine PR-Managerin auf der Erde benötigen, ich wäre die geeignete Kandidatin dafür.

»Und da sage noch einer, der Mensch sei die Krone der Schöpfung.«

Gertrude schmunzelt und biegt in den Hof des Großmarkts ein. Ich habe gar nicht bemerkt, dass wir inzwischen fast die ganze Stadt durchquert haben und im Gewerbegebiet angekommen sind. Die Markthalle ist ein schmuckloses weißes Gebäude, vor dem sich zahlreiche Holzpaletten, leere Obstkartons und grüne und blaue Plastikkisten stapeln.

Gertrude parkt das Auto neben den Transportern der Großhändler, und wir steigen aus. Die Marktbeschicker haben längst ihre Paletten mit einheimischem Obst, Südfrüchten, Gemüse und Zimmerpflanzen aufgebaut. Unzählige Kisten mit Tomaten, Kräutern, Pilzen, Auberginen, Kopfsalat und Limetten türmen sich hier und warten auf ihre Käufer. Die Kunden sind größtenteils Besitzer oder Köche der hiesigen Restaurants. Sie kaufen ganze Kartons der jeweiligen Produkte und schleppen sie zu ihren Lieferwagen. Gabelstapler karren rasch neue Paletten mit Obst und Gemüse heran, sodass der Strom der Waren niemals abreißt.

Wir gehen zu *Siggi's Bistro*, das direkt neben der Markthalle liegt. Ein Gewirr von Händlern, Kunden und versprengten Nachtschwärmern kämpft darin um die Vorherrschaft über die wenigen Tische und Stühle, die Siggi bereitstellt. Daher stehen die meisten Gäste einfach an der Theke, um einen schnellen Espresso zu kippen, oder sitzen bei Spiegelei mit Speck auf einem Barhocker an der Wand.

Wir haben Glück und ergattern einen der hohen Tische am Fenster mit Blick auf den Eingang der Markthalle. Der Lärm ist ohrenbetäubend, die Luft nasentötend. Denn natürlich gilt hier kein Rauchverbot. Wie auch alle anderen Auswirkungen der Gesundheitsbewegung vor der verglasten Holztür von *Siggi's Bistro* haltgemacht haben und seither draußen auf Einlass hoffen. Der aber vermutlich nie erfolgen wird.

Siggi, eine blondierte und toupierte Mittfünfzigerin, die nicht so heißt, den Namen aber der Einfachheit halber vor einem Vierteljahrhundert von ihrem Vorgänger mitsamt dem Laden und falschem Apostroph übernommen hat, kämpft sich resolut mit einem voll beladenen Tablett durch den hungrigen Mob und verteilt hier und da Teller mit aberwitzigen Portionen, die vor Fett triefen.

Ich werfe einen Blick in die eingeschweißte Karte, die aussieht, als ob sie ebenfalls vom Vorgänger übernommen worden wäre. Sie weist fünfundzwanzig verschiedene Frühstücke aus, die nahezu alle dazu vorgesehen sind, schwer schuftende Menschen für den Rest des Tages satt zu bekommen oder einen gewaltigen Kater zu bekämpfen.

Siggi kommt an unseren Tisch, zieht vom Gürtel ihres ehemals weißen Kittels einen feuchten Lappen und beginnt halbherzig, die Reste unserer Vorgänger zu beseitigen. Ich bin mir sicher, dass dieser Lappen heute noch kein Bad in frischem Spülwasser erlebt hat und daher gerade der Bakterienquerschnitt aller Gäste seit der Lokalöffnung um drei Uhr morgens in unsere Tischoberfläche einmassiert wird.

Anstelle zeitraubender Höflichkeitsfloskeln nickt Siggi uns, ohne ihre Arbeit zu unterbrechen, mürrisch zu. Gertrude bestellt tatsächlich ein Rahmschnitzel mit Pommes, dazu einen Kaffee, ich wähle das *Frühaufsteher-Frühstück*, das aus einem doppelten Espresso mit Croissant besteht. Siggi nickt erneut wortlos und lässt sich wieder von der Menge verschlucken.

Gertrude lehnt sich elegant in ihrem Barhocker zurück, legt die Beine übereinander und sieht sich im Lokal um. »Ist das nicht herrlich?«

Und ja, es ist herrlich, gerade weil sich *Siggi's Bistro* jeglicher Mode, jedwedem Zeitgeist und sämtlichen Designvorschriften verweigert, indem es nichts anderes sein will als das, was es ist: eine simple Kneipe, in der man schnell etwas Einfaches zu essen bekommt.

Ich nicke und lächle Gertrude an.

Ich würde sie gerne zu ihrer Vergangenheit befragen, wie sie zur Fassadenkletterin geworden ist und warum sie so oft im Osten Europas war. Aber eine unsichtbare Wand, die sie vor sich aufgebaut hat, verbietet es mir noch, allzu vertraulich mit ihr umzugehen. Also bleibe ich bei der naheliegendsten Frage.

»Jetzt musst du mir aber verraten, warum du ins Krankenzimmer gekommen bist! Und wo waren die Bewacher der Rettungs … äh, Lieberknechts?«

Gertrude nimmt eine Schachtel und ein silbernes Feuerzeug aus ihrer Handtasche, zündet sich eine Zigarette an und bläst den

Rauch in die ohnehin verqualmte Bistroluft. Ich bin überrascht, da ich sie noch nie rauchend gesehen habe.

Gertrude hält ihre Zigarette in die Luft. »Das mache ich nur hier, als Schutzmaßnahme. Kommt ja nicht mehr darauf an, ob man selbst raucht oder nicht. Und passiv rauchen ist viel gefährlicher.«

Das stimmt allerdings. Der hier in einer Stunde inhalierte Teer entspricht in etwa der Jahresmenge eines durchschnittlichen europäischen Tabakkonsumenten.

»Nun, ich habe mich gewundert, wo du so lange geblieben bist. Und dann war dir ja auch noch das Handy heruntergefallen, sodass du mich nicht zur Hilfe rufen konntest.«

Sie greift erneut in ihre Handtasche und zieht mein Smartphone heraus. »Hier ist es übrigens.« Es ist erstaunlicherweise völlig unversehrt geblieben. Ich nehme es und halte es an mein Ohr. Ein leises Schnarchen ist zu vernehmen.

»Hallo?«, rufe ich.

»Was? ... Oh, Olivia. Du bist es! Eben war die Verbindung weg!«

»Nein, die Verbindung ... ach, vergiss es einfach!«

»Ich muss eingeschlafen sein.«

»Gut möglich.«

Ich höre, wie er eine Spülung betätigt und an seinem Reißverschluss herumnestelt. Das dazu passende Bild verdränge ich schnellstens aus meinem Kopf, indem ich versuche, Siggi in der Menge auszumachen. Sie steht hinter der Theke.

»Sag mal, was ist jetzt mit dem Paprikahuhn morgen? ... Ich meine, heute?«

Trimethylaminoxid.

Viktor hat es offensichtlich geschafft, irgendwo die Uhrzeit abzulesen. Das ist erstaunlich, denn seine Stimme klingt noch verwaschener als zuvor. Welches Gras auch immer er geraucht hat, die Droge hat gerade den Gipfel ihrer Durchschlagskraft erreicht.

Ich drücke den Schalter an der Seite, der sich endlich als richtiger AUS-Knopf erweist, und lege das Handy weg.

Gertrude hat das Ganze amüsiert beobachtet. »Gibt's was Neues?«

»Ja, ich mache heute Spinatstrudel.«

»Schön.« Ich bewundere diese Frau dafür, dass sie sich wirklich über gar nichts wundert. Wenn ihre Lebenserfahrung dafür der Grund ist, freue ich mich ab sofort jeden Tag darüber, älter zu werden.

»Also, wie war das jetzt mit dem Krankenhaus?«

»Nun, ich habe mir Sorgen gemacht und bin einfach durch den Haupteingang rein. Der Portier hat tief und fest geschlafen. Also bin ich die Treppe hoch und auf die Intensivstation. Dort habe ich gesehen, dass der Lieberknecht gar nicht mehr bewacht wird.«

»Mit anderen Worten: Ich hätte mir das ganze Gekraxel auch gleich sparen können.«

»Kann man so sagen.«

Ein trockenes Lachen steigt meinen Hals hoch, will sich seinen Weg bahnen, bleibt jedoch in der Kehle hängen. Siggi hat sich erfolgreich durch die Menge gekämpft, knallt zwei Tassen Kaffee auf den Tisch und verschwindet sofort wieder.

»Ich hatte eigentlich einen doppelten Espresso bestellt.« Doch Siggi hört mich nicht. Oder will nichts mehr hören, da jede Reklamation einen weiteren Kampf durch die Menge bedeuten würde. Aber das ist jetzt auch egal. Ich öffne die beiliegende Portion Kaffeesahne, gieße sie in die dunkle Brühe, rühre um und nehme einen Schluck. Es ist ein frisch aufgebrühter ehrlicher Filterkaffee, der sich, wie alles andere hier, jeglicher Modeströmung verweigert. Wahrscheinlich hat Siggi gar keinen Espresso und keinen Cappuccino, sondern schreibt es nur als Lockangebot in die Karte, um dann ausnahmslos Filterkaffee auszuschenken. Seltsamerweise schmeckt er hervorragend. Augenblicklich fühle ich mich besser.

»Tut mir leid, dass ich dir den Arm umgedreht habe. Ich habe dich für einen Killer gehalten.«

Gertrude winkt ab. »Das kommt vor. Tut mir leid, dass ich dir ein Bein gestellt habe. Das war ein Reflex.«

Ich winke ab. Ein paar Leute schieben sich an unserem Tisch vorbei und registrieren mit lauernden Blicken, dass wir noch lange nicht vorhaben, unsere Plätze für sie freizugeben.

»Was hast du eigentlich gemacht, bevor du gekocht hast?« Gertrudes Frage platzt wie ein Sprengsatz in meine friedliche Welt.

»Ich habe ... ich war ... ach, vergiss es: Ich war eine der besten Diebinnen, die diese Stadt kannte.« Ich sehe Gertrude gespannt an, wie diese Nachricht, die ich doch mit einem dämlichen Stolz formuliert habe, bei ihr ankommt. Sie zuckt nicht einmal mit einer Wimper.

»Und warum hast du dieses lukrative Business aufgegeben?«

»Dreieinhalb Jahre *Ausland* haben mir gereicht.«

»Verstehe«, sagt Gertrude und grinst.

»Und ehrlich gesagt will ich endlich mal ein normales Leben führen, ohne Angst, ohne mich verstecken zu müssen, ohne Heimlichkeiten.« Ich staune über meine Offenheit. Aber es macht mich froh, in Gertrude einen Menschen zu haben, bei dem ich nicht befürchten muss, dass meine Aufrichtigkeit gleich wieder ausgenutzt wird. Sie nickt.

»Bist du immer allein gewesen?«, frage ich sie.

»Nein. Ich war ein paar Jahre verheiratet. Aber die Männer meiner Zeit wollten alle auf Dauer ein adrettes Heimchen am Herd. Das war so uninteressant. Und du?«

Ich kaue auf meiner Unterlippe. »Ich weiß nicht, wie das *auf Dauer* geht. Zu zweit. Ich glaube, ich bin nicht biegsam genug. Aber ich stelle es mir auch schön vor, wenn man so lange gemeinsam durchs Leben gehen kann wie Sula und Wolf. Ich war fast immer allein.«

Gertrude sagt nichts, zieht an ihrer Zigarette, die fast heruntergebrannt ist, und versucht, Rauchkringel in die Luft zu schicken. Es klappt nicht. Wir müssen lachen.

»Warum haben sie Lieberknechts Bewacher wohl abgezogen?«

Gertrude wägt bedauernd ihr Haupt. »Ich fürchte, das sagt nichts Gutes über seinen Zustand.«

»Du meinst, er nützt ihnen ohnehin nichts mehr als Zeuge?«

Gertrude zuckt mit den Schultern und sieht mich ernst an. Auf einmal flieht die Heiterkeit aus dem Bistro mit dem falschen Apostroph und macht ihrer düsteren Schwester, der Schwermut, Platz. Ich bin überrascht, wie sehr die Erkenntnis mich mitnimmt, dass die Rettungsboje womöglich nie wieder aufwachen wird. Ich suche nach einem Trost.

»Aber wenigstens hat er seine Uhr wieder.«

»Das ist die Hauptsache.«

Gertrude schafft es tatsächlich, dies mit großem Ernst und ohne jeglichen Spott zu formulieren und mir dabei direkt ins Gesicht zu sehen.

Plötzlich arbeitet sich jedoch aus den unbewussten Schichten meines Gehirns ein tief verborgener, aber umso unangenehmerer Gedanke empor. Ich greife in meine Jackentasche und starre entsetzt auf den Gegenstand, den ich in der Hand halte. »Verdammt, ich habe bei unserem Gerangel vergessen, ihm die Uhr wiederzugeben!«

»Nächstes Mal kannst du ja die Treppe nehmen«, kommentiert Gertrude trocken, »aber, wenn er eh nicht mehr aufwacht ...«

Und dann löst sich das stecken gebliebene Lachen doch noch aus meiner Kehle, schlüpft durch meinen Mund und schwimmt hinaus in das unendlich weite Meer der Taktlosigkeit.

Sechzehn

Es muss an meinem mittlerweile recht fortgeschrittenen und nicht mehr gänzlich jung zu nennenden Alter von fast vierzig Jahren oder an meiner bewegten Vergangenheit oder an beidem liegen, dass ich mir im Moment einfach nur Ruhe wünsche. Aber wie so oft, wenn man sich etwas besonders herbeisehnt, passiert das genaue Gegenteil davon.

Als Enkelin eines kommunistischen Großvaters und Tochter einer hoffnungslosen Mutter habe ich nie daran glauben können, dass es jemanden gibt, größer und weiser als wir, der über uns wacht und unsere Geschicke auf der Erde bestimmt. Aber manchmal habe ich doch den Eindruck, dass es irgendeiner großen Wesenheit besonderen Spaß bereitet, gerade die Atheisten, Agnostiker und Ungläubigen unter uns so lange mit besonders heimtückischen Lebenswendungen zu beglücken, bis wir eines Tages doch winselnd vor einer Synagogen-, Tempel-, Moscheen-, Pagoden- oder Kirchentür stehen. Und flehentlich Einlass begehren, um für all das Unbegreifliche in unserem Leben eine einleuchtende Erklärung zu finden.

Ein paar Tage lang habe ich mich über die schiefgegangene Uhrenrückgabe-Aktion in Lieberknechts Krankenzimmer schier grün und blau geärgert. Dann habe ich beschlossen, dass ich es eben auf anderem Weg noch einmal versuchen muss, und konnte mich damit vertrösten, dass sein derzeitiger Gesundheitszustand mir dazu alle Zeit der Welt lässt. Ein paar Tage lang sind keine Quälgeister, weder Viktor noch Sula und Wolf und auch nicht der mysteriöse Monsieur Cool, an meinem *Citroën* erschienen. Ich habe neue Gerichte ausprobiert, Geschirr vom schmutzigen in den sauberen Zustand überführt, und es ist mir sogar gelungen, einige Belanglosigkeiten mit meinen Kunden auszutauschen.

Ich wähnte mich auf dem besten Weg, ein wertvolles Mitglied der Gesellschaft zu werden, dessen Wert vor allem darin besteht, zu arbeiten und ansonsten nicht weiter aufzufallen. Leider wurde mir dieser Zustand nach ein paar Tagen langweilig, und so habe ich gestern spontan, gegen jede Vernunft und ohne lange nachzudenken, in der JVA angerufen und einen Besuchstermin für den nächsten Tag vereinbart.

Nach Mittag schließe ich an diesem regnerisch-schwülen Tag den Food-Truck für zwei Stunden, spanne meinen regenbogenfarbenen Schirm auf und gehe zu Fuß in Richtung Gefängnis. Überall in den Straßen stehen kleine Pfützen, in denen sich der bewölkte Mittagshimmel spiegelt. Wenn ich nicht aufpasse, trete ich mit meinen Sandalen in sie hinein und bekomme nasse Füße. Ich mag Regen. Ich mag jedes Wetter, bei dem etwas passiert, Sturm, Schnee, Sonne, Gewitter, Hagel. Nur den grauen bedeckten Stillstandshimmel kann ich nicht ausstehen.

Es ist nun fast zwei Monate her, dass ich aus dem backsteinroten Gebäude entlassen worden bin. Dennoch lässt mir die Wegstrecke genügend Zeit, Zweifel an meinem Vorhaben aufkommen zu lassen. Fühle ich mich überhaupt schon gefestigt genug, mich diesem Ort meiner persönlichen Demütigung zu stellen? Ist es nicht gefährlich, wieder Kontakt zu Ex-Mitgefangenen aufzunehmen, die einen vielleicht in kriminelle Geschäfte verwickeln wollen? War ich nicht wild entschlossen, all das möglichst weit hinter mir zu lassen?

Als ich vor den Mauern mit den Stacheldrahtrollen stehe, rutscht mir mein laut pochendes Herz in die Kniekehlen, und ich will am liebsten wieder kehrtmachen.

Aber ich muss daran denken, dass Aka nun im Besuchszimmer sitzt, sich auf die Unterlippe beißt und sich freut, endlich einmal Gesellschaft zu bekommen.

Also gehe ich zur Anmeldung und gebe mit rauer Stimme meinen Namen an, als ob dessen bloße Nennung ausreichen würde, das gesamte Gefängnis in Alarmbereitschaft zu versetzen. Doch der Beamte hinter der Glasscheibe kennt mich nicht und behandelt mich wie eine ganz normale Bürgerin. Das erfüllt mich mit einem dämlichen Stolz.

»Bitte schließen Sie Ihre Handtasche und Ihr Handy in den Fächern im Gang rechts ein, und gehen Sie dann in den Durchsuchungsraum. Geschenke sind nicht gestattet.«

»Ich habe nichts dabei«, sage ich mit einem bedauernden Lächeln. Denn ich bin tatsächlich nicht auf die Idee gekommen, Aka etwas mitzubringen.

Ich unterschreibe den Anmeldebogen, den der Beamte mir unter der Glasscheibe hindurchgeschoben hat, und gebe ihn wieder zurück.

Er legt ihn auf eine vergilbte Plastikablage und sieht mich aufmunternd an. »Viel Spaß!«

Dies kommt mir reichlich unangemessen vor, doch ich nicke nur und gehe weiter. In einer Eventgesellschaft, in der einem sogar »Viel Spaß damit!« gewünscht wird, wenn man im Kaufhaus zwei Paar Socken erwirbt, ist es nur konsequent, wenn man den Anspruch auf permanente Vergnügung auf an sich heikle Gefängnisbesuche ausweitet. Eines Tages wird man diesen Satz sogar im Krankenhaus vor einer Darmkrebsoperation mit zehn Prozent Überlebenschance vernehmen, bevor der Narkosearzt einen in den Tiefschlaf versetzt. Und folgerichtig auch, bevor man endgültig in den Sarg steigt. Viel Spaß in der Hölle! Aber dann hört man es wenigstens nicht mehr.

Und wer weiß? Vielleicht erwartet uns ja tatsächlich im Jenseits ein völlig unerwarteter, auf der Erde nie erlebter unendlicher Spaß?

Handtasche und Smartphone passen in die Schließfächer, den tropfenden Schirm hänge ich einfach an einen unbenutzten Schlüssel. Ich gehe durch die Sicherheitsschleuse, sie piept. Ich nehme den *Speisewagen*-Schlüssel heraus und gebe ihn der Sicherheitsdame, die zum Glück nicht die Gans ist, sondern eine mir ebenfalls unbekannte freundliche Rothaarige Mitte zwanzig, die sichtlich froh ist, es einmal mit *normalen* Menschen zu tun zu haben. Wenn sie nur wüsste!

Beim zweiten Mal lässt die Schleuse mich anstandslos durch. Im Besucherraum, einem schmucklosen Zimmer mit pastellgrünen Wänden, stehen mehrere Tische mit jeweils vier Stühlen, die Tische sind an den Boden festgeschraubt, damit niemand sie als Waffe benutzen kann. Zwei Justizvollzugsbeamte sitzen neben der Tür und passen auf. Der rechte hat mir vor zwei Monaten das Paket mit meiner Kleidung ausgehändigt, er nickt mir ohne großes Interesse zu. Ich bin froh, dass er nichts sagt und kein Aufheben um meine Person macht. Es gibt mir damit das Gefühl, dass ich nicht mehr hierhergehöre. Das versetzt mir idiotischerweise einen kleinen Stich.

Aka ist noch nicht da. Ich setze mich an einen Tisch mit Holzplatte und Stahlbeinen, warte und starre auf die vollgekritzelte Oberfläche. Gelangweilte Besucher und Häftlinge haben auch hier ihre Botschaften hinterlassen. *Massimo was here,* teilt mir einer davon mit. Die Sprüche sind nicht gerade origineller geworden.

Zwei weitere Tische sind ebenfalls besetzt. An beiden sind die Besucherinnen ältere Frauen, vermutlich Mütter.

Ich beginne, mich auf Aka zu freuen. Ich möchte ihr von meinem Bus erzählen und den Kunden, von Viktor, der Rettungsboje und von Gertrude, die sie sicher auch mögen würde. Aka kann unglaublich lustig sein, wenn sie entspannt ist. Aber warum dauert das so lange, bis sie kommt?

Ich habe den Gedanken kaum zu Ende gebracht, da wird die Tür aufgerissen, Aka stürmt wie ein gereizter Stier in die Arena, die Tür knallt gegen die Wand, die Gespräche verstummen, die Aufseher springen in vorauseilendem Eifer auf, Aka rast an meinen Tisch, reißt geräuschvoll einen Stuhl nach hinten und lässt sich darauf fallen. Die Beamten starren sie an, sehen sich gegenseitig an, nicken, setzen sich langsam wieder hin und geben innerlich Entwarnung.

»Hi!«

»Hast du gerade ein Bienennest ausgeräuchert, oder ist eine Horde Werwölfe hinter dir her?«

»Weder noch.« Aka verschränkt die Arme vor der Brust und lässt sich auf dem Stuhl noch weiter nach vorn rutschen. Eine unflätige, pubertäre Körperhaltung, die absolutes Desinteresse ausdrücken soll. Aber ich kenne sie gut genug.

»Ich freue mich auch, dich zu sehen«, antworte ich grinsend.

»Du kannst nicht erwarten, dass ich jubiliere, nur weil du hier zufällig mal reinschneist!« Da ist sie wieder, die alte Aka: verschlossen, schroff, der ganze Kahn auf trotzigem Konfrontationskurs.

»Ich bin nicht zufällig hier, sondern habe ganz gezielt einen Antrag gestellt.«

»Und der hat ganze zwei Monate gedauert, oder was?«

»Ich hatte ...« Es kommt überhaupt nicht infrage, dass ich mich vor ihr rechtfertige. Schließlich hatte ich genug eigene Probleme, die mir nicht erlaubten, mich um jemanden zu kümmern. Ich sehe Aka an. Sie trägt bei der Schwüle ein Tuch um den Hals. Ihr Shirt dagegen ist ärmellos und offenbart eine Reihe von mehr oder weniger gelungenen Tattoos.

Etwas an ihr ist anders. Ihre harten schwarzen Augen verbergen eine Empfindung, die ich bei ihr noch nie gesehen habe. Ich bin fassungslos, als ich begreife, dass hinter den mühsam errichteten Barrikaden die pure Angst lauert.

»Wie läuft es mit Svetlana?«, frage ich sie bestürzt.

»Echt super.« Aka zuckt mit den Schultern. Dann schiebt sie wortlos das gestreifte Baumwollhalstuch nach unten. Rote und blaue Striemen beantworten meine Frage deutlicher als jedes Wort.

»Shit!«

Aka lehnt sich zurück und schließt die Augen. Eine Weile sagen wir nichts. Ich bekomme nun doch ein schlechtes Gewissen, weil ich mich so lange nicht gemeldet habe. Ehrlich gesagt habe ich noch nicht mal einen Gedanken daran verschwendet, wie es ihr geht. Und ich muss mir eingestehen: Es lag nicht daran, dass ich so beschäftigt war.

»Kann ich irgendwas tun?«

»Du kannst mir eine Eskorte furchtloser Mixed-Martial-Arts-Kämpferinnen bereitstellen, die mich bei jedem Hofgang begleitet.«

»Verdammt!« Ich schlage hilflos mit der Faust auf den Tisch. Einer der Justizvollzugsbeamten schreckt hoch und sieht erneut misstrauisch zu uns hinüber. Ich mache eine besänftigende Geste in seine Richtung.

»Und wenn du die Hofgänge ausfallen lässt?«

»Dann erwischen sie mich beim Essen, unter der Dusche, beim Aufschluss ... Sie hat ihre Leute überall. Du weißt doch, wie es hier ist.«

Aka lässt schicksalsergeben den Kopf sinken. Es macht mich fast ein wenig wütend, sie so mutlos zu sehen. Wie furchtbar müssen die letzten Wochen für sie gewesen sein, dass sie derart resigniert hat?

»Hilft es, wenn ich dir Geld überweise?«

Aka sieht überrascht hoch und nickt. »Ich könnte damit zumindest ein paar Leute auf meine Seite bringen.«

»Gut. Dann machen wir es so.«

Ein kaum zu erahnendes Lächeln huscht über Akas Gesicht und verschwindet genauso schnell wieder im stillen Abgrund ihres Sorgentümpels.

»Und in Zukunft komme ich jede Woche.«

»Nun übertreib mal nicht. So oft will ich deine Visage jetzt auch nicht sehen.«

»Schön, zu hören, dass es dir bereits wieder bessergeht.«

»Noch besser würde es mir gehen, wenn du mal was Interessantes zu berichten hättest und nicht nur dasitzen würdest wie ein betroffener Trauerkloß. Schließlich bist du zu meiner Unterhaltung hier. Oder ist es da draußen so langweilig?«

»Es ist nicht so abwechslungsreich wie hier drin, aber ein wenig habe ich durchaus erlebt.«

Und dann erzähle ich doch noch von der Rettungsboje. Und davon, dass Sula und Wolf fast mein ganzes Geld verjubelt haben und aus dem Restaurant nun ein *Speisewagen* geworden ist. Das mit dem Geld erzähle ich allerdings so leise, dass die Bewacher es nicht hören können. Und ich berichte von Gertrude und unserer vergeblichen Klettertour. Und von meinem kleinen Parasiten Viktor. Die Schilderung seiner nächtlichen Anrufe in der Wand amüsiert Aka so sehr, dass sie laut herauslacht und erneut die Aufmerksamkeit der anderen Besucher auf sich zieht. Dies erledigt sie aber rasch mit ihrem berüchtigten bösen Blick.

Als die Justizvollzugsbeamten das Ende der Besuchszeit verkünden, kann ich Aka mit einem warmen Gefühl, dass sich alles zum Besseren wenden wird, zurücklassen.

Sie lässt sich sogar zum Abschied, unter den missbilligenden Blicken der Aufseher versteht sich, kurz umarmen. Wenigstens ein Problem scheint gelöst.

Ich hole meine Sachen aus dem Schließfach und nehme den Schirm vom seiner provisorischen Aufhängung herunter. Er hat einen kleinen See auf dem Gefängnisboden hinterlassen. Die Sicherheitsdame gibt mir meinen Schlüssel zurück.

An der Schleuse spanne ich den Schirm auf. Es regnet jetzt in langen, stetigen Schnüren. Die Pfützen sind noch größer geworden. Es wird schwierig sein, trockene Stellen zu finden.

»Ich komme jetzt öfter«, sage ich zu dem Beamten hinter der Glasscheibe.

Er nickt und zeigt nach draußen. »Mistwetter.«

»Ich mag Regen«, widerspreche ich und hopse in den Hof hinaus, »er wäscht alles weg.«

»Viel Spaß damit«, ruft er.

Das rostbraune Tor fährt quietschend zurück.

Siebzehn

Als es anfängt, aus allen Himmelsschleusen auf die Stadt hinunterzuschütten, klappe ich den Schirm zu und steige in die Straßenbahn. Ich besetze einen Sitzplatz am Fenster, wische das beschlagene Fenster frei und betrachte den nass glänzenden Asphalt, in dem sich die Lichter der Autos und Busse verzerrt spiegeln.

Das erinnert mich daran, wie ich als Kind stundenlang am Fenster meiner Kammer stand und auf die Straße gesehen habe. Damals hatte ich das Gefühl, dass dort draußen das wahre Leben stattfand und ich mit meiner depressiven Mutter in einer Art Zwischenreich lebte, aus dem es nur dann eine Erlösung gab, wenn ich von meiner Mutter fortging. Damit, dass sie eines Tages von mir fortgehen würde, hatte ich niemals gerechnet.

Noch später befiel mich oft dieses Gefühl, dass das Leben irgendwo anders geschah und mein eigentliches Leben erst später, zu einem nicht näher zu bestimmenden Zeitpunkt, anfangen würde. Ich habe aber nie feststellen können, dass dieser Lebensbeginn sich irgendwann eingestellt hat. Vielleicht bis heute nicht.

Dieser Gedanke frustriert mich so sehr, dass ich vergesse, am Hauptbahnhof auszusteigen, und es erst eine Station später bemerke. Da ich nun ganz in der Nähe von Sulas und Wolfs Laden bin, beschließe ich, meinen *Speisewagen* etwas länger geschlossen zu lassen und den beiden einen Besuch abzustatten.

Im Hof des Antiquitätengeschäfts steht ein großer Lieferwagen, und zwei Männer sind gerade dabei, in diesen eine bauchige Rokoko-Kommode mit einer schweren Marmorplatte zu wuchten. Im Innern des Wagens befinden sich bereits ein massiver Kleiderschrank sowie ein Schreibtisch, beide aus der Biedermeierzeit.

Wolf dirigiert die beiden Männer vom Wagen aus, Sula steht mit strahlenden Kinderaugen im Hof und sieht dabei zu.

»Löst ihr euren Laden auf?«

Sula hat nicht gesehen, dass ich den Hof betreten habe, da sie mir den Rücken zudreht. Erschrocken fährt sie herum.

»Olivia! Ach, ist das schön, dass du mal vorbeikommst! Du machst dich ja so rar in letzter Zeit.«

Klarsicht war noch nie Sulas Stärke. Sie betrachtet die Welt zumeist mit dem Sehvermögen eines nordamerikanischen Höhlenfisches. Diese haben nicht nur rudimentäre Augen, zudem sind die Blindfische auch noch schwerhörig. Damit haben sie sich an das Leben in Unterwasserhöhlen angepasst, wo wegen der Wellen und Tropfen ein ständiger Lärm herrscht. Ein raffinierter Schachzug der Evolution, eigentlich.

»Könnte das eventuell daran liegen, dass ich den ganzen Tag in einem Imbisswagen zubringe?«

Sula kichert und überhört meine Kritik. Wenn Sula einem bedeutenden Herrschergeschlecht entstammen würde, könnte der Blindfisch wahrlich ein stimmiges Wappentier sein. Sie zeigt auf den Lieferwagen.

»Stell dir vor, Gertrude richtet ihre Wohnung neu ein. Sie sagt, sie habe ihre alten Möbel gewaltig satt. Daher hat sie gestern hier richtig zugeschlagen und ein paar echte Schätzchen gekauft.«

Die beiden Möbelpacker steigen aus dem Wagen und gehen wieder in den Laden, um einen dunklen Eichentisch mit gedrechselten Beinen und vier Stühle mit Geflechteinsätzen zu holen. Alle fünf sind wahrhaft abscheuliche Exemplare der Gattung Möbel. Ich vermute, dass Gertrude sie unverzüglich an eine gemeinnützige Einrichtung spenden wird. Ganz bestimmt wird kein Holzfuß dieser Schätzchen jemals den edlen Boden von Gertrudes Wohnung unter sich spüren. Aber es ist ihr hoch anzurechnen, dass sie Sula und Wolf von ihren schlimmsten Ladenhütern befreit und dadurch Platz schafft für Möbel, die sich hoffentlich besser verkaufen werden.

»Gertrude hat wirklich einen erlesenen Geschmack«, trötet Wolf, der mich nun ebenfalls entdeckt hat, aus dem Wagen heraus.

»Unbedingt«, bestätige ich euphorisch und drehe mich zur Ladentür, um mir mein Lachen zu verkneifen.

»Habt ihr überhaupt noch was im Bestand?«

»Sicher. Du kannst gern mal reingehen und dich umsehen, falls du noch was brauchst.«

Wolf springt geschäftstüchtig aus dem Wagen und hält mir die Ladentür auf. Ich folge ihm bereitwillig.

»Warum nicht? Ich muss mich ja bald nach einer neuen Wohnung umsehen. Da brauche ich …«

Weiter komme ich nicht. Denn als ich in den Laden gehen will, trifft mich fast der Schlag. Dort steht, ausgiebig die geöffnete Schublade eines antiken Küchenschranks studierend und den interessierten Kunden mimend, der Spitzel, Monsieur Cool, der

Mann mit den verschiedenen Augen oder wie auch immer man diesen zwielichtigen Charakter nennen möchte.

Trimethylaminoxid.

Ich mache einen riesigen Satz nach hinten.

»Was ist, bist du von der Tarantel gestochen worden?«

Es war noch nie Wolfs Stärke, seine Beobachtungen der Umgebung diskret mitzuteilen. Ich packe ihn am Hemdkragen und ziehe ihn in den Hof zurück. Sula, die gerade mit einem der beiden Möbelpacker spricht, sieht mich verwundert an.

»Was ist das für ein Typ?«, frage ich.

Wolf versucht, sich aus meiner Umklammerung herauszuwinden.

»Der da drin? Das ist ein Kunde, der sich für einen Küchenschrank interessiert. Er restauriert Möbel und verkauft sie wieder. Ich bin mir ziemlich sicher, dass er den Schrank nimmt. Heute ist unser Glückstag!«

Wolf reibt sich in Erwartung eines guten Umsatzes die Hände.

Seit er die Armbanduhr zurückerobert und damit seinen Kopf aus der Schlinge gezogen hat, ist unser Verhältnis fast wieder wie früher. Die beiden haben auch endlich akzeptiert, dass von mir keine Diebesbeute mehr zu erwarten ist. Sie haben keine Ahnung, dass ich vergessen habe, die Uhr an die Rettungsboje zurückzugeben.

»Hör zu, Wolf. Das da drin ist ein Spitzel. Der war auch schon an meinem Wagen und hat versucht, meine Gespräche mit Gertrude und Viktor zu belauschen. Ich weiß noch nicht, was da läuft, aber den haben sie auf mich angesetzt. Das ist kein Zufall!«

»Bist du sicher, dass du nicht ein bisschen hysterisch geworden bist im Gefängnis?«

Wolf schielt durch das mittlere Fenster, das, wie ich beiläufig registriere, immer noch nicht repariert worden ist, in den Laden. Ich folge seinem Blick. Der *Kunde* steht an Sulas Schreibtisch und tut, als ob er sich nach einer Beratungsperson umsehen würde.

»Ich gehe mal rein. Vielleicht hat er sich schon entschieden.«

Sula ist näher gekommen, da sie meine Warnungen gehört hat. »Sei vorsichtig. Irgendwas stimmt mit dem nicht«, ermahnt sie ihren Gatten.

Überrascht sehe ich sie an. Vielleicht verstellt sich Sula die ganze Zeit, um dann im entscheidenden Moment, wenn es richtig darauf ankommt und wirklich um alles geht, alle mit einer ungeahnten Klarheit zu verblüffen.

»Ach was, ihr Mädels seht Gespenster.« Wolf windet sich und streift meine Hand ab, denn ich habe ihn, ohne es zu merken, noch immer am Kragen festgekrallt.

Dann schreitet er breitbeinig in den Laden, um sich an den potenziellen Käufer heranzuwanzen. Sula und ich verfolgen das Geschehen aus der sicheren Warte des Hofes.

»Ich sage dir, das ist ein Bulle«, flüstere ich Sula zu, »ich kenne diese Typen, ich wittere sie regelrecht!«

Sula nickt. Die beiden Möbelpacker winken ihr zu, steigen in den Lieferwagen und versuchen, ihn rückwärts aus dem engen Hof zu fahren. Sula geht zur Einfahrt, dirigiert sie hinaus auf die Straße und kommt danach wieder zu mir zurück.

»Du hast recht. Die Frisur passt nicht zu ihm. Und die Jeans und die Lederjacke. So haben sich die Bullen in den Neunzigerjahren Leute aus der Szene vorgestellt. Seitdem haben sie ihr Bild offenbar nicht aktualisiert.«

Anerkennend sehe ich Sula an. Ich muss zugeben, dass ich sie wirklich jahrelang unterschätzt habe. Sie stellt sich einfach immer nur dann ahnungslos, wenn es ihr gerade passt.

»Von wegen Schrank kaufen. Gut, dass ihr keine Hehlerware mehr im Laden habt.«

Sula dreht sich erschrocken weg und kann doch nicht verbergen, dass sie rot wird.

»Ihr HABT Hehlerware im Laden?«

»Viktor hat uns einen tausendprozentigen Tipp gegeben.« Sula windet sich verlegen.

»VIKTOR?« Ich schreie fast. »Viktors Tipps sind so sicher wie die Eisfläche des Bodensees an seiner tiefsten Stelle bei Tauwetter. Was meinst du, wer mich ins Gefängnis gebracht hat?« Ich fasse mir vor Entsetzen an den Kopf.

»Und wer hat das Zeug überhaupt geklaut?«

Sulas Blick geht zum zerbrochenen Fenster, hinter dem Wolf dem *Kunden* gerade die Vorzüge des Küchenschranks erklärt.

»Wolf hat beim Zurückholen von Lieberknechts Uhr festgestellt, dass er doch eine gewisse Begabung für das Metier hat.«

Nun schlage ich mir die Hände vors Gesicht. »Hast du vergessen, wie dämlich er sich bei der Bierbaronin angestellt hat?«

Sula zuckt mit den Schultern. »Das ist Jahre her. Und der Laden wirft einfach zu wenig ab.«

»So sah es aber gerade nicht aus.«

»Das ist das Einzige, was wir in diesem Monat verkauft haben.«

Und das auch nur, weil Gertrude ein großes Herz und genug Geld hat, denke ich.

»Ich gehe jetzt da rein.«

Mein Körper ist manchmal schneller, als mein Verstand arbeiten kann. Kaum habe ich diesen Gedanken gefasst, stürme ich in den Laden, direkt auf Wolf und seinen *Kunden* zu.

»Ich hab mich entschieden, ich nehme den Schrank!«

Die beiden fahren herum und sehen mich verdutzt an.

In den Augen von Monsieur Cool meine ich außerdem auch ein kurzes, erfreutes Glimmen wahrzunehmen. In Wolfs Augen stehen hingegen zwei große Fragezeichen.

»Aber ...?«

»Ja. Ich habe gerade darüber nachgedacht. Er passt perfekt in meine neue Wohnung.«

»Aber du hast doch noch gar keine Wohnung!«, protestiert Wolf.

»Ich weiß aber schon genau, dass ich eine Wohnung haben will, in deren Küche genau dieser Schrank stehen wird.«

Ich hole mein Portemonnaie aus der Tasche. »Kann ich dann gleich eine Anzahlung leisten. Fünfzig Euro?«

»Ja ... wenn das so ist.« Der Anblick von realem Geld lässt Wolf sofort zu mir überlaufen. Er sieht bedauernd zu Monsieur Cool. »Sie verstehen, die Dame war zuerst da. Wir finden für Sie sicher noch etwas anderes.«

Monsieur Cool zieht grinsend sein Portemonnaie aus der Lederjacke, holt drei Hunderteuroscheine heraus, hält sie Wolf entgegen und sagt in seinem elsässischen Singsang: »Ich möchte aber diesen Schrank. Und ich bezahle ihn bar und *tout de suite*.«

Die verheißungsvolle Macht, die von drei realen Scheinen ausgeht, zieht Wolf flugs auf die gegnerische Seite zurück. »Olivia ... du verstehst doch. Wir haben im Lager einen fast identischen Schrank. Und bis du eine Wohnung gefunden hast, kommt sicher noch mal was rein.«

Ich sehe in mein Portemonnaie. Der Fünfzigeuroschein war das letzte Geld, was ich hatte. Ich brauche ihn dringend, um am nächsten Tag einkaufen zu gehen.

Man muss wissen, wenn man verloren hat. Was nicht bedeutet, dass man es auch zugeben muss.

»Wenn ich mir den Schrank so ansehe, hat er mir doch deutlich zu viele Wurmlöcher. Es würde mich nicht wundern, wenn der Parasit noch im Holz sitzt. Bald besteht der Schrank nur noch aus Löchern. Und eines Tages, wenn man zum Beispiel eine Tasse herausnehmen will, um sich nachmittags einen Kaffee zu gönnen, fällt er einfach zu Holzstaub zusammen. Puff!«

»Das macht nichts, ich mag lebendige und leichte Möbel.« Monsieur Cool sieht Wolf auffordernd an. »Kann ich dann bezahlen? Ich habe noch ein *rendez-vous*. Einen geschäftlichen Termin«, konkretisiert er und sieht mich vielsagend an.

Wolf zögert. Er will es sich nicht schon wieder mit mir verscherzen.

Ich sehe zu Monsieur Cool, dessen dreistes Grinsen von einem Ohr zum anderen reicht. Ich sehe zu Wolf, der mit verzagt bittender Miene um meine Zustimmung zu seiner lebensnotwendigen Einnahmemöglichkeit kämpft.

»Wie gesagt, ich mag keine Lebewesen, deren Rückgrat nur in Ansätzen vorhanden ist und die allenfalls als Fischfutter taugen.« Ich zucke mit den Schultern. »Der Wurm mitsamt seinem Schrank gehört Ihnen.«

Wolf greift sofort nach den Scheinen und steckt sie ein. Dann zieht er Monsieur Cool mit sich zur Kasse, legt die dreihundert Euro dort hinein und stellt eine Quittung aus. Sula beobachtet das Geschehen von der Tür aus. An ihrem Gesicht lässt sich nicht ablesen, wie sie den schalen Deal findet.

»Wann dürfen wir den Schrank ausliefern?«

»Ich rufe Sie noch mal an, wegen des Termins. Vielleicht hole ich ihn selbst ab.«

Natürlich, denke ich, der *Spitzel* will nicht, dass man weiß, wo er wohnt. Außerdem braucht er einen Vorwand, um noch mal hier herumzuschnüffeln.

Wolf drückt ihm eine Visitenkarte in die Hand, die er flink in seiner Jackentasche verschwinden lässt. Die beiden Männer verabschieden sich einvernehmlich, und Monsieur Cool geht selbstbewusst in Richtung Tür. Dicht an mir vorbei. Viel zu dicht. »Keine Sorge«, raunt er, »den Schrank bringe ich natürlich mit in unsere erste gemeinsame Wohnung.«

Ich schnappe nach Luft. Leider fällt mir auf die Schnelle keine passende Antwort ein. Monsieur Cool wirft mir einen Blick zu, den er (und nur er) für unwiderstehlich hält, und verschwindet durch die Tür.

Vor Empörung bleibe ich wie angewurzelt stehen. Erst als er am zerbrochenen Fenster vorbeigeht, finde ich eine passende Replik: »Lieber ziehe ich in eine verfallene Hütte im abgelegensten Schattenloch der Welt, in das 365 Tage im Jahr kein einziger Sonnenstrahl fällt, und bekomme Knochenschwund wegen massiven Vitamin-D-Mangels.«

Er hebt nur die Hand, macht das alberne Daumen-hoch-Zeichen und geht. Ich stehe da wie jemand, der alles gegeben und nichts bekommen hat.

Sula sieht ihm versonnen in den Hof hinterher. »Ein interessanter Mann.«

»Eben hast du noch gesagt, er wäre ein falscher Fuffziger.«

»Diese Doppelbödigkeit macht ihn ja gerade so interessant. Außerdem, er ist so männlich.«

»Du meinst, machohaft.«

»Und der falsche Fuffziger hat echtes Geld!« Wolf wedelt mit den Scheinen, die er zu Demonstrationszwecken extra noch einmal aus der Kasse genommen hat.

Es ist immer wieder erschreckend, wie käuflich Menschen sind. Den beiden zu erklären, dass dieses Geld wahrscheinlich aus der Staatskasse stammt und sie es womöglich mit ihren Steuern mitfinanziert haben, halte ich im Moment für absolut sinnlos. Da sieht man es mal wieder: Geld macht dumm.

»Ich muss jetzt los.«

»Wir kommen später noch vorbei«, sagt Wolf, »zur Feier des Tages. Und vielen Dank für den genialen Trick. Ich hätte den Schrank sonst für zweihundert hergegeben.«

Wolf glaubt tatsächlich, ich hätte ihm gerade zum Deal des Tages verholfen. Das ist ja noch viel hoffnungsloser, als ich dachte. Ich muss mit den beiden wirklich mal ein ernstes Wort reden.

Aber jetzt nicht. Jetzt wird es Zeit, zu meinem Bus zurückzukehren, damit mir nicht auch noch meine Kundschaft abhandenkommt. Ich umarme Sula und Wolf kurz und verlasse eilig den Laden.

Achtzehn

Nach wenigen Wochen an der gastronomischen Front kristallisiert sich bereits heraus, dass mein *Speisewagen* genug abwirft, um mich zu ernähren, ich dabei aber nicht reich werde.

Ich finde es genau richtig so. Obwohl uns unentwegt eingeredet wird, dass ständiges Wachstum so wichtig ist. Aber ich möchte mich nicht zehn Jahre von morgens bis abends kaputt arbeiten, Leute einstellen, mehrere Filialen in verschiedenen Städten aufmachen, Ärger mit Angestellten haben, eine Menge Geld scheffeln, um das ich mich dann auch kümmern muss, ständig nach dem Terminkalender leben und auf der Autobahn sein, mich mit Behörden und Politik herumschlagen, ein riesiges Haus bauen, für das ich wiederum Personal brauche, um dann mit Mitte fünfzig meine erste Bypassoperation hinter mir zu haben. Ich möchte, dass mein Leben *jetzt* gut ist und die Arbeit dabei ebenso überschaubar bleibt wie mein Einkommen. Ich möchte Zufriedenheit.

All das wäre mit einem Restaurant vielleicht nicht möglich gewesen. Ein Restaurant macht sehr viel Arbeit. Überrascht stelle ich fest: Es ist genau richtig, wie es gekommen ist. Vielleicht sollte ich sogar dankbar sein, dass Sula und Wolf mein ganzes Geld verpulvert haben. Aber möglicherweise geht das nun doch zu weit.

Wenn nur die Kraken meiner Vergangenheit nicht immer wieder ihre Fangarme nach mir ausstrecken würden.

»Baby, es stimmt also wirklich!«

Ich habe mich gerade nach unten gebückt, um einen neuen Stapel Servietten aus dem Karton, der auf dem Boden des Busses steht, herauszuholen, und weiß dennoch, ohne hinzusehen, wer vor meinem *Speisewagen* steht. Nur sie spricht ihre Worte amerikanisch gedehnt aus, nur sie hat diese tiefe und zugleich samtene Stimme.

Ich weiß nicht, ob ich mich darüber freuen soll. Mein Plan war ursprünglich, keine Gestalten aus meinem kriminellen Leben mehr zu treffen. Und dieser Plan ist ohnehin schon mehr als hinfällig. Vielleicht war es naiv, in derselben Stadt zu bleiben, vielleicht hätte ich in den Norden gehen sollen, oder gleich ins Ausland.

Vor meinem Bus steht Sugar. Sugar ist eine Naturerscheinung. Sie war auf eine selbstverständliche Weise schon immer da, und man kann sich kaum vorstellen, dass diese Stadt eines fernen Tages ohne sie existieren soll.

Keiner weiß, woher sie kam, da sie nur wenig über ihre Vergangenheit erzählt.

Daher gibt es eine Menge Gerüchte über ihr Vorleben. Eine Legende lautet, sie wäre eine amerikanische Diplomatentochter aus den Südstaaten, die nach einer ungewollten Schwangerschaft als Jugendliche auf einem skandinavischen Frachtschiff als blinde Passagierin nach Europa ausgebüxt ist.

Diese Geschichte erscheint mir aufgrund ihrer logischen Schwächen reichlich unglaubwürdig. Denn ich kann kaum glauben, dass eine Heranwachsende es ohne Geld schaffen würde, nach Europa zu gelangen.

Eine andere Erzählung lautet, sie stamme aus einer südafrikanischen Provinz und wäre Nachfahrin des berühmten Zulukönigs Shaka, der sein Volk durch eine neuartige Kriegstaktik zu ungeahnter Größe geführt hat, was mir bei Sugars beeindruckender Körperpräsenz schon eher einleuchtet. Sie sei nach Deutschland gekommen, um Wirtschaftswissenschaften zu studieren und so den Clan zu unterstützen, und hätte dann ihre eigentliche Begabung entdeckt.

Vermutlich verbirgt sich hinter ihrem geheimnisvollen Schweigen jedoch eine viel weniger glanzvolle, deprimierende Fluchtgeschichte voller Leid, Gewalt und Verfolgung, die sie einfach nicht preisgeben will, um kein Mitleid zu erregen. Mitleid ist in ihrem Metier absolut tödlich. Sie widerspricht den Legenden aber auch nicht, denn sie weiß um die Anziehungskraft von Geschichten.

Das Einzige, was Sugar in einem Akt der freiwilligen Selbstdiskriminierung über sich sagt, ist, sie wäre groß, stark und schwarz. Und damit hat sie zweifellos recht.

Die Männer, die aus allen Schichten der Gesellschaft zu ihr kommen, nehmen weniger ihre erotischen Dienste in Anspruch. Sie genießen es vielmehr, an ihrem überbordenden Busen schwach sein zu dürfen und die Ereignisse zu beichten, die sie in ihrem aufreibenden Platzhirschkampf keinem anderen jemals erzählen würden.

Das hielt ihre Kunden jedoch nicht davon ab, Sugar am Anfang ihrer Karriere nach erfolgter innerer Reinigung kräftig zu verachten und zu versuchen, sie um ihren Lohn zu prellen. Es hat sich aber bald herumgesprochen, dass dies keinem Einzigen gut bekommen ist, da sie sich die Betreffenden auf der Straße geschnappt und sie vermöbelt hat. Und so versuchen nur noch vereinzelt ein paar Sugar-Anfänger, sich um die Bezahlung bei ihr zu drücken. Bei allen anderen hat sie sich im Lauf der Jahre einen Respekt erworben, der bereits an Verehrung grenzt.

Sugar hat es so zu einem nicht unbeträchtlichen Wohlstand gebracht, den sie aber immer wieder bei Pferderennen aufs Spiel setzt.

»Ich ertrage es einfach nicht, wenn ich zu *glucklick* bin«, hat sie mir einmal, nach einer langen Nacht, gestanden.

Sugar glaubt, dass sie eine Art Sozialarbeiterin des Rotlichtmilieus ist, die durch ihr Tun den gesellschaftlichen Frieden der Stadt sichert. Und vielleicht hat sie damit ja sogar recht.

Ich entscheide mich endlich dafür, mich zu freuen, drehe mich um und strahle sie an. »Sugar!«

»Das hast du nicht gedacht, dass die alte Fregatte noch in See sticht, was?«

Ich könnte schwören, dass Sugar noch größer, noch runder und noch dunkler geworden ist, aber mindestens zwei dieser Beobachtungen dürften eine optische Täuschung sein.

Ich steige aus dem Wagen, und sie drückt mich an ihre ausladenden Brüste. Sofort ahne ich wieder, warum die Männer so gern zu ihr kommen. Man möchte an diesem Ort bleiben dürfen, für immer Kind sein und den ganzen Trost aller Mütter der Welt in sich aufnehmen.

Sugar kennt Details über (sich für wichtig haltende) Persönlichkeiten der Stadt, die sie zu einer Art Top-Geheimnisträgerin machen. Selbst der Verfassungsschutz dürfte nicht mehr Informationen gesammelt haben als sie. Mir schießt sofort durch den Kopf, dass ich Monsieur Cool unbedingt von ihr fernhalten muss.

»Wie ist es dir ergangen, Baby?«

Sie hält mich etwas von sich weg, um sich mein Gesicht genau ansehen zu können.

»Okay, du musst nichts sagen.« Sofort presst sie meinen Kopf wieder an ihren Busen, als ob sie damit die ganzen dreieinhalb Jahre im Gefängnis ungeschehen machen könnte. Sie ist meine Auster, ich ihr Parasit. Leider liegt mir das Schmarotzertum nicht.

Nach einer Weile wird es mir zu eng, doch sie umklammert meinen Kopf mit eisernem Griff. Das Problem an Sugar, fällt mir augenblicklich wieder ein, ist, dass ihre Handlungen nicht immer unbedingt demokratischer Natur sind. Sie ist fest davon überzeugt, dass ihre Sichtweise stets die einzig vernünftige ist, und duldet keinen Widerspruch.

Ich denke an den Muschelwächter und warne sie vor der Gefahr, mich zu ersticken, indem ich sie in ihren Hüftspeck kneife.

Sie quiekt wie ein Ferkel und lässt mich endlich los.

»Hast du Hunger?«, frage ich sie, nachdem ich wieder Luft bekomme. »Es gibt frittierte Blumenkohlröschen mit Salzzitronen-Kartoffeln und Tatarendip.«

Ich bin stolz, dass ich an diesem Tag etwas Besonderes gemacht habe und nicht ein schnelles Gulasch oder ein einfaches *Letscho*.

»Oh, das hört sich gesund an.« *Gesund* ist nicht unbedingt ein Kompliment aus Sugars Mund.

»Ansonsten habe ich noch einen ordentlichen Kaffee und einen Sauerkirsch-Quarkstrudel.«

»Klingt schon besser! Du weißt ja, woher ich meinen Namen habe.«

Ich klettere grinsend in den Wagen, schneide ein besonders

großes Stück Strudel ab, brühe ihr einen starken doppelten Espresso und reiche beides über die Theke hinüber.

»In letzter Zeit muss ich aufpassen wegen meines Diabetes«, sagt Sugar, während sie sich ein ordentliches Stück Strudel in den Mund schiebt. »Aber heute, zur Feier deiner Rückkehr, mache ich eine Ausnahme.«

Ich bin mir ziemlich sicher, dass dies nicht Sugars einzige Ausnahme ist, sondern sie eine Menge Anlässe findet, die es zwingend zu feiern gilt.

»Und was gibt es sonst Neues aus Sugars Welt der Wunder?«

»Ha!« Sugar reibt sich mit der Rückseite ihrer Hand den Puderzucker vom Mund. »In meiner Welt ist nichts mehr wunderbar, so wie früher. Manchmal denke ich, ich sollte aufhören.«

Auch das sagt sie seit Jahren über ihre Arbeit, damit ihr Gegenüber vehement protestieren kann. Ich tue ihr den Gefallen und spiele das Spiel mit.

»Das kannst du nicht machen! Wer soll dann für den sozialen Frieden hier sorgen?«

Sugar nimmt einen Schluck Espresso und blickt gedankenverloren über den Bahnhofsvorplatz. Dann wiegt sie den Kopf hin und her und tut, als ob sie gewichtige Argumente gegeneinander abwägen müsse. Das gehört zu ihrem Ritual.

»Vielleicht hast du recht«, sagt sie schließlich zögernd. »Ich denke noch mal darüber nach. Ich will ja nicht, dass es Krieg gibt.«

Zwei schmale Studentinnen haben sich inzwischen still dem Wagen genähert und bestellen jeweils eine Portion frittierten Blumenkohl mit Beilagen. Ich mache ihnen vorausschauend zwei kleine Teller fertig, und sie verziehen sich damit an einen Stehtisch. Bevor sie das Besteck in die Hand nehmen, machen beide natürlich ein Foto mit ihrem Smartphone und posten das Bild mit einem Kommentar. Wahrscheinlich »Riesenportion« oder »Kalorienbombe«.

Sugar betrachtet die beiden mürrisch. Ganz offensichtlich fühlt sie sich durch die Anwesenheit der beiden Mädchen gestört, die sie umgekehrt unverhohlen mustern. Leider muss Sugar sie noch eine ganze Weile ertragen, denn die Elfen schneiden sich nur jeweils kleinste Stückchen des Blumenkohls ab, kauen diese gründlich, legen zwischendurch das Besteck ab, um sich von den Strapazen des Kauens zu erholen, und beenden schließlich ihr mickriges Mahl, nachdem sie allerhöchstens die Hälfte davon auf gepickt haben.

»Puh, bin ich satt!«, stöhnt die Blonde und hält sich die Körperregion, wo sich bei Normalsterblichen ein Bauch befindet. »Ich auch!«, jammert die Brünette erledigt.

Die Blonde sieht zu mir. »Was war denn das für ein interessanter Geschmack an den Kartoffeln? Wir sind Food-Bloggerinnen und wollen unseren Followern möglichst viel mitgeben.« Erstaunlicherweise hat sie keine kraftlose Piepsstimme, sondern ein wohltuend tiefes Timbre.

»Das waren Salzzitronen«, erteile ich gnädig Auskunft.

»Und wie werden die gemacht?« Die Brünette *hat* eine Piepsstimme.

»Schätzchen, man nimmt ein Kilo Zitronen«, schaltet sich Sugar dröhnend ein, »lässt diese genau zehn Wochen an einem warmen Ort liegen, bis sie schimmeln, und legt sie dann mit viel Salz in sauer gewordener Stutenmilch ein. Das Originalrezept kommt von meinem Stamm aus dem afrikanischen Hinterland. Das könnt ihr gern reinschreiben.«

»Iiiiih!«, die Elfen schieben entsetzt ihre Teller weg. Sie werden sich die Reste wohl nicht einpacken lassen. Sugar zuckt bedauernd mit den Schultern. »Die Salzzitronen schmecken einfach nicht, wenn man sie nicht vorher gut durchschimmeln lässt.«

Die Studentinnen sehen sich erschüttert an, nicken, kommen hastig an den Bus und legen das Geld genau abgezählt mit spitzen Fingern auf die Theke. Dann sind sie so schnell verschwunden, dass nur ihre halb leergegessenen Teller noch von ihrer vormaligen Anwesenheit zeugen.

Sugar sieht ihnen verächtlich dabei zu, wie sie in Richtung Bahnhofsrestaurant verschwinden »Wahrscheinlich gehen sie jetzt kotzen.«

»Sugar! Du hast mir die Kundschaft vergrault«, schimpfe ich halb ernst, halb im Scherz.

»Das wird sich höchstens im Mikrobereich auf deine Kasse auswirken.«

»Da hast du auch wieder recht. Aber dafür haben sie heute bestimmt die Kalorienmenge einer ganzen Woche aufgenommen.«

»Gut, dass wir nicht Kalorien zählen müssen.«

Ich nicke. »Dünn sein macht niemals so viel Spaß wie gutes Essen.«

»Du sagst es, Baby!« Der Gedanke gefällt Sugar sichtlich. Sie winkelt die Ellbogen an, dreht sich im Kreis und schüttelt ihre Rundungen.

Die Studentinnen sind längst vom Bahnhofsgebäude verschluckt worden und damit auch aus meinen Gedanken verschwunden. Ich ahne nicht, dass das Ganze noch ein Nachspiel haben wird.

Als ich Sugar bei ihrer zur Schau gestellten Lebensfreude zusehe, platzt die nächste Bombe in mein Leben. Ich muss zweimal nachfragen, ob ich richtig gehört habe, weil ich gerade beschlossen habe, dass es doch ganz angenehm ist, alte Bekannte wiederzusehen. Einzelne jedenfalls.

»Was sagtest du gerade?«

Sugar sieht mich verwundert an. »Dass das ein richtiges Wunder ist?«

»Nein, davor.«

»Ich habe gesagt, dass der Waffenheini im Koma lag und wundersamerweise wieder aufgewacht ist.«

Trimethylaminoxid.

»Der Lieberknecht?«

»Wie viele Waffenhändler, die im Koma liegen, kennst du?«

»Er ist aufgewacht?«

»Genau das sage ich.«

»Warum?«

»Vermutlich wollte er mal schnell Brötchen holen gehen?« Sugar verdreht die Augen. »Baby, woher soll ich das wissen, ich bin kein *fuckin* Arzt.«

»Kann er sprechen? Erinnert er sich an irgendetwas?«

Sugar hebt abwehrend die Hände. »Das weiß ich nicht. Ich habe es auch nur über jemanden gehört, der es von jemandem gehört hat, der es gehört hat. Aber ich dachte, das interessiert dich. Schließlich kennst du ihn von früher.«

»Ja. Schön für ihn.«

»Ich dachte ja nur, das interessiert dich.«

Ich halte es nicht für sinnvoll, mehr dazu zu sagen. Sugar ist wie eine Gießkanne, die Klatsch nach dem Prinzip, *alles allen erzählen*, ausschüttet. Wichtiger ist, darüber nachzudenken, was es für mich bedeutet, wenn die Rettungsboje tatsächlich bei Bewusstsein ist. Es gibt nur einen, der mir dabei weiterhelfen kann.

Ich warte, bis Sugar bezahlt und ihren beeindruckenden Körper vom Bahnhofsgelände fortgeschoben hat. Dann nehme ich mein Smartphone und wähle Viktors Nummer. Er geht nicht ran. Mobilbox.

»Hallo Viktor. Ich bin's, Olivia. Ich wollte dir nur sagen, dass ich morgen Paprikahuhn mache. Also: Wir sehen uns.«

Man muss die Leute mit ihren eigenen Waffen schlagen, sagte mein Großvater Sándor gern. Viktor will mich ausnutzen, also nutze ich ihn genauso für meine Zwecke.

Und die Armbanduhr muss schleunigst zurück.

Salzzitronen bereitet man im Übrigen ausschließlich aus frischen Zitronen, Wasser und Salz zu. Ich habe sie aber einfach im marokkanischen Laden bei mir um die Ecke gekauft. Schließlich will ich nicht meine ganze Lebenszeit in der Miniküche der Studentin zubringen. Schimmel und Stutenmilch spielen bei der Salzzitronenherstellung garantiert überhaupt keine Rolle.

Neunzehn

Ich bin heute sehr früh aufgestanden und habe beim Bauern auf dem Großmarkt zwanzig Hähnchen gekauft. Glücklich aufgewachsene Hähnchen, die im Mist gescharrt haben, sich in ihrem kurzen Leben hin und wieder ein Sandbad gönnen durften und im Gras verstreute Körner gepickt haben. Das ist das Mindeste, was ich für sie tun konnte.

Dazu habe ich eine Unmenge Zwiebeln, Knoblauch, Tomaten und Paprika herbeigeschafft sowie Schweineschmalz und einen großen Becher saurer Sahne, natürlich!

Ich habe das Gemüse geschnitten und zusammen mit den Hähnchen angebraten, mit viel Paprikapulver gewürzt, eine halbe Flasche Cognac hinzugegeben, das Ganze eine Weile im Backofen geschmort. Die *Csirkepaprikás* stehen nun fertig gekocht in Plastikdosen auf dem Esstisch der Studentin, und ein unglaublicher Geruch von Gebratenem und Schweineschmalz steht streng in der kleinen Küche. Ich muss wirklich bald eine neue Wohnung finden, zumal ich das Ganze auch noch aus dem dritten Stockwerk nach unten schleppen muss.

Einmal hatte ich die Idee, mehrere Portionen Gulasch mit einer improvisierten Seilwinde auf die Straße hinunter zu befördern, was zunächst auch sehr gut klappte.

Als ich aber nach dem letzten Abseilen wieder nach unten kam, um alles in den Bus zu verladen, hatten zwei herrenlose Hunde diverse Tupperdosen mit Gulasch aufgerissen, über den Gehweg verteilt und sich genüsslich einverleibt. So etwas darf nicht passieren, weil ich mir einen halben Tag Gehweg schrubben und einen ganzen Tag ohne Umsatz nicht leisten kann. Also schleppe ich lieber.

Zum Paprikahuhn habe ich eine Waschschüssel mit Spätzleteig angerührt, den ich dann direkt im *Speisewagen* zubereite. Eine besonders aufwendige Kombination. Aber ich hoffe, dass ich damit Viktor erweichen kann, noch einmal für mich Erkundigungen einzuziehen.

Während ich das Essen nach unten trage, denke ich darüber nach, was es für mich bedeutet, dass die Rettungsboje aufgewacht ist. Um dies richtig beurteilen zu können, müsste ich zunächst wissen, in welchem Zustand er sich befindet: vollkommen klar; klar, aber mit Amnesie bezüglich der letzten Wochen; klar, aber nicht sprechfähig; Totalausfall …

Wenn er vollkommen klar ist, wird er sich an meine Schulden erinnern. Dann wird er früher oder später auch die Armbanduhr vermissen.

Wenn er klar ist, aber eine Amnesie bezüglich der letzten Wochen hat, hängt es davon ab, ab wann der Gedächtnisverlust einsetzt.

Vermutlich wird er sich daran erinnern, dass ich ihm die Uhr geklaut habe, aber vielleicht nicht daran, dass er sie zurückholen wollte. Sein Schulden-Schlamassel wird ihm aber sehr schnell wieder einfallen, denn auch die Red Wolves dürften bald erfahren, dass er aus dem Koma aufgewacht ist.

Wenn er hingegen klar, aber nicht sprech- und schreibfähig

ist, besteht vermutlich so lange keine Gefahr, bis er wieder selbst gehen kann.

Und wenn sein Gehirn bedauerlicherweise komplett ausgefallen sein sollte, hat er ohnehin keinerlei irdische Sorgen mehr.

Nur bei Möglichkeit vier bin ich also aus dem Schneider. Bei den Möglichkeiten eins, zwei und drei kommt es darauf an, dass ich schneller bin als die Red Wolves oder schneller als seine fortschreitende Genesung oder beides.

Es ist, so oder so, kompliziert …

Ich hole die Uhr der Rettungsboje aus der Nachttischschublade, lade die Schüssel mit dem Spätzleteig in den Bus und schließe die Heckklappe. Es ist natürlich sehr unpraktisch, mit dem Verkaufsbus Waren einzukaufen und die fertigen Speisen mit dem *Citroën* an den Bahnhof zu fahren. Aber ich bin immer wieder entzückt, wenn ich meinen *Speisewagen* in dunklem Grün mit oranger Aufschrift unten auf der Straße begrüßen kann wie einen alten treuen Freund, der bei jedem Wetter auf mich wartet. Dennoch brauche ich dringend einen kleinen Lieferwagen, bevor der Motor womöglich schlappmacht.

Als ich mit deutlicher Verspätung am Bahnhof ankomme, steht Viktor bereits nervös trippelnd am Standort und sieht mich vorwurfsvoll an. Ich parke den Bus direkt vor seinen Füßen und steige aus.

»Mensch, Oli, wo bleibst du denn? Ich hab extra nix gefrühstückt.«

»Es ist gerade mal halb zwölf. Länger als eine halbe Stunde bist du bestimmt noch nicht wach.«

»Ja. Mag sein. Aber es gibt PAPRIKAHUHN!«

Manchmal habe ich den Verdacht, dass Viktors Suchtneigung

sich auf alle Lebensbereiche erstreckt, ganz egal, ob es sich um Marihuana, Alkohol, Essen oder Kontakte handelt. Jedenfalls sieht er mich an wie ein ausgehungerter Wolf, dem gerade ein besonders fettes Kaninchen zu entwischen droht.

Ich öffne die Seitentür, steige in den Bus, fülle Wasser in einen großen Topf, stelle die Stehtische vor die Tür, steige wieder ein und gebe Huhn aus einer Plastikschüssel in die Pfanne, um es aufzuwärmen.

»Ein paar Minuten musst du dich schon noch gedulden.«

Viktor beißt sich auf die Unterlippe und sagt nichts. Mir ist klar, dass ich ihn jetzt noch nicht auf die Rettungsboje ansprechen kann.

Man sollte nichts von Menschen fordern, wenn sie hungrig sind. Selbst bei Gehaltsverhandlungen ist es günstiger, seinen Vorgesetzten *nach* der Mittagspause anzusprechen, wenn er satt und zufrieden und demnach anderen gegenüber großzügiger ist. Wer hungrig ist, gönnt seinem Gegenüber nicht die Butter auf dem Brot, so einfach funktioniert die Spezies Mensch.

Als das Wasser kocht, stelle ich die Flamme klein, streiche eine Portion Spätzleteig auf ein Brett, schabe kleine Streifen in das siedende Wasser und schöpfe die fertigen Spätzle ab, sobald sie nach oben kommen. Es ist natürlich vollkommener Irrsinn, in einem Imbisswagen (das ist er nun mal, bei allem Food-Truck-Euphemismus) so aufwendig zu arbeiten. Aber es gefällt mir nur genau so. Ich möchte nicht einfach etwas aufwärmen oder anbraten, sondern ich möchte etwas erschaffen, das sich den Gaumen meiner Kundschaft erschmeichelt.

Viktor ist da eindeutig anderer Meinung.

»Dauert's noch lang? Dann könnte ich in der Zwischenzeit

nämlich noch eine garantieverzinste Rentenversicherung abschließen und einen Platz im Seniorenwohnheim buchen.«

Sich Viktor zwischen lauter ondulierten, lila getönten Omas beim Volksliedersingen und Kartoffelschälen vorzustellen, ist allerdings ein sehr komisches Bild. Ich verkneife mir mein Grinsen, gebe als Zeichen meiner Kooperationsbereitschaft eine stattliche Menge Spätzle auf einen Teller, daneben eine extra große Kelle Paprikahuhn und einen Klecks Sauerrahm darüber. Viktor verfolgt jede meiner Bewegungen mit nervösen kleinen Augen.

Die Kunst des schönen Tellers kann ich bei ihm getrost außer Acht lassen.

Ich reiche das Essen mit einer Serviette und Besteck über die Theke. Viktor reißt mir alles aus der Hand. Er beginnt sofort, die Spätzle in sich hineinzuschaufeln.

Ich lasse ihn in Ruhe. Schreibe mit Kreide: *Heute: Paprikahuhn mit Spätzle* auf den Aufsteller, den ich mir bei einem Gastro-Ausstatter besorgt habe, darunter *Csirkepaprikás*, damit es sich schön international anhört. Diesen platziere ich in zehn Schritten Entfernung, wo die meisten, hoffentlich hungrigen Bahnkunden aus der Unterführung kommen.

Pillen-Paul, der Obdachlose mit den vielen Plastiktüten, fährt gerade an den Bahnhofsvorplatz heran. Ich winke ihm zu, und er grüßt erfreut zurück. Ich nehme mir vor, ihm später etwas zu essen vorbeizubringen.

Als ich zurückkehre, hat Viktor den Teller vollständig blank geputzt. Wortlos nehme ich ihn mit, fülle noch einmal die gleiche Menge auf und reiche ihn wieder hinüber.

Viktor zögert. »Das ist aber schon noch umsonst, oder?«

Ich nicke gnädig anstelle einer Antwort, und Viktor greift entschlossen zu. Als er die Hälfte des zweiten Tellers verputzt hat, sieht er mich plötzlich an.

»Du hast mich doch nicht angerufen, weil es Paprikahuhn gibt, stimmt's?«

Ich fühle mich ertappt. Bei allem, was man Viktor vielleicht vorwerfen kann: Er ist keinesfalls naiv. Das Beste wird sein, direkt vorzugehen und ihm offen zu sagen, was ich von ihm will. Dazu muss ich ein wenig ausholen.

»Der Lieberknecht ist aufgewacht.«

Viktor pfeift durch die Zähne. »Sauber. Da dürfte wohl bald ein fröhlicher Schlägertrupp hier auftauchen.«

»Nein. Ich werde ihm die Uhr zurückgeben.«

»Du willst was?« Vor Schreck fällt Viktor die Gabel auf den Teller. »Wie willst du das denn anstellen?«

Ich sehe ihn bedeutungsvoll an. Entgeistert starrt Viktor mich an. Er versteht noch nicht. Ich fasse knapp für ihn zusammen, was ich von ihm will. Er braucht jedoch nicht zu wissen, dass ich selbst mit der Aktion gescheitert bin. Viktor isst weiter und hört fassungslos zu. Als ich fertig bin, hat er den Teller leer gegessen und schiebt ihn von sich weg.

»Cappuccino?«

Viktor nickt dumpf. Ich stelle eine Tasse unter den Siebträger der *Faema* und schäume nebenbei Milch auf. Viktor denkt nach. Irgendetwas arbeitet in ihm. Vorsichtshalber gebe ich ihm zum Cappuccino auch gleich noch ein Gläschen *Pálinka* dazu. Er blickt misstrauisch zu mir hoch.

»Weißt du, was ich mich bei der ganzen Sache frage?«

»Was denn?«, tue ich gelangweilt. Ich will nicht glauben, dass Viktors vernebeltes Hirn einen Aspekt beisteuert, den ich selbst noch nicht bedacht habe.

»Ich frage mich, womit du eigentlich meine ganzen Dienste bezahlen willst. Schließlich esse ich hier schon umsonst.«

Er versucht, für sich das Beste bei dem Deal herauszuholen. Ich bombardiere ihn mit gefährlichen Blicken. »Wenn ich dich nicht besser kennen würde, könnte man das für eine ziemlich schmierige Erpressung halten.«

Viktor winkt ab. »Geschenkt. Du weißt doch, dass ich längst allen fleischlichen Sinnesfreuden entsagt habe.«

Tatsächlich lebt er seit Jahren wie ein Mönch. Das könnte aber auch an mangelnder Gelegenheit liegen, denn ich kann mir kaum vorstellen, dass irgendeine Frau der Welt ihn länger als eine Stunde am Stück ertragen würde.

»Dann ist ja gut.« Ich hole die Armbanduhr aus meiner Tasche und drücke sie ihm in die Hand. »Ich habe schon befürchtet, ich müsste dich in heißem Frittierfett rösten und unter das nächste Gulasch mischen.«

Viktor lacht und steckt die Uhr schnell ein. »Es reicht mir völlig, wenn ich gelegentlich bei dir übernachten darf. Ich hab grade ein bisschen Ärger in meiner Bude. Mietrückstand und so.«

Trimethylaminoxid.

»Auf keinen Fall! Meine Ruhe ist mir heilig!«

Viktor zuckt mit den Schultern. »Dann sehe ich mich außerstande, weiter der Gefahr ausgesetzt zu sein, noch einmal in den Dunstkreis eines Waffenhändlers zu geraten. Eines, wie du weißt, ziemlich durchgeknallten Waffenhändlers, der den Finger schnell mal am Abzug hat.«

Viktor sieht schmollend auf seine Fingernägel, als ob er darüber nachdenken würde, welche Nagellackfarbe er als Nächstes auftragen würde. Tatsächlich sind seine Nägel bis zum Nagelbett heruntergekaut. Ich kann mich absolut nicht mit der Vorstellung anfreunden, Viktor in meine Wohnung zu lassen. Denn ich weiß, wenn ich ihn einmal in der Wohnung habe, werde ich ihn so schnell nicht wieder los.

Es gibt Parasiten, die das Nervensystem ihrer Wirte gezielt manipulieren. Der kleine Leberegel bringt Ameisen etwa dazu, nachts an Grashalmen hochzukrabbeln, sich dort oben festzuklammern und so morgens von weidenden Schafen gefressen zu werden. In deren Eingeweiden kann der Leberegel sich dann vermehren und ist somit am eigentlichen Ziel seiner Wünsche angelangt. Auf Kosten der Ameise, versteht sich.

Ich möchte mir gar nicht vorstellen, wozu Viktor mich bringen würde, wenn er sich erst einmal in meiner Wohnung eingenistet hat. Vielleicht würde ich dann der Rettungsboje freiwillig in die Arme laufen.

In diesem Moment sehe ich die Erlösung nahen. Der unverwechselbar coole Gang dieser Erlösung lässt keinen Zweifel daran, wer gerade den Bahnhofsplatz überquert und auf uns zusteuert. Und diesmal bin ich wirklich froh, ihn zu sehen.

»Hi, wie geht's unserem Schrank?«, rufe ich ihm zu, als er gerade eben am Bus angekommen ist.

Monsieur Cool sieht mich verblüfft an, ist zum ersten Mal tatsächlich sprachlos. Er ist es nicht gewohnt, dass ich freundlich zu ihm bin.

Viktor sieht verständnislos von mir zu Monsieur Cool und wieder zurück. »Habe ich da was nicht mitbekommen?«

»Du kannst nicht immer bei mir sein.« Ich zucke mit den Schultern und werfe Monsieur Cool mein strahlendstes Lächeln zu. Der erschrickt darüber so sehr, dass er sich scheu an einen Stehtisch zurückzieht. So sieht er auf einmal ganz sympathisch aus.

»Na, wenn das so ist«, trötet Viktor, »dann verstehe ich natürlich, dass du kein Bett frei hast.« Er zwinkert mir verschwörerisch zu, was mir normalerweise die Schamesröte ins Gesicht treiben würde. Doch ich verfärbe mich noch nicht einmal rosa. In Notsituationen kann ich ungeheuer über mich hinauswachsen.

»Gut, dann überlege ich mir eine andere Entlohnung. Und wegen der Sache, du weißt schon, lasse ich mir was einfallen.« Viktor kippt den letzten Rest Obstbrand in seinen Rachen, klopft mit der Faust auf den Stehtisch, wirft noch einmal bedeutungsschwere Blicke mit verschwörerischen Augenbrauen-Moves zwischen mir und Monsieur Cool hin und her, die ich mit einem Augapfelrollen beantworte, und geht.

Ich gebe still in mich hinein lachend Spätzleteig in das immer noch siedende Wasser, schöpfe die fertigen Nudeln nach und nach ab, lege sie auf einen Teller und füge eine Portion Paprikahuhn aus der Pfanne dazu.

Dann nehme ich Teller und Besteck, steige aus dem Bus und stelle alles auf den Stehtisch vor Monsieur Cool, der mich die ganze Zeit über schweigend beobachtet hat.

»Zum Dank, weil Sie mich vor meinem Parasiten gerettet haben.«

Monsieur Cool lächelt erfreut. »Scheint ja ein sehr anhänglicher Kunde zu sein.«

»Ein geradezu penetrant anhänglicher Kunde«, seufze ich. »Guten Appetit!«

Ich gehe wieder in den Wagen zurück und spüle Viktors Teller. Heimlich werfe ich dabei einen Blick auf meinen Gast. Er isst mit offensichtlichem Wohlgefallen.

»Sie können ja kochen«, sagt er überrascht, »das hätte ich nach dem *schwarzen Fladen* nicht gedacht.«

»Sie meinen die *Lángos.*«

»Richtig! Ich habe noch Tage danach gerußt wie der Schornstein eines Kohlekraftwerks.«

»Dann wundert es mich allerdings, dass Sie noch einen zweiten Versuch wagen.«

»Ich wollte Sie fragen, welche Farbe unser Schrank haben soll. Er soll ja auch zu Ihren Möbeln passen.«

Da ist es wieder: das unverschämte Grinsen, das mich so wütend macht.

»Ich habe keine Möbel, ich bin gerade erst ... ach, vergessen Sie´s.«

»Dann streiche ich ihn pink.«

»Sicher. Wenn Sie demnächst eine Fünfjährige kennenlernen, könnte das Begeisterung auslösen.«

»Kommen Sie doch mal vorbei, und sehen Sie ihn sich an.«

»Warum soll ich mir den Schrank ansehen? Ich hatte ja schon im Laden eingehend Gelegenheit, ihn zu betrachten.«

»Ich könnte uns was kochen.«

Ich ziehe genau eine Augenbraue hoch und sehe ihn müde an.

»Ich kann gut kochen, ich bin Franzose.«

»Elsässer«, korrigiere ich ihn, »und die elsässische Küche ist ja nicht gerade für ihre Raffinesse berühmt. Ich sage nur: *Baeckeoffe*.«

Das ist ein Ofengericht, in das man praktisch alles hineinwirft, was die elsässische *Charcuterie* übrig lässt, einschließlich Schweinefüße.

»Meine Mutter stammt aus dem Burgund. Ich sage nur: Rotwein, Trüffel, *Poulet de Bresse à la Crème*, Champagner, Austern, *Boeuf bourgingnon*, Fischsuppe, *Cuissot d'agneau*, *Poires belle Dijonnaise* ...«

»Ist das die Speiseabfolge?«

»Wenn Sie wollen. Oui!«

Er ist wirklich ein entsetzliches Großmaul. Um all das zu kochen, müsste er tagelang in der Küche stehen. Und ein Vermögen dafür ausgeben.

»Sollen wir schon mal einen Termin für Zwanzigvierzig vereinbaren?«

»Ah non. Nächstes Wochenende.«

»Ich habe nur sonntags frei.«

»Perfekt.«

»Ich denke darüber nach.«

Zum Glück kommen gerade drei Mitarbeiter der Bank gegenüber des Bahnhofs an den *Speisewagen*, die mir Bedenkzeit verschaffen. Zwei ganz junge Männer in Anzug-Uniform und eine etwas ältere Frau im Kostüm. Während ich die Spätzle in das Wasser schabe, höre ich heraus, dass sie die Vorgesetzte der Grünlinge ist. Die beiden tummeln eifrig um sie herum. Zwei Pilotfische, die eine große Meeresschildkröte begleiten, um sie von Hautschmarotzern zu befreien und ihren Abfall zu fressen. Dafür erhoffen sie, bei der nächsten Beförderung in ihrer Gunst zu stehen.

Bald werden sie versuchen, aus dieser Stellung auszubrechen und ihr nach und nach den einen oder anderen Hieb zu versetzen. Diese wird sie verblüfft, aber nicht harsch genug parieren, sodass es immer mehr Hiebe werden, ihre Methoden in der Bank plötzlich als veraltet gelten und die Pilotfische sie schließlich komplett erledigt hinter sich zurücklassen. An der Art, wie sie jetzt noch versucht, sie harsch auf ihre Plätze zu verweisen, erkenne ich, dass sie es bereits weiß. Am unverstellten Staunen der Grünlinge über die Strenge ihrer Chefin zeigt sich, dass sie selbst noch keine

Ahnung haben, wie kaltherzig sie sie bald vom Thron stoßen werden.

Ich schöpfe eine Reihe Spätzle ab, die an die Wasseroberfläche gekommen sind, und rühre das Paprikahuhn in der Pfanne um.

Es ist seltsam, dass der Spitzel mich in seine Wohnung einladen will, nachdem er sich bei Sula und Wolf geweigert hat, seine Adresse preiszugeben. Entweder, sie haben einen *Loverboy* auf mich angesetzt. (Aber warum? Wollen sie an meine Hintermänner herankommen?) Oder er ist ein gestörter Psychopath, der mich in eine Falle locken will. Ich sehe hoch und mustere ihn. Letzteres kann ich mir nicht vorstellen. Oder, und diese Möglichkeit scheint mir gerade die Erschreckendste von allen zu sein, er hat wirklich Interesse an mir.

Sie werden Ihren Antagonisten treffen. Wenn irgendetwas an den Worten der Wahrsagerin stimmen sollte, wenn das wirklich mein Gegenspieler ist, dann sollte ich besonders auf der Hut sein. Denn mehr Gegenspieler als eine Diebin und ein Polizist es sind, ist wirklich kaum vorstellbar.

Ich nehme drei Teller, richte das Essen darauf an, gebe der Vorgesetzten eine deutlich größere Portion, um die beiden Grünlinge zu ärgern, und reiche alles über die Theke hinüber.

Dann bereite ich einen Espresso zu und klettere damit aus dem Bus. Auf dem Weg zum Stehtisch von Monsieur Cool stelle ich bestürzt fest, dass meine Knie butterweich werden. Dass er sein geistloses Grinsen diesmal ausgeschaltet hat und mir fast ein wenig angespannt entgegensieht, macht es leider um einiges leichter, endgültig auf ihn hereinzufallen.

»Gut, ich komme«, sage ich und stelle den Espresso vor ihm ab. Erfreut sieht er mich an. »Aber ich bringe eine Freundin mit.«

Er versucht, die Enttäuschung, die über sein Gesicht huscht, nicht allzu offensichtlich zu zeigen.

»Ich weiß ja nicht, ob Sie vielleicht ein lange gesuchter Serienmörder sind, der seine Opfer stets nach einem französischen Essen erdrosselt.«

»Ich habe bisher nichts von einem Gourmet-Killer gehört.«

»Vielleicht bin ich auch das erste Opfer?«

»Kann es sein, dass Sie wenig Vertrauen in Ihre Mitmenschen haben?«

»Zu zweit oder gar nicht.«

Er überlegt kurz und nickt. »Einverstanden, ich freue mich.«

Dann nimmt er einen Stift und einen Zettel aus der Innentasche seiner Lederjacke und schreibt mir seine Adresse auf. Er wohnt ziemlich einsam. Gut, dass ich nicht allein dorthin fahren muss.

»Übrigens, Vincent«, sagt er und streckt mir seine Hand entgegen.

Mein Handy klingelt.

»Olivia.«

Ich bin froh, dass ich schnell verschwinden kann, und gehe, ohne in seine Hand einzuschlagen, zurück in den Bus.

Es ist Aka. Sie klingt gehetzt.

»Hör zu, Oli, du musst unbedingt kommen!«

»Ist was passiert? Svetlana?«

»Ich kann jetzt nicht darüber sprechen.«

Ich runzle besorgt die Stirn und drehe mich gegen die Wand, damit Monsieur Cool mich nicht hören kann. »Du weißt, dass ich nicht sofort eine Besuchserlaubnis bekomme.«

»Ja«, sagt Aka ungeduldig, »so schnell du kannst eben.«

»Ich sehe, was ich machen kann.«

»Okay. Das ist gut. Bis dann.«

»Pass auf dich auf«, will ich sagen, doch sie hat schon aufgelegt.

Die Kur hat Mama gutgetan. Sie lacht sogar manchmal wieder, aber nicht so übertrieben wie früher, sondern ganz leise und normal. So wie man eben lacht, wenn man gesund ist, kannst du dir vorstellen, wie, Tagebuch?
Wir sind aber trotzdem nach Ungarn gefahren. Für einen richtigen Urlaub haben wir kein Geld. Fast alle in meiner Schule fahren ans Meer, nach Spanien oder Italien, eine sogar in die Karibik. Manche müssen aber auch zum Wandern mit in die Berge. Das ist übel. Nach Österreich oder, wenn man Glück hat, in die Schweiz, mit der man viel besser angeben kann. Sie tun dann so, als ob sie sowieso am liebsten wandern gehen und der Strand sie überhaupt nicht interessiert. Aber wer bitte fährt lieber in die Berge als ans Meer?
Diesmal ist Mama also mitgekommen nach Esztergom. Das war erst komisch, weil die Stimmung zwischen Opa und Mama nicht so gut ist, aber dann wurde es doch noch ein bisschen schön. Wir haben Ausflüge gemacht, Federball gespielt, im Garten gegrillt und im alten Holzzuber von Oma und Opa gebadet. Der Sommer in Ungarn ist ganz anders als bei uns. Hier ist es heiß und klar, nicht so feucht und schwül wie bei uns. Die Luft steht über den Feldern und flirrt, die Erde ist ganz hell und ausgedörrt.
Ich habe gemerkt, dass Opa bald ein bisschen nervös geworden ist, weil er mir ja wieder was beibringen wollte. Aber Mama hat eh nicht so lange Urlaub gehabt und musste nach drei Wochen wieder zurück in ihr Büro.
Aber trotzdem war Opa immer noch nervös. Er hat immer in die Zeitungen geguckt und den Kopf geschüttelt und »Die Dummköpfe!« gesagt und »Die werden sich noch wundern!«.
Wen er damit meinte, habe ich da noch nicht verstanden.

Eines Morgens sagte er dann plötzlich am Frühstückstisch: »Wir machen es trotzdem.«
Dann hat er mich angesehen, Großmutter angesehen und hat gesagt: »Es wird Zeit, dass du erfährst, wer wir wirklich sind.«
Oma hat ein bisschen erschrocken geguckt, aber dann versucht, ganz tapfer zu lächeln.
»Ich habe dich nun eine ganze Weile geprüft. Manchmal habe ich dich ein wenig hereingelegt, manchmal habe ich es dir schwer gemacht, manchmal dafür zu leicht. Das meiste hast du mit Bravour gemeistert.« (Ich musste erst mal nachschlagen, wie man das Wort Bravour schreibt, das habe ich noch nie gehört.)
»Und ich denke daher, dass du geeignet bist, die ehrenwerte Tradition unserer Familie fortzuführen. Zunächst einmal muss ich dich warnen. Die Leute werden sagen, das, was du tust, wäre nicht ehrenwert. Aber sie lügen. Denn wir sorgen dafür, dass die Welt ein kleines bisschen gerechter wird, indem wir denen etwas wegnehmen, die viel zu viel an sich gerafft haben.«
Opa hatte fast Schaum vor dem Mund, als er endlich fertig war.
»Wir sind also Diebe«, habe ich es auf den Punkt gebracht. Denn wenn man jemand anderem etwas wegnimmt, was ist man dann? Ein Dieb!
»Nein, wir sind Hüter der Gerechtigkeit.«
»So jemand wie Robin Hood?«
Opa dachte kurz nach. »Ja, das kann man sagen.«
Opa mag es immer, wenn alles ein bisschen dramatisch klingt. Ich glaube, er wäre auch ein guter Schauspieler geworden oder jemand, der Theaterstücke schreibt. Oma habe ich angesehen, dass sie es auch ein wenig übertrieben fand.
Dann sagte Opa: »Heute fahren wir in die Stadt, und du wirst zum ersten Mal direkt an der Umverteilung des Reichtums mitarbeiten.«

»Das heißt, wir nehmen heute den Reichen etwas weg und geben es den Armen?«
Da druckste Opa ein bisschen herum. Die Einnahmen seien noch nicht hoch genug, um alles gleich wieder wegzugeben, das sei nicht so einfach mit den Armen und was Leute halt so sagen, wenn sie nicht zugeben wollen, dass man sie bei einer Heuchelei ertappt hat. Ich weiß doch von Oma, dass Opa in Wirklichkeit ein Luxus-Kommunist ist.
Und ich habe mir in diesem Moment vorgenommen, dass ich das ganz anders machen werde.

Dann sind wir nach Budapest gefahren, und es wurde wieder nichts mit meiner Einführung in die Umverteilung des Reichtums. Denn die Welt hatte mit uns etwas ganz anderes vor an diesem Tag.
Wir liefen an der Straße mit den vielen stinkenden Autos entlang, die zu dem schönen Café Hungaria führt, in dem wir beim ersten Mal schon waren. Ich war sehr aufgeregt, denn ich freute mich darauf, endlich echte Aufgaben zu bekommen.

Ich konnte ja nicht wissen, dass in der Zwischenzeit ganz viele Leute aus der DDR in die Botschaft von Budapest geflohen waren, weil sie nicht mehr in ihrem Land leben wollten. Und dass genau darüber Opa den Kopf geschüttelt hatte, als er davon in der Zeitung gelesen hatte.
Ich schnatterte also herum (sagte Opa) und zählte ihm auf, welche herrlichen Leckereien ich mir gleich im Café bestellen würde: Dobos-Torte, Kastanienpüree mit Schlagsahne, Gundel-Palatschinken ...
Da kam plötzlich eine Frau aus einem dunklen Hofeingang auf uns zu.
»Können Sie uns helfen, bitte? Ich habe gehört, dass Sie deutsch sprechen.« Sie zitterte und zeigte auf einen Mann und einen Jungen, die im Hof warteten und zwei Koffer neben sich abgestellt hatten. Der

Junge war ein paar Jahre jünger als ich, vielleicht neun. Opa tat so, als ob er nichts verstehen würde, und ging weiter. Er mag die Deutschen nicht, außer mir natürlich. Das kommt vom Krieg, erklärte Oma später, als ich es ihr erzählte.
Doch die Frau hatte genau gehört, dass er mit mir deutsch gesprochen hatte, und sagte noch einmal: »Helfen Sie uns, bitte!«
Ich hielt Opa am Zipfel seines Jacketts fest, und so musste er doch stehen bleiben.
»Was ist denn?«, fragte er mürrisch die Frau.
»Wir sind geflüchtet, aus der DDR, und wissen nicht, wohin.«
»Gehen Sie doch in die Botschaft, dort sind doch Ihresgleichen«, sagte Opa immer noch mürrisch.
»Sie ist voll. Sie nehmen keine Flüchtlinge mehr auf.«
»Dann gehen Sie doch zurück«, knurrte Opa.
Ich fand das ganz schön unverschämt. Oma hat mir später erklärt, dass diese Leute alle aus dem Kommunismus wegwollen, den Opa doch so wichtig findet. Auch wenn er noch nicht perfekt ist.
»Wir können nicht zurück«, sagte die Frau und fing an zu weinen, »da werden wir sofort eingesperrt. Wir haben alle Zelte hinter uns abgebrochen.«
»Warum gehen Sie nicht in ein Hotel?«, fragte Opa schon milder.
Da kam der Mann aus dem Hintergrund zu uns und schob dabei seinen Sohn vor sich her.
»Die haben überall ihre Spitzel. Da sind wir nicht sicher.«
Opa dachte nach. Der Junge sah uns aus großen blauen Augen an. Die Frau weinte immer noch.
»Nun gut. Ich bringe euch zu Agnes. Aber nur, wenn sie was freihat.«
»Danke, danke«, sagte die Frau und versuchte, Großvaters Hand zu nehmen. Doch er schüttelte sie ab. So weit ging es doch nicht, dass er die Verräter des Kommunismus umarmen wollte.

Dann hielt er ein Taxi an, sagte schroff »Das zahlen Sie«, und wir fuhren in einen nicht so schönen Stadtteil von Budapest, wo es riesige Hochhäuser gibt. Ich musste auf Opas Schoß sitzen, weil es nicht genug Platz im Auto gab.

Unterwegs sah Opa das Ehepaar immer wieder warnend an: »Wenn Sie das nicht bereuen, wenn Sie das mal nicht bereuen.«

Der Mann und die Frau sagten nichts, sondern starrten vor sich hin, und die Frau klammerte sich an ihrem Sohn fest.

Als wir angekommen waren, klingelte Opa an einem der Hochhäuser, nannte seinen Namen, und die Tür öffnete sich. Wir mussten zu Fuß mit den ganzen Koffern in den siebten Stock steigen, weil der Fahrstuhl kaputt war.

Das Treppenhaus war sehr schmutzig, und es roch nach eingelegtem Kohl. Oben öffnete uns eine Frau, die etwas jünger war als Opa. Sie hatte ein Tuch wie einen Turban um den Kopf geschlungen, ein kühnes Profil und trug eine geblümte Schürze. Sie sah auf die drei Leute, dann auf ihre Koffer und sagte nur: »Schon wieder welche.«

»Hast du noch was frei?«, fragte Opa.

»Ein Zimmer habe ich noch. Aber das wird nicht billig.«

Die Frau aus der DDR griff in ihre Tasche, holte eine Brieftasche heraus, die mit Scheinen vollgestopft war. »Wir haben Geld.«

Die Frau öffnete die Tür, und wir gingen alle in die Wohnung. Sie war sauber, aber sehr eng. Das Paar und der Junge bedankten sich bei Opa, verschwanden gleich in dem winzigen Zimmer und legten sich hin. Sie hatten seit zwei Nächten nicht richtig geschlafen.

Opa und ich setzten uns zu der Frau in die Küche. Sie schenkte mir einen eklig klebrigen Sirup ein und Opa ein Glas Pálinka.

»In kleinen Mengen eine Medizin, in größeren ein Allheilmittel«, sagte Opa und kippte den ganzen Schnaps auf einmal hinunter.

Dann redeten die beiden auf Ungarisch miteinander. Es war todlangweilig. Ich bin fast eingeschlafen.
Nur einmal bin ich wach geworden, da sagte Agnes plötzlich auf Deutsch: »Die Leute aus der DDR haben sich immer alles gefallen lassen. Nicht wie wir stolzen Ungarn, die einen Aufstand gegen die Russen gemacht haben.«
Das sagte sie extra laut, damit die Leute es in ihrem Zimmer auch hörten. Opa nickte nur und bekam einen weiteren Pálinka.
Das fand ich ganz schön gemein.
Als Agnes Opa das dritte Glas einschenkte, war klar, dass ich heute auch nicht mehr ins Café Hungaria kommen würde. Ade schöne Torte und Leckereien. Ade Tradition der Familie Szabó. Ade Umverteilung des Reichtums.

Zwanzig

Das ist kein Gast.

Es ist früher Mittag, und ich stehe gedankenverloren im Bus, rühre sanft in der Suppe, damit sie sich nicht am Boden des Kessels festsetzt, und sinniere über die Begebenheiten der letzten Tage nach. Je nachdem, woran ich gerade denke, lösen diese Ereignisse verschiedenste Gefühlslagen in mir aus: *Die Rettungsboje ist aus dem Koma erwacht* (Bedrohung), *Aka braucht meine Hilfe* (Sorge), *Ich bin bei Monsieur Cool zum Essen eingeladen* (Freude, Misstrauen, nein Freude, nein Panik).

Dabei beobachte ich mit einem Auge den Platz, sehe ihn kommen und stufe ihn sofort als Nicht-Gast ein. Meine Gäste schreiten nicht so entschlossen über den Bahnhofsvorplatz, um etwas zu Ende zu bringen, was sie sich zuvor vorgenommen haben.

Meine Gäste schlendern langsam daher, studieren die Ankündigung auf dem Aufsteller, horchen in ihre Eingeweide hinein, ob der bloße optische Reiz der Namen, *Palatschinken*, *Szegediner Gulasch* oder *Sztrapacska* (und die entsprechende Übersetzung) dort einen Hungerreiz auslösen.

Danach erst sehen sie auf den Preis. Ich muss das Kunststück vollbringen, dass dieser genau im richtigen Verhältnis zu dem Gericht steht, das ich anbiete. Ist der Preis zu hoch, fürchten sie, dass die Portion zu klein ist, da es sich um eine gehobene Küche handeln könnte. Ist der Preis zu niedrig, vermuten die Kunden eine schlechte Qualität der Zutaten und gehen wieder.

Ich habe daher nach einigen Wochen der Gästebeobachtung meine eher niedrigen Preise leicht angehoben und verkaufe seitdem seltsamerweise mehr.

Wenn Hungerreiz und Preisabgleich der Gäste positiv beschieden wurden, kommen sie meist entschlossenen Schrittes zu mir. Aber eben erst hinter dem Schild und nicht davor.

Der Gast, der sich so schnurstracks meinem *Speisewagen* nähert, bleibt nicht einmal stehen, um die Schrift auf dem Aufsteller zu entschlüsseln: *Halászlé*, die berühmte ungarische Fischsuppe. Dazu gibt es selbst gebackenes, lauwarmes Maismehlbrot und, wie fast immer, einen Klecks Sauerrahm.

Ich setze mein breitestes Köchinnenlächeln auf und warte gespannt, bis der Herr an den Bus heranstolziert ist.

»Guten Tag, Kolkmann, Gesundheitsamt. Uns liegt eine Meldung vor, dass die geltenden Hygienevorschriften bei Ihnen nicht eingehalten werden.«

Trimethylaminoxid.

Ich versuche, ein möglichst harmloses Gesicht aufzusetzen.

»Ach so. Das wundert mich aber sehr. Wie Sie sehen, ist hier alles blitzblank«, sage ich möglichst gelassen.

Doch mein Herz schlägt dabei wie ein Stahlhammer gegen die Rippen. Was ist, wenn mein Bus geschlossen würde? Selbst wenn es nur für eine Weile wäre, könnte ich es mir kaum leisten.

»Uns wurde mitgeteilt, dass hier erhebliche Verstöße gegen Paragraf 12 Absatz 1b vorliegen, und zwar am …« Er holt eine Mappe aus seiner Tasche, schlägt sie auf, nestelt umständlich ein Brillenetui aus der Innentasche seines Jacketts, setzt seine Lesebrille auf die vorderste Stelle seiner Nase (ich würde gern sagen, seiner »spitzen Nase«, aber ich muss zugeben, dass das Geruchsorgan des Kontrolleurs völlig normal und über jeden Verdacht erhaben ist, auf eine pedantische Persönlichkeit hinzudeuten) und nennt das Datum, an dem mein angebliches Vergehen gemeldet wurde.

Dann nimmt er die Brille ab und sieht mich strafend an.

»Was wird mir zur Last gelegt?«, frage ich mit trockener Kehle.

»Sie sollen ...«, Herr Kolkmann hält erneut die Lesebrille vor die Augen und sieht in das Formular, »verschimmelte Lebensmittel verarbeitet haben. Die beiden Kundinnen mussten sich in ärztliche Behandlung begeben.«

»Ach, das«, atme ich erleichtert aus, »das war meine Freundin.« Vielen Dank, Sugar, denke ich, das hast du ja großartig hingekriegt.

»Sie geben also zu, dass an Ihrem Imbiss verschimmelte Ware verarbeitet wird? Und das von Personen, von denen uns, meines Wissens, kein Gesundheitszeugnis vorliegt?« Der Kontrolleur wühlt halbherzig in seinen Unterlagen, findet aber erwartungsgemäß nichts.

»Nein, nein, Sugar ist keine Mitarbeiterin, sie ist nur Prostituierte. Sie kennen sie vielleicht? Eine Große, Schwarze, stadtbekannt.«

»Sie beschäftigen eine ... *Räuspern* ... Dame des Gewerbes an Ihrem Imbiss?«

»Nein. Ich beschäftige überhaupt niemanden. Und mein Essen ist einwandfrei.«

Ich schöpfe eine große Kelle Fischsuppe in einen Teller, gebe Sahne und Kräuter oben darauf und lege ein Maismehlbrot daneben.

»Probieren Sie!«

Ich sehe, dass der Magen von Herrn Kolkmann einen Hungerreiz aussendet, doch seine Hände schieben den Teller kategorisch von sich.

»Das wäre ja Bestechung!«, gibt er sich empört.

»Sehen Sie, das war so ...« Ich erzähle ihm, wie Sugar die kleinen Food-Bloggerinnen reingelegt hat, amüsiere mich bei der Erzählung noch einmal köstlich, er hört mit gestrenger Amtsmiene zu und schielt immer wieder auf den Teller, der nun in einiger Entfernung vor ihm steht und aus dem ein herrlicher Geruch zu ihm hinüberweht.

»Bitte, überzeugen Sie sich selbst, dass meine Waren nur von allerbester Qualität sind. Das hat mit Bestechung überhaupt nichts zu tun. Eher mit einer ... einer Amtsbegehung.«

Ich schiebe den Teller wieder zu ihm hin, sodass ihm der Geruch direkt in die Nase steigt und dort an der Aufweichung seiner Standhaftigkeit arbeitet.

»Sie haben also nie mit verschimmelter Ware gekocht?«

»Das würde ich niemals tun! Alles nur ein kleiner Witz meiner Freundin auf Kosten der armen Mädchen.«

Herr Kolkmann schreibt in sein Formular und spricht laut mit: »Überprüfte Person bestreitet vehement, jemals verschimmelte Ware an ihrem Imbiss angeboten zu haben.«

»Genau so ist es!«

Er legt den Kopf schief und sieht mich an. Ich versuche, dominant und entschieden zu wirken.

»Ja, wenn das so ist«, sagt er, »dann muss ich mich wohl selbst davon überzeugen, dass Ihr Angebot einwandfrei ist. Sozusagen von Amts wegen.«

»Unbedingt«, antworte ich. Ich schiebe ihm Besteck hin, und er beginnt sofort zu essen. Ich atme innerlich auf.

Genüsslich beißt Herr Kolkmann nach einigen Löffeln Suppe ein Stück Maisbrot ab und murmelt mit vollem Mund: »Aber wenn ich schon mal hier bin, kann ich gleich noch ein paar andere Vorschriften überprüfen.« Er schluckt den Maismehlklumpen herunter. »Wo ist denn die Personaltoilette?«

»Wie gesagt, ich beschäftige kein Personal. Und ich verrichte meine Notdurft in der Bahnhofstoilette. Das war auch bei meinem Vorgänger schon so vereinbart und genehmigt.«

»Mh, mh«, sagt er kauend und macht ein paar Notizen auf dem Formular.

»Wie sieht es mit dem Dunstabzug über der Grillstelle aus?«

»Wie Sie sehen, ist dies keine Würstchenbude, sondern ein Food-Truck der gehobenen Kategorie. Ich koche hier ja nicht, ich wärme nur auf.« Das stimmt nicht ganz, aber man muss ja keine schlafenden Kontrolleure wecken.

»Mh, mh«, sagt er wieder und schreibt: »kein Dunstabzug, gehobene Kategorie, kocht nicht.«

»Und wie sieht es mit der Warmwasserversorgung am Handwaschbecken aus?«

»Alles bestens. Sehen Sie?«

Ich verdrehe verstohlen die Augen, lasse den Wasserhahn laufen, und nach einer Weile steigt knallheißer Dampf über dem Becken auf. In mir drin kocht es mindestens genauso, doch ich habe im Gefängnis gelernt, dass man in solchen Momenten den Mund halten muss, seien die Anweisungen auch noch so absurd. Denn wenn ich jetzt eine Diskussion über den Widersinn seiner Fragen anfache, wird er sich noch viel mehr Mühe geben, mir das Leben schwer zu machen.

»Mh, mh«, sagt Herr Kolkmann und notiert wieder etwas.

Dann schweigt er endlich und isst wieder. Mit einem Ausdruck der Zufriedenheit löffelt er seine Suppe komplett aus. Gutes Essen könnte Kriege verhindern.

Nachdem er fertig ist, klappt der Kontrolleur seine Mappe zusammen, schiebt mir den Teller hinüber und sagt: »Also ich sehe jetzt auch keine gröberen Verstöße gegen die Hygienevorschriften. Aber da steht Aussage gegen Aussage. Ich werde Sie wegen der Anzeige natürlich im Auge behalten müssen. Gelegentlich. Gerade am Anfang.«

»Natürlich«, antworte ich erschöpft, »jederzeit.«

Trimethylaminoxid.

Da ist er also: mein neuer Parasit von Amts wegen.

»Gut, dann auf Wiedersehen.«

»Auf Wiedersehen«, würge ich hervor und glaube, an diesem Einverständnis fast ersticken zu müssen.

Herr Kolkmann nimmt seine Tasche, will sich gerade davonmachen, da dreht er sich doch noch einmal um. »Ach so, ich bräuchte dann noch eine Quittung, wegen der Spesenabrechnung.«

Das ist wirklich das Unverschämteste, was mir bisher vor den *Speisewagen* gekommen ist. Ich nehme unwillkürlich den Kochlöffel in die Hand und ertappe mich bei alarmierenden Gewaltfantasien, die unter anderem filetieren, aufspießen und braten beinhalten. Meine Fingerknöchel verfärben sich weiß vor lauter Zorn.

Da nimmt mein neuer Parasit seine Geldbörse aus der ausgebeulten hinteren Hosentasche seiner Anzugshose, legt einen Schein auf die Theke und sagt: »Es war wirklich ausgezeichnet. Danke, stimmt so.«

Ich lasse den Kochlöffel los, fülle eine Quittung über zehn Euro aus und reiche sie beschämt zu ihm hinüber. Herr Kolkmann nickt mir schelmisch grinsend zu und geht.

Die Lektion dieser Begegnung ist: Auch wenn man immer das Schlechteste von Leuten erwartet, sollte man stets eine kleine Luke offen lassen, um am Ende doch durch das Gute überrascht werden zu können.

Als der Kontrolleur aus meinem Blickfeld verschwunden ist, nehme ich mir ebenfalls einen Teller Suppe und genieße die beruhigende Wirkung einer warmen Mahlzeit.

Die Fischsuppe besteht aus Karpfen, Hecht, Zander und Schill. Die Fische habe ich am Morgen auf dem Großmarkt erstanden und dort gleich entschuppen und ausnehmen lassen.

Dazu habe ich natürlich Paprika und Tomaten klein geschnitten, zusammen mit Zwiebeln und Knoblauch angebraten, mit Grauburgunder und Fischfond abgelöscht und mit Paprikacreme, Salz, Pfeffer und gemörserter Fenchelsaat abgeschmeckt. Die Fischstücke werden dann nur noch in den ziehenden Sud gegeben und saugen die Aromen begierig in sich auf.

Ich werde nie verstehen, wie sich Menschen aus reiner Bequemlichkeit von kalten Broten oder vielleicht aus grundsätzlichen Überlegungen heraus nur von Rohkost ernähren können. Selbst im Sommer brauche ich innere Wärme. Rohköstler argumentieren häufig, dass die Menschen vor der Steinzeit nur ungekochte Nahrung zu sich genommen haben und dies demnach die gesündeste Ernährungsform sei.

Dabei vergessen sie jedoch, dass diese Menschen gerade einmal dreißig Jahre alt wurden, wenn sie nicht schon vorher bei einer schwierigen Geburt dahinschieden oder von einem Riesenfaultier zertrampelt wurden. Und dass sie das Vielfache an Energie, das sie benötigten, um ungekochte Nahrung zu verdauen, besser in die Entwicklung ihres Gehirns hätten investieren können, wie es geschah, als die Menschen später gekochte Nahrung zu sich nahmen.

Wenn man so will, macht eine gute Mahlzeit also schlau. Die meisten zumindest. Bei meinem kleinen Parasiten Viktor gilt dies vielleicht nicht. Gegen die hirnerweichende Wirkung von jugendlichem Drogenmissbrauch kommt vielleicht noch nicht einmal eine warme Mahlzeit an.

Als ich gerade meine, für heute noch einmal davongekommen zu sein, nähert Viktor sich von hinten dem Bus, sodass ich nicht auf sein Kommen vorbereitet bin. Ich löffle zufrieden den letzten Rest Suppe aus, da grölt er auch schon los: »Lass noch was übrig, ich bin auch noch da!«

Vor Schreck fällt mir der Löffel in den Teller, und ich bespritze mich mit Suppe. Paprikarote Flecken breiten sich auf meinem weißen Shirt aus. Es sieht aus, als ob ich doch gerade den Kontrolleur gekillt hätte. Ich versuche schnell, sie mit einem Lappen abzuwischen, was das Ganze nur noch schlimmer macht.

»Das hast du ja großartig hingekriegt. Danke!«

»Ich kann doch nichts dafür, wenn du so tollpatschig bist! Was gibt's denn heute? Mhm, Fischsuppe.«

Ich werfe ihm einen vernichtenden Blick zu, nehme einen Teller, mache ihn randvoll, gebe Sahne darauf und stelle ihn mit einem Maisbrot auf die Theke.

Viktor greift sofort danach und beginnt direkt an der Theke damit, sie derart geschwind in sich hineinzulöffeln, dass er sich mehrfach die Zunge verbrennt. Interessant, dass er auch nach mehreren Malen Zungenbrand nichts daraus lernt. Es gibt schönere Anblicke in unserer wunderbaren Welt der Phänomene.

»Du willst doch sicher wissen, was mit der Uhr ist und was ich über den Lieberknecht herausgefunden habe.«

Ich drehe mich betont langsam zur Spüle und beginne, den Teller des Kontrolleurs abzuwaschen. Parasit Viktor soll bloß nicht denken, dass er irgendeine Form von Macht über mich ausüben kann.

»Willst du es nun wissen oder nicht?« Der leicht aggressive Unterton verrät wieder einmal, dass Viktor einfach keine Nerven hat.

»Sicher. Deshalb habe ich dich doch losgeschickt. Oder nicht?«

»Gut. Du erinnerst dich doch auch daran, dass ich mir etwas überlegen wollte, zur Bezahlung.«

»Übernachten geht gar nicht.«

»Schon klar, schon klar«, gibt Viktor sich verständnisvoll. »Ich habe mir was anderes ausgedacht.«

Ich drehe mich um und mache mich innerlich auf etwas überaus Unangenehmes gefasst.

Viktor legt zwei Finger in den Mund. Ein schrilles Pfeifen ertönt. Sofort kriechen hinter dem *Speisewagen* zwei üble Zeitgenossen hervor und kleben sich neben ihm an der Theke fest.

Trimethylaminoxid.

Der männliche Part der beiden trägt eine olivbraune Camouflagehose, in deren großer Oberschenkeltasche eine Flasche Schnaps steckt, ein ungewaschenes Jeanshemd und einen zu kleinen Hut, welcher hinten die Sicht auf einen dünnen Pferdeschwanz freigibt.

Seine Gefährtin mit faserig blondem Dünnhaar hat sich für

verlebte Jeans entschieden, die nicht aus modischen Gründen zerrissen sind, dazu eine abgewetzte schwarze Motorradlederjacke voller Sicherheitsnadeln, von denen schwere Silberketten bedrohlich herabbaumeln.

Beide sind nicht allzu sehr dazu geeignet, die Rolle des sympathischen Schwiegersohns oder der Schwiegertochter in einer Nachmittags-Daily-Soap zu übernehmen. Von ihnen geht eine üble Geruchsmelange aus Zigaretten, billigem Schnaps und mangelnder Waschgelegenheit aus. Mir ist sofort klar, dass sie ihr Geld mit Kleinkriminalität und Drogendeals verdienen.

Viktor bugsiert die beiden an einen Stehtisch.

»Das sind meine Kumpel Ronja und Smokey«, erklärt er und zeigt zunächst auf die Motorradjackenträgerin, dann auf den Camouflagehosenträger. »Sie haben Hunger.«

»Auf keinen Fall«, sage ich bestimmt, »da bleibt mir meine Kundschaft weg.«

Viktor kommt an den Wagen, legt sein eindringlichstes Quengelgesicht auf und flüstert: »Oli, ich hab Schulden bei den beiden, bis zur Decke, das kannst du nicht machen.«

Trimethylaminoxid.

Meine Kehle schnürt sich zu, und ich bekomme keine Luft mehr.

»Kann ich doch. Ich hab dir gesagt, dass ich mit der kriminellen Szene nichts mehr zu tun haben will.«

»Sie kommen ja nur zum Essen, Oli.«

»Genau das ist es, was mich stört. Und hör mit deinem dämlichen *Oli* auf! Damit kochst du mich auch nicht weich.«

»Die sind echt harmlos.«

»Wenn sie so harmlos wären, müsstest du ja keine Angst vor ihnen haben.«

Viktor überlegt. »Und wenn ich Informationen hätte, die sehr interessant für dich wären?«

Ich sehe mir die beiden Erdenbürger am Stehtisch noch einmal von oben bis unten an. Sie sehen schlicht aus, aber tatsächlich nicht schlicht UND gewalttätig, was die gefährlichere Mischung wäre. Kleine Fische, die im Meer der großen Raubtiere mitschwimmen wollen, dabei aber nur das Wasser trüben. Die ganz großen Deals finden ohne sie statt.

»Also gut: aber nur abends und einmal pro Woche.«

Viktor grinst und geht zu den beiden, um ihnen die neue Sachlage schmackhaft zu machen. Ich befülle in der Zwischenzeit zwei Suppenteller, gebe als Spezialzutat großzügig eine Portion eigens für derartige Zwecke zubereiteter *Jamaican Hot Chili Sauce* hinein, rühre gut um und stelle sie gespannt auf die Theke.

An den Gesichtern von Smokey und Ronja lässt sich inzwischen ablesen, dass sie mit Viktors Deal nicht ganz einverstanden sind. »Das sehen wir dann noch. Wenn sie euch erst mal kennt«, versucht Viktor sie leise murmelnd zu beschwichtigen. Er glaubt, ich kann ihn nicht hören.

Beflissen kommt er schließlich an die Theke, nimmt die Teller, stellt sie vor die beiden auf den Stehtisch und eilt erneut herbei, um Brot und Besteck zu holen.

»Gibt's hier keine Burger? Ich dachte, hier gibt es Burger«, nölt Ronja beim Anblick des Gerichts. Sie verzieht den Mund wie ein Kind, das Spinat hasst, gerade aber einen riesigen Teller vor sich stehen hat.

Smokey rührt seinerseits lustlos in der Suppe. »Da ist ja gar kein Fleisch drin.«

»Das ist eine Fischsuppe«, gebe ich stirnrunzelnd zu bedenken.

»Das sehe ich!« Ronja wirft mir einen windigen Blick zu, taucht den Löffel in die Brühe und probiert.

»Ich nehm 'n Bier dazu!«, meldet Smokey sich zu Wort und beginnt ebenfalls zu löffeln.

Ich reiche zwei Gläser Wasser hinüber. »Alkohol schenke ich gar nicht aus!«

Vorwurfsvoll dreht Smokey sich zu Viktor. »Du hast gesagt, das wär ein echt cooler Laden.«

Viktor zuckt mit den Schultern und sieht einer kleinen Wolke hinterher. Die beiden löffeln weiter. Das Gesicht der Lederjacken-Trulla beginnt bereits, sich leicht zu verfärben. Die *Jamaican Hot Chili Souce* hat eine Schärfe von einhundert- bis zweihunderttausend Einheiten auf der Scoville-Skala. Da hat sie noch Glück, denn ich wollte eigentlich eine Sauce aus Habaneros von der Halbinsel Yucatán zubereiten. Diese Chilis erreichen je nach Sorte bis zu fünfhundertsiebenundsiebzigtausend Einheiten. Doch ich habe sie in keinem Geschäft der Stadt bekommen.

»Scheiße, ist das scharf!«, stöhnt Ronja.

»Ja, verdammt«, stimmt ihr Kollege zu und greift nach dem Wasserglas. Damit macht er genau das Falsche. Wasser verteilt die Schärfe in seinem Rachen, woraufhin Smokey folgerichtig zu röcheln beginnt. Er hätte besser in das Maisbrot beißen sollen.

»Echt jetzt? Ich fand es gar nicht so scharf.« Viktor guckt mich verwundert an. Ich hebe ratlos die Hände und senke die Lider stoisch auf Halbmast.

»Das Schärfeempfinden der Menschen ist sehr unterschiedlich. Empfindliche Naturen vertragen gar nichts, andere eine ganze Menge.«

Die beiden Compañeros der Vorstadt löffeln tapfer weiter, um sich nur keine Blöße zu geben. Beide sind schon sehr rotgesichtig.

Kleine Schweißtropfen rinnen ihre Stirn herab und tropfen in die Suppe. Das verdünnt sie vielleicht ein wenig, hilft ihnen gegen die höllische Schärfe aber auch nicht weiter. Dennoch versichern sie sich beide gegenseitig, wie lecker es schmeckt, und löffeln lahm weiter. Wenn ich es nicht besser wüsste, könnte man meinen, es trete ihnen nun Pulverdampf aus den Ohren.

Wären sie schlicht und gewalttätig, würde diese Aktion einen ganz anderen Verlauf nehmen. Aber offensichtlich sind sie harmlos und sehr hungrig und wollen sich auf keinen Fall blamieren. Gelegentlich wedeln sie verstohlen vor ihren Mündern herum.

Als sie tapfer fertig gelöffelt haben, bietet Viktor ihnen noch einen Nachschlag an, den sie vehement und unter Verweis auf ihre bereits übervollen Mägen ablehnen. Ich muss mich sehr anstrengen, mir mein Lachen zu verkneifen. Immer wieder bin ich verwundert, wie friedfertig Menschen doch durch eine schmackhafte Mahlzeit werden können. Smokey und Ronja bringen sogar brav ihre Teller an die Theke und bedanken sich artig.

»Hat es geschmeckt?«, frage ich scheinheilig.

Die beiden sehen sich an. Sehen mich an.

»Ja, echt super!«, sagt Ronja rotäugig.

»Gar nicht sooo scharf«, presst Smokey hervor.

»Nee, gar nicht« bestätigt Ronja, »wenn man mal dran gewöhnt ist. Fast zu lasch.«

»Also, bis zum nächsten Mal«, sage ich und räume die Teller in die Spüle.

»Jederzeit. Gern«, sagen beide wie aus einem Mund.

Dann sind sie so schnell verschwunden, dass ich mich kurz darauf frage, ob sie überhaupt jemals da gewesen sind oder nur eine Sinnestäuschung waren. Ich bin mir sicher, sie kommen nicht wieder.

Viktor schiebt seine Hüfte triumphierend an die Theke heran. »Hast du gesehen, wie zufrieden die geschmatzt haben? So was Gutes ist denen schon lange nicht mehr unter die Filzpappe gekommen. Ich meine im übertragenen Sinne, beide haben ja keinen Schnäuzer, also Ronja schon ein bisschen Damenbart, hast du ja gesehen, nicht? Und Smokey hat ja auch so'n Ziegenbärtchen. Die futtern doch sonst nur Döner und so ein Zeugs und hauen sich dazu zwei Bier hinter die Kiemen und kippen sich danach ...«

»Viktor!« Ich sehe ihn streng an. »Ich habe meinen Teil der Abmachung erfüllt, jetzt bist du dran.«

Viktor lehnt sich zurück und schlägt ein Bein unter das andere. »Mit einem Cappuccino plaudert es sich entschieden leichter.«

Ich ziehe bedrohlich meine rechte Braue hoch, drehe mich aber zur Kaffeemaschine und erfülle ihm seinen Wunsch, bevor ihm auffällt, dass er seine zwei Gläubiger immer noch am Hals hat.

Als er erneut den halben Zuckerspenderinhalt in seinem Cappuccino versenkt und ihn ausgiebig durchgerührt hat, kommt er endlich auf den Punkt.

»Also: Ich war wieder bei meiner Lieblingskrankenschwester und habe mich erkundigt, wie es meinem geliebten Bruder Adi geht. Das wäre beinah schiefgegangen. Aber mach dir keine Sorgen, ich hab die Situation natürlich gemeistert.«

Er nimmt einen Schluck Cappuccino und zieht besorgt die Stirn zusammen.

»Als ich da nämlich vor dem Stationszimmer stehe und genau das frage, sagt die Schwester: Das können Sie selbst beurteilen, kommen Sie mit.«

Viktor schüttelt sich in der bloßen Erinnerung an seinen vormaligen Schrecken.

»Und da stand ich dann plötzlich im Krankenzimmer.«

»Du bist mitgegangen?«, frage ich entsetzt.

»Was hätte ich denn tun sollen?«

»Was weiß ich? Sagen, dass du einen wichtigen Termin hast oder ihr euch schon im Sandkasten immer um die Förmchen geprügelt habt, oder so was.«

Viktor neigt den Kopf. »Das ist leicht gesagt, wenn man hier am Imbiss steht. Aber die Schwester war ziemlich hübsch und so ein bisschen streng, weißt du. Das mag ich ja, dieses leicht Gouvernantenmäßige ...«

»Viktor! Komm auf den Punkt!« Natürlich mag Viktor strenge Frauen, weil er hofft, dass sie sein chaotisches Dasein in Ordnung bringen. Aber das interessiert mich jetzt überhaupt nicht.

»Jedenfalls stand ich dann da im Zimmer. Der Lieberknecht hatte seine Augen zu und war bleich wie eine Konfirmationskerze. Unglaublich bleich. Die Schwester ist gleich wieder raus, einen Infusionsständer holen. Also hab ich mich ein bisschen im Zimmer umgesehen. Kann ja nicht schaden, dachte ich.«

»Gut. Und?«

»Und plötzlich, als ich gerade guck, was er so sonst auf dem Nachttisch liegen hat, und mich so halb über ihn beuge, weil der Nachttisch an der Wand steht, also auf der anderen Seite des Bettes, wenn man da so steht ... *(enervierter Blick von mir)* ... da reißt der die Augen auf und glotzt mich direkt an.«

Viktor reißt die Augen auf und glotzt mich direkt an. »So!«

Ich zucke zurück und knalle mit der Hüfte gegen die Ecke der Spüle. »Au! Hat er was gesagt?«

»Nö!«

»Hast du ihm die Armbanduhr gegeben?«

»Da habe ich jetzt nicht dran gedacht. Du musst ja erst mal die ganzen Informationen verarbeiten, die so ein Intensiv-Krankenzimmer liefert.«

Ich fasse mir stöhnend an den Kopf. »VIKTOR!«

Viktor bläst seine Backen auf und lässt die Luft geräuschvoll wieder entweichen.

»Da kam auch schon wieder die Schwester ins Zimmer und sagte, mein Bruder bräuchte jetzt Ruhe. Die Werte seien im Keller.«

»Und für diesen Pfusch soll jetzt ich deine Zecken durchfüttern?«

»Mein Gott. Nun sei doch nicht so spießig. Hin und wieder ein Teller Suppe ...«

»Gib die Uhr wieder her, ich bringe sie selbst hin!« In kalte Wut getaucht, strecke ich meine Hand aus.

»April, April! Du hast echt geglaubt, dass ich die Uhr vergessen habe?« Viktor krümmt sich vor Lachen. »Natürlich habe ich die sofort, als die Schwester draußen war, auf den Nachttisch gelegt! Reingefallen!«

Ich schüttle den Kopf und drehe mich zum Spülbecken. So viele Teller kann ich gar nicht abspülen, um mich zu beruhigen. Außerdem waren bisher kaum Kunden da, die Teller hätten schmutzig machen können. Viktor und seine Freunde vertreiben mir eindeutig die Kundschaft.

»Gut. Aber sonst hast du ja nicht gerade viel rausgekriegt!«

»Du, ich muss dann auch los. Tschö!«

Viktor klopft auf die Theke und verzieht sich. Sich dem rauen Wind der Kritik zu stellen war noch nie seine Lieblingsdisziplin. Ich bin vielleicht ein bisschen ungerecht, immerhin hat er die Uhr ja ihrem rechtmäßigen Besitzer zurückgegeben. Milder gestimmt sehe ich ihm hinterher. Die Art und Weise, wie er seine dünnen Beine voreinandersetzt, als ob das rechte links und das linke rechts wäre, lässt mich innerlich grinsen.

Doch irgendetwas fehlt. Nur was? Ich nehme ein Geschirrtuch und trockne nacheinander die beiden Teller ab. Als Viktor halb über den Bahnhofsplatz geschlenkert ist, fällt es mir ein.

»Was lag denn noch auf dem Nachttisch?«, rufe ich ihm hinterher.

Viktor dreht sich erfreut um. Wie die meisten Menschen, will auch er einfach von jemandem gemocht werden. Ich sehe nur nicht ein, warum ausgerechnet ich diese Person sein soll.

»Auf dem Nachttisch? Eine Medikamentenschachtel.«

»Ach so«, rufe ich enttäuscht.

Er dreht sich zurück, will weitergehen, schlägt sich an die Stirn und ruft:

»Und so eine Tafel!«

»Was für eine Tafel?«

»So mit bunten Buchstaben drauf. A, B, E und so«, brüllt Viktor zurück.

Wie in Zeitlupe rutscht mir der Teller aus der Hand. Er knallt auf den harten Boden des *Speisewagens* und zerspringt in genau zwei Teile.

Einundzwanzig

Ein nicht unbeträchtlicher Teil der Tiefsee ist ein vollkommen verlassener oder unbevölkerter Raum. Der Tintenfisch ist daher ein überaus einsamer Geselle und muss sich in der ewigen Dunkelheit des Meeres etwas einfallen lassen, um mögliche Gefährten auf sich aufmerksam zu machen. Seine Lösung ist, dass er seinen Körper mithilfe von Enzym-Komplexen und Bakterien zum Leuchten bringt.

Wäre ich ein paarungswilliger Tintenfisch achthundert Meter unter dem Meeresspiegel, würde ich also gerade verzweifelt vor dem Kleiderschrank der Studentin stehen, dessen Inhalt dank der unerbittlichen Gepäckzuschläge der Billigflieger größtenteils hiergeblieben ist. Ich würde mich durch eine Reihe pinker, glitzernder, offenherziger, wurstpellenartiger und allesamt peinlich marktschreierischer Kleider hindurcharbeiten, die so kurz sind, dass ich sie allerhöchstens als Pullover tragen könnte. Ich wäre bei der Hitze innerhalb einer Stunde vollkommen erschöpft und durchgeschwitzt. Ganz zu schweigen von dem Aufwand für Frisur und Schminke.

Manchmal jedoch wird der wunderbar funkelnde Tintenfisch leider von Raubfischen höherer Ordnung gesehen und gefressen, bevor er einen Partner findet. Das ist der Nachteil an seiner Fähigkeit zu leuchten.

Ich bin kein Tintenfisch. Ich lebe nicht in der Tiefsee. Und ich bin keineswegs paarungswillig. Und am allerwenigsten will ich von einem Raubfisch gefressen werden. Also liege ich vollkommen entspannt und bequem an meinem freien Sonntag mit einem Glas Wein auf der Couch der Studentin und tue gar nichts. Frauen verschwenden ohnehin entschieden zu viel Zeit damit, über ihr Aussehen und dessen Wirkung auf andere nachzudenken, anstatt sich um die wirklich wichtigen Dinge zu kümmern.

Essen zum Beispiel. Also studiere ich neue Rezepte für den *Speisewagen* auf meinem Smartphone. Ich suche nach modernen Ergänzungen der ungarischen Küche, die zugleich nicht allzu aufwendig sein dürfen. Keine leichte Aufgabe. Zum Glück ist die Auswahl an frischem Gemüse und Obst im Moment riesig.

Doch ich schweife immer wieder ab, da die Ereignisse der letzten Tage eine gewisse Unruhe mit sich gebracht haben. Was hat es mit dem mysteriösen Anruf von Aka auf sich? Was bedeutet es für mich, dass die Rettungsboje wieder anfängt zu sprechen? Was will dieser dubiose Monsieur Cool, und *(das ist vielleicht der entscheidende Teil)* was will ich?

Ich schenke mir ein zweites Glas Wein ein. Schließlich will ich mich mit dem Gastgeschenk nicht blamieren. Daher habe ich eine zusätzliche Testflasche gekauft. Der Wein ist gut.

Ich hatte damit gerechnet, dass es nicht ganz einfach sein würde, sich eine neue Existenz aufzubauen. Vor zwei Tagen hatte ich ein Gespräch mit meinem Bewährungshelfer, der mich bereits als Erfolgsfall verbucht hat und mich qua Arbeitsüberlastung weitgehend in Ruhe lässt. Von behördlicher Seite ist also alles in Ordnung. Die Fallstricke lauern ganz klar in meinem näheren Umfeld.

In einer halben Stunde werde ich in Jeans und ein frisches Shirt schlüpfen, allerhöchstens einen eiligen Kajalstrich ziehen, meine Lederjacke überwerfen, die andere Flasche Wein vom Bord nehmen und verschwinden. Wie herrlich unkompliziert kann so eine Verabredung doch sein. Man muss sich das Leben nicht schwerer machen als unbedingt nötig.

Ich sehe auf die Uhr. *Viertel vor fünf.* In gut zwei Stunden kommt Gertrude mit ihrem Cabrio und holt mich ab. Ich stehe auf und gehe in das Studentinnenbad. Dessen alles beherrschendes Utensil ist ein riesiger Badezimmerspiegel, der von zehn Glühbirnen umrahmt wird, sodass er auch noch die kleinste Hautunregelmäßigkeit hell ausleuchtet. Schade, dass die Studentin sich so abhängig macht von ihrem Äußeren, denke ich.

Ich werfe einen Blick in den Spiegel. Meine Haare hängen kraftlos herab und riechen nach Frittierfett. Ich sollte sie waschen. Das hat überhaupt nichts damit zu tun, dass ich mich tintenfischartig verhalte, sondern damit, dass ich mich wohlfühlen muss.

Wenn ich schon dabei bin, könnte ich auch gleich duschen, das würde mich erfrischen. Unter dem Dach sind es trotz des Spätsommertages bestimmt schon wieder dreißig Grad.

Ich ziehe mich aus und klettere in die enge Duschkabine. Der billige Duschvorhangstoff klebt augenblicklich an mir fest. Ich schüttle ihn rigoros ab und lasse das lauwarme Wasser, das im Dachgeschoss nur noch als armselig dünner Strahl ankommt, über meinen Körper laufen.

Als ich aus der Kabine steige, zeigt die Uhr auf dem Spiegelbord kurz nach fünf. Noch jede Menge Zeit, bis Gertrude kommt. Ich hülle mich in einen Bademantel und föhne mir das Haar. Das ist ein Fehler, denn meine Haare vertragen die heiße Föhnluft meist nicht und stehen danach in alle Richtungen ab. Ich bin gezwungen, sie hochzustecken. Ich toupiere sie leicht an, verwende das Haarspray der Studentin und fixiere mein Haar mit kleinen Nadeln, die ich in einem Körbchen auf der Ablage finde.

Erneut keinerlei Bemühen, in der Dunkelheit zu leuchten, sondern genau die richtige Frisur bei dieser Hitze.

Ich blicke in den Spiegel. Mein Gesicht sieht seltsam blass aus und passt in seinem natürlichen Zustand nicht mehr zu der aufwendigen Frisur. Ist es das Licht, oder sieht man mir die Mühen der letzten Wochen an? Monsieur Cool soll ja nicht glauben, dass ich geschwächt und somit eine leichte Gegnerin bin. Das hat gar nichts damit zu tun, dass er mich anziehend finden soll, wenn ich mich jetzt schminke, sondern es handelt sich um reine Tarnung!

Vorher hole ich mir aber noch ein Glas Wein. Es kann nicht schaden, wenn ich schon ein bisschen lockerer bin und seiner Franzosen-Lässigkeit etwas entgegensetzen kann. Ich proste meinem Spiegelbild zu. Das wird ein guter Abend werden. Ein Abend der Unabhängigkeit.

Ich schminke mich selten, aber die Studentin besitzt alles, was man für diese Art von Selbstverteidigung benötigt. Es sind vielleicht nicht ganz meine Farben, da sie blond und hellhäutig ist, aber darauf kommt es auch gar nicht an. Es geht um ein gesundes Aussehen jenseits jeglicher Balzbemalung. Ich trage Make-up und Puder auf, verwende großzügig pinkes Rouge, um nicht mehr so blass zu wirken, tusche mir die Wimpern mit *Ultra-Eyelash-Volumen-Mascara* (im Gefängnis durchaus als Wortverfolger geeignet), trage blauvioletten Lidschatten auf und ziehe die Lippen nach. Ich sehe in den Spiegel. Leider hat das Bad kein Tageslicht, aber ich finde, dass ich deutlich frischer aussehe.

Es ist halb sechs. Noch genug Zeit, ein Gläschen zu trinken.

Die Frisur sieht wirklich kunstvoll aus. Zu kunstvoll. Zu gemacht. Zu absichtsvoll. Gewollt schön. Ich zupfe einige Strähnchen heraus, die leider nicht so lässig herabhängen, wie ich es mir vorgestellt habe, sondern seitlich abstehen. Was soll's! Es geht ja nicht um Perfektion.

Ich schenke mir noch ein Glas Wein ein *(der ist wirklich gut!!!)* und tapse hinüber ins Schlafzimmer, um mich anzuziehen. Mir ist schon wieder ganz schön warm.

Viel zu warm für Jeans und Lederjacke. Außerdem ist die Jeans nicht sauber. Ich bin aber sauber. Und ich will nicht in eine dreckige Jeans steigen, wenn ich selbst so sauber bin wie ein frisch polierter Marktapfel. Das hat wiederum rein gar nichts mit *gefallen wollen* zu tun, sondern mit Hygiene. Marktapfel. Was für ein schöner Vergleich. Eine herrliche Frucht auch. Ich stehe einfach nur da und denke über dieses wunderwunderschöne Bild nach. Zehn Minuten vergehen darüber. Ist es nicht fabelhaft, was uns die Natur einfach schenkt, ohne auch nur die geringste Gegenleistung zu verlangen? Ich nehme einen Schluck Wein.

Also brauche ich etwas anderes zum Anziehen. Ich öffne den Kleiderschrank der Studentin. Was für herrliche Farben, welch rauschende Stoffe, die leise knistern, wenn man mit der Hand darüberfährt. Ich muss vorhin blind gewesen sein. Langsam glaube ich, dass ich die Studentin unterschätzt habe. *You know how to rock it, baby!* Ich trinke den Wein aus und stelle das Glas auf den Boden.

Die Kleider sind absolut nicht mein Stil, aber warum sollte ich nicht mal eins anprobieren? Etwas riskieren. Rein aus Spaß, nur für mich? In eine andere Haut schlüpfen. Schließlich habe ich noch jede Menge Zeit.

Ich ziehe ein fliederfarbenes Paillettenkleid aus dem Schrank und schlüpfe hinein. Es ist kurz und hat einen albern schwingenden Rock. An mir ist es sehr kurz. So würde ich niemals auf die Straße gehen. Geschweige denn zu einer Einladung bei Monsieur Cool. Er würde sofort denken, dass ich ihn ins Bett kriegen will. Niemals!

Wenn ich schon einmal dabei bin, suche ich spaßeshalber noch nach passenden Schuhen und finde weiße Stilettos mit goldenen Absätzen, die bis in den Himmel hinaufreichen. Mir wird schwindelig, als ich sie anziehe. Ich muss mich an der Schranktür festhalten.

Wahrscheinlich konnte die Studentin solche Kleider in Guatemala nicht brauchen. Oder war es Guadeloupe? Egal.

Es ist kurz nach sechs.

Ich gehe zum großen Spiegel im Flur. Es sieht irgendwie …, ja irgendwie heiß aus, muss ich zugeben. Aber in diesem Kleid zu der bescheuerten Einladung gehen? Nicht einmal über meine Leiche! Alles an diesem Outfit schreit danach, ein Objekt der Begierde zu sein. Ich bin kein Objekt. Kein Tintenfisch. Ich bin mindestens ein Thunfisch, wenn nicht sogar eine Robbe. Eine dicke Glitzer-Robbe. Also schnell raus aus diesem Kleid. Robben sind schließlich schlimme Raubtiere.

Es läutet an der Tür.

Wer ist das? Viktor, der doch noch schnell einen Schlafplatz sucht? Ein Hilfssheriff der Rettungsboje auf Rachefeldzug? Oder nur ein Klingelstreich? Ich bleibe in Schuhen und Kleid und stolpere zur Türsprechanlage.

»Wer ist da?« Habe ich da gerade gesprochen? Diese Stimme schien aus den Untiefen der Meere zur Wasseroberfläche zu tauchen und weit über die stille See zu hallen.

»Guter Witz!«, dröhnt es aus der Anlage.

»Kommst du gleich runter? Ich will meine alten Knochen nicht in den dritten Stock hieven müssen.«

»Gertrude? Was machst du hier?«

»Ich hole dich ab zu unserem Dinner. Schon vergessen?«

Ich sehe auf die Küchenuhr und bin plötzlich ganz klar. »Aber es ist erst Viertel nach sechs. Du wolltest mich um sieben abholen.«

»Nein, meine Liebe. Die Einladung ist um sieben. Ich wollte dich eine Stunde früher abholen. Und jetzt beeil dich, wir sind schon spät dran!«

Ich sehe an mir herunter. So kann ich nicht gehen. Aber zum Umziehen ist auch nicht mehr genug Zeit. Ich ziehe schnell die Lederjacke über das Kleid, entledige mich der Stilettos und schlüpfe in meine Schnürstiefel. Man kann seine innere Unabhängigkeit schließlich auch in einem glitzernden Kleid demonstrieren.

Ich schnappe mir meine Schlüssel und eine Tasche und verlasse die Wohnung. Das Treppenhaus schwankt bedrohlich. Ich taste mich mit beiden Händen an der Wand entlang nach unten. Meine erhitzten Wangen erfrischen sich am kühlen Mauerwerk.

Den Wein vergesse ich auf dem Küchenbord.

Als ich nach einer halben Ewigkeit im Erdgeschoss ankomme, sitzt Gertrude wieder in ihrem Flitzer. Sie zieht irritiert die Augenbrauen hoch, als sie mich sieht, sagt aber nichts.

Ich versuche, mich neben Aristoteles auf den Vordersitz zu quetschen. Es ist zu eng.

Geh weg, du Hund, oder ich beiße, denke ich. Das ist lustig. Oder habe ich es gesagt? Gertrude lacht aber nicht. Ich habe es wohl doch nur gedacht. Aristoteles ist schlauer als ich und klettert bereitwillig auf meinen Schoß. Ich sehe nichts mehr. Ein Riesenpudel ist kein Schoßhund. Gertrude startet den Wagen und düst los. Ich lehne mich aus dem Seitenfenster. *Yeaaah!* Der Fahrtwind streichelt mein Gesicht. Bald verlassen wir die letzten Häuser der Stadt und fahren an abgeernteten gelben Weizenfeldern und verdorrten Wiesen entlang. Ich lebe am schönsten Ort der Welt. Ich bin frei. Das Leben ist schön. Ich liebe alle Menschen. *Ich bin ein Tintenfisch! Ich leuchte!* Das habe ich geschrien. Was Gertrude von mir dachte, das war mir völlig gleichgültig.

Gertrude sagt nichts, wirft mir aber immer wieder befremdete Seitenblicke zu. Komisch, dass ich vorher nie gemerkt habe, dass sie keine Ahnung von Spaß hat.

Es ist mir egal. So egal! Der Fahrtwind weht mir Aristoteles geföhntes Hundehaar ins Gesicht. Ich versuche, ein paar Fusseln von meiner Zunge zu klauben, ohne den Lippenstift zu verwischen.

Ich will singen.

»Gibt es einen Song, in dem ein Pudel vorkommt?«, frage ich Gertrude.

»Keine Ahnung«, antwortet sie freundlich. Sie ist heute so seltsam. Hatte sie schon immer so wenig Sinn für Humor? Ich singe.

»Ein Pudel pinkelt mir ans Bein,
was ist das für ein Rudelschwein.
Du bist die hinterletzte Nudel,
rüge ich den Pinkelpudel.«

Ich bin eine Dichterin! Und eine Sängerin! Was für eine Doppelbegabung! Vielleicht sollte ich den *Speisewagen* aufgeben und Künstlerin werden. Es gibt viel zu wenig Kunst auf der Welt. Alles sollte zur Kunst werden. Dann gäbe es nur noch Frieden und

Freude im Leben eines jeden! Vielleicht bin ich auserwählt, beides auf die Erde zu bringen?

Gertrude stoppt den Wagen an einer Tankstelle, fährt aber nicht an eine Tanksäule heran. Ich sehe sie verärgert an. Ich will fahren, fahren, fahren!

»He, was ist?«

Gertrude stellt den Motor ab und dreht sich zu mir.

»Du siehst aus wie eine Möchtegern-Dragqueen aus Bottrop-Fuhlenbrock, die kurz vor dem Abschminken zum Zigarettenholen rausgeht. Außerdem bist du sturzbesoffen.«

Es kränkt mich, dass Gertrude nicht hinter die bürgerliche Fassade der angepassten Weiblichkeit blickt. Ausgerechnet sie.

»Ich verteidige die Freiheit der Tintenfische.«

»Das wird sie freuen.« Gertrude grinst. Sie steigt aus, geht hinüber zum Tankstellenshop, kommt nach gefühlten zwei Sekunden bereits mit einer Flasche Wasser und einer Packung Papiertaschentücher wieder und gibt mir beides.

»Wisch dir zumindest die Schminke ab, die nicht an den Stellen ist, wo sie hingehört. Viel mehr kann ich jetzt nicht für dich tun. Und trink das Wasser. Komplett.«

Ihr Ton ist so bestimmend, dass ich sogleich den Verschluss öffne und die halbe Flasche austrinke. Wenn ihr das so viel bedeutet, will ich mich ihr nicht in den Weg stellen.

Gertrude holt einen Spiegel aus ihrer Handtasche und hält ihn mir brutal vors Gesicht. Das bin ich nicht. Augen-Make-up und Lippenstift haben sich an der Treppenhauswand offensichtlich aus den Regionen verabschiedet, die eigentlich für sie vorgesehen sind, und tummeln sich nun an Stellen, welche damit reichlich überfordert wirken. Meine Augen blicken glasig durch mich hindurch.

Die Sonne der Freiheit geht so schnell unter, dass es einer Götterdämmerung nahekommt. Ich schiebe den Spiegel beiseite. »Ich sehe aus wie ein übler Freak«, sage ich tonlos.

Gertrude nickt verständnisvoll.

Ich tränke ein paar Papiertaschentücher, tauche mein Gesicht in das kühle Mineralwasser und wische mir über Augen und Mund. Das Papier verfärbt sich pfauenbunt. Ich reibe so lange, bis keine Farbe mehr nachkommt. Dabei werde ich schneller nüchtern, als mir lieb ist.

Gertrude hat die ganze Zeit nur schweigend zugesehen. »Spiegel?« Ich nicke.

Ich sehe eine rotgewienerte mittelalte Frau nach einem schiefgegangenen Gesichtspeeling mit derangierter Betonhochsteckfrisur. Betrübt entferne ich einen Pudelfussel von meiner Unterlippe.

Gertrude startet den Wagen und steuert ihn vom Tankstellengelände auf die Straße zurück. Den Rest des Weges verbringen wir sehr schweigend.

Zweiundzwanzig

»Schön, dass Sie gekommen sind.«

Eines muss man Monsieur Cool lassen: Er ist durchaus in der Lage, Haltung zu bewahren. Als ich vor seiner Tür stehe, in dem peinlichen, viel zu kurzen fliederfarbenen Glitzerkleid, mit meiner abgeschabten Lederjacke und Schnürstiefeln, einem rotgeriebenen Gesicht und der sich entschlossen auflösenden Hochsteckfrisur, dafür ohne Gastgeschenk und mit sichtbarem Restalkohol im Blut, neben mir die wie immer stilsichere und elegante Gertrude in einem rasant geschnittenen orangen Kostüm und einem dramatischen schwarz-weißen Tuch um die Schultern, der Kontrast könnte nicht größer sein, erlaubt Monsieur Cool sich kein einziges Wort des Spotts. Nur ein winziges Lächeln huscht über sein Gesicht.

Er bittet uns herein und nimmt uns mit einer Grandezza Lederjacke und Tuch ab, als ob er nicht nur eine, sondern zwei Königinnen in seinen neuen Palast geleiten würde.

Er wohnt am Dorfrand in einem kleinen Fachwerkhaus, das er innen geöffnet und geweitet hat, sodass es erstaunlich großzügig wirkt. In der Mitte des Raumes steht ein großer Holztisch, dessen Platte aus einem einzigen Stamm geschnitten wurde, vier orangerote Filzstühle gruppieren sich darum. Der Tisch ist schlicht gedeckt, ein großer, silberner Kerzenleuchter ist die einzige, umso wirkungsvollere Dekoration. Ich bin überrascht, wie einfach und zugleich geschmackvoll alles ist. Der ganze Raum kündet von einer erlesenen Beiläufigkeit.

Aristoteles bekommt einen Napf mit frischem Wasser und einen großen Knochen, den er sofort in den Garten hinausschleppt, um dort die dringend notwendigen Nage- und Abschleckarbeiten vorzunehmen.

Monsieur Cool schenkt uns ein Glas Champagner ein und verschwindet in der kleinen Küche, aus der es vielversprechend duftet. Ich bin froh, dass ich meinen kurzen Rocksaum unter dem Tisch verschwinden lassen kann.

»Danke«, sage ich zu Gertrude. Sie nickt milde und prostet mir zu.

»Du solltest vorsichtig damit sein, der Restalkohol lauert geradezu auf Nachschub.«

»Versprochen.« Ich stoße mit ihr an, nippe jedoch nur leicht an dem Getränk.

Monsieur Cool flitzt herein und bringt eine Schale mit Brot und eine Karaffe Wasser, von der ich mir gleich etwas einschenke. Dann verschwindet er wieder und kommt gleich darauf mit drei Tonschalen voller Suppe wieder, die er jeweils an unsere Plätze stellt. Über einer gelblichen Suppe ruht ein Holzspießchen, das durch einen kleinen Windbeutel gesteckt ist.

»Es duftet herrlich.« Gertrude atmet den Duft der Suppe und des Windbeutels ein wie ein Elixier.

»Voilà, das ist eine *Gaude*, eine Maismehlsuppe nach dem Originalrezept meiner Großmutter, und dazu gibt es pikant gefüllte *Gougères*, beides Spezialitäten aus dem Burgund. *Bon appétit.*«

Er setzt sich mir gegenüber an den Tisch, wischt sich mit der

Hand über die Stirn und stößt mit uns an. Dann fordert er uns auf loszulöffeln, solange die Suppe noch heiß ist. Ich bin angenehm überrascht, dass er so eine einfache Vorspeise gemacht hat und offensichtlich nicht der Versuchung erlegen ist, mit einem komplizierten Gericht Eindruck zu schinden.

Der Löffel taucht sanft in die Maismehlsuppe, und ich koste davon. Die Suppe schmeckt mild und sämig und bietet die perfekte Grundlage für die würzige Käse-Schinken-Füllung der Windbeutel, deren Teig zart schmilzt, wenn man hineinbeißt.

Ich sehe hoch und treffe den Blick von Monsieur Cool, der gespannt auf mein Urteil wartet.

»Kann man es essen?«, fragt er fast schüchtern.

Gertrude nimmt mir die Antwort ab. »Es schmeckt ganz wunderbar. Haben Sie noch so ein Windbeutelchen, die sind ja köstlich!«

Monsieur Cool reicht ihr den Korb, der nicht mit Brot gefüllt ist, wie ich zunächst dachte, sondern voller zarter *Gougères* ist. Gertrude nimmt sich gleich zwei und lächelt selig. Monsieur Cool hält auch mir den Korb erwartungsvoll hin. Ich nehme mir ebenfalls einen Windbeutel.

»Es schmeckt wirklich ganz gut«, sage ich hölzern. Langsam könnte ich mich aber tatsächlich entspannen. Die optische und biochemische Vollkatastrophe wurde dank Gertrude verhindert, Monsieur Cool ist angenehm zurückhaltend, und das Essen schmeckt hervorragend. Aber in mir drin wispert schon wieder diese hinterhältige Stimme, die vorgibt, mich vor etwas warnen zu wollen, mir in Wirklichkeit aber jegliches Vergnügen raubt.

»Was machen Sie, wenn Sie nicht in Ihrer Küche zaubern, Vincent?« Gertrude hat offensichtlich die gleiche Warnstimme gehört und will ihm ein wenig auf den Zahn fühlen.

Monsieur Cool lehnt sich zurück, nimmt einen Schluck Champagner, sucht nach Worten. »Das ist nicht so ganz einfach«, beginnt er. *(Das wundert mich nicht.)* »Ich bin eigentlich Architekt.«

»Ach, daher dieses geschmackvolle Haus!« Gertrude weiß wirklich ganz genau, wie man Männern Informationen entlocken kann. Wie gut, dass ich sie mitgenommen habe.

»Aber in den letzten Jahren hat mich die Arbeit zusehends ermüdet. Man macht Entwürfe, verwendet viel Herzblut in eine Planung, und dann bekommt jemand den Zuschlag, der der Cousin der zweiten Frau des Bürgermeisters dritten Grades ist. Wenn Sie verstehen, was ich meine.« Monsieur Cool klingt ein wenig verärgert am Ende des Satzes. Das macht ihn allerdings glaubwürdiger.

»Ich habe deshalb gerade eine Art Sabbatjahr eingelegt, lasse mich ein wenig treiben und sehe, wohin der Wind mich trägt.«

»Und was ist mit Ruhm, Ehre und Reichtum, denen alle hinterherjagen?«, fragt Gertrude.

»Die sind von Lebensfreude, Ruhe und Genügsamkeit abgelöst worden. Sie glauben gar nicht, wie wenig man braucht, wenn man mit sich im Reinen ist.«

Gertrude nickt verständnisvoll, dürfte aber mit ihrem Hang zu erlesenen Dingen kaum nachvollziehen können, worum es Monsieur Cool geht. Ich hingegen schon.

Doch es bleibt der Stachel des Argwohns.

»Wovon leben Sie dann?«, platzt es aus mir heraus. Zugegeben, es gibt raffiniertere Methoden, verborgene Geheimnisse aufzudecken.

Monsieur Cool sieht mich amüsiert an. »Ich restauriere Möbel und verkaufe sie wieder. Ich wollte etwas mit den Händen erschaffen, etwas Konkretes.«

»Der Küchenschrank!«, rufe ich.

»Nein, den behalte ich selbst. Für später.« Er grinst unverschämt und zwinkert mir andeutungsvoll zu. Dann steht er auf, stellt die leer gegessenen Suppenschalen ineinander und verschwindet damit in der Küche.

Sofort steckt Gertrude den Kopf zu mir hinüber. »Das klang ja recht überzeugend.«

Ich zucke mit den Schultern. »Er wird sich schon eine schlüssige Biografie zurechtgelegt haben.«

»Aber kochen kann er!«

»Das muss ich leider zugeben.«

»Was müssen Sie zugeben?« Unbemerkt ist Monsieur Cool mit einer großen dampfenden Auflaufform aus der Küche zurückgekommen, die er in die Mitte des Tischs stellt. Es duftet verführerisch daraus.

Ich überlege, was ich antworten soll: dass ich beinahe sturzbetrunken hierhergekommen wäre, wenn Gertrude mich nicht einer unfreiwilligen Blitznüchternheit unterworfen hätte? Dass ich ihm seine Sabbatnummer gerne abkaufen würde, aber leider nicht kann? Dass ich keine Ahnung habe, was an ihm mich so verdammt wütend macht?

Er verschwindet wieder in der Küche, ohne meine Antwort abzuwarten, und kehrt kurz darauf mit einer Sauciere, einer Platte mit Gemüse und einer Flasche Wein zurück.

»*Poulet aux morilles* – gegrilltes Hähnchen in Morchelbutter, mit Kartoffeln, feinen grünen Bohnen und Morchelsauce.«

»Sie verwöhnen uns!« Gertrude klatscht begeistert in die Hände.

»Das ist der Sinn dieser Einladung! Chablis?«

Gertrude nickt.

Er lächelt sie charmant an, nimmt die Weinflasche, entkorkt sie und schenkt uns jeweils ein Glas ein. Dann nimmt er ein Tranchiermesser, zerteilt gekonnt das Hähnchen, ein Bressehuhn, das er, wie er uns mitteilt, am Vortag auf dem Markt jenseits der Grenze gekauft hat, und gibt Gertrude und mir einen Hähnchenschenkel, Kartoffeln und grüne Bohnen auf den Teller.

»Fangen Sie an, es wird kalt!«

Ich nehme die Sauciere, verteile großzügig Morchelsauce über die Kartoffeln und reiche sie an Gertrude weiter. Sie ist bereits der Versuchung erlegen, von dem Hähnchen zu kosten.

»Hm, ist das knusprig«, schwärmt sie, »wie haben Sie das hingekriegt?«

»Man muss die Morchelbutter ganz zart unter die Haut massieren. Wie bei einer *massage*.«

»Klingt eklig«, sage ich und starre auf den Schenkel auf meinem Teller.

»*Oh non*, das ist eine ganz sinnliche Angelegenheit.« Wieder dieser lächerlich vielsagende Blick.

Ich schlucke und widme mich nun lieber dem Essen. Das Hühnchen ist butterzart, die Massage scheint ihm gut bekommen zu sein. Kartoffeln und Bohnen sind auf den Punkt gekocht, die Morchelsauce ist ein Traum.

Gertrude neben mir lobt mindestens jeden zweiten Bissen in den höchsten Tönen.

Wenn sie so weitermacht, gebärdet Monsieur Cool sich bald wieder so eingebildet wie sonst. Ich verleihe an mich selbst die gewichtige Aufgabe, die Nadel im Heuhaufen zu finden.

»Es gibt leider nichts daran auszusetzen«. Monsieur Cool sieht mich verdutzt an.

Mist, das habe ich schon wieder laut gesagt. Ich muss wieder vorsichtiger sein mit dem Trinken.

»Solch ein Lob von der Frau, die einen Teigfladen zu einem Stück Brennmaterial verkohlt!« Monsieur Cool beginnt zu lachen, kann sich gar nicht mehr beruhigen. Dass Gertrude sofort darin einstimmt, empfinde ich als groben Verrat. Überhaupt finde ich, dass Gertrude sich viel zu sehr von ihm einlullen lässt. Ich gebe ihr unter dem Tisch einen Fußtritt.

»Au, warum trittst du mich?« Gertrude bückt sich unter den Tisch und reibt sich das Schienbein. Der Sinn von heimlichen Fußtritten ist ganz sicher nicht, dass der Getretene sie offen anspricht.

»Pardon, war nur ein Reflex. Immer wenn ich Heucheleien sehe, bekomme ich so eine Art Trittzwang. Mit dem Bein. So!« Ich kicke noch einmal meinen Schnürstiefel nach vorn, diesmal allerdings, ohne sie zu treffen.

»Möchte noch jemand von dem Huhn?« Monsieur Cool springt auf und nimmt sein Tranchierwerkzeug in die Hand. Er scheint ein harmoniesüchtiger Charakter zu sein. Gertrude streckt ihm sogleich ihren Teller entgegen.

»Wie viele Gänge gibt es denn noch? Schließlich hatten wir, wenn ich mich richtig erinnere, mal über läppische neun gesprochen?«, frage ich scharf.

»Ich habe kurz darüber nachgedacht und mich dann lieber auf drei richtig gute beschränkt. Denn was nützt ein Gänge-Rekord, wenn der Koch nicht entspannt ist? Sie können also ruhig noch mal zugreifen.«

Er legt mir mit unerschütterlicher Freundlichkeit ein knuspriges Stück Huhn auf den Teller. Entweder liegt es an seiner französischen Herkunft, dass ich ihm so gar nichts Garstiges entlocken kann, oder er hatte eine solch sagenhaft harmonische Kindheit, die keinerlei Gram und Kummer bereithielt, sodass er ganz ohne Argwohn ist. Ich erwähnte bereits, dass ich nicht an Gerechtigkeit glaube. Manche werden in glückliche Familien geboren, andere wachsen auf wie ich. Aber wenn eine harmonische Kindheit nur dazu führt, dass man sich für unwiderstehlich hält, kann ich im Nachhinein gerne darauf verzichten.

Wir essen schweigend weiter, alle drei in ihre Gedanken versunken. Aristoteles trottet aus dem Garten herein und legt sich an Gertrudes Seite unter den Tisch. Vermutlich hofft er, dass zufällig noch ein Hähnchenschenkel herunterfällt.

»Olivia, was haben Sie gemacht, bevor Sie Ihren Truck eröffnet haben?«

Ich schlucke. Monsieur Cool hat sich offensichtlich dazu entschlossen, Konversation zu betreiben, eine besonders schauerliche Form der menschlichen Unterhaltung.

»Ich war einige Jahre im Ausland.«

»Ach, wo denn?«

»Äh, in Ungarn, ja, genau. Ich bin Halbungarin.«

»Ah *oui*, deshalb der Schwerpunkt bei den Mahlzeiten.«

»Richtig.«

»Das ist ja interessant.«

»Ach, so spannend war es gar nicht.«

»Doch, doch, da haben Sie bestimmt eine Menge erlebt.«

»Letzten Endes wird alles einmal Gewohnheit.«

»Da haben Sie auch wieder recht.«

»Und dann müsste man wieder weg, und woanders würde es dann auch wieder Gewohnheit werden. Mit der Zeit.«

»Wie wahr, wie wahr.«

»Da kann man auch gleich bleiben, wo man ist.«

»Stimmt. Das Ergebnis ist letzten Endes immer das gleiche.«

Man kann unglaublich viel sprechen, ohne auch nur das Geringste zu sagen. Gertrude sieht irritiert von einem zum andern und wendet sich dann lieber Aristoteles zu, der sich ihr begeistert entgegenstreckt. Ich entsorge unauffällig einen Hähnchenknochen unter dem Tisch, sodass Aristoteles sofort zu mir überläuft. Rache für Gertrudes Verrat.

Ein Granitblock des Schweigens hängt über dem Tisch. Nur Aristoteles' Kiefer knackt die lähmende Stille. Ich weiß, dass ich diesen Moment der Peinlichkeit verschuldet habe. Aber ich kann mich einfach nicht entspannen. Schließlich erlöst Monsieur Cool sich selbst, indem er aufsteht und das Geschirr zusammenstellt.

Kaum ist er in der Küche verschwunden, wispert Gertrude mir zu. »Was hast du denn, er ist doch ganz reizend?«

»Er ist mir irgendwie ... zu perfekt.«

»Kann es sein, dass du überall eine Nadel im Heuhaufen suchst, sobald ein interessanter Mann in deinem Leben auftaucht?«

Ich nehme einen Schluck vom Weißwein und lasse meine Augen durch das Zimmer schweifen. Sie finden nichts Geschmackloses, Peinliches oder Unkultiviertes.

»Das einzig Stillose in diesem Haus bin ich in meinem Paillettenkleid.«

»Das stimmt allerdings.« Gertrude nimmt die Weinflasche und schenkt mein Glas randvoll.

Anscheinend bin ich ihr jetzt zu nüchtern. Sie muss sich auch mal entscheiden, was sie heute Abend noch pädagogisch erreichen will. Doch ich gehorche willig und trinke das Glas in einem Zug leer.

Monsieur Cool kommt mit einer Käseplatte und einem neuen

Brotkorb, verschwindet sofort wieder und bringt diesmal drei Dessertschälchen mit, aus denen eine rotweingetränkte Birne herausragt.

»*Poire Belle Dijonnaise* mit einem Sorbet aus *Cassis*.«

Dazu gibt es den Burgunder, in dem die Birnen zuvor eingelegt wurden, wie er uns mitteilt. Ich merke schon beim Anstoßen, wie der Wein mir langsam wieder zu Kopf steigt.

Nach dem erlesenen Käse und dem Dessert, das köstlich nach der Reife der schwarzen Johannisbeere schmeckt, steht Gertrude, noch mit dem Espresso in der Hand, plötzlich auf und ruft: »Nun muss eine Großmutter wie ich aber ins Bett. Du kommst ja mit dem Taxi nach Hause, nicht wahr, meine Liebe?«

Ich will sofort aufspringen, doch sie drückt mich mit der enormen Kraft ihres Fassadenkletterinnen-Bizeps auf den Stuhl zurück und tätschelt beruhigend meine Schultern.

»Auf Wiedersehen, Monsieur, äh ...«

»Faller. Aber sagen Sie Vincent zu mir.«

»Vielen Dank für den wunderbaren Abend, Vincent.«

»Vielen Dank für die herrliche Gesellschaft.«

Wahrscheinlich war Vincent tatsächlich froh, dass Gertrude dabei war. Mit mir allein wäre es ein unglaublich zäher Abend geworden.

Gertrude fordert Aristoteles dazu auf, unter dem Tisch hervorzukommen. Ein Kommando, dem dieser nur widerwillig nachkommt, vereinen sich doch da unten zwei der Lieblingstätigkeiten des Hundes: fressen und Im-Rudel-sein.

Sie umarmt mich und flüstert mir dabei zu: »Nicht vermasseln!«, was auch immer sie damit meint. Schließlich verschwindet Gertrude mit einer ganz und gar ungroßmütterlichen Geschmeidigkeit, und wir sind allein.

Ich bleibe wie festgenagelt am Tisch sitzen. Als Monsieur Cool nach langen und geradezu euphorischen Verabschiedungsreden von der Tür zurückkommt, habe ich bereits das nächste Glas Rotwein vor mir stehen. Er nimmt Gertrudes Platz ein, sodass er näher bei mir sitzt. Ich hasse das Gefühl, wenn andere für mich entscheiden, dass ich in der Falle sitze. Eine echte Wahl habe ich ohnehin nicht. Wenn ich jetzt gehe, sieht es so aus, als ob ich Angst vor ihm habe. Wenn ich bleibe, laufe ich Gefahr, auf einen Lügner hereinzufallen, der nur Informationen von mir will. Ich kann in der ganzen Angelegenheit also nur verlieren.

»Wollen wir vielleicht abspülen? Ich liebe Geschirrspülen, wirklich!« Ich springe auf.

»*Mais non*, das mache ich morgen.« Er nimmt meine Hand und zieht mich wieder auf den Stuhl zurück. Die Hand lässt er auch nicht los, als ich längst wieder auf dem Stuhl festgeklebt bin.

»Es ist schon spät.«

»Ja«, sagt er ruhig. Wie kann er nur so gelassen und vertrauensvoll dasitzen und mich mit seinen zwei irritierend verschiedenen Augen anblicken, als ob er alle Fragen der Welt längst beantwortet hätte? Oder blickt er irritierend mit seinen zwei verschiedenen Augen? Oder irritiert er mich mit seinen zwei verschiedenen Augen? Ach, ich weiß es doch auch nicht!

Panisch stelle ich fest, dass er im Begriff ist, näher zu kommen. Ich muss etwas tun! »Ich sehe bescheuert aus und bin voller Restalkohol.«

»Ich weiß«, sagt er und lächelt.

»Du findest, dass ich bescheuert aussehe?«

»Nein, aber warst ganz schön betrunken, als du hier ankamst.«

»Ich musste das Gastgeschenk testen.«

»Und dann hast du es so gründlich getestet, dass du es komplett selbst getrunken hast.«

»Nein, die zweite Flasche steht zu Hause auf dem Küchenschrank. Vergessen«

»Die trinken wir dann nächstes Mal.«

Ich bin schon wieder restlos betrunken, aber das sage ich lieber nicht, sonst weiß er, dass ich wehrlos bin. Auch ohne dieses Wissen hebt er jetzt schon die Hand und streicht mir eine wirr abstehende Strähne aus dem Gesicht, die seine folgenden Worte Lügen straft: »Du siehst *très jolie* aus.«

Er muss blind sein. Oder er macht mir etwas vor. Nie war ich weiter davon entfernt als heute Abend, *très jolie* auszusehen. Vielleicht vernebelt der Alkohol seinen Blick. Überhaupt: Wie er mich schon wieder ansieht!

Verdammt! Ist es eine optische Täuschung, oder kommt nun auch noch sein Mund näher? Ich mache ein Auge zu und überprüfe den Abstand. Zuerst das eine Auge, dann das andere. Nein, es ist keine optische Täuschung!

»Hast du etwas im Auge?«, fragt er besorgt. Ich schüttle stumm den Kopf.

Er küsst mich auf das Schlüsselbein. Der Ausschnitt dieses bescheuerten Kleides ist einfach viel zu groß. Kein Wunder, dass er wie eine trunkene Motte davon angezogen wird. Was heißt Motte auf Französisch? *La motte?* Nein. Hoffentlich merkt die Studentin nicht, dass ich das Kleid getragen habe.

»Ich muss es morgen in die Reinigung geben.«

»Pscht«, macht er und lässt seinen Mund an meinem Hals entlang nach oben wandern. Er nähert sich der Stelle, an der mein Denkvermögen vollkommen ausgeknipst wird. Woher weiß er das? Sein Haar riecht betörend nach Holz und gebratenem Huhn.

»Interessierst du dich eigentlich wirklich für mich, oder ist es, weil ich praktischerweise gerade da bin?«

»Was?« Er schreckt irritiert auf. »Ich habe dich doch eingeladen.«

»Ich meine: Du kennst mich doch gar nicht. Wir könnten doch ganz anders sein, als wir jetzt denken. Du machst dir ein Bild von mir, und am Ende entpuppe ich mich als eine völlig andere Person? Wie der Anglerfisch, der so perfekt getarnt ist, dass er wie ein veralgter Stein aussieht.«

»Doch ich kenne dich: Du denkst zu viel.«

Vielleicht hat er recht damit. Heute ist heute, und morgen sieht ohnehin alles wieder ganz anders aus. Das hat gar nichts zu bedeuten. Ich kann machen, was ich will. Ich bin frei.

»Wusstest du, dass Friedfische so heißen, weil sie keine anderen Fische fressen? Dafür Würmer und Schnecken, die bestimmt eine ganz andere Meinung zu ihrer Friedfertigkeit haben.«

»Aufregend«, brummt er und knabbert an meinem Ohrläppchen.

Ich lächle. Er versteht mich.

Er lächelt sanft zurück, nimmt mein Gesicht ganz sachte zwischen seine Hände, flüstert meinen Namen wie den eines kostbaren Elixiers, ich schließe besänftigt die Augen, kann seine Zuneigung endlich annehmen und dann …

… schrillt die erbarmungsloseste Türglocke, die die Menschheit seit der Entwicklung der elektronischen Haustechnik jemals gehört hat.

Monsieur Cool zuckt zurück und starrt mich erschrocken an. »Wer kann das sein?«

Ich zucke mit den Schultern. Er runzelt verärgert die Stirn.

Auf einen Schlag bin ich wieder klar und wach. »Vielleicht hat

Gertrude etwas vergessen? Oder sie hat ein schlechtes Gewissen gekriegt und will mich doch nicht hier allein zurücklassen?« Ich bin unsicher, ob mir dieser Gedanke gefällt.

Monsieur Cool seufzt, steht wie von tausend Loten beschwert auf und geht zur Tür. Als er öffnet, stürmt augenblicklich eine rotblonde Lockenfurie in den Raum. »*Chéri*, Gott sei Dank. Du bist noch wach! Du kannst dir nicht vorstellen, was mir passiert ist! Es ist so furchtbar!«

Die Furie hängt sich an seinen Hals und verteilt innerhalb einer Minute großzügiger Küsse, als ich den ganzen Abend über zu vergeben bereit gewesen wäre. Dabei gewährt sie mir einen Blick auf ihren zierlichen, aber elastischen Körper, der in ein geschmackvolles schwarzes Etuikleid gehüllt ist. Diese Person ist ein Hassobjekt für jede Frau, deren Gerüst aus echten Knochen besteht.

Dass sie eine Tänzerin sein könnte, bestätigt die Eleganz ihrer Gegendrehung, als es Monsieur Cool gelingt, sich aus ihrer Umklammerung zu lösen.

»Ah, du hast Besuch?« Sie mustert mich mit engen Schlangenaugen. Ihr Blick gleitet an meinem Kleid herunter, bleibt an den groben Schnürstiefeln hängen und wandert nach oben zu meiner derangierten Sturmhaube. Ein kleines Lächeln in ihren Mundwinkeln verrät, dass sie den Sieg in der Kategorie *Erscheinungsbild* sogleich für sich verbucht hat.

Trimethylaminoxid.

Die Gelegenheit, auch noch in den Gattungen *Charme*, *Raffinesse* und *Vertrautheit* mit Vincent zu gewinnen, will ich ihr nicht gönnen.

Ich springe auf und raffe meine Sachen zusammen. »Ich wollte ohnehin gerade los.«

Monsieur Cool sieht mich verzagt an. »Bleib doch. Julie ist bestimmt gleich wieder weg, nicht wahr?« Er sieht zu ihr, doch sie schüttelt entschieden den Kopf.

»*Chéri*, ich habe es gerade noch zu dir geschafft. Da war plötzlich ein Hirsch vor dem Auto. Ein gigantisches Vieh! Kann auch ein Reh gewesen sein. Egal. Ich fürchte, es ist auf jeden Fall ein Totalschaden.« Bei dem Wort *Totalschaden* fällt ihr Blick auf mich.

Ich werfe Monsieur Cool einen höhnischen Blick zu und gehe betont langsam zur Tür. »Vielen Dank für den aufschlussreichen Abend.«

»Aber nein, wo willst du denn hin?«

…

»Olivia?«

…

»Kann ich dir wenigstens ein Taxi rufen?«

…

Die Tür fällt hart hinter mir ins Schloss. Ich stehe im Hof, um mich herum ist es auf einmal stockdunkel und erschreckend still. Aus der Ferne klagt leise ein Kauz. Oder ist es eine Eule? Oder sind Eule und Kauz dasselbe unter zwei verschiedenen Namen?

In der Einfahrt steht ein nachlässig geparkter *Peugeot*, der eine leicht eingedrückte Frontseite hat. Totalschaden sieht zweifellos anders aus. Ich wühle in meiner Handtasche, ziehe hektisch das Smartphone heraus. Der Akku ist leer. Auch das noch. Zurück ins Haus gehe ich auf keinen Fall. Von drinnen nehme ich gedämpft eine aufgebrachte Diskussion wahr.

Es bleibt mir nichts anderes übrig, als an der Landstraße entlang in den nächstgrößeren Ort zu laufen, der hoffentlich einen Bahnanschluss hat. Was für ein missratener Abend! Ich bin ja so dämlich! Warum habe ich nicht gleich auf mein Gefühl gehört?

Gertrude wird sich morgen, *(ich sehe auf die Uhr, es ist drei Uhr)*, also heute dafür verantworten müssen! Wie konnte sie mich nur hier in dieser Einöde zurücklassen? Zum Glück trage ich wenigstens nicht die lachhaften Stilettos mit den goldenen Absätzen bis in den Himmel.

Ich seufze und setze mich in Bewegung.

Ich bin doch kein Tintenfisch.

Ich knipse mein Licht aus.

Dreiundzwanzig

Die absolute Stille zu erleben kann eine sehr verstörende Angelegenheit sein. In Minnesota wurde von den Orfield Laboratories ein schalltoter Raum eingerichtet, in dem es so still ist, dass man seinen eigenen Herzschlag hören kann.

Die Kammer liegt eingebettet zwischen Doppelwänden aus Stahl, dreißig Zentimeter dicken Betonwänden und Spezialkonstruktionen aus Glasfaser und absorbiert 99,9 Prozent aller Geräusche. Es ist die Stille der Tiefsee und des Weltraums. Daher bereiten Astronauten der NASA sich dort auf ihre Missionen ins All vor. Kein Mensch hat die Stille in diesem Raum länger als fünfundvierzig Minuten ertragen. Schon nach kurzer Zeit entwickelt das menschliche Gehirn Halluzinationen.

Ich möchte nicht behaupten, dass entlang der Landstraße, der ich seit einer halben Stunde folge, solch eine absolute Stille herrscht. Denn die Grillen zirpen, manchmal knackt es im Unterholz am Wegesrand, die Käuze geleiten mich zuverlässig auf meinem Weg in den nächsten Ort. Doch die Stille in mir ist damit vergleichbar. Gibt es etwas Demütigenderes, als nachts um halb vier in einer gottverlassenen Gegend allein in einem viel zu kurzen Kleid an der Landstraße nach Hause laufen zu müssen, nachdem ein vielversprechender Abend ein derart deprimierendes Ende fand? Ich gebe zu, dass ich selbst nicht allzu viel zum Erfolg des Abends beigetragen habe, aber ich möchte auch nicht von einer Erinnye namens Julie zu einem unfreiwilligen Aufbruch gezwungen werden.

Einmal habe ich das Brummen eines Autos vernommen und mich schnell ins Gebüsch geschlagen, falls Monsieur Cool sich auf die Suche nach mir gemacht haben sollte. Doch der Wagen fuhr zügig und ohne die Geschwindigkeit zu drosseln an meinem Versteck vorbei.

Toll, er macht sich noch nicht einmal die Mühe, nach mir zu suchen, dachte ich, schüttelte den Staub des Unterholzes vom Kleid und kletterte die Böschung hinauf zurück auf die Landstraße. Dort zog sich der Weg, über den wir im Auto rauschhaft hinweggeflogen sind, wie zähklebrige Melasse dahin.

Nun bin ich endlich im nächstgrößeren Ort angelangt und mache mich auf die Suche nach dem Bahnhof. Es ist niemand unterwegs, den ich danach fragen könnte. Nicht einmal ein Zeitungsausträger knattert um diese Zeit mit seinem Mofa durch den schlaftrunkenen Ort. Auch ich bin müde, möchte mich am liebsten auf irgendeine Parkbank legen oder unter dem Dach eines Gartenhäuschens zusammenrollen und mich dem Schlaf ergeben. Doch ich muss rechtzeitig in der Stadt zurück sein, um auf dem Großmarkt einzukaufen. Viel zu schnell habe ich den Ortskern durchquert, und mir dämmert langsam, dass es hier leider keinen Bahnanschluss gibt. Am Busbahnhof in der Ortsmitte verfalle ich kurz der irrwitzigen Hoffnung, es könnte so etwas wie einen Nachtbus in die Stadt geben, aber natürlich fährt der früheste Bus erst morgens um halb sieben, um die Berufstätigen zur Arbeit zu bringen. Zu spät, um auf dem Großmarkt noch gute Ware einzuholen.

Ich sehe auf meine Uhr: *vier Uhr dreiundzwanzig*. Ich könnte mich jetzt einfach in das Wartehäuschen setzen, zwei Stunden schlafen, nach Hause fahren und den Tag am *Speisewagen* sausen lassen. Aber solch einen Ausfall kann ich mir nicht leisten.

Mein Glück der frühen Stunde ist schließlich, dass es in solchen Orten noch Menschen gibt, die kein Smartphone besitzen, die Gemeinde deshalb am Busbahnhof ein Münztelefon eingerichtet hat, dessen Hörer nicht von Vandalen aus der Verankerung gerissen wurde, ich genau fünfzig Cent im Portemonnaie habe, um einen Anruf zu tätigen und Sula und Wolf glücklicherweise einen leichten Schlaf haben und sich ohne große Nachfragen bereit erklären, mich in diesem verlassenen Nest abzuholen.

Erleichtert hänge ich den Hörer in die Gabel. Eine Taube landet mit Großgeflatter auf dem Dach des Wartehäuschens und sieht mich erwartungsvoll an.

»Tut mir leid, ich habe nichts«, sage ich bedauernd. Es wäre schön, jetzt eine Verbündete zu haben. Und wenn es nur ein Vogel wäre, der nichts von all dem versteht, was ich ihm erzählen würde. Weil das menschliche Verhalten so fern ist von einem Vogelleben, dass er es allenfalls mit großem Staunen zur Kenntnis nehmen würde.

Eigentlich hätte ich natürlich Gertrude anrufen müssen, doch ich bin zu wütend, um sie jetzt um Hilfe zu bitten. Außerdem wird sie noch früh genug erfahren, wie desaströs dieser Abend zu Ende gegangen ist. Ich setze mich in das Wartehäuschen, nicke der Taube freundlich zu und bin sofort weg.

Ich befinde mich in einem schalldichten Raum, mein Herz schlägt bis zur Decke, aber ich bin nicht allein. Wer ist das Paar, das eng umschlungen in der Ecke steht und sich küsst? Ihr Kussgeräusch schnalzt von Wand zu Wand. Es ist so laut. Die beiden drehen sich um. Nein, ich wollte es lieber doch nicht so genau wissen. Monsieur Cool und Julie starren mich neugierig an. Julie zeigt auf mein Kleid und beginnt zu lachen. »*Chéri*, hast du gesehen, was für einen billigen Fummel diese Person trägt?«

Sie kommt näher und zieht dreist an meinem Rocksaum, bis er sich zur anderen Wandseite gedehnt hat. »Hat sie wirklich gedacht, sie könnte so einem kultivierten Mann wie dir in so einem Flittchenkleid imponieren? Hat sie das wirklich gedacht? *Chéri*?« Dann lässt sie den Rocksaum los. Der Paillettenstoff klatscht wie eine Gummischleuder auf meine Schenkel und hinterlässt rote Striemen. Flittchen, denke ich seltsamerweise, was für ein unmodernes Wort.

Julies Lachen scheppert kugelblitzartig durch den schalltoten Raum. Monsieur Cool sieht mich kalt an und lacht dröhnend mit. Ich halte mir die Ohren zu. Ich will das nicht hören. Beide reißen ihre Münder weit auf. Wie kann er nur so gemein sein? Ich kneife meine Augen zu. Ich will das nicht sehen. Julie kommt zu mir hinüber und rüttelt mit ihren spitzen Fingern an meiner Schulter.

»Olivia, wach auf!«

»Geht weg!«, rufe ich. »Verschwindet einfach!«

»Erst sollen wir dringend kommen und dann gleich wieder verschwinden.«

Irgendetwas ist komisch an Julies Stimme. Bassbariton. Ich reiße die Augen auf. Wolf steht vor mir und grinst mich an. Vor dem Wartehäuschen parkt der Lieferwagen, Sula winkt mir hinterm Steuer fröhlich zu. Selten war ich so froh, die beiden zu sehen. Ich richte mich auf und reibe mir die Augen. Auf meinem Oberschenkel prangt ein riesiger grauweißer Fleck. Die Taube hat mir auf das Kleid gekackt. Sie hat Geschmack. Aber mit ihrer Verdauung ist irgendetwas nicht in Ordnung. Ich sehe nach oben. Der Übeltäter ist verschwunden.

Wolf gibt mir ein Papiertaschentuch, mit dem ich die Taubenkacke nur noch weiter in den Paillettenstoff hineinmassiere. Nun muss ich das Kleid wirklich in die Reinigung geben.

Oder gleich ganz ersetzen. Nur: Wo kauft man bloß solche Kleider? Auf einem vietnamesischen Ramschflohmarkt?

Im Lieferwagen erzähle ich Sula und Wolf mit knappen Worten, was passiert ist. Wir sind uns schnell einig, dass die Rolle des Bösewichts in dieser Geschichte Monsieur Cool zufällt.

»Dieser Schuft«, knurrt Wolf und ballt die Faust.

»Dabei sieht er so interessant aus!«, seufzt Sula, während sie den Wagen durch den anbrechenden Morgen lenkt. Manche Freunde ersetzen einem gleich noch den schlimmsten Feind.

»Lasst uns nicht weiter darüber sprechen«, sage ich bestimmend. »Ich habe jetzt ganz andere Probleme: Ich muss schnellstens in meine Wohnung, duschen, dann zum Großmarkt düsen, einkaufen, wieder zurück und in Nullkommanichts ein Gericht zaubern, das ich heute verkaufen kann. Nichts leichter als das!«

Sula und Wolf machen ratlose Gesichter. Je näher wir der Stadt kommen, umso stärker wird der Verkehr. Langsam erwacht der Landstrich zu neuem Leben.

»Welches Gericht kannst du nahezu im Schlaf kochen?«, fragt Wolf.

Da muss ich nicht lange überlegen. »Gulasch!«

»Dann bringen wir dich jetzt nach Hause, du duscht und ziehst dir was Vernünftiges an *(amüsierter Seitenblick)*, wir düsen zum Großmarkt und kaufen ein, was du uns notiert hast, und dann kommen wir zurück und kochen alle zusammen ein herrliches Gulasch. Wie hört sich das an?«

Sula sieht vom Steuer zu uns hinüber und macht das Daumenhoch-Zeichen.

»Das hört sich super an«, seufze ich erleichtert. Ich erwähne nicht, dass die beiden mir in der Küche mit ihren miserablen Kochkünsten wahrscheinlich nur im Weg stehen werden. Doch es ist letztlich die moralische Unterstützung, die zählt. Der Ausgang des Abends hat mir nämlich mehr zugesetzt, als ich mir eingestehen möchte.

Während ich dusche und die Widrigkeiten des Abends nach und nach in den Abguss fließen, knattern Sula und Wolf zum Großmarkt, um Fleisch und Gemüse einzukaufen. Ich ziehe mich um und bereite mit den übrigen Eiern aus dem Kühlschrank und einer Tüte Mehl eine große Schüssel Spätzleteig zu. Bloß keine Experimente an so einem Tag!

Nach einer Stunde kommen Sula und Wolf mit einem voll beladenen Lieferwagen wieder. Ich helfe Wolf, die Sachen nach oben zu tragen. Danach hackt er tatsächlich die Zwiebeln und den Knoblauch, Sula schneidet das Gemüse, ich brate alles in einem großen Topf an. Nach einer weiteren Stunde schmort das fertige Gulasch bereits vor sich hin.

»Solche Helfer könnte ich immer gebrauchen«, freue ich mich. »Wollt ihr nicht bei mir einsteigen?«

»Da könnte man drüber nachdenken«, antwortet Wolf geschmeichelt. Ich hoffe, wir wissen beide, dass meine Frage nur rhetorisch gemeint war. Zwei Chaoten wie Wolf und Sula würden mich auf Dauer in den Wahnsinn treiben. Trotzdem bin ich sehr dankbar, als Sula vorschlägt, mir auch noch im *Speisewagen* zu helfen. Mir steckt der Abend in den Knochen, ich habe keine Sekunde geschlafen. Wie ich so einen ganzen Tag Kundenkontakt durchstehen soll, ist mir im Moment schleierhaft.

Wolf trägt uns den Gulasch-Topf und die Schüssel mit dem Spätzleteig nach unten und verabschiedet sich überschwänglich, um zu Fuß zum Laden zurückzugehen.

Sula und ich fahren mit dem Lieferwagen ihres Trödelladens zum Bahnhof. Der Himmel ist bedeckt und trüb. Ein erster Bote des nahenden Herbstes. Sicherlich wird heute kein schöner Tag. Das ist mir ganz recht, denn ich fühle mich auch innerlich nach Regen. Auf meinem Fußmarsch durch die nächtliche Provinz war ich noch von einer riesigen Wut getragen. Doch diese ist mittlerweile erloschen und einer seltsamen Art von Trauer gewichen. Zugleich ärgere ich mich darüber, dass mich die ganze Sache mit Monsieur Cool so sehr mitnimmt.

Ich bin einfach nicht geeignet für diese Gefühlsdinge. Wahrscheinlich liegt es daran, dass ich nie gelernt habe, anderen zu vertrauen. Jeder noch so unbedarfte Psychologiestudent im dritten Semester könnte sofort erklären, warum. Meinen Vater habe ich nie kennengelernt, meine Mutter hat mich verlassen, als ich sie noch dringend gebraucht hätte. Und vorher lebte sie auch schon meist in dem ihr eigenen mütterlichen Niemandsland.

»Alles okay bei dir?« Sula hält an einer Ampel und sieht zu mir hinüber.

»Ich musste gerade an meine Mutter denken.«

Sula kennt meine Geschichte und nickt mitfühlend. »Wie lange ist sie jetzt schon ... fort?«

Ich denke nach. »Über zwanzig Jahre.«

Sula schüttelt den Kopf. »Das macht man nicht mit seinem Kind.«

»Sie konnte nichts dafür. Sie war krank.«

»Das ist keine Entschuldigung.«

»Aber eine Erklärung.«

Sula legt mir die Hand auf den Arm. »Du solltest versuchen, sie nicht mehr in Schutz zu nehmen. Sei ruhig auch mal wütend.«

Ich lächle Sula an und drücke dankbar ihre Hand.

Der Hintermann hupt dreimal. Die Ampel ist längst grün. Sula legt den Gang ein und fährt los. Der Lieferwagen springt mit einem Hüpfer in die Kreuzung. Falscher Gang. Der Hintermann bleibt gleich auf der Hupe. Sula grinst nervös, rührt im ausgeleierten Getriebe ihres Lieferwagens herum wie in einer Schüssel Teig, grüßt entschuldigend mit der Hand nach hinten und findet schließlich doch noch den richtigen Gang.

Es ist noch ziemlich früh, als wir schließlich am Bahnhofsplatz ankommen. Sula parkt hinter dem *Speisewagen*, wir räumen aus, werfen den Herd an, binden uns Schürzen um und setzen Spätzlewasser auf. Dann ist zum Glück noch genug Zeit, sich mit einem Kaffee aus der *Faema* zu stärken. Als die schwarze Brühe in die Tassen strömt und einen lebenserweckenden Duft verbreitet, geht es mir wie immer gleich besser. Kaffee wird stets mein Elixier, mein Lebenstrank, Balsam für meine geschundene Seele bleiben. Danke, Großvater, für diesen einfachen Weg, mich wieder aufzurichten!

Danach schreibe ich mit Kreide *Gulasch* auf den Aufsteller, platziere ihn in einigen Metern Entfernung, winke Pillen-Paul zu, der wieder einmal vor dem Eingang des Bahnhofs sitzt, und öffne die Verkaufsklappe des *Speisewagens*. Schon bald strömen die ersten Kunden herbei. Gulasch ist immer ein Selbstläufer. Ich könnte es wahrscheinlich jeden Tag anbieten, und trotzdem würden jeden Tag genügend Esser an meinen Bus kommen. Es gibt ein paar Gerichte, die vermutlich in der menschlichen DNS-Liste der ewigen Speisen gespeichert sind. Dazu gehören Pizza, Spaghetti,

Frikadellen, Schnitzel, Pfannkuchen, Eintopf, Rouladen, Lasagne, Currywurst, Fischstäbchen und eben auch Gulasch. Ich werde dennoch nicht ruhen, daran zu arbeiten, diese Liste um ein paar raffiniertere und auch fleischlose Gerichte zu erweitern. Nur nicht heute.

Sula und ich haben alle Hände voll zu tun, die hungrigen Mäuler zufriedenzustellen.

Während sie abspült und kassiert, koche ich die Spätzle und gebe die Portionen auf die Teller. Vor lauter Hektik merke ich bald nicht mehr, wie müde ich eigentlich bin.

Ein Paar, das oft an meinen *Speisewagen* kommt und schon so etwas wie Stammkundschaft ist, bestellt einen Cappuccino und einen doppelten Espresso. Ich drehe mich zur Kaffeemaschine und gebe das Pulver in den Siebträger. Als ich mich gerade nach den Tassen auf dem Regal recken will, rammt Sula mir den Ellbogen in die Seite. Vor Schreck räume ich fast die Tassen vom Regal.

»Was ist denn?«, frage ich genervt.

»Da«, sagt Sula nur. Ihr ausgestreckter Finger zeigt wie ferngesteuert auf den Platz.

Ich drehe mich um und folge ihrem Finger mit den Augen. Über den Bahnhofsplatz läuft, schwankend, aber doch einigermaßen zielstrebig auf den *Speisewagen* zusteuernd, so zielstrebig wie es eben möglich ist, wenn die Sicht komplett von etwas Ungeheurem verdeckt wird, ein gigantischer Blumenstrauß mit Beinen.

Ich drehe mich wieder zur Kaffeemaschine zurück und hantiere betont langsam mit der *Faema* zur Zubereitung der beiden Getränke. Äußerlich wirke ich vielleicht ganz ruhig, doch in mir drin tobt ein Orkan mit Böen der Windstärke zwölf. Als ich mich wieder umdrehe, um den Cappuccino und den doppelten Espresso mit zittrigen Händen dem Paar über die Theke hinüberzureichen, steht der Blumenstrauß genau vor dem *Speisewagen* und sagt, nein fragt: »Pardon?«

Vierundzwanzig

»Pardon«, sagt die Stimme noch einmal, »ich suche eine Frau Szabó. Olivia Szabó.«

Der Blumenstrauß sinkt herab, und ein blasses Milchgesicht mit Bartflaum kommt zum Vorschein. Er hat meinen Namen mit SZ ausgesprochen: S-Zabo. Vermutlich ist er ein Lehrling aus einer Gärtnerei, der den gesamten floralen Bestand seines Arbeitgebers zu einem Strauß zusammenfassen musste, um ihn im Auftrag von Monsieur Cool hierherzubringen. Es rührt mich ein wenig, dass Vincent sich offensichtlich nicht selbst getraut hat zu kommen und erst mal einen Boten vorbeischickt.

»Olivia Szabó. Das bin ich«, sage ich schnell.

Sula blickt die ganze Zeit neugierig zu mir und dem Boten und zwinkert mir verschwörerisch zu. Na siehst du, sagt ihr Blick, alles halb so schlimm, wie du gedacht hast.

»Gut. Noch mal schleppe ich das Ding nicht durch die Stadt.« Der Bote versucht, den Strauß über die Theke zu reichen, doch er passt nicht durch die Öffnung. Ich klettere aus dem Wagen und nehme ihn in Empfang. Er ist wirklich riesig. Er muss ein Vermögen gekostet haben. Da wird Vincent ein paar Schränke renovieren müssen, bis er das wieder reingeholt hat, denke ich. Sula kommt mit einem Eimer voller Wasser hinterher, nimmt mir den Strauß ab und stellt ihn hinein.

Das Paar mit dem Cappuccino und dem Espresso beobachtet die Szene von einem Stehtisch aus und wirkt beeindruckt. »So einen großen Strauß habe ich noch nie bekommen«, sagt die Frau mit einem Seitenblick. Der Mann guckt ertappt.

»Da war noch was dabei. Moment.« Der blasse Bote greift in eine Tasche und zieht einen dunkelroten Umschlag heraus, den er an mich weiterreicht. Dann verabschiedet er sich und schlurft kraftlos davon.

Vier Augenpaare heften sich neugierig auf den Umschlag. Ich entscheide, dass dies zweifellos drei Augenpaare zu viel sind, und gehe hinter den Bus, um ungestört zu lesen, was Vincent zu seiner Verteidigung vorzubringen hat. Ich will diesen Moment auskosten und ganz für mich allein haben.

Ich schnuppere am Umschlag. Er riecht weder nach Holz noch nach gebratenem Huhn. Natürlich nicht, er hat den Brief ja auch nicht selbst geschrieben, sondern telefonisch oder per Mail in Auftrag gegeben. Gespannt öffne ich den Umschlag und ziehe eine Karte heraus. Verwirrt starre ich auf das Stück Papier, das ich in den Händen halte. Es ist keine Karte, sondern ein Foto. Es zeigt eine Tafel, auf der verschiedene bunte Buchstaben angeordnet sind. Zunächst erkenne ich gar nichts. Doch man kann nicht sehr lange auf eine Schrift starren, die in einer Sprache abgefasst ist, welche man beherrscht, ohne den Inhalt zu erfassen. Ich habe einmal in der Stadt versucht, Schilder und Aufschriften zu ignorieren, es ist unmöglich. Das menschliche Gehirn ist auf Erkennen programmiert. Man ist förmlich dazu verdammt zu verstehen.

Und daher lesen meine Augen von ganz allein, was dort

geschrieben steht. Und es hat nichts, aber auch gar nichts mit dem vergangenen Abend zu tun. Denn da steht, in bunten Kinderbuchstaben auf Magnettafelhintergrund:

UHR DA. SUPI, DU!

Ich weiß nicht, was mich mehr erschüttert: Dass diese Karte und damit naturgemäß auch der Strauß nicht von Monsieur Cool sind, Lieberknecht schon wieder so gesund ist, dass er Worte zusammensetzen kann oder dass er sich dafür bedankt, etwas zurückzubekommen, was ihm ohnehin einmal gehört hat. Ich bin gleichzeitig enttäuscht, erschrocken und gerührt.

Und dann kommt alles zusammen: meine überbordende Müdigkeit, der verkorkste Abend bei Monsieur Cool, die Erleichterung darüber, dass die Rettungsboje keine Gefahr mehr darstellt, und die ganze Last der letzten Wochen. Ich rutsche an der Rückwand des *Speisewagens* herunter und schlage die Hände vors Gesicht. Ein Passant, der hinter dem Bus vorbeiläuft, wendet peinlich berührt den Blick ab.

Und als Sula die Dauer meiner Abwesenheit langsam seltsam vorkommt und sie mich hinter dem Bus sucht, halte ich ihr mein bleiches Gesicht entgegen und frage: »Kennst du das Märchen von der schwarzen Grete? Das hat mir meine Oma immer erzählt.«

Sula schüttelt den Kopf. »Hast du keine anderen Sorgen?«

»Die schwarze Grete erschien nachts zwei Fischern und sagte ihnen, sie sollten beim nächsten Fang den kostbarsten Fisch zurück ins Wasser werfen. Dann würden sie reich belohnt werden.«

Sula ist nun doch neugierig. »Und was geschah dann?«

»Einer der Fischer versteckte den kostbarsten Fisch aus Gold und Smaragd unter den anderen Fischen. Diese wurden auf einmal auch golden, und das Boot sank unter ihrer Last. Nur der andere Fischer überlebte.«

Sula denkt nach und schüttelt dann den Kopf.

»Dann schwimm mal an Land, und komm nach vorn.« Sie späht um den Wagen herum. »Du hast Kundschaft.«

Das liebe ich an Sula, dass sie so prosaisch veranlagt ist.

»Ich will aber auch mal einen goldenen Fisch haben.«

»Sicher.« Sie reicht mir die Hand, und ich lasse mich von ihr hochziehen. »Aber, wenn du jetzt nicht kommst, hast du bald noch nicht mal mehr ein Boot. Da vorne stehen eine Menge hungriger Leute.«

»Darf man denn niemals innehalten in diesem irren Ding, das Leben heißt?«

»Schon. Aber nicht jetzt«, insistiert Sula, »heute Abend zu Hause.«

Ich nicke, kneife mir in die Wangen und wuschle durch mein Haar. »Geht es so?«

Sula mustert mich kritisch. »Du spülst erst mal ab, ich bediene die Leute.«

Wir klettern in den Bus und machen es genau so. Nach einigen Tellern ist die beruhigende Wirkung des Abspülens bereits auf mich übergegangen, und ich fühle mich in der Lage, den Kunden von Angesicht zu Angesicht zu begegnen.

Sula müht sich damit ab, die Spätzle vom Brett ins siedende Wasser zu schaben. Dicke Teigklumpen plumpsen ins Wasser und wollen vor lauter Schwere gar nicht mehr an die Oberfläche kommen. Ich lächle delfinisch, nehme ihr das Brett aus der Hand und schabe schnell ein paar filigranere Spätzle.

Als alle Gäste versorgt sind, lehne ich mich an die *Speisewagen*-Wand und atme tief durch. Sula wischt die Theke mit einem

Lappen ab, reibt sie mit einem Geschirrtuch trocken und stellt sich dann zu mir.

»Was stand denn eigentlich drin?«

Wortlos greife ich in meine Schürzentasche und gebe ihr den Umschlag. Sie öffnet ihn, zieht das Foto heraus, sieht ratlos darauf, kann sich keinen Reim darauf machen.

»Es ist von der Rettungsboje. Ich habe den kostbaren Fisch ins Wasser geworfen und ihm die Uhr wiedergegeben.«

»Ach, wie schön, dann hat es ja richtig was gebracht, dass Wolf sie zurückgeholt hat!«

Sula strahlt mich mit der Kraft von zwei Lkw-Batterien an.

»Das heißt aber auch, dass der Blumenstrauß ebenfalls von der Rettungsboje ist. Warum schickt er mir Blumen?« Und nicht Vincent, denke ich.

Das Strahlen erlischt. »Verstehe.« Sie denkt angestrengt nach. Doch selbst Sula fällt nichts Aufheiterndes mehr ein. »Blumen schicken immer die Falschen.«

»Schade, ich hatte gehofft, dass du irgendein Fensterchen finden würdest, durch dessen Öffnung Licht in die Gruft meiner dunklen Gedanken fallen würde.«

Sula mustert mich und schüttelt energisch den Kopf. »Das Dramatische liegt dir einfach nicht.«

»Vielleicht hast du recht.«

Wir starren eine Weile leer vor uns hin, bis ein Kunde seinen Teller zurückbringt und zahlen will. Eine halbe Stunde lang kommt kein weiterer Gast an den *Speisewagen*. Gerade als ich wieder ein wenig Lebensmut schöpfe, taucht ausgerechnet Herr Kolkmann vom Gesundheitsamt am *Speisewagen* auf. Er sieht Sula hinter der Theke und blickt mich vorwurfsvoll an: »Da waren Sie aber nicht ganz ehrlich, Frau Szabó. Von wegen, keine Mitarbeiter! Da brauchen Sie eine Personaltoilette, das wissen Sie!«

Trimethylaminoxid.

»Wo soll ich denn hier ein Personalklo aufstellen, du Idiot?« Will ich sagen. Zum Glück sage ich stattdessen: »Das ist nur eine Freundin, die mir heute aushilft, weil ...«

»Weil?«

»Weil meine Freundin Olivia sich heute nicht wohlfühlt«, springt Sula mir zur Seite.

»Haben Sie denn ein Gesundheitszeugnis?« Die Frage geht an Sula.

»Ich habe keinerlei ansteckende Krankheiten«, zwitschert Sula, »aber ich habe eine herrliche Portion Gulasch.« Sula taucht die Schöpfkelle in das Gulasch. Herr Kolkmann sieht ausgehungert auf die Kelle.

»Und ich eine Portion sagenhaft duftiger Spätzle.« Ich streiche schnell Teig auf das Brett und beginne, kleine Stücke in das Wasser zu schaben.

Amtsperson und hungriger Privatmann kämpfen in Herrn Kolkmanns Großhirnrinde um die moralische Vorherrschaft. Ich muss seinen Geist beschäftigen.

»Was ist eigentlich Ihre Leibspeise?«

»Wie, was? Reibekuchen. Reibekuchen mit Apfelmus. Das hat meine Frau früher immer gemacht. Ein Traum!«

Der Herr Kolkmann ist also geschieden. Oder verwitwet. Jedenfalls fehlt ihm ganz offensichtlich eine kulinarische Autorität in seinem Leben.

»Kartoffelpuffer! Das könnte ich auch mal machen!«

»Mit selbst gemachtem Apfelmus«, pflichtet Sula mir bei.

Herr Kolkmann sieht uns mit wehen Augen an. »Das gibt es ja

nirgends mehr in der Stadt. Und wenn, dann sind sie aus der Tiefkühltruhe.«

Sula und ich schütteln angesichts dieses grauenhaften gastronomischen Verbrechens entsetzt den Kopf.

»Aber, ist das denn ungarisch?«, sorgt sich Herr Kolkmann.

Ich wiege nachdenklich den Kopf. »Wenn man ein *Letscho* dazu serviert, vielleicht. Aber das ist natürlich immer eine Frage der Prinzipien.«

»Aha«, sagt Herr Kolkmann und versteht gar nichts.

»Ich meine, braucht man ein Personalklo, nur weil gelegentlich mal eine Freundin aushilft, obwohl es natürlich so in den Vorschriften steht?«

Herr Kolkmann nickt und schielt auf die Portion Spätzle, die ich zusammen mit einer Kelle Gulasch auf einen Teller gebe.

»Genauso, wie es die Frage ist, ob ich Gerichte anbieten kann, die nicht meinen Kriterien als Gastronomin entsprechen.«

»Aber mit diesem *Letscho* würde es vielleicht gehen«, versucht Herr Kolkmann, mich zaghaft in die richtige Richtung zu lenken.

»Genauso, wie eine Aushilfe, die nur in der allergrößten Not einspringt, ausnahmsweise die Bahnhofstoilette aufsuchen könnte.«

Herr Kolkmann denkt nach. Als Entscheidungshilfe reiche ich ihm den Teller hinüber.

Doch die Amtsperson in ihm hat noch nicht ganz aufgegeben.

»Aber das Gesundheitszeugnis wird nachgereicht.« Er nimmt zögernd die Gabel in die Hand.

»In Ordnung«, stimmen Sula und ich zu.

Herr Kolkmann isst gierig, nimmt mir das Versprechen ab, dass ich am kommenden Samstag Kartoffelpuffer zubereiten werde, und verschwindet bald darauf wieder in sein Amt. Sula und ich atmen auf.

Wir harren noch zwei weitere Stunden am *Speisewagen* aus, dann ist zum Glück der Gulaschtopf leer. Mein Grad an Müdigkeit würde mittlerweile sogar von den Vereinten Nationen als schwerste Folter anerkannt werden.

Sula hilft mir noch beim Saubermachen, dann umarmt sie mich wie ein Äffchen, sieht mich hassenswert mitleidig an und knattert mit ihrem Lieferwagen davon. Ich mache die Schotten des *Speisewagens* dicht, setze mich ans Steuer und lenke ihn durch den frühen Feierabendverkehr. An einer rot werdenden Ampel fahre ich beinahe auf den Vordermann auf. Mit quietschenden Bremsen kommt der *Speisewagen* knapp hinter seiner Stoßstange zum Stehen. Der Mann am Steuer des BMW, Typ testosterondominierter Entscheider, zeigt mir den Vogel.

Ich möchte spontan aussteigen und ihn an seiner gepunkteten Seidenkrawatte durch die Straßen schleifen. Es wird wirklich Zeit, dass ich ins Bett komme.

Als zu Hause bin, liegt ein Brief der Gefängnisverwaltung im Briefkasten. Ich habe eine Besuchserlaubnis für Donnerstag bekommen. Also schon in zwei Tagen. So schnell hatte ich nicht damit gerechnet.

Ich schleppe mich zusammen mit dem Riesenstrauß nach oben ins Dachgeschoss. Dass drei Stockwerke sehr hoch sein können, melden mir schmerzhaft meine müden Knie. Ich ziehe mich gleich im Flur aus und rette mich ins Schlafzimmer. Das Bett war noch nie so verlockend wie gerade jetzt.

Ich krieche hinein, die Federn schlagen entenmuttergleich

über mir zusammen. Ich fühle mich herrlich beschützt und schlafe sofort ein.

Mein Handy klingelt. Verdammt, ich habe das Handy nicht ausgestellt. Ich beschließe, es zu ignorieren. Es klingelt weiter.

Was, wenn Monsieur Cool dran ist und sich doch noch entschuldigen will? Dann ist es umso besser, wenn er mich erst einmal nicht erreicht. In der Hölle soll er schmoren. Mit oder ohne Julie. Was ist das überhaupt für ein Name? Julie? So heißen doch nur Frauen aus französischen Filmen aus den späten 60ern, in denen ständig Bagatellen zu Großgefühlskatastrophen aufgeblasen werden.

Das Handy klingelt weiter. Es könnte auch Sula ein, die sich erkundigen will, ob ich heil zu Hause angekommen bin. Wenn ich nicht drangehe, macht sie sich vielleicht Sorgen.

Ich stöhne auf und verlasse widerwillig meinen Kokon. Als ich das Handy gefunden habe, hat es aufgehört herumzulärmen. *Ein verpasster Anruf in Abwesenheit.*

Ich lasse mir die Nummer anzeigen und drücke auf den Anrufbutton. Es klingelt.

»Mensch Olivia, da bist du ja doch!«

»VIKTOR!«

»Ich höre dich gut, du brauchst nicht so zu schreien!«

»Ich habe geschlafen!«

»Das kann ich ja nicht wissen. Wer schläft schon um diese Zeit?«

Da hat er recht, das muss ich leider zugeben.

»Was willst du?«, frage ich schon milder.

»Du, ich wollte nur wissen, ob meine Überraschung angekommen ist. Man hört ja so gar nichts.« Ich weiß, dass er jetzt am anderen Ende der Leitung schmollend die Lippen schürzt.

»Welche Überraschung?«

»Na, der gigantische Blumenstrauß und das Foto.«

»Ja, ist angekommen.«

Ich lege auf.

Dieses Mal sorge ich dafür, dass das Handy wirklich ausgeschaltet ist, und schleppe mich wieder ins Bett zurück. Dann falle ich in einen meeresgrundtiefen Schlaf und träume von goldenen Fischen, deren Schuppen smaragdfarben funkeln.

Fünfundzwanzig

Am nächsten Morgen erwache ich nach zwölf Stunden Schlaf so frisch und ausgeruht wie schon lange nicht mehr. Ich schlurfe entspannt in die Miniküche, um mir einen Kaffee zu machen. Die Erinnerung an die Widrigkeiten des letzten Tages ist von einem gnädigen Melatonin-Strom weggeschwemmt worden. Ich schalte mein Smartphone ein, um zu hören, ob Monsieur Cool vielleicht doch versucht hat, anzurufen: *Einundzwanzig entgangene Anrufe.*

Anruf eins: »Olivia, also, du könntest schon ein bisschen dankbarer ...« Löschen.

Anruf zwei: »Dass du das Telefon einfach ausschaltest, finde ich ...« Löschen.

Anruf drei: »Ich weiß, dass du jetzt ...« Löschen.

Anruf vier: »Hallooo? ...« Löschen.

Anruf fünf: »Da schickt man den kolossalsten ...« Löschen.

Anruf sechs: »Ich begebe mich für dich in Gefahr, und was machst ...« Löschen.

Anruf sieben: »Jetzt bin ich aber langsam ...« Löschen.

So geht es weiter bis zu Anruf Nummer vierzehn. Leider höre ich mir widersinnigerweise alle Nachrichten an, da ja ein Anruf von Monsieur Cool dazwischen sein könnte.

Viktor spult ab Nummer vierzehn alle möglichen Arten von

Beschimpfungen ab, die ihm gerade eingefallen sind. Ab Anruf Nummer achtzehn schweigt er einfach nur noch bedeutsam ins Telefon. Bei Anruf Nummer einundzwanzig fragt er patzig nach dem Speiseplan und kündigt sein Kommen für den nächsten Tag an. Also für heute. Von Monsieur Cool ist keine einzige Nachricht dabei.

Ich mache mir einen weiteren Kaffee und starre aus dem Fenster. Ein Nachteil von Dachwohnungen ist, dass man von oben keine Menschen sieht. Man sieht nur Himmel, Wolken und andere Dächer. Manchmal eine Krähe, die auf einer Regenrinne landet und in der vermoosten Furche nach etwas Essbarem, vielleicht einem vertrockneten Wurm oder einem Tausendfüßer, pickt.

Ich muss nachdenken: Der Blumenstrauß und das Foto waren also nicht von der Rettungsboje. Das bedeutet einerseits, dass die Rettungsboje vermutlich doch noch nicht in der Lage ist, ganze Wörter zu formulieren, was gut ist, andererseits hat er dann aber auch nicht verstanden, dass ich ihm seine Uhr wiedergebracht habe. Ich bin also nicht sicher vor ihm. Dieses Hin und Her ruiniert langsam meine Nerven.

Und was für ein seltsames Spiel treibt Viktor da eigentlich? Warum der Blumenstrauß? Der gigantische Blumenstrauß. Ich sehe in den Flur, wo ich die Blumen im Eimer gerade noch abstellen konnte, bevor ich ins Bett gefallen bin. Der Blumenstrauß, der Unsummen gekostet haben muss.

Woher hat Viktor so viel Geld? Er hat doch bei seinen beiden Zecken jede Menge Schulden. Ich schieße hoch.

Trimethylaminoxid.

Das hat er nicht fertiggebracht. Das nicht! Nein, das macht nicht einmal Viktor!

Ich lasse mich geschockt wieder auf den Stuhl fallen.

Wie leichtgläubig ich doch bin! Ein echter Kiffer würde sogar seine süße kleine Schwester verkaufen, wenn er dafür Stoff bekommen würde. Viktor hat die Uhr der Rettungsboje wieder mitgenommen und sie zu Geld gemacht! Hundertprozentig.

Dann hat ihn das noch rudimentär vorhandene schlechte Gewissen gepackt, und er hat mir den Strauß gekauft. Ich greife nach meinem Handy und wähle fieberhaft seine Nummer. Er geht nicht ran.

Mist! Viktor in der Stadt zu suchen ist zwecklos. Er ist irgendwo und taucht erst dann auf, wenn man gar nicht mit ihm rechnet. Hat er nicht beim letzten Anruf sein Kommen angekündigt?

Also fahre ich jetzt zum Großmarkt und kaufe ein. Aus Rache koche ich heute etwas Vegetarisches. Viktor liebt Fleisch. Und danach wird er sofort die Uhr wiederbeschaffen und zurückbringen! Und wenn ich ihn am vergilbten Kragen seines Shirts dorthin schleppen muss.

Auf dem Großmarkt finde ich jungen Spitzkohl. Ich werde daraus ein Curry mit Kartoffeln, kleinen roten Linsen und Kokosmilch zubereiten. Um Viktor zu ärgern, wird es dazu auch noch Tofuwürfel geben. Er hasst Tofu. Das ist streng genommen überhaupt kein ungarisches Gericht, aber schließlich steht ungarisch-europäische Küche an meinem *Speisewagen*. Gut, das ist sehr streng genommen auch kein europäisches Gericht. Man muss seine Prinzipien hin und wieder auch mal komplett über Bord werfen. Herr Kolkmann muss es ja nicht erfahren.

Ich koche alles zu Hause in einem großen Topf, mache für den Farbkontrast einen Tomaten-Frühlingszwiebel-Salat dazu und schleppe alles unter dem endlosen Schwur, mir bald eine Wohnung mit Lift zu suchen, die Treppe hinunter. Als ich auf dem Bahnhofsvorplatz ankomme, ist es gerade erst halb elf. Wut macht mich immer unglaublich leistungsfähig. Wenn ich Viktor ständig in meiner Nähe hätte, könnte ich drei Food-Trucks gleichzeitig betreiben.

Ich schreibe das Gericht auf den Aufsteller und brühe mir erst mal einen weiteren Kaffee auf. Dann stelle ich mich in den Wagen, verschränke die Arme und warte. High Noon am Bahnhofsvorplatz. Ob Viktor sich überhaupt hierher trauen wird? Andererseits weiß er ja nicht, dass ich ihn durchschaut habe. Sicherlich hat er Hunger und lässt sich das kostenlose Mahl nicht entgehen.

Es kommen ein paar bekannte Gäste, die das asiatische Gericht zunächst mit Verwunderung, danach mit einem gewissen Wohlwollen zur Kenntnis nehmen.

Ich freue mich darüber, denn ich würze eigentlich nicht gut, wenn ich wütend bin.

Und tatsächlich schlenkert Viktor Schlag zwölf um den *Speisewagen* herum, ein fröhliches Lied auf den Lippen.

»Mensch, Olivia, warum hast du denn dein Handy die ganze Zeit aus?«

Trimethylaminoxid.

Die alte Taktik: mit einem Angriff starten, um den Gegner erst mal ins Unrecht zu setzen.

»Ich habe dich doch zurückgerufen!«

Er greift in seine Brusttasche, findet nichts. »Ach, ich hab das Ding zu Hause liegen lassen.«

»Wo wohnst du denn im Moment?«, frage ich beiläufig.

Doch Viktor hört den Unterton und sieht mich lauernd an. »So hier und dort. Wo es mir gerade gefällt.« Er beugt sich über den Tresen. »Was gibt's denn Schönes für einen hungrigen Genossen?«

Ich nenne ihm das Gericht, wobei ich das Wort *Tofu* besonders genüsslich über die Lippen gleiten lasse. Viktor weicht entsetzt zurück. »Bist du jetzt eine von diesen Ökofaschistinnen geworden?«

»Wenn es dir nicht schmeckt, kannst du gern ein anderes Etablissement aufsuchen.«

»Nein, gib schon her«, sagt er großmütig.

Ich reiche ihm einen Teller Curry mit extra viel Tofu und eine kleine Schüssel Tomatensalat hinüber. Er nimmt sich das Besteck und fängt an, das Essen hastig in sich hineinzustopfen.

»Und? Wie hat dir meine kleine Überraschung gefallen? War doch witzig, die Idee mit der Tafel, was?«

»Sie würde mir noch viel besser gefallen, wenn ich wüsste, was du damit vorhast.«

Viktor fasst sich empört an die Brust. »Ich? Nichts! Ich wollte mich nur mal bedanken, das ist alles.«

»Und wovon hast du das Geschenk bezahlt, wenn ich fragen darf? Vielleicht von einer Armbanduhr, deren rechtmäßiger Besitzer im Moment noch nicht mal seinen eigenen Namen buchstabieren kann?«

Viktors Gabel bleibt auf dem Weg in seinen Mund in der Luft stehen und verdorrt mitten in der Wüste des unrechtmäßig Beschuldigten.

»Was denkst du denn von mir? Meinst du, ich lege mich mit dir UND dem Lieberknecht an? Nebenbei: Nelly sagt, er macht große Fortschritte.«

»Wer?«

Die Gabel landet nun doch in seinem Mund. Er spricht kauend

weiter. »Nelly, die leicht strenge Krankenschwester, du weißt schon. Sie hat übrigens seine Wertsachen, inklusive der Uhr, in den Schranksafe eingeschlossen, du kannst sie gern fragen.«

»Und woher hattest du dann das Geld für den Blumenstrauß?«

Viktor grinst. »Der kleine Kiffer von der Gärtnerei hatte noch jede Menge Dealerschulden bei mir. Wollte mit den großen Hunden pinkeln gehen. Für Nellys Strauß hat's auch noch gereicht. Allerdings war dein Strauß um einiges größer.«

Ich sehe ihn mit zusammengekniffenen Augen an.

»Wirklich. Ich schwöre! Ich würde dich doch nie in Gefahr bringen! Was glaubst du denn? Und entschuldige den kleinen Spaß mit der Buchstabentafel. Das musste einfach sein. Es schmeckt übrigens ausgezeichnet. Den Tofu merkt man fast gar nicht.«

Er schiebt einen weiteren Sojabohnenwürfel zu dem bereits aufgehäuften Tofumassengrab am Rand seines Tellers.

Ich lehne mich an die Wand des *Speisewagens*. Vielleicht habe ich wirklich schon Paranoia und sehe überall nur noch Feinde. Ich muss aufpassen, dass ich nicht in die Rolle der missmutigen Alten hineinwachse.

Aber der nächste Ärger ist bereits im Anmarsch. Mein Blick gleitet über den belebten Bahnhofsvorplatz und bleibt an einem Kleidungsstück hängen. Ist das eine Fata Morgana, oder bewegt sich gerade eine sehr bekannte braune Lederjacke auf uns zu? Jetzt rächt es sich wieder, dass ich aufgrund der Verweigerung ärztlicher Ratschläge nie eine Brille trage. Die Lederjacke kommt zögernd näher und ist keine Fata Morgana.

Er ist es. Monsieur Cool hält direkt auf meinen *Speisewagen* zu. Seltsamerweise bleibt mein Herzschlag völlig gleichmäßig. Wenn man zu lange auf etwas gewartet hat, und dieses Etwas tritt, nachdem man schon nicht mehr damit rechnet, endlich doch ein, kann es vorkommen, dass das lange Erwartete einen plötzlich vollkommen kaltlässt.

Vielleicht liegt es auch daran, dass ich meinen Blick betont gelassen auf die andere Seite des Bahnhofplatzes lenke und im selben Moment eine große, stattliche Frau in einem engen pinkfarbenen Kleid auf uns zukommen sehe. Allein durch ihre körperliche Präsenz strahlt Sugar eine unerschütterliche Stärke aus, die stets sofort auf mich abfärbt.

Als Monsieur Cool als Erster am *Speisewagen* aufschlägt, schaffe ich es daher, ihn vollkommen gleichgültig anzusehen, während innerlich Magen und Milz eine Revolution anzetteln.

»Hallo, Olivia.« Seine Stimme klingt leicht verunsichert, was ich mit klammheimlicher Freude registriere.

»Wie geht's Julie? Hat sie sich von ihrem furchtbaren Schock erholt?« Ich lege mein ganzes geheucheltes Mitgefühl in meine Worte.

Viktor sieht gespannt wie ein Bogen der Jungsteinzeit von mir zu Monsieur Cool und zurück. Sicherlich erwartet er, zu seinem Mahl, das er gerade beendet hat, nun auch noch ein kleines Gemetzel serviert zu bekommen. Brot und Spiele.

Monsieur Cool windet sich wie Beifang im Fischernetz, schüttelt dann nur den Kopf und sagt: »Sie hat immer irgendwas. Beim letzten Mal klemmte sie morgens um fünf im Kellerfenster fest, nachdem sie schlafwandelnd vor die Tür gegangen war und sich ausgesperrt hatte. Unbekleidet.«

Viktor kichert. Er bekommt wahrlich beste Unterhaltung geboten. Ich amüsiere mich weniger, denn ich denke neidvoll an Julies sportliche Figur. »Sicher ein erfreulicher Anblick.«

Monsieur Cool sieht überrascht hoch. Meine Stimme hat verraten, dass ich eifersüchtig auf Julie bin. Mist.

»Sicher. Wenn man darauf steht, die Ex-Frau, von der man sich vor vier Jahren getrennt hat und die einen seitdem mit den lächerlichsten Kleinigkeiten traktiert, zu einer Zeit, in der man sich eigentlich gerade noch mal gemütlich umdreht, in einem weiteren ihrer zahlreichen würdelosen Zustände vorzufinden ... dann war es sehr erfreulich, *oui*.« Er spuckt das französische Wort aus wie einen alten Kaugummi.

»*Gosh*, es gibt schon wieder was Gesundes! Wann gibt es denn mal Gulasch?« Sugar hat in ihrem Zieleinlauf die Schrift auf dem Aufsteller entziffert und klatscht nun ebenfalls an der *Speisewagen*-Theke ab.

Monsieur Cool sieht irritiert zu ihr, sammelt sich aber gleich wieder. Er wirkt entschlossen, wie jemand, der sich etwas Wichtiges vorgenommen hat, etwas, wovon er sich auf keinen Fall abbringen lassen will. Viktor nickt Sugar freundlich, aber distanziert zu. Man kennt sich von diversen Dämmerstunden, in denen zwei Nachtfalter aus verschiedenen Motiven um den Lichtschein derselben Quelle herumgeschwirrt sind, aber stets respektvoll Abstand gehalten haben, um nicht versehentlich in die Flugbahn des anderen zu geraten.

Ich nehme zwei tiefe Teller, fülle eine große Portion Curry hinein, mache zwei Schalen mit Tomatensalat fertig und reiche sie an Sugar und Monsieur Cool weiter. Sugar ruft »Frühstück«, wobei sie die beiden Umlaute als U spricht, und verzieht sich damit sofort an den letzten freien Stehtisch, Monsieur Cool schiebt den Teller etwas von sich weg und bleibt an der Theke stehen.

»Hör zu, Olivia«, raunt er, »das ist überhaupt nicht so gelaufen, wie ich ...«

»Bekomme ich dann noch meinen Cappuccino?«, kräht Viktor aus dem Hinterhalt.

Ich stöhne auf, will mich entnervt zur Kaffeemaschine umdrehen, doch Monsieur Cool packt meine Hand, sieht mich ehrlich verzweifelt an und sagt: »Bitte, Olivia. Ich hatte keine Ahnung, dass Julie kommt. Ich bin in der Nacht zwei Stunden in der Gegend herumgefahren und habe dich gesucht.«

»Da saß ich versteckt im Gebüsch.« Ich denke, dass ich das denke, doch natürlich habe ich es schon wieder ausgesprochen. Meine Denk-Sprech-Schranke funktioniert einfach nicht. Vincent blickt entsprechend irritiert drein.

»Ich habe Duhurst!«, quengelt Viktor. Ich versuche, mich zu befreien, doch Monsieur Cool lässt mich nicht los. »Olivia, bitte!«

»Dein Essen wird kalt«, sage ich freundlich und deute auf das Curry. Er versteht, lächelt erleichtert, dreht meine Hand um und küsst sie zart auf die Innenfläche. Sie riecht sicher nach Spülwasser.

Viktor starrt gebannt auf uns. Es ist nicht ganz klar, ob er ungeduldig auf seinen Kaffee wartet oder ob sein Blick sagen will: »Siehst du, ich habe es doch gewusst!«

Sugar hat nichts von dem Kuss mitbekommen, da sie all ihre Kraft braucht, um den Anblick des gesunden Essens vor ihr auszublenden. »Hast du gehört, was mit unserem gemeinsamen Freund los ist?«

Ich ziehe endlich meine Hand weg. Einerseits will ich natürlich sofort wissen, was sie über die Rettungsboje erfahren hat, andererseits steht hier aber Monsieur Cool und damit ein möglicher Spitzel, der aber zugleich ... ach, es ist kompliziert.

Ich tue so, als ob mich Sugars Nachricht nicht besonders interessiert, und mache zunächst einmal den Cappuccino für Viktor. Sugar lässt sich davon aber nicht aufhalten.

»Die Ärzte sagen, es ist ein *fuckin' wonder!*«

Der Kaffee brodelt verlässlich in die Tasse. Ich gebe Milchschaum darauf, nehme ein Tablett, stelle einen vollen Zuckerstreuer dazu und klettere aus dem Bus. Viktor nimmt sein Getränk erfreut entgegen. Ich werfe einen Blick an den Nachbartisch hinüber, wo Vincent nun zufrieden kaut.

»Du kannst ja kochen!« Seine akute Demut ist bereits wieder im Begriff, in die alte Frechheit umzuschlagen.

»Die Früchte der Erlösung schmecken immer besonders gut.«

»Wunderbar. Du bist auch noch eine *poétesse!*«

»Und du ein Süßholzraspler.«

»Ein was?«

Ich räume rätselhaft lächelnd Viktors Teller ab und gehe mit dem Tablett zu Sugars Stehtisch.

»Was hast du erfahren?«, raune ich ihr zu, »aber leise, wir sind womöglich nicht unter uns.«

»Verstehe.« Sugar wirft einen wissenden Blick zu Monsieur Cool, der gerade *Süß-olz-rasp-lör* in sein Smartphone spricht. Ich bin gespannt, was das weltweite Netz ihm dazu mitteilt.

»Der Lieberknecht macht gute Fortschritte und kommt nächste Woche schon in die Reha.«

Das ist nicht gerade die Nachricht, die ich hören wollte.

»Kann er sprechen?«

»Das nicht, aber er kann sich irgendwie verständlich machen.« Die Tafel. Natürlich.

»Weißt du was wegen seines Ärgers mit den Red Wolves? Spielschulden?«

Sugar beugt sich verschwörerisch vor. »Ich habe gehört, dass sein verschollener Bruder plötzlich aufgetaucht ist und sich darum kümmern will.« Sie lacht ein dröhnendes Verschwesterungslachen. Eine wie Sugar hat nicht mal Angst vor Wölfen.

»Sein Bruder?«, rufe ich und fahre herum.

Viktors Stehtisch ist leer. Sein Cappuccino schwappt halb ausgetrunken durch die Tasse. Von Viktor hingegen keine Spur.

»Hat der nicht bezahlt? Soll der *flatteur* schnell hinter ihm her?« Vincent hat offenbar eine Übersetzung gefunden.

»Nein, lass mal. Der kommt schon wieder.«

Ich klettere müde in den Bus zurück und spüle das Geschirr. Ich verstehe gar nichts mehr. Hat Viktor nun also doch die Uhr geklaut, sie verhökert und will aber immerhin die Spielschulden der Rettungsboje damit begleichen?

Die Frage ist, ob die Rettungsboje überhaupt etwas von der Rückgabe der Uhr mitbekommen hat. Dann bin ich in Sicherheit. Wenn er aber noch auf dem Stand vor seinem Crash ist oder zwar mitbekommen hat, dass die Uhr wieder da war, er aber auch gemerkt hat, dass sie nun wieder verschwunden ist, habe ich nach wie vor ein Problem. Natürlich bekommt Viktor hier so schnell nichts mehr zu essen. Wer weiß, wie viel er an dem Deal nebenbei verdient hat?

Sugar kommt mit ihrem Teller an die Theke. »Das war lecker, das gesunde Zeug. Was bekommst du?«

»Lass mal. Darauf kommt es heute auch nicht mehr an.«

»Dann gehen wir bald mal Champagner zusammen trinken, *Baby*.«

»Geht klar.« Mein Bedarf an Trinkgelagen ist für die nächsten drei Monate allerdings erst einmal gedeckt.

Sugar legt militärisch grüßend zwei Finger an ihre Schläfe und schiebt sich davon. Ich sehe der pinken Erscheinung eine Weile nach, nehme einen Lappen, steige aus dem Bus und wische die beiden Stehtische in dem Bewusstsein sauber, dass jeder meiner Schritte von Vincent genau erfasst wird.

Am Himmel, der eben noch klar und blau war, ziehen von Westen her dunkle Wolken auf. Ein Atlantiktief kündigt sich an. Der Wind fährt unter meine Schürze, und sie fliegt flatternd hoch.

»Der Sommer ist bald vorbei«, sage ich, mehr zu mir selbst. Vincent nickt.

»Sehen wir uns bald, kleine *Hongroise?*«

»Halbungarin«, korrigiere ich. Eine gelbe Serviette wird vom Wind aufgewirbelt und weht verlassen über den Bahnhofsplatz.

Oma sagt, Opa sei nicht mehr wie früher. Mit früher meint sie vor dem Sommer. Als alles noch in Ordnung war und die Leute nicht in Massen aus der DDR abgehauen und nach Ungarn geflüchtet sind. Opa sagt, das wäre der Anfang vom Ende seines wunderbaren Kommunismus. Aber da übertreibt er bestimmt.

Ich bin in den Herbstferien natürlich wieder hier. Das mit Mamas Besserung hat nur kurz angehalten. Ich habe gar keine Lust mehr, darüber zu schreiben. Es langweilt dich sicher auch, Tagebuch?

Jedenfalls bin ich in Esztergom. Opa ist seit Tagen in seiner Werkstatt im Schuppen und schraubt an seinem alten Moped herum. Dann hat er immer superschlechte Laune.

Und es schüttet mindestens schon genauso lang. Da hätte ich auch zu Hause bleiben und dort öde aus dem Fenster gucken können. Oma hat gemerkt, dass ich gefrustet bin, und hat mich in die Küche mitgenommen. »Wir machen Kürtöskalács, gebackene Medizin«, hat sie sehr bestimmt gesagt, »da wird Opa wieder munter. Und du auch.«

Dann hat sie Hefe in warmer Milch aufgelöst, sie beiseitegestellt und Mehl, Butter, Eier, Zucker und eine Prise Salz zusammengerührt und unter die Hefe-Milch-Mischung geknetet.

»An alles Süße muss eine Prise Salz, an alles Salzige eine Prise Zucker. Merke dir das. Nur so kommt die Tiefe in den Teig. Das muss jetzt mindestens eine Stunde gehen.«

Dann sind wir zu Opa in die Werkstatt hinübergegangen, wo er grimmig an einem Vergaser herumgewischt hat.

»Sándor«, hat Oma gesagt, »wirf den Grill an, wir haben Kürtöskalács gemacht!«

Opa hat erstaunt geguckt, denn die Kürtöskalács macht Oma sonst erst im Winter, aber er hat genickt und sich die Hände an dem Lappen abgewischt.

Wir sind wieder zurück ins Haus gegangen, und Oma hat drei Kürtöskalács-Rollen aus Holz aus dem alten Küchenschrank im Flur geholt.
Sie sehen wie ein Nudelholz aus, aber sie sind länger und haben nur an einer Seite einen Griff. Die Rollen haben wir mit Schmalz eingerieben und dann beiseitegelegt.
Als der Hefeteig genug gegangen war, hat Oma ihn ausgerollt, zweifingerdicke Streifen abgeschnitten, und dann durfte ich ihn um meine Kürtöskalács-Rolle wickeln wie eine Spirale, während Oma die anderen beiden Rollen fertig gemacht hat. Danach haben wir zerlassene Butter auf den Teig gestrichen, und Oma ist nachsehen gegangen, ob die Glut schon richtig war.
War sie. Also sind wir mit den drei Rollen nach draußen. Opa stand unter dem Vordach des Schuppens und rührte in der Glut des Grills.
»Männer lieben Feuer«, flüsterte Oma mir zu, »es gibt ihnen ein Urzeit-Gefühl«. Sie kicherte wie eine kleine Hexe.
Wir legten die Rollen in die Vertiefungen des Grills über die Glut. Jeder musste auf seine eigene Rolle aufpassen und sie immer wieder drehen. Opa versuchte zu verbergen, dass es ihm auch ein wenig Spaß machte. Aber Oma und ich feuerten uns immer wieder gegenseitig an, rechtzeitig die Rolle zu drehen, bevor der Kürtöskalács-Teig unten schwarz wurde.
Bald war der Teig knusprig braun, und wir sind schnell in die Küche damit und haben ihn in Zimtzucker gewälzt. Er ging ganz leicht von der Holzrolle herunter. Oma kochte rasch einen Mokka, den wir mit viel Milch tranken (ich zumindest), und dann aßen wir die duftend heißen Kürtöskalács.
»Man muss sie unbedingt warm essen«, erklärte Großmutter, »sonst helfen sie nicht!«
Opa schlürfte seinen Mokka und biss freudig in das Gebäck.

Sein Gesicht sah schon gleich viel entspannter aus. Oma warf mir immer wieder Blicke zu, als wollte sie sagen: »Siehst du, so einfach kann man einen grimmigen alten Mann in einen glücklichen Menschen verwandeln.«

Und als wir fertig waren und Opa aus dem Fenster heraus dem leisen Regen zusah, da sagte er auf einmal: »Du hast recht, Erzsébet, wir dürfen uns von ihnen nicht den Schneid abkaufen lassen.«

»So liebe ich meinen Sándor«, jubelte Oma. Sie umarmte ihn und küsste ihn mitten auf den Mund!!! Das war mir ein bisschen peinlich.

Am nächsten Tag stand Opa früh am Morgen in seinen schicken Anzug gekleidet und fröhlich pfeifend in der Küche.

»Zieh deine besten Sachen an, und beeil dich!«, rief er beschwingt, »wir fahren nach Budapest.«

Da wusste ich erst mal nicht richtig, ob ich mich freuen soll.

Im Zug freute ich mich dann aber doch. Die Sonne schien endlich wieder mal, wir würden in ein schickes Café gehen, und Opa war auch endlich wieder mal gut gelaunt. Also wäre es ziemlich dämlich, sich nicht zu freuen. Da Mama immer schwermütig ist, ohne einen wirklichen Grund dafür zu haben, habe ich mir irgendwann mal vorgenommen, mich über alles zu freuen, worüber man sich auch nur freuen kann. Und wenn es nur etwas winzig Kleines ist, zum Beispiel ein Marienkäfer, der am Zugfenster hochkrabbelt.

»Was grinst du so doof?«, fragte Opa. In seiner Generation sind die Männer manchmal sehr unsensibel. Heute ist es für einen Jungen ganz wichtig, dass er sensibel ist, das mögen alle Mädchen. Ich bin da ein bisschen misstrauisch, ob das nicht nur die Kreide ist, die der böse Wolf sich auf die Pfote gestrichen hat.

Bei Opa weiß man immer, woran man ist. Manchmal ist das auch blöd. Ich habe ihm einen schnippischen Blick zugeworfen und nur noch aus dem Fenster geschaut, bis wir in Budapest waren.

Dort sind wir wieder die Straße zum Café Hungaria entlanggelaufen, die kannte ich ja schon.
Aber vor der Eingangstür ist Opa stehen geblieben und hat gesagt: »Heute wirst du allein hineingehen. Du hast eine Stunde Zeit. Bis ich wiederkomme, hast du drei Gegenstände von Gästen in deinen Besitz übergeführt, ohne dass sie es merken.« Dann hat er mir zwei Geldscheine in die Hand gedrückt, einen für die Blindheit des Kellners und einen für Mokka und Kuchen, damit ich nicht so auffalle. Und schwupp, war er verschwunden.
»In deinen Besitz übergeführt«, das hieß ja wohl nichts anderes als Klauen. Ich stand vor dem Café, und meine Knie zitterten so sehr, dass ich sie festhalten musste. Daran kann man sehen, dass man sich auch nicht zu früh freuen darf, wenn man nicht weiß, was einen später erwartet.
Ich atmete dreimal tief durch und öffnete die Tür. Sogleich war ich wieder wie geblendet von der Schönheit der Räume mit all ihren Säulen, Samtteppichen und goldenen Tapeten. Ich versuchte, möglichst erwachsen auszusehen, und stakste an einen freien Tisch. Es dauerte ewig, bis der Kellner kam, denn im Kommunismus müssen Angestellte sich nicht unnötig verausgaben, hat Großvater mir einmal erklärt. Als er kam, schob ich ihm erst einmal den größeren Geldschein hin, den er blitzschnell einsteckte. Das gibt es wahrscheinlich nur im Kommunismus, dass Kellner durch Geld blind werden.
Dann bestellte ich einen Mokka und ein Stück Dobos-Torte, der Kellner ging davon, und ich sah mich im Raum um.
Es waren nur drei oder vier Tische besetzt. Wie sollte ich hier bloß an die Sachen der Gäste kommen? Ich würde mich bestimmt total dämlich anstellen und dann bei Wasser und Brot in einem ungarischen Gefängnis landen!

Ich sah aus dem Fenster und dachte nach. Drei Gegenstände von Gästen? Das musste ja nicht unbedingt ein Portemonnaie oder eine Uhr sein. Eigentlich könnte ich ja auch drei Dinge kaufen oder auf der Straße finden und hinterher behaupten, ich hätte sie geklaut. Aber im Lügen bin ich leider so schlecht, Opa hätte es sofort gemerkt.
Der Kellner kam und brachte meine Bestellung. Die Torte sah fantastisch aus, aber ich hatte überhaupt keinen Hunger. In meinem Magen tanzte ein ganzer Ameisenstaat Rumba. Ich tat, als ob ich versuchen würde, Zucker in die Tasse zu tun, der Zuckerspender aber leer wäre. Dann stand ich auf und ging zu einem Paar, das, wie ich gehört hatte, deutsch sprach.
»Entschuldigung, könnte ich bitte Ihren Zuckerspender haben?«
Die Frau lächelte nett und gab ihn mir sofort. Im Weggehen sah ich, dass ihre Handtasche offen war. Ich gab im Stehen Zucker in meine Tasse, ging zurück an ihren Tisch, ließ genau neben der Tasche den Zuckerspender fallen, sagte »Ich Dummkopf!« und bückte mich schnell danach. Ohne lange hinzusehen, griff ich in die Handtasche der Frau und nahm etwas heraus, das ich schnell unter mein Shirt schob. Mein Gesicht war knallrot. Dann hob ich den Zuckerspender auf, der unter den Tisch gerollt war und etwas Zucker verstreut hatte, und entschuldigte mich tausendmal bei der Frau.
»Das macht doch nichts«, sagte sie und lächelte wieder. Auch der Mann lächelte. Sie sahen beide sehr nett aus. Es wäre einfacher gewesen, Idioten zu beklauen.
Ich ging an meinen Platz zurück und nahm zur Beruhigung erst mal einen Schluck Kaffee. Dann griff ich unauffällig unter mein Shirt, um zu sehen, was ich erbeutet hatte. Es war ein silberner Lippenstift. Zum Glück nichts Teures, was der Frau sofort auffallen würde. Ich steckte ihn in meine Tasche, probierte die Torte und versuchte, harmlos auszusehen. Der Kellner ging vorbei, zog dabei tadelnd eine

Augenbraue hoch. Er war also nur halb blind. Für vollständige Blindheit war der Schein wohl zu klein gewesen.
Ich trank zur Sicherheit eine Weile nur Kaffee, aß immer wieder Kuchen und beobachtete meine zukünftigen Opfer. Ein Mann kam in das Café, hängte seinen Mantel an die Garderobe, nahm einen Kamm heraus, kämmte sich und steckte ihn wieder in die Manteltasche. Danach suchte er sich einen Tisch am Fenster und rief nach dem Kellner. Natürlich habe ich mir diesen Kamm sofort gesichert, Tagebuch! Ich tat, als ob ich mir die Zeitung holen würde, die in einen Stock geklemmt an der Garderobe hing. Es war ganz einfach, in die Manteltasche zu greifen und den Kamm schnell unter meinen Pulli zu stecken. Der Mann würde es erst merken, wenn er das Café verließ. Und da wäre ich schon über alle Berge!
Nun hatte ich also schon zwei Sachen, und es war kinderleicht gewesen. Zu leicht! Ich brauchte anspruchsvollere Aufgaben! Zwanzig Minuten blieben mir noch, bis Opa mich vor dem Café abholen würde. Einen Gegenstand musste ich noch in meinen Besitz »überführen«. Ich stand auf und tat, als ob ich zur Toilette gehen müsste, um mich ein wenig im Café umzusehen. An einem Tisch ganz hinten im Café saß eine ältere Frau, die ich bisher nicht gesehen hatte. Sie las in einem Buch, war sehr elegant gekleidet und schien die Umgebung überhaupt nicht wahrzunehmen. Ich wusste sofort, dass ich dieses Buch haben wollte. Großvater würde vor Stolz platzen. Aber wie sollte das gehen? Irgendwie musste ich sie von ihrem Buch wegbekommen, ohne ihr Misstrauen zu wecken.
Ich blieb sehr lange auf der Toilette und dachte darüber nach, wie ich an das Buch gelangen könnte. Zweimal rüttelte jemand an der Tür, doch ich stellte mich taub. Dann ging ich in den Vorraum, spritzte mich von oben bis unten mit Wasser voll und rannte zurück ins Café.

»Der Wasserhahn ist abgefallen«, rief ich der Frau zu, »ich kann ihn nicht mehr abstellen. Hilfe!«
Die Frau sah ganz langsam von ihrem Buch hoch und blickte mich vollkommen ruhig an. Ihre Augen hatten etwas Durchbohrendes, wie ein Giftpfeil. »Was habe ich damit zu tun?«, fragte sie auf Deutsch mit starkem ungarischen Tonfall.
»Könnten Sie nicht mal nachsehen?«
Die Frau stand sehr langsam auf und stellte sich genau vor mich hin. Ich kriegte fast keine Luft mehr, so eng war das.
»Es kommt immer ein Punkt im Leben«, sagte sie und sah mir streng in die Augen, »an dem man seinen Meister trifft. Und es ist gut, wenn das früh passiert.«
Sie griff in ihre Handtasche, nahm den Lippenstift und den Kamm heraus, die ich eben gestohlen hatte und drückte sie mir in die Hand. Dann legte sie einen Geldschein auf den Tisch, sah mich noch einmal sehr durchdringend an, dass es mir durch den ganzen Körper schoss, und ging. Das Buch ließ sie aufgeklappt auf dem Tisch liegen. Einfach so.
Tagebuch, das war das Demütigendste, was ich jemals erlebt habe!!! Viel schlimmer als all die Sachen mit Opa! Ich stand da wie ein wahrlich begossener Pudel! Meine Kleider tropften, und ein kleiner See bildete sich um meine Schuhe. Ich ließ das Buch liegen, ging zu meinem Platz zurück, rief den Kellner, der mich schadenfroh angrinste, zahlte und ging.
Opa stand schon draußen und wartete. Ich stürzte aus der Tür und drückte ihm im Vorbeigehen den Kamm und den Lippenstift in die Hand. Opa sah sie an, rannte hinter mir her und sagte keuchend: »Das sind ja nur zwei Sachen.«
»Ja, das sind nur zwei«, fauchte ich zurück und rannte weiter.
»Jetzt bleib doch mal stehen!« Opa ist nicht mehr der Jüngste. Also

wartete ich irgendwann fairerweise, bevor er noch einen Herzinfarkt bekam.

»Was ist passiert? Warum bist du so nass?« Opa sah ehrlich besorgt aus. Also erzählte ich ihm, wie die Frau mich reingelegt hatte. Und dass ich das Buch dann nicht mehr nehmen wollte.

Opa hörte sich alles ganz ruhig an und ließ sich dann beschreiben, wie die Frau aussah. Dann lachte er und sagte: »Das war Fanni. Es ist keine Schande, von ihr reingelegt zu werden.«

Ich sah ihn misstrauisch an. »Hast du gewusst, dass diese Fanni da ist?«

Opa versuchte, sich ein Grinsen zu verkneifen. »Wer weiß? Vielleicht?«

Ich warf böse Pfeilblitze zu ihm hinüber.

»Wie gesagt, Fanni ist die Beste in unserem Fach.«

Erstaunt sah ich ihn an. »Besser als du? Besser als die Szabós?«

Opa nickte. »Besser als ich. Besser als die Szabós.

Dann legte er mir den Arm um die Schulter, zog mich mit sich die Straße entlang und sagte: »Aber eines Tages, da wirst du die Beste sein.«

Meine Ohren waren ganz rot. Aber ich schwöre, Tagebuch, das hat er genau so gesagt.

Als wir eine Weile die Straße zum Bahnhof entlanggegangen waren und den Gestank der Ost-Autos eingeatmet hatten, wurde ich mutig: »Sag mal, Opa. Warum nennst du mich eigentlich immer Findelkind?«

Opa sah mich verdutzt an und überlegte eine Weile. Dann sagte er: »Ich denke, du bist nun alt genug, um es zu erfahren. Deine Mutter war sehr jung, als sie dich bekommen hat, sie wollte noch kein Kind. Eines Tages legte sie dich in einen Korb und setzte ihn in die Donau.«

Ich schnappte nach Luft. »Und dann?«

»Du triebst Kilometer weit den Fluss hinunter. Dann kam eine

Rotfeder, das ist ein Karpfenfisch, nahm den Korb ins Maul und schubste dich behutsam an Land. Ein junger Angler hat dich dort gefunden und zu uns zurückgebracht.«

Ich sah meinen Opa misstrauisch von der Seite an. »Ist das wahr? Eine Rotfeder?« Natürlich grinste er schon wieder über das ganze Gesicht.

»Nein, ich nenne dich einfach so, weil es mir gefällt, mein Findelkind.«

Er hatte mich wieder mal reingelegt.

Sechsundzwanzig

Natürlich bin ich zuerst da. Egal an welchen verlassenen Orten der Erde wir uns treffen würden, ich wäre es, die an menschenleeren Plätzen, auf einsamen Berggipfeln, an zugigen Bahnsteigkanten, auf unbequemen südfranzösischen Bistrostühlen oder mit zwei schweißfeuchten Karten kurz vor Filmbeginn am Kinoeingang ausharren würde. Währenddessen würde Aka sich Zeit lassen, entspannt auf den Treffpunkt zuschlendern und irgendwann seelenruhig über die Straße spazieren. Wenn ich dann ihre Verspätung von einer halben, ganzen oder gar zwei Stunden anmahnen würde, fiele nur ein verwunderter bis irritierter Blick über so viel Kleingeistigkeit auf mich. Ich käme mir sofort spießig vor, angesichts meines so offensichtlich bloßgelegten, verkrampften, deutschen Verhältnisses zur Pünktlichkeit. Und ich würde nichts dazu sagen, sondern meine Wut beschämt hinunterschlucken wie ein Bonbon, das einem versehentlich in den Hals gerutscht ist und an dem man beinah zu ersticken droht.

Im Gefängnis ist das selbstverständlich nicht anders. Ich sitze seit fünfundzwanzig Minuten im Besucherraum, und von Aka ist nichts zu sehen.

In dieser Zeit hätte ich etwa zehn Portionen verkauft. Meine Zeit ist jetzt nicht nur noch meine verlorene Zeit, sondern wird in

Geld aufgewogen. In Geld, das ich nicht verdiene, wenn ich nicht im Bus stehe und Essen über die Theke reiche.

Ich nehme mir vor, noch fünf Minuten zu bleiben und dann zu gehen. Schließlich ist es Aka, die etwas von mir wollte, und nicht umgekehrt. Selbst die Aufpasserin auf dem Stuhl neben der Tür sieht mich schon mit mitleidigem Achselzucken an.

Gerade als ich aufstehen will, um tatsächlich zu gehen, wird die Tür des Besucherraums geöffnet, und Aka schlurft ohne große Hast herein.

»Tut mir leid, die haben mich aus Schikane noch mal richtig gefilzt.«

Es hätte mich misstrauisch machen sollen, dass sie sich sofort für ihre Verspätung entschuldigt, statt mit gewohnt verschlossener Miene darüber hinwegzurumpeln wie eine Asphaltwalze über frisch gegossenen Teer. Aber ich Trottel glaube leider unverbrüchlich daran, dass Menschen sich ändern können, auch wenn ich meist eines Besseren belehrt werde.

»Wie geht´s dir?«, frage ich.

»Ich muss hier raus«, kommt Aka ohne Umschweife zum Punkt.

»Das stimmt, aber wir wissen beide, dass das noch ein Jahr dauert.«

»Elf Monate!«

»Gut, aber das ist ja noch eine Weile bis dahin.«

»Eben nicht! Ich habe nächste Woche Hafturlaub!«

Das überrascht mich nun wirklich. »Was ist passiert? Ist jemand gestorben?«

»Nein, aber ich muss Selin retten.«

Akas schwarze Murmelaugen zeigen eine Entschlossenheit, die mich an dieser Stelle noch misstrauischer hätte machen müssen. Stattdessen erkundige ich mich besorgt, was mit ihrer Tochter passiert ist.

»Nichts. Es ist noch nichts passiert. Aber es wird etwas passieren, wenn ich nicht bald eingreife.« Aka schlägt bei diesen Worten mit der Handkante auf den Tisch. Das müsste ziemlich wehtun, doch ihr Zorn macht sie für einen Moment schmerzunempfindlich.

»Meine Schwiegermutter, die Schlange, will einen Mann für sie suchen. In Anatolien.«

»Einen Mann? Aber sie ist doch noch ein Kind!«

»Sie wird nächsten Monat dreizehn.«

»Das ist ja wohl kein Alter, um verheiratet zu werden.«

Aka haut auf die Tischplatte. »In Anatolien schon. Da suchen sich irgendwelche alten Säcke Kinderbräute, um frisches Blut in die Familie zu bekommen.«

»Ist das denn erlaubt?«, frage ich bedrückt.

»Nein. Aber wenn es um angebliche Traditionen geht, werden in der Türkei oft beide Augen zugedrückt. Sogar im ach so rechtsstaatlichen Deutschland gibt es Kinderehen.«

Ich lehne mich im Stuhl zurück und kaue ratlos auf meiner Unterlippe. Die Aufpasserin scheint nun mit offenen Augen zu schlafen. Eine Fähigkeit, die nur Menschen beherrschen, die sehr lange Zeiten überbrücken müssen, in denen nichts passiert. Zum Beispiel Portiers, Museumsaufseher, Leuchtturmwärter.

»Und was kannst du unternehmen?«, frage ich Aka.

Ein Gedanke rattert hinter Akas Stirn. Sie presst die Lippen zusammen, um ihn nicht auszusprechen, und sieht zum Fenster.

»Ich werde mit ihr reden«, sagt sie nach einer Ewigkeit. Sie merkt selbst, wie lahm das klingt.

»Und dann wird sie sagen: Klar, du hast recht. Es ist wirklich nicht gut, deine Tochter an so einen Schmierlappen zu verhökern. Sie sollte besser doch Abitur machen und später mal Jura studieren, um unabhängig zu sein.«

»Wenn sie es nicht einsieht, nehme ich Selin einfach mit.«

»Ins Gefängnis?«

Aka sieht mich mit wehen Rehaugen an. »Ich dachte, du könntest vielleicht ...«

Trimethylaminoxid.

Ich springe auf. »Denk noch nicht mal dran.« Die Aufpasserin schreckt aus ihrem Wachkoma hoch und fixiert mich mit der ganzen Entschiedenheit, die ihrer Funktion innewohnt.

Aka greift nach meiner Hand, zieht mich wieder auf den Sitz zurück. »Es wäre ja nur für elf Monate, fast nur noch zehn!«

»Wo soll ich denn eine pubertierende Göre unterbringen? Ich habe selbst nur zwei Zimmer!«

»Sie kann auf dem Sofa schlafen!«

»Ich muss morgens riesige Mengen an Lebensmitteln verarbeiten.«

»Sie kann dir helfen!«

»Ich bin erzieherisch eine absolute Null!«

»Sie ist ganz pflegeleicht.«

»Das glaube ich sofort bei der Mutter.«

Akas Blick schwankt zwischen Bitte und Bedrohung. »Bitte, Olivia, du kannst doch nicht wirklich wollen, dass sie in der Türkei zwangsverheiratet wird!«

Eine Mauer der Verweigerung steht zwischen uns. Ich habe sie mühsam errichtet und stelle nun entsetzt fest, dass Aka anfängt, Stück für Stück einzelne Ziegelsteine aus ihr herauszubrechen.

Ich schüttle den Kopf und sehe an die Wand des Besucherzimmers. Ich habe schon genug mit mir selbst und meinen Parasiten zu tun, unmöglich, dass ich mich auch noch um ein pubertierendes Mädchen kümmere und mir damit womöglich jede Menge zusätzlichen Ärger einhandle.

Aka sitzt in sich zusammengesunken auf ihrem Stuhl und blickt stur auf die Tischplatte. Es arbeitet in ihr. Ich bin bestürzt, als ich Tränen in ihren Augen sehe. Ich habe sie in der Haft nicht ein einziges Mal weinen sehen.

»Hast du schon mal ausgerechnet, wie alt ich war, als ich Selin ...« Ihre Stimme bricht ab.

Erschrocken sehe ich sie an. »Du warst selbst eine Kinderbraut?«

Aka nickt. »Aber ich hatte noch das Glück, dass mein Bräutigam nicht viel älter war als ich.«

»Wo ist er jetzt?«

»Er ist vor Jahren von einem Gerüst abgestürzt. Arbeitsunfall. Lange her.«

Ich nicke und hoffe, dass es halbwegs einfühlsam aussieht.

»Er war kein schlechter Mann. Ein bisschen verwöhnt vielleicht. Unseren Männern wird von ihren Müttern alles abgenommen, weißt du. Sie halten sich daher für die Größten, sind aber gleichzeitig absolut lebensuntüchtig.« Aka zieht ihre Nase hoch. Ich greife in meine Hosentasche und reiche ihr ein Taschentuch. Aka schnäuzt sich geräuschvoll. »Aber seine Stiefmutter, also meine Schwiegermutter, ist ein totaler Drachen!«

Meine Mauer fällt Ziegel für Ziegel in sich zusammen.

Eine halbe Stunde später verlasse ich das Gefängnis und habe nicht nur zugestimmt, dass Akas Tochter elf Monate bei mir wohnt, sondern auch, dass ich Aka nächste Woche zu dem Treffen mit ihrer Stief-Schwiegermutter begleite. Bravo! Ich bin schon sehr gut darin, Schwierigkeiten anzuziehen. Doch ich müsste ein Unmensch sein, Aka in ihrer Not im Stich zu lassen.

Ich gehe ohne Umwege an den *Speisewagen* zurück. Ich habe eine ungarische Fischsuppe vorbereitet, die sich gut aufwärmen lässt, dazu ein Fenchel-Relish mit Zitronenzesten und Knoblauch, das jeder Gast individuell in seine Suppe geben kann. Viele Leute mögen keinen Fenchel. Er erinnert sie daran, wie sie als Kind Bauchschmerzen oder Husten hatten und literweise muffigen Beutel-Fencheltee trinken mussten. Daher sollte man dem Fenchel beim Kochen den medizinischen Charakter nehmen, und das gelingt am besten mit Zitrone.

Das Fenchel-Zitronen-Relish gebe ich auf einen *Amuse-Gueule*-Löffel aus Porzellan und setze ihn neben die Suppenschale auf ein Tablett. Das sieht schön aus. Und es macht den meisten Leuten Spaß, ihre Suppe selbst zu verfeinern.

Zum Glück kommt an diesem Tag keiner meiner Parasiten, und auch sonst gibt es keinen weiteren Ärger. Die Gäste löffeln zufrieden ihre Suppenterrine aus, und am frühen Abend habe ich bereits fast alles verkauft. Der wachsende Geschirrberg in meinem Rücken zeugt davon.

Den Rest der Suppe fülle ich in eine Plastikschüssel und bringe ihn Pillen-Paul, dem Obdachlosen, der nun fast jeden Tag vor dem Eingang des Bahnhofsgebäudes sitzt. Das mache ich hin und wieder. Um sich herum hat Pillen-Paul eine Menge Stofftiere aufgebaut, die mit ihrer Harmlosigkeit verhehlen sollen, dass direkt hinter ihnen die Verkörperung des Elends sitzt. Die Menschen wollen nicht gern daran erinnert werden, dass jeder heute an seiner Stelle sitzen kann. Ein, zwei Schicksalsschläge, der Tod eines Angehörigen, Arbeitslosigkeit, eine Krankheit, Verschuldung, schon verliert man seine Wohnung und muss sich auf der

Straße durchschlagen. Und weil man dort ist, findet man auch keinen Job mehr.

Um diese unangenehme Wahrheit abzumildern, führen viele Obdachlose etwas Niedliches mit sich. Pillen-Paul soll der Legende nach in seinem früheren Leben eine Apotheke gehabt haben, aber vielleicht ist das auch nur ein Gerücht und er war in Wirklichkeit Pillendreher in einer Fabrik. Jedenfalls ist sein erstes Leben viele Jahre her, denn man sieht ihm an, dass er schon sehr lange auf der Straße lebt. Ich gehe gern zu ihm, auch wenn er ein bisschen kompliziert ist.

Ich reiche Pillen-Paul die Schüssel und einen Löffel. Er sieht erfreut hoch und schnuppert. »Ist das Fisch?«

»Fischsuppe«, bestätige ich.

»Fisch esse ich nicht.« Pillen-Paul schiebt meine Hand mit der Schüssel kategorisch von sich. »Die Weltmeere sind eh fast leer gefischt.«

Das kenne ich schon. Paul hat immer irgendwelche Einwände. Mal hält er die Ware für radioaktiv verstrahlt, mal schiebt er Allergien vor. Sollte er tatsächlich gegen Weizen, Milch, Fruktose, Nüsse, Sellerie und Sojabohnen allergisch sein, wie er vorgibt, wäre er nach normalen Maßstäben schon verhungert. Doch wenn man ihn auf die logischen Konsequenzen seiner Nahrungsverweigerung hinweist oder ihm gar nichts mehr einfällt, behauptet er schlicht, er bräuchte kein Essen, da er sich die notwendigen Mineralien aus der Luft ziehen würde.

Wahrscheinlich hat Paul sein ganzes Leben lang nach Einwänden gesucht. So lange, bis nichts anderes mehr übrig geblieben ist als die Straße.

»Das sind alles Fische aus heimischen Gewässern«, antworte

ich, »nur der Lachs ist aus Bio-Zucht.« Pillen-Paul weiß ganz genau, dass ich sehr darauf achte, woher meine Zutaten kommen.

»Ist das auch wahr?«, fragt er dennoch und beäugt argwöhnisch die Schüssel, als ob ich ihm gekochten Pferdemagen anbieten würde.

»Da kannst du dich hundertprozentig darauf verlassen«, bestätige ich.

Paul wiegt kritisch seinen fast haarlosen Schädel. »Gut, ausnahmsweise.« Er schnappt sich die Schüssel und macht sich daran, sie sofort auszulöffeln. Vielleicht sind seine Einwände auch die letzte Möglichkeit, einen Rest von Würde zu bewahren und nicht so verflucht dankbar sein zu müssen, wenn ihm jemand etwas schenkt.

Ich sehe mir unterdessen Pauls Plüschtiere an. Ein Hase mit abgeknicktem Ohr, ein Teddy, dessen rechtes Knopfauge nur noch am seidenen Faden hängt, und ein abgegriffener Esel, dessen lichte Stellen sein Strohinneres offenbaren. Sie wirken nach all den Jahren auf der Straße erbarmungswürdig mitgenommen. Ich bezweifle, dass sie zum Zweck der Elendsverniedlichung noch geeignet sind.

»Du solltest dir ein lebendes Tier anschaffen. Ein Minischwein zum Beispiel. Auch Plüschtiere gehen mal in Rente.«

Pillen-Paul löffelt. »Kein Schwein will auf der Straße leben.«

»Da hast du auch wieder recht. Dann eben einen Hund. Am besten einen Welpen.«

Pillen-Paul legt den Kopf schief und nickt. »Ich denke darüber nach.«

»Ich muss wieder rüber. Der Geschirrberg wartet.«

Paul zeigt mit dem Kopf auf meinen *Speisewagen*. »Und der Stammkunde auch.«

Ich folge seinem Blick und erschrecke. Monsieur Cool steht lässig an den Wagen gelehnt und winkt mir zu. Und Pillen-Paul beobachtet offensichtlich ganz genau, was an meinem *Speisewagen* vorgeht.

Als ich zurückgehe, bin ich mir viel zu bewusst, dass Paul hinter mir hersieht und, was bei Weitem schlimmer ist, Monsieur Cool mich ebenfalls beobachtet. Ich stolpere über eine Bordsteinkante und kann mich gerade noch abfangen, um nicht lang vor ihn hinzuschlagen.

»Hast du Lust auf einen kleinen Ausflug?«, fragt er, als ich mit verräterischer Gesichtsfarbe bei ihm am *Speisewagen* angekommen bin.

»Vor dem Ausflug ist nach dem Abspülen.« Ich zeige mit möglichst cooler Geste auf meinen Geschirrberg. Warum ist *cool sein* eigentlich so positiv besetzt? Die wenigsten Menschen sind doch wirklich cool, sondern beschäftigen sich andauernd mit ihren Unsicherheiten und Sorgen. Und niemand möchte in Wahrheit ständig einer Armada von unterkühlten Zombies begegnen. Aber ich tappe selbst immer wieder in die Cool-sein-wollen-Falle, weil ich nicht will, dass jemand hinter meine Fassade blickt.

»Ich helfe dir!« Vincent krempelt tatsächlich sofort seine Hemdsärmel hoch.

Und dann stehen wir zusammen im *Speisewagen*, er spült, während ich abtrockne. Der Geschirrberg ist riesig, da ich den ganzen Tag vollauf damit beschäftigt war, Fischsuppe auszuschenken.

»Wohin fahren wir?«

»Ich dachte, wir fahren ein bisschen in die Höhe. Ich habe eine Decke und ein Picknick dabei. Und ich habe mir ein Auto geliehen.« Er dreht sich um und zeigt auf die Parkplätze gegenüber dem Bahnhofsplatz.

Am Ende seines imaginär fortgesetzten Fingerzeigs steht mein Lieblingsauto: ein Karmann Ghia Cabrio in Pazifikblau. Das Misstrauen schießt augenblicklich in mir empor, mindestens so hoch wie der Jet d'eau im Genfersee. »Wer hat dir gesagt, dass das mein Lieblingsauto ist?«, frage ich feindlich.

Vincent sieht mich verwundert an. »Niemand. Aber ich freue mich, dass ich deinen Geschmack so gut getroffen habe.«

Und während wir die letzten Suppenschalen ins Regal räumen und ich meinen *Speisewagen* abschließe, frage ich mich tatsächlich, ob die Polizei so etwas wie *Mind Control* anwendet, um an die geheimsten Wünsche ihrer unfreiwilligen Informanten heranzukommen und sie so für die entsprechenden Kontaktpersonen gefügig zu machen. Mit derlei Gedanken bewege ich mich langsam im Bereich logisch unerreichbarer Verschwörungstheoretiker. Ich muss aufpassen, dass ich nicht überall nur noch Gespenster sehe.

Ganz Mensch aus Fleisch und Blut, nimmt Vincent schließlich meine Hand und zieht mich mit sich in Richtung Auto. Man sieht sofort, dass der Karmann besonders sorgfältig restauriert worden ist. »Woher hast du es?«, frage ich starr vor Bewunderung, und streiche ehrfürchtig mit dem Finger über die glänzend polierte Karosserie.

»Es gehört einem Freund. *Voilà*.« Vincent öffnet die Beifahrertür und lässt mich einsteigen. »Er hat sich auf die Restaurierung dieser Autos spezialisiert. Und bevor er sie verkauft, wird eine Probefahrt gemacht. Ich habe das ausnahmsweise für ihn übernommen.« Er lacht.

»Ich würde mir eine Hand abhacken, wenn ich dafür die Probefahrten machen dürfte.« Andächtig betrachte ich das einfach gehaltene Armaturenbrett in der Karosseriefarbe.

»Dann wird es allerdings schwierig mit dem Fahren, denn eine Servolenkung gibt es nicht.« Er klappt die Tür zu, geht um das Auto herum, schwingt sich auf den Fahrersitz und startet den Wagen. Die Leute sehen uns nach, wie wir durch den trägen sommerlichen Abend gleiten. Zwischen all den uniformen grauen und schwarzen Fahrzeugen glitzert unser Gefährt wie ein kostbares Juwel.

Bei 34 PS und einem VW-Käfer-Motor ist eine Fahrt auf über tausend Meter Höhe hinauf allerdings bereits ein kleines Abenteuer. Der Karmann ächzt und schnauft, knattert aber tapfer Kurve um Kurve nach oben.

»Wusstest du, dass die Ingenieure im Kommunismus längst in der Lage gewesen wären, viel schönere Autos zu bauen?«

Vincent wirft mir einen amüsierten Seitenblick zu. »Und warum haben sie es dann nicht getan?«

»Es wurde ihnen untersagt. Mein Großvater sagte, Schönheit war im Kommunismus nicht vorgesehen. Es reichte, dass die Menschen ein Auto hatten, das fuhr. Punkt.«

»Das muss für die Ingenieure furchtbar gewesen sein. Vielleicht ist der Kommunismus daran zugrunde gegangen.«

Ich ziehe die Schultern hoch. »Man kann Schönheit nicht verbieten.«

Vincent nickt.

Der Karmann müht sich redlich ab, eine steile Passage zu bewältigen. Vincent schaltet einen Gang zurück und beschleunigt. »Das ist, als würde man die Liebe verbieten.«

»Das kann auch nur ein Franzose sagen, ohne dass es kitschig klingt.«

»Halbfranzose. Der Rest ist ein nüchterner Elsässer.«

Bäume fliegen an uns vorbei, zuerst waren es Buchen, nun,

weiter oben, sind es schief gewachsene, fast kahle Kiefern. Mir wird ein wenig schwindelig von den vielen Kurven.

»Opa sagte am Ende seines Lebens: Der Kommunismus glimmt unter seiner Asche unauslöschlich weiter. Der Ruf nach Gerechtigkeit ist dem Menschen eingepflanzt wie Hunger und Durst.« Ich sehe Vincent entschuldigend an. »Er konnte sehr pathetisch sein.«

Er nickt erneut und fährt schweigend weiter. Ich weiß nicht, ob seine Zustimmung dem Pathos meines Großvaters oder der ewig währenden Flamme des Kommunismus gilt.

»Was war dein Großvater von Beruf?«, will er dann wissen.

»Oh, er war ... äh, Handlungsreisender.«

»Es gab Handlungsreisende im Kommunismus?«

»Ja. Das hat mich auch gewundert.« Ich registriere einen fragenden Seitenblick, sehe aber stur nach vorn.

Kurze Zeit später stoppt Vincent den Wagen auf einem Parkplatz, nimmt einen Korb vom Rücksitz, und wir gehen durch ein kleines Wäldchen, dessen Weg zu einer Lichtung führt. Von dort oben hat man einen unglaublichen Blick über das ganze Tal. Bald wird die Sonne untergehen. Wir setzen uns auf die Decke, die Vincent ausgebreitet hat, und sehen überwältigt auf das Stadtleben da unten. Mittendrin erkennt man das sternförmig angelegte Gefängnis. Vincent breitet eine Stoffserviette aus und legt Olivenbrot, Käse, Feigen und Tomaten darauf.

Auf einmal weiß ich, dass es nur eine Möglichkeit gibt, wenn wir beide auf dieser Decke etwas anderes sein sollen als zwei Menschen, die Käse essen und Belanglosigkeiten austauschen.

Ich sehe ihn an. Gleichzeitig sagen wir diesen Satz, auf den meist nichts Gutes folgt, weil er eine zerstörerische Schneise in ein Feld der Arglosigkeit schlägt. Der verhängnisvolle Satz lautet »Ich muss mit dir reden.«

Siebenundzwanzig

Die Wahrheit hat sich unberechtigterweise einen ausgezeichneten Ruf in menschlichen Bewertungsmaßstäben erschlichen. Die meisten Leute würden zumindest bei einer Umfrage bestätigen, dass es sich bei der Wahrheit um etwas sehr Positives handelt, eine Angelegenheit, die man begrüßen muss und der man unbedingt näher kommen sollte, falls sie in irgendeinem Moment des Lebens unter einem Berg von Lügen verschüttet ist.

Man kann eine verborgene Wahrheit durch freundliches Nachfragen, Druck, Erpressung oder im extremen Fall auch durch Wahrheitsseren ermitteln. Lange Zeit glaubten Geheimdienste, mit einem Narkosemittel die perfekte Wahrheitsdroge für die Befragung von Geheimnisträgern gefunden zu haben. Dann stellte sich heraus, dass die Droge nur die Hemmschwelle herabsetzte und die Gefangenen tatsächlich anfälliger wurden für Suggestion. Die Wahrheit, die sie nach Verabreichung der Drogen lieferten, war also nur die Wahrheit, die der Geheimdienstmitarbeiter gern hören wollte.

Aber auch, wenn man mit einer echten Wahrheit konfrontiert wird, kann sie etwas sehr Unangenehmes sein. Es gibt eine Menge Dinge, von denen man lieber nichts wissen würde, weil sie das eigene Leben ganz entscheidend verändern können.

Wer hört schon gern die Wahrheit, dass er nicht der echte Vater seines Kindes ist, die Frau mit dem besten Freund fremdgeht oder der geliebte Opa ein berüchtigter Heiratsschwindler war?

Die Wahrheit hat sich ihren positiven Ruf zu Unrecht erschlichen, weil die Menschen nicht bedenken, welche unangenehmen Konsequenzen sie haben kann.

Doch bevor eine solche Wahrheit zwischen mir und Vincent ihr hinterhältiges Zerstörungswerk entfaltet, klingelt mein Smartphone. »Wenn das Viktor ist, bringe ich ihn um«, sage ich. Dennoch schaffe ich es nicht, das Handy in meiner Tasche einfach klingeln zu lassen. Vielleicht liegt es daran, dass mich dreieinhalb Jahre lang niemand angerufen hat und mir jeder Anruf jetzt so kostbar erscheint. Vielleicht ahne ich auch, dass das, was Vincent mir verkünden will, mir nicht gefallen wird. Ich nehme das Handy heraus und sehe mit entschuldigendem Lächeln zu ihm und dann auf das Display. Es ist nicht Viktor. Natürlich nicht, denn wie konnte ich vergessen, dass er im Moment sicher wenig Wert darauf legt, mit mir zu sprechen.

Es ist Gertrude. Ich gehe ran.

»Hallo, meine Liebe, ich wollte mal hören, wie dein Abend noch verlaufen ist.«

Wenn sie nun auf eine romantische Geschichte hofft, muss ich sie enttäuschen. Ich werfe einen Seitenblick zu Vincent. »Prima, ich hatte noch ausgiebig Gelegenheit, an der frischen Luft zu sein.«

Gertrude stutzt und versteht sofort. »Mein Gott, ich hätte nicht fahren dürfen. Ich hatte ein ganz schlechtes Gefühl am nächsten Morgen.«

Ich brumme etwas Unverständliches, um nicht etwas sehr Verständliches zu sagen, was sich danach nicht mehr zurücknehmen lässt.

»Wie kann ich das wiedergutmachen?«, will Gertrude von irgendwo da unten in der Stadt wissen.

Ich denke an ihre große Wohnung, mein Mini-Appartement und an die baldige Übernahme von Selin. »Kommst du mit Jugendlichen klar?«

»Ich? Mit Jugendlichen? Na ja, also ...«, stammelt Gertrude.

Niemand kann in Wahrheit gut mit Jugendlichen umgehen. Außer Jugendlichen selbst, fähigen Lehrern oder Sozialarbeitern. Ich glaube fast, Jugendliche sind eigentlich Wesen aus einer anderen Galaxie, die in böser Absicht auf die Erde heruntergekommen sind, um dort Eigenschaften wie Unhöflichkeit, Launenhaftigkeit und Selbstbezogenheit hoffähig zu machen. Sobald diese in den allgemeinen Wertekodex der Erde übergegangen sind und den Zusammenhalt der Gesellschaft zersetzt haben, werden die Extraterrestrischen uns ohne große Gegenwehr überwältigen und fortan die Weltherrschaft übernehmen. Bis dahin sollte man Jugendlichen möglichst aus dem Weg gehen.

Bei einigen Erdlingen (Viktor) scheint die Übernahme bereits geglückt zu sein.

»Prima«, sage ich, »ich kenne jemanden, der dir gerne gelegentlich Gesellschaft leisten würde. Ich melde mich.«

Bevor Gertrude widersprechen kann, lege ich auf. Vincent hat mit gespanntem Gesichtsausdruck zugehört.

»Wo waren wir stehengeblieben?«, fragt er.

»Wir wollten reden.«

»Okay, du zuerst.«

»Nein, du.«

»Ich lasse dir gern den Vortritt.«

Ich hole tief Luft. Auch meine Wahrheit wird nicht unbedingt stimmungsaufhellend wirken. Entweder wird er jetzt gleich aufstehen und gehen, oder er bleibt. Dann muss ich unsere gerade beginnende Geschichte wenigstens nicht mit einer Lüge fortsetzen. »Ich war nicht im Ausland, ich war ... im Gefängnis.«

Ich sehe Vincent verzagt ins Gesicht. Es zuckt nicht einmal um seine Augen herum. »Ich weiß«, sagt er ganz leise.

Trimethylaminoxid.

Mir ist sofort klar, was das bedeutet.

»Du bist ein Spitzel.«

»So würde ich das nicht sagen. Verdeckter Ermittler.«

Wut und Scham schießen in mir hoch und kämpfen um die innere Vorherrschaft. Die Wut siegt schnell. »Na super. Du hast mir das also alles nur vorgespielt, um an Informationen zu kommen. Hat es sich wenigstens gelohnt?« Ich springe erbost auf.

Er hält mich an einer Hand fest. »Ja, es hat sich gelohnt. Aber anders, als wir uns das vorgestellt hatten. Ich habe mich in dich verliebt.«

»Super. Du hast dich in mich verliebt, und ich habe keine Ahnung, wer du überhaupt bist.«

»Du hast mir doch auch nicht die Wahrheit gesagt. Ich sage nur: Auslandsaufenthalt.«

Ich schüttle seine Hand ab. »Das ist etwas ganz anderes. Ich habe dir in ein, zwei kleinen Details nicht die Wahrheit gesagt. Aber du«, ich kicke voller Zorn gegen einen Busch, dessen Blüten sofort auf die Wiese herabregnen, »du bist ein kompletter Fake!«

»Nein«, widerspricht er. »Alles, was ich dir über mich erzählt habe, stimmt. Sogar mein Name. Ich habe wirklich mal Architektur studiert. Man verwendet bei der verdeckten Ermittlung heute echte Biografien, damit sie glaubwürdiger wirken.«

»Das ist aber sehr nett von euch! Und was ist mit charming Julie?«

»Sie ist tatsächlich meine Ex-Frau. Aber auch meine Kollegin. Sie wollte mit ihrem Auftritt verhindern, dass ich dir zu nahekomme. Wir dürfen uns nicht mit Zielpersonen einlassen.« Er lacht. »Ein bisschen Eigeninteresse war aber auch dabei. Das war irgendwie süß von ihr.«

»Oh ja, sehr süß«, bestätige ich säuerlich. »Und was wolltest du von der Zielperson Olivia Szabó? Ich bin schließlich absolut solide geworden.« Man kann eine Tatsache auch so lange behaupten, bis man sie zumindest selbst glaubt.

»Du hast eine Menge Kometen in deiner Umlaufbahn, die für uns als Multiplikatoren der kriminellen Szene interessant sind. Viktor, Sugar, der Lieberknecht, Sula und Wolf.«

Ich lasse mich zurück auf die Decke plumpsen. »Alles klar. Der Küchenschrank!«

»Sula und Wolf stehen im Verdacht, die Köpfe eines großen Hehlerrings zu sein.«

»Sula und Wolf? Hehlerei im großen Stil? Niemals! Die haben ja sogar mein …« Mir fällt gerade noch rechtzeitig ein, dass ein verdeckter Ermittler besser nichts von meinen stillen Reserven aus früheren Beutezügen wissen sollte. »Das kriegen die niemals hin.«

»Ist dir noch nie aufgefallen, dass der Laden überhaupt nichts abwirft? Wovon leben die beiden dann?«

Von meinem Geld natürlich. Und von ihren neuen Kleinhehlereien. Ich versuche, ein undurchdringliches Gesicht zu machen.

»Und wie hast du dir das vorgestellt? Glaubst du wirklich, dass ich dir meine Freunde ans Messer liefere?«

Unten in der Stadt kreisen all meine kleinen, ahnungslosen Kometen, und ich muss sie vor dem vorzeitigen Verglühen retten. Vor jemandem, der zugleich mein Gefährte sein könnte. Es ist irre.

Vincent sieht mich ernst an. »Nein. Ich habe darum gebeten, mich von diesem Fall abzuziehen.«

»Und dann? Dann bist du immer noch der Bulle und ich die Diebin. Die Ex-Diebin.«

Bulle und Diebin. Mehr Antagonist ist wohl kaum vorstellbar. Also lag die Wahrsagerin doch nicht so falsch. Allerdings fürchte ich, dass unser Hauptwiderpart nicht in den Berufen, sondern in unserem Wesen liegt: er optimistisch, ich pessimistisch, er vertrauensvoll, ich misstrauisch, er ausgeglichen, ich schwankend ... Ich könnte die Liste ewig fortsetzen.

»Ich habe auch keine Lösung dafür«, sagt Vincent leise.

Ich hasse ihn für diesen Satz.

Eine Ameise krabbelt über unsere Decke. Sie kommt kaum vorwärts, weil sich ihre kleinen Beinchen in den Filzflusen verfangen. Ich lasse sie auf meinen Finger krabbeln und setze sie auf einem Grashalm ab.

In buddhistischen Ländern gibt es das Ritual, Tiere zu retten, die ansonsten getötet werden würden, also zum Beispiel vor dem Schlachter. Das soll zur eigenen Lebensverlängerung beitragen. Findige Händler haben sich darauf spezialisiert und verkaufen dort kleine Fische in Plastiktüten an Gläubige, die die Fische dann wieder ins trübe Wasser kippen, wo sie vermutlich bald erneut gefangen werden.

Ob die Ameise, die nun auf dem Grashalm hin- und herschwankt, auch zählt, wage ich zu bezweifeln.

Außerdem weiß niemand, ob im Jenseits auf einer Art Bank, die mit der Hypothek aller gegessenen Tiere eines Lebens belastet ist, jedes einzelne Lebewesen verrechnet wird. Auf meiner Bank stehen vermutlich schon vier Kühe, vier Schafe, zwölf Gänse, siebenunddreißig Enten, sechsundvierzig Puten, sechsundvierzig Schweine und neunhundertfünfundvierzig Hühner auf der Rechnung. Das sind tausendvierundneunzig Tiere, die jeder mitteleuropäische Mensch in seinem Leben durchschnittlich verzehrt. Hinzu kommen unzählige Fische und andere Meerestiere. Ich glaube kaum, dass im Jenseits differenziert wird und die vegetarischen Mahlzeiten zu meinen Gunsten angerechnet werden. Also sollte nicht auch noch ein Heer von Insekten hinzukommen, das ich im Lauf meines Lebens gedankenlos zerquetscht habe.

Die Ameise flüchtet unter ein Löwenzahnblatt. Ich werfe einen Blick zu Vincent hinüber. »Und was machen wir jetzt?«

Er sieht ernsthaft bedrückt aus. »Wir lassen ein bisschen Zeit vergehen und sehen, ob es doch eine Möglichkeit gibt. Und in der Zwischenzeit …«

Er rückt an mich heran, legt den Arm um mich, streicht mir eine Haarsträhne aus dem Gesicht und küsst mich. Dieser Kuss, das ist mir klar, ist ein Versprechen an die Zukunft, nicht an die nahe Gegenwart hier oben auf dem Berg und auch nicht an die etwas weiter entfernte Gegenwart unten im Tal.

Nach einer Weile mache ich mich los, klopfe Grashalme von meiner Hose und beginne, die Sachen zurück in den Korb zu packen. Hunger habe ich jedenfalls nicht mehr.

Vincent lässt sich an der Hand von mir hochziehen, und wir sind beide versucht, uns noch einmal zu küssen. Jetzt, wo klar ist, dass es unmöglich ist, erscheint er mir so begehrenswert wie nie zuvor. Das Konzept der künstlichen Verknappung funktioniert also auch im zwischenmenschlichen Bereich. Leider ist der Preis für die Limitierung dieser Ware besonders hoch.

Wir gehen schweigend durch die Dämmerung zurück zum Auto. Jetzt hasse ich es, dass der Karmann ins Tal schleicht wie ein angeschossener Tiger. Die Bäume werfen böse Schatten auf den geborstenen Teerbelag. Ein halb leerer Mond steigt zwischen kranken Baumwipfeln empor.

»Gibt es eigentlich das Waldsterben noch?«, frage ich, mehr mich selbst.

»Keine Ahnung. War das nicht eine Erfindung von euch Deutschen? *Le Waldsterben*? Der große, deutsche Wald stirbt.«

Ja, genauso wie *Le Tschernobyl* und *La Fukushima*, will ich wütend antworten. Doch es erscheint mir sinnlos, mit einem Mann Grundsatzdiskussionen über die Verleugnung von Umweltgefahren zu führen, den ich vielleicht nie wiedersehe. Stattdessen lache ich bitter.

»Vielleicht sind wir ohnehin zu unterschiedlich.«

Er widerspricht nicht. Den Rest der Strecke fahren wir in betretenem Schweigen.

Vincent setzt mich am *Speisewagen* ab. Er küsst mich zum Abschied noch einmal auf die Stirn.

»War's das nun?«, frage ich bedrückt.

»Bestimmt nicht«, behauptet er vehement. Ich glaube ihm kein Wort.

Vincent wartet, bis ich in den Fond des *Speisewagens* geklettert bin. Ich versuche, mir nicht anmerken zu lassen, dass mir zum Heulen zumute ist. Ich starte den Motor, winke ihm trotzig zu und fahre in Richtung Studentinnenwohnung.

Der Geschmack von alter Pappe liegt auf meiner Zunge. Etwas macht meinen Hals eng und raubt mir den Atem. Ein weit entferntes Gefühl steigt in mir hoch und zieht mich in das trübe Meer meiner Vergangenheit zurück. Ich parke den Bus auf dem Seitenstreifen, springe aus dem Wagen und japse nach Luft. Doch ich kann mich nicht mehr gegen die Bilder wehren, die ich jahrelang verscheucht habe.

Am Tag vor meinem achtzehnten Geburtstag war meine Mutter in aufgeräumter Stimmung. Sie drückte mir zwei große Scheine in die Hand und sagte, ich dürfe alle meine Freunde zum Italiener in unserer Straße einladen. So etwas Spontanes hatte sie noch nie getan. Über ihre Gründe wollte ich einfach nicht nachdenken. Ich freute mich und steckte das Geld ein. Echte Freunde hatte ich zwar nicht, konnte aber mit der Aussicht auf eine Pizza ein paar Klassenkameraden überzeugen, den Abend mit mir zu verbringen. Ich bekam sogar Geschenke. Wir tranken Wein und feierten bis weit nach Mitternacht. Ich war unglaublich stolz, als ich dem Kellner die zwei Scheine in die Hand drücken konnte, und schwebte glückselig nach Hause.

Dort schloss ich leise die Wohnungstür auf und streifte im Flur die Schuhe ab. Es roch nach dem Duschbalsam meiner Mutter. Veilchen. Normalerweise wurde mir von dem viel zu süßen Geruch übel, doch an diesem Abend sog ich ihn begierig auf. Die Tochter kommt nachts vom Feiern zurück, und die Mutter hat es sich inzwischen allein zu Hause gemütlich gemacht. Das war so wunderbar normal. Leise schlich ich in mein Zimmer und legte mich beseelt ins Bett. So fühlte sich also Glück an.

Gegen drei Uhr morgens wurde ich wieder wach, weil ein Gefühl mir sagte, dass etwas nicht stimmte. Ein Urinstinkt, eine innere Stimme, ein entfernter Geruch. Ich konnte nicht genau sagen, was es war. Doch das Unbehagen reichte aus, um aufzustehen und nach dem Rechten zu sehen. Ich legte den Kopf an Mamas Schlafzimmertür und horchte. Es war vollkommen still. Ich drückte die Türklinke herunter und spähte ins Zimmer. Meine Augen brauchten eine Weile, bis sie sich an die Lichtverhältnisse gewöhnt hatten. Doch dann sah ich, dass das Bett meiner Mutter leer war.

In diesem Moment wusste ich, dass etwas Furchtbares passiert war. Wie ferngesteuert ging ich zur Küche, auch sie war leer. Ich weiß nicht mehr, wie ich ins Bad gekommen bin. Da ist nur noch dieses Bild. Meine Mutter, in ihrem besten Kleid, schön wie ein bleicher Engel, geschminkt, die Haare hochgesteckt, ein paar Strähnen fallen über den Badewannenrand ins Nichts, ein Meer von Blut, Schaumreste schmiegen sich wie ein rosa Grenzsaum um ihren Körper. Eingebrannt in meine Augen für die Ewigkeit. Ich wusste sofort, dass alle Hilfe zu spät kam.

Meine Kindheit war in diesem Moment zu Ende.

Nie mehr habe ich seitdem meinen Geburtstag feiern können. Wie selbstsüchtig muss eine Mutter sein, wenn sie ihren inszenierten Tod ausgerechnet auf den Geburtstag der einzigen Tochter legt? Oder wie verzweifelt? Jahrelang war in mir nur eine unbändige Wut, wenn ich an meine Mutter dachte.

Ich atme tief ein und aus, steige wieder ins Auto, starte den *Speisewagen*, mache eine waghalsige Wende über zwei Fahrbahnen und steuere den Wagen zurück in Richtung Innenstadt.

Vor dem Eingang von *Hennys Bar* wird gerade ein Parkplatz frei. Ich stoße die Tür auf und stürme direkt durch die plüschige Innenhöhle in Richtung Theke. Sugar thront in einem spektakulären roten Samtkleid auf einem Barhocker und dreht sich ohne große Eile, aber überaus verwundert um.

Ich verstehe die Männer, die sich nur an ihren großen heimeligen Busen werfen und alles vergessen wollen, was dieser Welt aus Weichheit und Trost feindlich entgegensteht. Auch ich werfe mich in ihre Arme.

»Ich bin am Ende!«

»Na, na, so schlimm wird es schon nicht sein.« Sugar tätschelt meinen Rücken wie den eines Babys. Ich atme tief ein und löse mich langsam aus ihrer Umarmung.

»Gilt das mit dem Champagner noch?«, frage ich keuchend.

Sugar nickt. Als sie in mein aschfahles Gesicht sieht, schüttelt sie den Kopf, winkt dem Barkeeper zu und sagt: »Gib ihr was Stärkeres!«

Der Barkeeper greift nach der Wodkaflasche und zwei Gläsern, schenkt mir und Sugar ein, reicht die Gläser hinüber. Wir greifen danach, prosten uns zu. Ich leere das Glas in einem Zug.

»*Baby*, was ist passiert?«, will Sugar wissen.

»Ich feiere Geburtstag«, sage ich, »ich feiere einundzwanzig Geburtstage.«

»So sieht das also aus, wenn du feierst?« Sugar schüttelt den Kopf und schiebt unsere Gläser über die Theke.

Ich trinke das Glas erneut in einem Zug leer. Und dann erzähle ich zum ersten Mal in meinem Leben die ganze vertrackte Geschichte meiner Mutter.

Achtundzwanzig

Als Treffpunkt am frühen Morgen hat Aka die alte Lokhalle auf dem Güterbahnhofsgelände ausgewählt. Ich finde den Ort ein wenig zu filmkulissenhaft, aber ich weiß, dass Aka etwas übrig hat für dramatische Auftritte. Und vielleicht ist es auch nicht falsch, die Strahlkraft eines Ortes für sich zu nutzen.

Die Lokhalle ist ein roter bröckelnder Backsteinbau mit halbrunden Sprossenfenstern und geschwungenen Giebeln und steht seit einigen Jahren leer. Bestimmt werden sich hier bald Fitnessstudios und Werbeagenturen einnisten. Aber noch liegt das Gelände brach, und der Löwenzahn hat sich wacker durch den Betonboden hindurchgegraben. Wer diesen Ort als Treffpunkt auswählt, macht klar, dass es bei einer Zusammenkunft nicht um Nebensächlichkeiten geht.

Die Schwiegermutter lässt auf sich warten. Auch sie arbeitet mit ihren eigenen Mitteln, den Gegner mürbe zu machen.

Aka wird mit jeder Minute, die die Schwiegermutter fernbleibt, nervöser. »Und wenn sie doch nicht kommt?«, fragt sie mich bereits zum siebten Mal.

»Sie kommt«, antworte ich ebenfalls zum siebten Mal und versuche, beruhigend die Augenlider zu senken. Bei Tieren und Kinder wirkt dies ermutigend, bei Aka bewirkt es gar nichts.

»Vielleicht hat sie sich Selin geschnappt und ist mit ihr schon nach Anatolien abgehauen.«

Sechsmal versuchte ich, auch diese Ängste zu zerstreuen, und fand darauf dennoch keine befriedigende Antwort. Jetzt rast jedoch ein schwarzer Mercedes mit abgetönten Scheiben über das Güterbahnhofsgelände und stoppt mit kreischenden Bremsen vor der Lokhalle.

»Ist sie nicht.« Ich zeige auf den Wagen, aus dem eine kräftige Frau im langen schwarzen Mantel und mit schwarz-weißem, kunstvoll um den Kopf gewundenem Tuch aussteigt. Ich registriere beiläufig, dass sie wenig dazu passend Bikerboots trägt, als sie entschlossen auf die Lokhalle zustapft.

»Da kann sie gar nicht schnell genug rennen, die alte Schlange.« Aka auf den Widerspruch hinzuweisen, dass sie gerade eben noch die Verspätung ihrer Schwiegermutter bemängelt hat, halte ich für sinnlos. Mit einer entschiedenen Geste reißt Frau Şimşek schon die Eingangstür der Lokhalle auf. Eine bereits zerbrochene Scheibe fällt endgültig aus dem Rahmen, als sie die Tür hinter sich zudonnern lässt.

»Was willst du?« Bei allen Vorwürfen, die Aka ihrer Stiefschwiegermutter sicherlich zu Recht machen kann, wäre *mangelnde Zielstrebigkeit* wohl kaum angebracht. Ich nehme mir die Zeit, sie ausgiebig zu mustern, als sie sich mit in die Hüften gestützten Händen dicht vor Aka aufgebaut hat. Sollte ich mich jemals gefragt haben, was das Wort *vierschrötig* bedeutet, so bekomme ich an diesem Tag, durch diese Frau eine bildliche Antwort. Alles an ihr ist zu grob, zu groß, zu massig und zu derb. Selbst ihr schwarzer Mantel kann nicht verhehlen, dass sich darunter eine unförmige Gestalt ohne Konturen verbirgt. Man kann sich problemlos vorstellen, wie sie mit bloßen Händen ein Kaninchen erwürgt.

Und diese Frau will Aka also mit Argumenten davon überzeugen, dass ihre Tochter besser bei ihr aufwachsen sollte. Ich muss beinah laut auflachen.

»Lass deine fettigen Finger von meiner Tochter. Sie kann sich eines Tages ihren Mann selbst aussuchen, wenn es so weit ist.«

»Sie wird sich nicht beschweren. Ich habe ihr eine reiche Familie ausgesucht.«

»Und einen vierzig Jahre älteren Mann.« Aka spuckt die Worte aus wie ungenießbare Brocken. Ihre tagelang einstudierte diplomatische Strategie hat sie offenbar kompromisslos aufgegeben.

»Es kann nicht schaden, wenn sie ein bisschen Führung bekommt, sie schlägt zu sehr nach ihrer Mutter.«

Verächtlich sieht Frau Şimşek durch eine dickwandige Brille auf ihre Schwiegertochter herab, deren Kiefermuskeln schon stark hervortreten, so sehr muss sie sich bemühen, ihr nicht einfach die Halsschlagader durchzubeißen.

»Hauptsache, sie schlägt nicht nach ihrer Oma. Aber dafür werde ich schon sorgen. Selin wohnt, solange ich noch verhindert bin, bei meiner Freundin Olivia.«

Zum ersten Mal scheint die Schwiegermutter überhaupt wahrzunehmen, dass eine weitere, noch unwesentlichere Person als ihre Schwiegertochter zugegen ist. Sie versengt mich mit einem Blick aus ihren Brillenschlangenaugen.

»Ich habe das Sorgerecht. Da kannst du dich auf den Kopf stellen.« Die Schwiegermutter lacht siegesgewiss und sieht nach draußen. Das ist ein Fehler, denn Aka hat ihren Blick gleich richtig gedeutet.

»Ist sie im Auto?«

Frau Şimşek zuckt mit den massigen Schultern und sieht Aka hämisch ins Gesicht.

»Das würdest du gern wissen, was?«

Plötzlich greift Aka hinter einen Stützpfeiler, und als ihre Hand wieder zum Vorschein kommt, umklammert sie ein Gewehr.

»Aka!«, rufe ich. Langsam wird mir die ganze Angelegenheit ein wenig zu ungemütlich.

»Halt dich da raus, das ist eine Sache zwischen ihr und mir.« Aka deutet mit dem Kopf auf ihre Schwiegermutter.

»Ach, jetzt plötzlich? Und warum wolltest du mich dann unbedingt dabeihaben?«

»Siehst du? Noch nicht einmal deine angeblichen Freunde halten zu dir.« Frau Şimşek hält die Waffe wohl für eine Attrappe. Anders kann ich mir nicht erklären, dass sie sich in ihrer Lage derart eskalierend verhält. Und tatsächlich: Was Aka in der Hand hält, sieht seltsam aus. Doch ich habe keine Zeit mehr, darüber nachzudenken, denn nun hebt Aka das Gewehr in eine für sie günstige Schussposition.

»Lass meine Tochter entscheiden, was sie will.«

Das scheint mir ein vernünftiger Vorschlag zu sein, doch die Schwiegermutter ist offensichtlich ganz anderer Meinung.

»Sie kann entscheiden, wenn sie volljährig ist.«

»Dann ist sie längst verheiratet und hat drei Bälger am Hals.«

Die Schwiegermutter fixiert Aka mit einer provozierenden Gleichgültigkeit. »Los! Drück doch ab! Aber das wagst du ja nicht. Du hast ja noch nie irgendwas zustande gebracht«, höhnt sie. Aka zögert. Ihre rechte Hand zittert. Die Schwiegermutter sieht es, grinst noch einmal besonders höhnisch, dreht sich auf ihrem Bikerabsatz um und geht zur Tür.

Das funktioniert vielleicht im Film. Im Film würde die Person mit der Waffe in der Hand nun zu zittern anfangen, wie ein paralysiertes Tier auf die Schwiegermutter blicken, um das Gewehr nach einer Ewigkeit resigniert sinken zu lassen. Bei einer ohnehin leicht entflammbaren Mutter, die wie eine Löwenmutter um ihr Kind kämpft, funktioniert das aber nicht.

Aka zieht ab. Ein pfeilartiges Geschoss löst sich aus der Waffe und rast auf die Schwiegermutter zu. Ich schließe entsetzt die Augen. Als ich sie wieder öffne, steckt das Geschoss in der rechten Hinterbacke der Schwiegermutter fest. Das Anti-Aggressionstraining hat wirklich überhaupt nichts gebracht.

Musste sie ausgerechnet in den Hintern schießen, denke ich, das ist so billig.

»Das ... sieht ... dir ... ja ... wieder ...«, stottert Frau Şimşek.

Was dann passiert, gleicht der Fällung einer jahrhundertealten Eiche. Frau Şimşek taumelt, versucht, sich zur Tür zu retten, greift mit ihren lackierten Nägeln ins Leere, steht eine Sekunde lang still und stürzt dann baumgerade zu Boden.

Ich eile sofort zu ihr. Das Kopftuch ist verrutscht und gibt den Blick auf blondgraue Haare frei. Ich nehme ihr die Brille ab. Blaue Augen starren mich vorwurfsvoll an.

Ich drehe mich zu Aka um. Sie hat ihre Waffe sinken lassen, steht aber breitbeinig an der gleichen Stelle.

»Die ist ja eine Deutsche!«

»Ja und? Wäre es okay gewesen, sie zu erschießen, wenn sie Türkin gewesen wäre?«

»Nein, natürlich nicht, aber ...«

»Konvertiten sind schlimmer als normale Gläubige. Sie nehmen alles besonders ernst und wollen beweisen, dass sie noch besser sind. Keiner von uns würde das mit der Zwangsheirat so machen. Aber ihr Deutschen seid ja immer so hundertprozentig.«

Sie spuckt verächtlich auf den Boden.

Trimethylaminoxid.

So ergeht es mir schon mein ganzes Leben. Wenn ich für etwas Schlechtes verantwortlich gemacht werden soll, bin ich plötzlich Deutsche, wenn es um Annehmlichkeiten geht, die mir angeblich nicht zustehen, Ausländerin.

Aka lehnt gelassen die Waffe an den Pfeiler. »Sie ist außerdem nicht tot, sie ist nur betäubt.«

»Woher willst du das wissen?«

»Weil das ein Betäubungsgewehr ist. Habe auf die Schnelle nichts Besseres gekriegt.«

Der reine Zufall hat also darüber entschieden, ob Frau Şimşek heute getötet oder nur betäubt werden sollte? Ich lege meinen Kopf an die Stelle, wo ich das Herz der Schwiegermutter vermute. »Da wäre ich mir nicht so sicher.«

»Ich habe die Menge zwischen Löwe und Elefant gewählt.« Aka sieht skeptisch auf die Frau, die wie ein zerflossener Berg am Boden liegt und sich nicht rührt. »Vielleicht war es doch ein bisschen zu viel.«

»Wir müssen einen Notarzt rufen.«

»Ach ja? Und was willst du denen denn sagen? Meine Freundin im Hafturlaub und ich auf Bewährung haben soeben eine Frau unschädlich gemacht. Vielleicht ist sie auch tot. Bitte bringen Sie doch gleich noch die Polizei mit, damit wir in der JVA wieder vereint sind.«

»Von einer Waffe war nie die Rede. Von wegen Argumente!«

»Ich wollte sie ja nur außer Gefecht setzen. So lange, bis ich Selin in Sicherheit gebracht habe.«

»Spitze! Jetzt bin ich also Komplizin in einem Mordversuch!«

»Betäubungsversuch.«

Ich überlege, ob ich Aka einfach stehen lassen soll. Soll sie sich doch selbst um den Mist kümmern, den sie sich gerade eingebrockt hat.

»Du überlegst gerade, ob du mich einfach stehen lassen sollst«, sagt Aka schon etwas kleinlauter.

»Ja, das tue ich in der Tat! Du hast mich reingelegt!«

»Nein, ich habe dir nur nicht ganz die Wahrheit gesagt.«

»Das ist das Gleiche.«

»Wenn du jetzt gehst, muss Selin ohne ihre Mutter aufwachsen«, fährt Aka ihre stärkste Waffe auf.

Sollte sie nun sagen: Du müsstest doch wissen, wie das ist, gehe ich auf der Stelle.

Aber sie ist schlau genug und schweigt.

»Warum hast du nicht einfach das Jugendamt eingeschaltet?«

Aka lacht bitter. »Die haben gesagt, sie mischen sich nicht in *kulturell bedingte Angelegenheiten* ein. Kulturell bedingte Angelegenheiten! Eine Zwangshochzeit!«

Wir stehen eine Weile einfach da und starren auf die Schwiegermutter. Sie liegt noch immer vollkommen regungslos da.

Ich spiele im Kopf durch, was das alles bedeutet. Aber egal, wie ich es auch drehe und wende, ich komme nicht ungeschoren aus der Sache heraus.

»Hör zu«, sage ich schließlich, »du verschwindest aus einem der hinteren Fenster. Am Bahnhof sitzt ein Penner mit Plüschtieren. Dem gibst du zwanzig Euro und sagst, er soll von einer Telefonzelle aus die 112 rufen. Aber beeil dich. Heute Abend meldest du dich wie vorgesehen im Gefängnis zurück. Ich bringe Selin zu mir und mache dann den *Speisewagen* auf. Wir tun so, als ob alles ganz normal wäre, hörst du?«

Ich drücke ihr einen Fünfzigeuroschein in die Hand. Aka nickt dankbar.

»Und nimm das Betäubungsgewehr mit! Ich will gar nicht wissen, woher du das Ding hast.«

»Kann ich Selin …«

»Nein! Je weniger Leute dich gesehen haben, desto besser.«

Aka schnappt sich die Waffe, wirft einen sehnsüchtigen Blick zum Auto, zögert und verschwindet ergeben in Richtung Fenster. Als sie dort steht, dreht sie sich noch einmal um, sieht mich an und sagt: »Danke, Oli.«

»Mach lieber, dass du fortkommst, bevor ich es mir anders überlege. Und: kein Kontakt!«

Sie nickt, wirft die Waffe aus dem Fenster, klettert hinterher und verschwindet.

Ich beuge mich noch einmal zur Schwiegermutter hinunter und fühle ihren Puls.

Leider kann ich nicht unterscheiden, ob es ihrer oder mein eigener ist, der allerdings in Rekordgeschwindigkeit schlägt. Ich verwische Fußspuren, putze Fingerabdrücke ab und sehe mich noch einmal um, ob wir irgendwelche anderen Spuren hinterlassen haben. Doch ich entdecke nichts Auffälliges. Gegen DNA-Spuren bin ich ohnehin machtlos.

Ich verlasse die Lokhalle und laufe zum Wagen. Durch die abgedunkelten Scheiben kann man nicht erkennen, ob wirklich jemand darinsitzt. Ich klopfe an die Scheibe, öffne die Beifahrertür. Selin sieht mich erschrocken an. Sie trägt Kopfhörer, fummelt an ihrem Smartphone herum und ist exakt die jüngere Ausgabe ihrer Mutter. Wenn sich auch deren Charakter im Erbgut durchgesetzt hat, werden die nächsten Monate sehr abwechslungsreich.

»Mach die Scheißtür zu, es zieht.«

Der Charakter hat sich durchgesetzt. Sollte das ihre größte

Sorge sein, haben allerdings die wahren Bedrohungen ihrer Existenz noch nicht den Weg bis in ihr Bewusstsein gefunden.

»Aussteigen. Mitkommen.«

»Wo ist Omi?« Selin sieht sich suchend auf dem Güterbahnhofsgelände um. Omi ist, wenig überraschend, nicht in Sicht.

»Deine Großmutter ist noch ... verhindert. Deine Mutter und sie haben sich darauf geeinigt, dass du erst mal mit zu mir kommst. Wir waren zusammen im Gefängnis.«

»Mum ist auch da?« Selin weiß also überhaupt nichts. Das macht es nicht gerade einfacher.

»Was hat dir deine Oma denn erzählt?«

»Dass sie kurz etwas erledigen muss und gleich wieder da ist. Oma hat immer so komische Geschäfte.«

»Hör zu. Du kommst jetzt mit, und ich erzähle dir alles auf der Fahrt.«

»Geht´s noch? Ich steige doch nicht zu irgendjemandem ins Auto und lasse mich entführen.«

Selin verschränkt trotzig die Arme vor der Brust. Die Geste kenne ich von ihrer Mutter. Ich weiß daher, dass in diesem Zustand vollkommener Ablehnung gar nichts mehr möglich ist. Allerdings wird in wenigen Minuten ein Krankenwagen auf das Gelände preschen und deren Insassen sich im besten Fall über unsere Anwesenheit, gelinde ausgedrückt, wundern.

»Also gut: Kurzversion: Deine *Omi* wollte dich in der Türkei zwangsverheiraten mit einem vierzig Jahre älteren Mann. Daher hat deine Mutter Hafturlaub beantragt, um dich ihrem Einflussbereich zu entziehen, und ich habe zugestimmt, dass ich dich zu mir nehme, bis sie aus dem Gefängnis kommt.«

Selin löst tatsächlich ihre Arme und nimmt die Kopfhörer ab. Ich erwarte Widerspruch, Verteidigung der Großmutter, Auflehnung. Doch zu meiner Überraschung sagt sie nur: »So eine Bitch! Deswegen wollte sie unbedingt Fotos von mir im Kleid machen lassen.« Sie schnaubt. »Ich ziehe ja wohl kein Kleid an!«

Ich sehe auf ihre kunstvoll zerrissene Jeans und nicke verständnisvoll. Die Liebe zur Stiefgroßmutter ist wohl doch nicht so tief, wie es zunächst den Anschein hatte.

»Wo ist sie jetzt?«

Ich zeige mit dem Kopf auf die Halle. »Sie liegt ohnmächtig da drin. Deine Mutter hatte von irgendwo her ein Betäubungsgewehr. Man könnte auch sagen: Sie vertraute der Kraft ihrer Argumente nicht hundertprozentig.«

»Typisch Mama.« Das kommt ein wenig stolz aus ihrem Mund. Ich nicke wieder und erlaube mir ein kleines einvernehmliches Grinsen.

»Wir müssen jetzt los, gleich kommt der Krankenwagen.«

Selin zögert kurz, rafft dann aber ihre Sachen zusammen und steigt aus.

»Wir fahren erst mal zu euch, damit du dir ein paar Sachen holen kannst.«

Selin nickt und folgt mir zum *Speisewagen*. Ihr spöttischer Blick zeigt an, dass sie bessere Fahrzeuge gewohnt ist.

Als wir das Gelände des ausgedehnten Güterbahnhofsgeländes endlich verlassen, kommt uns bereits der Krankenwagen mit Blaulicht entgegen. Selin wirft mir einen Blick zu, in dem sich nun doch eine gewisse Verunsicherung hinsichtlich des Zustands ihrer Oma widerspiegelt. Ich hoffe inständig, dass die Dosis im Betäubungsgewehr mehr in Richtung *Löwe* tendiert hat.

Neunundzwanzig

»In diesem Loch soll ich bleiben? Das ist ja voll asozial.« Selin steht in der Studentinnenwohnung und schleudert mit jedem ihrer Worte einen Pfeil der Verachtung auf mich. Ich habe nicht mit Begeisterung gerechnet, nachdem wir in der Villa von Frau Şimşek in bester Wohnlage Hals über Kopf drei Koffer voller Sachen für Selin eingepackt haben und sich ihr Zimmer als halber Villentrakt mit eigenem Bad entpuppte.

»Ich habe ja gesagt, dass es nur vorübergehend ist.«

Ich verspreche ihr lieber nicht, dass Gertrude ebenfalls ein großes Haus hat und sie dort gelegentlich bleiben kann. Erst mal sehen, wie sich die Dinge entwickeln. Ein wenig macht es mir auch Spaß, das verwöhnte Gör an die Grenzen ihrer Belastbarkeit zu bringen.

»Und wie lange dauert *vorübergehend*? Einen Monat, ein Jahr, ein ganzes verdammtes Leben?«

Selin wirft sich jammernd auf das Sofa und schleudert ihre Tasche unter den Couchtisch. Ich habe vergessen, dass die Pubertät die Zeit ist, in der die Überhöhung ins Dramatische als Normalzustand betrachtet werden muss. Aber anscheinend hat die junge Lady noch nicht ganz verstanden, in welcher Lage sie sich eigentlich befindet.

»Hör mal gut zu. Ich habe mir das hier auch nicht ausgesucht. Mein Leben war okay, so wie es war. Du hast jetzt die Wahl: Entweder du gehst jetzt in ein Kinderheim und lässt dich von deiner Oma zwangsverheiraten, sobald sie wieder auf dem Posten ist. Oder du bleibst hier und wartest die paar Monate ab, bis deine Mutter aus dem Gefängnis kommt. Viel Spaß, wenn deine Wahl auf Ersteres fällt. Ich glaube kaum, dass in Anatolien Freiheit und Abenteuer auf dich warten.«

Selin kneift die Augen zusammen und sieht sich in dem überschaubaren Wohnzimmer um. »Und ich kann das Schlafzimmer haben?«

Trimethylaminoxid.

»Ja, du kannst das Schlafzimmer haben, während ich hier auf dem scheiß unbequemen Sofa übernachte«, antworte ich. Teil zwei des Satzes: obwohl ich den ganzen Tag schufte und dringend Ruhe bräuchte, verkneife ich mir. Ich will ja nicht wie meine eigene Mutter klingen.

»Und was ist mit Taschengeld?«

»Darüber reden wir, wenn du mir bei den Vorbereitungen für den Food-Truck hilfst.«

»Ich? Kochen?« Selin verzieht entrüstet das Gesicht. Ich ringe mit dem Gedanken, ob eine harte anatolische Schule für ihre Persönlichkeitsentwicklung nicht doch förderlich gewesen wäre.

»Keine Arbeit, kein Geld. *C´est la vie.*« Der französische Satz gibt mir einen kurzen Stich. Ich schiebe den Gedanken an Vincent aber schnell in den Sumpf des Vergessens.

Selin zieht ihre Tasche unter dem Couchtisch hervor, wühlt darin herum, holt Spiegel und einen Kirschlabello heraus und zieht sich die Lippen nach.

»Oh Mann, meine Haare sehen vielleicht doof aus! Ich muss dringend zum Haarescheiden! Krass!«

Sie pustet sich eine Ponysträhne aus dem Gesicht. Wenn das ihre größte Sorge ist, kann ich sie jetzt beruhigt allein lassen.

»Ich muss meinen Stand wieder aufmachen, damit es nicht auffällt«, sage ich, »du solltest heute Nachmittag am besten in der Wohnung bleiben, bis wir wissen, was los ist. Und kein Kontakt zu deinen Freundinnen.«

»Bist du bescheuert? Wenn ich denen nicht antworte, denken die doch wer weiß was.«

Ich seufze. »Dann tu halt so, als ob alles normal wäre. Also, bis heute Abend. Du kannst ja ein bisschen fernsehen.«

»Fernsehen!« Selin verdreht vollkommen genervt die Augen. »Du hast wohl überhaupt keine Ahnung von jungen Leuten, was?«

Ich winke ab, nehme mir den Schlüssel des *Speisewagens* und verlasse die Wohnung. Selten war ich so froh, wieder an meinen Arbeitsplatz gehen zu dürfen.

Wenn ich mich beeile, erwische ich noch die Mittagszeit. Ich habe am Vorabend bereits ein Paprikahuhn zubereitet, zu dem ich der Einfachheit halber Safranreis anbieten werde.

Eine halbe Stunde später parke ich den Wagen bereits am Bahnhofsvorplatz. Hoffentlich bekommt Viktor nicht mit, dass ich heute sein Lieblingsgericht serviere. Aber er hat sich, seit ich herausbekommen habe, dass er vermutlich die Uhr der Rettungsboje verhökert hat, nicht wieder blicken lassen. In dem Moment weiß ich noch nicht, dass sein Auftauchen gerade das kleinere Übel wäre.

Ich gebe das Huhn zum Aufwärmen in eine Pfanne, setzte den Reis auf, nehme den Aufsteller, schreibe *Paprikahuhn* darauf und platziere ihn in einiger Entfernung. Vor dem Eingang des Bahnhofs sitzt wie immer Pillen-Paul. Doch etwas ist anders. Pillen-Paul leuchtet von innen. Er winkt mir freudig zu, will unbedingt, dass ich zu ihm komme. Als ich ihm den Gefallen tue, sehe ich, was ihn innerlich angeknipst hat: Vor ihm kämpft ein kleiner Dackelmischlingswelpe gegen einen widerspenstigen Feind, seine Leine, beißt sich immer wieder in ihr fest, lässt sich auf den Rücken fallen, purzelt herum und steht sofort wieder auf, um weiter zu fighten.

Pillen-Paul strahlt mich an. »Das ist Alfred.«

»Schön, dich kennenzulernen, Alfred«, sage ich. Aber Alfred hat keine Zeit, mich zu begrüßen, da das Leinenmonster sich gerade zweifach um ihn herumgewickelt hat und nun von mehreren Seiten gleichzeitig bekämpft werden muss.

»Du hattest recht«, strahlt Pillen-Paul mich aus seiner nahezu zahnlosen Mundhöhle an, »der Umsatz hat sich verdoppelt. Mindestens!«

»Das freut mich«, sage ich und meine es auch so.

»Und heute habe ich fünfzig Euro für einen einzigen Anruf bekommen!«

»Sie hat dir die ganzen fünfzig Euro gegeben?«, rutscht es mir aus dem Mund.

Pillen-Paul stutzt. »Woher weißt du, dass es eine Frau war?«

»Das weiß ich nicht, das habe ich nur vermutet. Frauen sind da großzügiger.« Man sollte wirklich nicht meinen, dass ich einer bedeutenden Diebesdynastie entstamme, so dämlich, wie ich mich bei der Verschleierung einer Straftat anstelle. Vermutlich hat Opa meine Begabung aus reiner Enkelinnenliebe viel zu hoch eingeschätzt.

Pillen-Paul sieht mich fragend an, wird aber zum Glück durch

Alfred abgelenkt, dessen Fähigkeiten zur Selbstknebelung offensichtlich die der Entfesselung bei Weitem übersteigen. Pillen-Paul versucht, in dem Gewirr den Anfang der Leine zu finden, was von Alfred wiederum als ungebührliche Einmischung in seine persönliche Fehde verstanden und mit Beißattacken auf die Finger seines neuen Herrchens beantwortet wird.

»Ich muss dann mal rüber, der Reis kocht«, nutze ich die unerwartete Ausflucht, »soll ich dir nachher noch was vorbeibringen? Es gibt Paprikahuhn!«

»Nein«, antwortet Pillen-Paul kategorisch, während er versucht, seine Finger in Sicherheit zu bringen und gleichzeitig den Welpen wie eine Fadenrolle aufzudröseln. Ich sehe ihn erstaunt an. Welche Ausflüchte hält er jetzt schon wieder parat? Aber Pillen-Paul lächelt vollkommen harmlos zurück.

»Ich komme zu dir und bezahle«, sagt er dann stolz.

»Gut«, sage ich erleichtert, »dann bis gleich. Und viel Glück mit dem kleinen Houdini.«

Pillen-Paul sieht mich fragend an. »Houdini?«

»Ein ungarischstämmiger Entfesselungskünstler. Berühmt für seine Unterwasserentfesselungen.«

»Nee, das lassen wir lieber«. Beschützend drückt er den zappelnden Alfred an sich. Es tut Menschen einfach gut, wenn sie jemanden haben, um den sie sich kümmern können. Es muss ja nicht gerade ein durchgeknallter Teenager sein. Ich winke den beiden zu und gehe wieder zu meinem Wagen hinüber.

Dort warten bereits ein paar Kunden, sodass ich in der nächsten halben Stunde mit der Ausgabe des Essens und Kassieren beschäftigt bin. Die Gefahr, die sich über den Bahnhofsvorplatz auf meinen *Speisewagen* zuschiebt, bemerke ich daher erst, als donnernd zwei Motorräder vor dem Food-Truck halten.

Denn dass es den beiden Gestalten in dunklen Ledermänteln nicht in erster Linie um ein warmes Mittagessen geht, lässt sich sofort an ihren Mienen ablesen, als sie absteigen und die Helme abnehmen. Ich sehe in gruseliger Faszination von einem zum anderen, weil ich noch nie zwei Menschen gesehen habe, die sich so ähnlich sehen. Das Unheimliche daran ist, dass ich auch noch nie solch unsympathische Menschen gesehen habe, und das gleich doppelt. Die Zwillinge tragen dunkle Sonnenbrillen, haben ihre Kapuzen über den Kopf gezogen, und ihr Bart lässt für einen Moment offen, ob es sich um Gangsta-Rapper handelt oder um südosteuropäische Auftragskiller. Gleich mit ihrem ersten Satz machen sie jedoch klar, dass es ihnen weniger um die kulturelle Erhaltung des rhythmischen Sprechgesangs geht.

»Wo ist sie?«, fragt der Rechte und hackt herrisch mit seinem Kinn in der Luft herum.

»... ist sie«, echot der Linke.

Ich stelle mich taub. »Heute gibt es Paprikahuhn mit Reis. Zweimal?« Ich nehme einen Teller in die Hand und beginne, Berge an Essen darauf zu schaufeln. Mühsam versuche ich, mir nicht anmerken zu lassen, dass meine Hände zittern.

Ich bin froh, dass ich heutzutage keine Kriminelle mehr sein muss. Zu Zeiten meines Großvaters hatten Verbrecher so etwas wie Stil, Anstand und Werte. Heute zählt das alles nicht mehr. Jedenfalls hätte man eine Dame früher nicht am Kragen gepackt und roh über die Theke gezogen, wie es der Rechte der beiden jetzt gerade tut.

»Du sagst uns jetzt sofort, wo die Kleine ist, sonst ...«, droht er mit nur fünf Zentimetern Abstand von Angesicht zu Angesicht.

»Sofort, sonst ...«, verkürzt sein Zwilling dadaistisch. Er scheint ein wahrer Meister der Verknappung zu sein.

Ich atme tief durch und versuche, sie auf andere Gedanken zu bringen.

»Was sind denn das für Manieren? Hat eure Mama euch nicht beigebracht, dass man sich erst mal vorstellt, wenn man eine neue Bekanntschaft macht?«

Verdutzt lässt mich der Rechte los und sieht seinen Zwilling fragend an. Dieser guckt ebenso ratlos zurück. Die beiden teilen sich offensichtlich auch ein Gehirn.

»Mürsel«, sagt der Rechte dann artig.

»Gürsel«, folgt ihm der andere.

»Entschuldigung«, sage ich, »war das nun das Echo, oder heißt ihr wirklich so? Es wäre mir unverzeihlich, wenn ich euch mit dem falschen Namen ansprechen würde.«

Sie können nicht damit umgehen, dass ich nicht so reagiere, wie es ihnen das Lehrbuch der Einschüchterung offenbar vorgegeben hat.

»Das ist ein ganz normaler Vorname«, regt sich der Linke auf.

»Schon gut«, besänftige ich ihn und halte seine Nervenknoten gleich mit einem neuen Thema auf Trab, »ihr seid Zwillinge, was?«

Der Rechte strahlt mich an. »Das sieht man, oder?«

»Moment«, schreitet der Linke ein, »wir sind hier nicht für ein Plauderstündchen.«

»Nein«, ergreife ich wieder die Initiative, »seid ihr nicht. Ihr seid hier, um herauszufinden, wo die Enkelin eurer Chefin ist. Selin. Und ja, sie ist bei mir.«

Die beiden sehen sich konsterniert an. Sie haben nicht damit gerechnet, dass ich das einfach zugebe, ohne zuvor in eine Pfanne mit heißem Huhn getunkt worden zu sein. Das bringt sie vollends aus dem Konzept.

»Sie ist nicht unsere Chefin. Sie ist die zweite Frau des verstorbenen Bruders unseres Vaters«, stellt Gürsel richtig. Dann sieht er unsicher zu Mürsel, der nach kurzem Nachdenken die komplizierten Verwandtschaftsverhältnisse bestätigt.

Ich greife unter den Tresen, hole den *Pálinka* hervor und stelle zwei randvolle Schnapsgläser vor sie hin.

»Ihr dürft doch ... wegen der Religion?«

»Jaja«, betätigt Gürsel, »so streng nehmen wir das nicht!«

»Es ist doch so«, sage ich, schenke mir auch ein Glas ein und proste den beiden zu, »solange eure Tante ... Wie geht es übrigens der netten Frau Şimşek? ... unpässlich ist, ist es doch viel besser, wenn das Mädchen in weiblicher Obhut ist. Nicht wahr? Was sollen zwei Typen wie ihr denn mit so einer pubertierenden Göre anfangen?«

Mürsel kippt furchtlos seinen Schnaps herunter und brütet schweigend über meine Worte nach. Gürsel nippt nur an seinem Glas. Dann platzt es aus ihm heraus: »Boah, die ist echt ein Biest!«

»Unerträglich«, pflichte ich ihm bei.

»Und so verwöhnt«, legt Gürsel nach.

»Prinzessinnen-Syndrom«, analysiere ich knapp. Wir verstehen uns bestens, wir prosten uns in der Entlarvung von Selins wahrem Wesenskern einträchtig zu.

Unsere Harmonie geht Mürsel aber doch etwas zu weit. »Moment, Moment. Sobald unsere Tante wieder auf dem Posten ist, gibt sie den Ton an. Aber bis dahin ...«, er schiebt mir noch einmal sein Glas zu und grinst, »kann sie gern bei dir bleiben. Schont jedenfalls unsere Nerven. Aber versuch ja nicht, uns zu betucken! Wir können extrem ungemütlich werden!«

»... extrem ungemütlich«, bekräftigt Gürsel.

»Einverstanden«, sage ich. »Jetzt vielleicht ein original ungarisches Paprikahuhn?«

Das lassen sich die beiden nicht entgehen. Sie verzehren jeweils eine mächtige Portion und schieben dann friedlich auf ihren Motorrädern ab.

Natürlich werde ich Selin nicht an ihre Großmutter zurückgeben. Aber das muss ich Mürsel und Gürsel ja nicht gerade auf die Nase binden. Bis dahin muss ich mir allerdings etwas einfallen lassen.

Der weitere Nachmittag verläuft ohne Zwischenfälle. Kunden kommen, essen, bezahlen und gehen wieder. Auch Pillen-Paul kommt mit Alfred vorbei, stellt sich weltmännisch an einen Stehtisch und bezahlt mit meinem eigenen Fünfzigeuroschein. Ich bekomme sogar Trinkgeld von mir selbst.

Am frühen Abend ist der *Speisewagen* bereits ausverkauft. Ich spüle das Geschirr ab und wienere die Oberflächen. Dabei kann man wunderbar nachdenken. Meine Bilanz der letzten Wochen fällt folgendermaßen aus:

Erstens

Ich wollte ein legales Leben führen. Das war schon von vornherein zum Scheitern verurteilt, da sich meine neue Existenz auf Mittel aus meiner Diebeszeit begründete.

Zweitens

Ich habe hier zu viele Kontakte in die Vergangenheit, die ich nicht so einfach loswerde (nicht loswerden will?).

Drittens

Nein, ich will sie nicht loswerden, denn ich bin (tief durchatmen) ein Teil von ihnen.

Viertens

Die Rettungsboje, ein gewaltbereiter Waffenhändler, hat eventuell noch eine Rechnung mit mir offen, woran mein alter Freund Viktor (dieses Aas!) nicht ganz unbeteiligt ist.

Fünftens

Ich bin in einen verdeckten Ermittler verliebt, der auf meine Freunde angesetzt ist. (Mehr Antagonist ist fast unmöglich.)

Sechstens

Ich habe für die nächsten Monate einen nervigen Teenager bei mir wohnen, hinter dem ein deutsch-anatolischer Familienclan her ist.

Es gibt sicherlich Konstellationen, die einen ruhiger schlafen lassen. Aber die Lage erscheint mir auch nicht vollkommen aussichtslos. Ich schließe die Ausgabeklappe des *Speisewagens* und lenke den Wagen in Richtung Studentinnenwohnung. Ich bin sehr gespannt, wie Selin die letzten Stunden verbracht hat. Vermutlich hat sie eine halbe Tonne Make-up verbraucht und den gesamten Kleiderbestand der Studentin durchprobiert.

Der Feierabendverkehr schiebt sich zäh über den Stadtring. Warum hier alle Bauvorhaben des Straßenverkehrs gleichzeitig in Angriff genommen werden, ist ein städtisches Geheimnis, das sich mir niemals erschließen wird. Ich schalte als reine Übersprunghandlung das Autoradio ein, da das Auto der einzige Ort ist, an dem ich den Musik-Moderatoren-Einheitsbrei ertrage, weil ich dann nicht genau hinhören muss. Nachrichten. »Mysteriöser Fall am Güterbahnhof«.

Ich höre plötzlich sehr genau hin.

»... verstarb die siebenundfünfzigjährige Adelheid S., langjähriger Kopf einer Schutzgelderpresserbande, an den Folgen einer Betäubungsspritze ...«

Siebtens

Ich bin Zeugin und Komplizin in einem Mordfall.

Und Aka hat mir leider ein winziges Detail ihres Familiengefüges unterschlagen.

Dreißig

In all den Jahren, die ich Sula und Wolf nun kenne, war ich kein einziges Mal in ihrer Wohnung. Ich weiß nicht einmal, ob sie tatsächlich noch eine Wohnung besitzen oder nicht einfach nachts im Hinterzimmer ihres Trödelladens ein Lager aufschlagen und sich den Rest der Zeit zwischen ihren Antiquitäten aufhalten. Vielleicht leben sie aber auch heimlich in einer durchgestylten Designervilla am Stadtrand, die in puristischer Schlichtheit den Kontrast zu ihrem alltäglichen Trödelgeschäft darstellt. Wobei ich mich nach den Worten von Vincent frage, ob dies ohnehin nicht nur die Tarnung für eine viel umfassendere Art von Business ist, als ich jemals geahnt habe. Jedenfalls sind beide im Laden, als ich im Sturmschritt über den Hinterhof fege und die Tür aufreiße.

»Oli! Das ist ja eine …«, *Sürprisö* will Wolf den Satz in seiner Neigung zur mutwilligen Sprachverstümmelung zu Ende bringen, erschrickt aber, als er mein wachsweißes Gesicht sieht.

Sula sieht ebenfalls alarmiert von ihren Papieren hoch. »Was ist los? Brauchst du einen Kaffee?« Ich registriere beiläufig, dass die Herrschaften sich eine neue *Faema* angeschafft haben, die Geschäfte demnach also recht gut laufen. Welche auch immer.

Mit zustimmendem Nicken lasse ich mich auf einen Stuhl fallen. Sula wechselt vielsagende Blicke mit Wolf, steht auf und geht zur Kaffeemaschine. Kurz darauf steht ein sehr starker Espresso mit sehr viel Zucker vor mir, den ich in einem Zug hinunterkippe.

Sula und Wolf setzen sich mit besorgten Mienen zu mir. Ich gebe Sula zu bedeuten, dass ich zuerst noch einen weiteren Espresso brauche. Der ganze Vorgang wiederholt sich. Dann erst erzähle ich. Da ich umgekehrt chronologisch anfange, sehen Sula und Wolf mich konsterniert an, als ich zuerst »Sie ist tot« sage, verstehen dann aber nach und nach, worum es geht, und versichern mir sogleich, dass ich nicht schuld am Tod von Akas Schwiegermutter bin, da ich ja nur als Begleitperson dabei war. Nachdem ich mich davon ein wenig erholt habe, erzähle ich von Vincents ungeheurem Verdacht, dass sie selbst die Köpfe einer Hehlerbande sind.

Da tauschen sie erneut vielsagende Blicke.

»Du hast dich mit diesem falschen Fuffziger eingelassen«, sagt Sula ungläubig. »Ich habe dir doch gesagt, dass er …«

»Lenk jetzt nicht ab! Seid ihr die Köpfe oder nicht?«

Sula findet auf einmal, dass ihre Schuhe sehr schmutzig aussehen. Sie befeuchtet ihren Finger, bückt sich und wienert an der Schuhspitze herum. Wolf verschwindet komplett hinter seiner Kaffeetasse, die sehr groß werden kann, wenn er es gerade für nötig hält.

»Es stimmt also?«, frage ich. »Wofür habt ihr dann mein ganzes Geld gebraucht?«

»Nein«, sagt Wolf, »wir sind nicht der Kopf.«

»Wir sind sozusagen die Unterhändler«, Sula knetet an ihren Händen herum. »Aber erst seit Neuestem.«

»Und wer ist dann der Kopf?«

Sula und Wolf mauern.

»Los, raus mit der Sprache, jetzt muss alles auf den Tisch!«

Sula sieht mich zögernd an. »Du kennst sie.«

»Sie? Etwa Gertrude?« Ich springe auf. »Das glaube ich nicht. Ich war die ganze Zeit von Kriminellen umgeben und hatte keine Ahnung.«

Wolf drückt mich wieder auf meinen Stuhl zurück. »Nun mach aber mal halblang. Kriminelle! Wir haben immerhin niemanden umgebracht.« Er betont tunlichst das kleine Wort *wir*.

»Ach, jetzt habe ich plötzlich doch jemanden umgebracht? Habe ich nicht! Aber ich Trottel lasse mich in jeden Schlamassel reinziehen, wenn jemand mit großen Augen winselt, dass er mich dringend braucht.« Nun werfe ich den beiden durchdringende Blicke zu.

»Wir müssen jetzt einen kühlen Kopf bewahren«, mahnt Sula.

»Du musst eine Weile aus dem Schussfeld«, befindet Wolf. »Bis Gras über die Sache gewachsen ist.«

»Wenn die Ermittler mir nicht ohnehin schon auf den Fersen sind. Selbst einzellige Amöben wie Gürsel und Mürsel konnten zwei und zwei zusammenzählen.« Ich stöhne auf. »Meine ganze schöne Existenz! Der *Speisewagen* lief gerade so gut!«

»Es ist ja nicht für immer.« Sula legt besänftigend die Hand auf meinen Arm.

Ich schüttle ungläubig den Kopf über den Verlauf der letzten Tage. »Aber was ist mit euch?«

Wolf winkt ab. »Seit dreißig Jahren versuchen irgendwelche Bullen, uns irgendwelche krummen Dinger nachzuweisen. Geschafft hat's noch keiner.«

Ich stehe auf. »Trotzdem: Haltet euch in der nächsten Zeit bedeckt. Und das Gleiche gilt für Gertrude. In eurem Alter ist es im Zuchthaus nicht schön. In meinem übrigens auch nicht. Ich weiß, wovon ich rede.«

Wolf blickt zu Sula. Er denkt sicher daran, dass ein Gefängnisaufenthalt ihren Gesundheitszustand noch erschweren würde. Beide nicken.

»Ich muss los«, sage ich, »womöglich hat die Kleine schon in den Nachrichten gehört, dass ihre Oma tot ist, und dreht zu Hause gerade durch.«

Ich drücke zuerst Wolf, dann Sula und drehe mich schnell um, bevor mir die Tränen kommen. Betreten begleiten sie mich in den Hof und winken mich aus der Einfahrt.

Auf der Fahrt zu meiner Wohnung höre ich wieder Radio, um eventuelle Neuigkeiten mitzubekommen, aber sie senden nur noch einmal den gleichen Nachrichtentext.

Bevor ich die Wohnung aufschließe, horche ich an der Tür. Alles ist ruhig. Auch drinnen ist kein Laut zu hören. Selin wird doch nicht ausgerissen sein? Die Tür zum Schlafzimmer ist nur angelehnt. Ich spähe hinein. Sie liegt mit angezogenen Beinen auf dem Bett und schläft tief und fest. Nichts deutet darauf hin, dass sich hier in den letzten Stunden ein Drama abgespielt haben könnte.

Beruhigt schließe ich die Tür, stecke vorsichtshalber Selins Smartphone ein, schreibe ihr einen Zettel, dass ich bald wiederkomme, schließe die Wohnungstür ab und verlasse das Haus genauso leise wieder, wie ich gekommen bin.

Der Weg sieht bei Tag ganz anders aus. Weniger mit dramatischer Untergangsstimmung unterlegt. Und natürlich ist er auf vier selbst so alten Rädern wie denen meines Food-Trucks sehr viel kürzer als auf zwei Beinen.

Ich befürchte kurz, dass ich mich umsonst auf den Weg mache. Doch ich habe Glück: Im Häuschen von Vincent brennt

Licht. Ich fahre langsam daran vorbei und parke am Straßenrand. Ich muss zuerst herausfinden, ob er allein ist. Womöglich sitzt *Sweet Julie* bei ihm, um die neue Lage zu besprechen.

Im Schutz der Dunkelheit und mit der hochgezogenen Kapuze meiner schwarzen Sweatjacke schleiche ich mich über die Kieseinfahrt an Vincents Haus heran. Das Esszimmer ist hell erleuchtet, aber er ist nicht in Sicht. Ich pirsche mich an das Küchenfenster heran und spähe vorsichtig hinein. Auch hier ist kein Mensch zu sehen. Außerdem deuten keinerlei Töpfe, Teller oder benutzte Gläser auf Besuch hin. Vermutlich ist er oben im Bad, um sich für die Nacht fertig zu machen. Der Gedanke, dass er gerade im Schlafanzug mit blanken Füßen vor dem Waschbecken steht und Zähne putzt, löst ein wohliges Gefühl in mir aus. Ein Gefühl, das aber nicht besonders lange vorhält. Denn auf einmal werde ich gepackt und nach hinten gerissen.

»Olivia!«

Es gibt Menschen, die selbst in den widrigsten Situationen noch Haltung bewahren. Ich gehöre nicht dazu. Ich liege wie ein gelähmter Käfer auf dem Rücken, strample hilflos mit den Füßen und biete vermutlich einen wenig eleganten Anblick.

»Bist du verrückt? Ich hätte einen Herzinfarkt bekommen können!«

»Was schleichst du mitten in der Nacht hier um mein Haus herum?« Beiläufig registriere ich, dass er tatsächlich einen Schlafanzug trägt und keine Schuhe anhat.

»Das tut bestimmt weh auf dem Kies«, sage ich und zeige auf seine Füße.

»Du hast schon eine sonderbare Art von Humor.« Er streckt mir kopfschüttelnd seine Hand entgegen und zieht mich hoch.

»Wieso Humor? Ich musste die Lage peilen.« Ich klopfe mir

den Staub von der Hose. »Jetzt könnte ich etwas zu trinken gebrauchen.«

»Gut, ich habe noch Saft da.« Er grinst breit, streift mir die Kapuze vom Kopf, schnuppert kurz an meinem Haar, legt den Arm um mich und zieht mich in sein Haus. Warum musste er jetzt ausgerechnet an meinem Haar riechen? Ich hatte keine Zeit mehr, unter die Dusche zu gehen, und nach diesem Tag duftet es bestimmt nicht wie die junge Brise eines Frühlingstages.

»Du riechst gut«, liest er meine Gedanken, »nach Frittiertem.«

»Gebratenem«, korrigiere ich.

Eine seltsame Wehmut befällt mich, als wir sein Esszimmer betreten, in dem ich vor noch gar nicht langer Zeit unter vollkommen anderen Vorzeichen zu Gast war. Diese Zeit erscheint mir plötzlich wie eine andere Epoche, in der noch alles möglich schien.

Vincent zieht mich zum Tisch, bietet mir einen Stuhl an, verschwindet in der Küche und kommt mit zwei Gläsern und einer Flasche Rotwein zurück. Er setzt sich über die Ecke, schenkt uns ein und nimmt meine Hand.

Er sieht sexy aus in seinem Schlafanzug. Aber es ist nicht diese Art von Sexyness, die uns die Duschgel- und Rasierschaumwerbung mit hohl posierenden Männermodels als begehrenswert verkaufen will. Ich kaufe grundsätzlich nichts, was in der Werbung ist. Bei einem Produkt, für das so viel Geld ausgegeben wird, um es publik zu machen, wird am Produkt selbst gespart. Das Gleiche gilt für Männer. Die wahre Sexyness entsteht für mich nicht durch Gelacktheit, sondern durch eine warme Intelligenz, gepaart mit einer lässigen Kuscheligkeit.

»Überraschungsgäste sind die besten.«

Ich lächle verkrampft, nehme einen großen Schluck Wein, um mir Mut anzutrinken für das, was ich ihm sagen muss.

»Was du nun zu hören bekommst, wird eventuell deine Meinung zum Thema *Überraschender Besuch* rapide ändern.«

Er will widersprechen, doch ich bedeute ihm zu schweigen.

»Ich muss für eine Weile untertauchen. Ich kann dir jetzt nicht erklären, warum. Aber es hat mit der Toten vom Güterbahnhof zu tun. Du hast sicher davon gehört.«

Ich sehe ihm ins Gesicht. Will wissen, wie es bei ihm ankommt, dass ich vielleicht mit einem Mord in Verbindung stehe.

Vincent lacht. »Hast du ihr die Spritze ins Hinterteil gejagt?«

Ich kann nicht fassen, dass er das witzig findet. Immerhin ist ein Mensch gestorben, was für ein Mensch auch immer das gewesen sein mag.

»Du musst zugeben, dass es eine recht eigentümliche Todesart ist«, verteidigt er sich.

Ich denke nach. Wie soll ich ihm erklären, wie sich das alles abgespielt hat, ohne Aka ans Messer zu liefern? »Sie hat auf die Schnelle nichts anderes gefunden«, entschuldige ich sie wieder einmal, »es sollte nur eine Betäubung sein.«

Vincent nimmt einen Schluck Wein. Er denkt offenbar gleichermaßen darüber nach, wie viel er mir erzählen kann und will. »Das war es auch. Die Dame ist munter wie ein Fisch im Wasser!«

Ich falle fast vom Stuhl. »Wie bitte? Im Radio haben sie gemeldet, dass sie tot ist.«

»Die Polizei geht davon aus, dass es ein Fall im Schutzgeld-Milieu ist, und hat sie erst mal aus der Schusslinie genommen. Kleine Ablenkungstaktik.«

Jetzt bin ich endgültig verwirrt. Warum nimmt Frau Şimşek

ihre verhasste Schwiegertochter in Schutz? »Kann sie nicht sprechen?«

»Leider doch«, seufzt Vincent, »die Kollegen sind ganz schön genervt von ihr und ihren wüsten Beschimpfungen. Aber sie hat es genauso bestätigt. Schutzgeld-Machtkämpfe.«

»Warum macht sie das?«, überlege ich laut.

»Die wollen das unter sich klären, vermute ich.«

»Ihre beiden Helferlein waren schon bei mir. Da wussten sie aber noch nicht, wo ihre Tante ist.«

»Das glauben sie jetzt aber durch die Medien zu wissen. Die Şimşek hat Kontaktsperre, also denken sie, sie ist tot.«

»Sie wissen, dass ich ihre Enkelin habe.«

Vincent lässt meine Hand los und sieht mich ernst an. »Du musst verschwinden. Eine Weile zumindest. Das Mädchen ist wahrscheinlich der Grund, warum sie nicht mit der Wahrheit rausrückt.«

»Das habe ich heute schon mal gehört.« Ich lasse meinen Blick durch sein aufgeräumtes Wohnzimmer schweifen. Hat er eine Haushälterin, oder ist er selbst so ordentlich? Die letzten Stunden waren so verwirrend, dass ich nicht mehr weiß, was ich wovon, wie und warum halten soll.

»Ist das dein Wohnzimmer oder das Verdeckter-Ermittler-wohnt-geschmackvoll-Haus?«

»Du hast Sorgen! Das ist mein Wohnzimmer. Und verdeckter Ermittler ist nicht mehr. Ich bin raus.«

Ich lache höhnisch auf. Warum passt im Leben nie etwas zusammen? Warum ist, wenn eine Sache gut ist, eine andere garantiert schlecht? Wenn es da oben irgendeinen geben sollte, der unsere Geschicke lenkt, dann hat er einen ziemlich hinterhältigen Humor.

»Ich bin gekommen, um mich zu verabschieden.« Ich ziehe ihn abrupt zu mir und küsse ihn. Überrascht, aber erfreut, küsst er zurück, umfasst mich, hebt mich hoch und schleppt mich zur Treppe. Er tut mir leid. Ich bin ziemlich groß und erdlastig. Mein Körper will einfach immer auf den Boden zurück. Als Fisch wäre ich wahrscheinlich ein Steinfisch geworden. Er liegt schwer auf dem Meeresboden und bewegt sich, wenn überhaupt, nur mühselig von der Stelle. Dafür zählt er zu den giftigsten Fischen, die es überhaupt gibt. Auf halber Treppe bricht Vincent zusammen. Wir bekommen einen Lachanfall und bleiben einfach da.

»Weißt du, warum manche Fische fliegen?«, frage ich.

»Geht das schon wieder los«, stöhnt Vincent auf, »ich habe gerade eine sehr zarte Stelle an deinem Hals gefunden.«

»Nun sag schon«, insistiere ich.

»Mh, um vor ihren Fressfeinden im Wasser zu fliehen?«

»Ja, aber in der Luft lauern dafür die hungrigen Seevögel. Man hat beobachtet, dass die fliegenden Fische immer wieder aus dem Wasser abheben, auch dann, wenn im Wasser überhaupt keine Gefahr für sie besteht.«

Er küsst mich. »Sie schweben gern?«

»Stimmt. Es macht ihnen einfach Spaß. Ist das nicht toll?«

»Das ist wirklich wunderbar.« Er lächelt milde und kehrt an die sehr sensible Stelle meines Halses zurück.

Und auf einmal fühle ich mich ganz leicht.

Einunddreißig

Der *Schmarotzer*-Stumpfnasenaal ist, man muss es leider in aller Deutlichkeit sagen, wahrlich kein schöner Fisch. Er hat einen zylindrisch zulaufenden, glitschig-dunklen Körper mit verkümmerten Schuppen und ein kleines, quer liegendes Maul mit einer kräftigen Kiefermuskulatur.

Aber sein Äußeres ist nicht so wichtig. Denn überdies ist der *Schmarotzer*-Stumpfnasenaal auch kein besonders sympathischer Fisch. Er bohrt sich in die Körper anderer Fische und frisst sie von innen auf.

Vermutlich ernährt er sich immerhin nur von Fischen, die schon geschwächt sind, weil sie eine Verletzung haben oder sogar bereits dabei sind zu verenden. Wenigstens das. Ob dies den *Schmarotzer*-Stumpfnasenaal nun sympathischer macht, sei dahingestellt. Die Frage ist allerdings ohnehin, ob Fische überhaupt so etwas wie Sympathie füreinander empfinden.

Selin ist endlich ruhig. Zehn Minuten vorher hat sie noch gebrüllt wie ein Tier, das ins Schlachthaus geführt wird und das Blut seiner Leidensgenossen wittert. Und mich mit den übelsten Beschimpfungen übergossen wie mit einem Eimer frisch ausgenommener Eingeweide.

Ich seufze tief und setze den Blinker. Ein Reisebus bleibt rechts neben mir. Die Passagiere haben sich ans Fenster gelehnt und schlafen auf kleinen, bunten Kissen. Ein Junge ist wach und schneidet Grimassen. Ich strecke ihm die Zunge raus und gebe Gas. Unser *Speisewagen* knarrt, bäumt sich auf und gibt eine Sondervorstellung in der Disziplin *letzte Reserven*. Dann zieht er ächzend am Reisebus vorbei.

Im Radio wird wegen eines Unfalls vor Salzburg ein Stau von fünfzehn Kilometern Länge angekündigt. Selbst um diese Uhrzeit sind auf der A8 Richtung Osten immer noch viele Lkw unterwegs. Noch fünfhundertdreiundvierzig Kilometer. Wir werden uns für die Nacht irgendeine billige Bleibe suchen müssen. Es bleibt mir nichts anderes übrig.

Als sie anfing zu schreien, habe ich versucht, besänftigend auf sie einzureden.

Vergeblich.

Ich habe sie ignoriert.

Sie schimpfte ununterbrochen weiter.

Ich habe zurückgebrüllt.

Sie brüllte nur noch lauter.

Ich habe ihr schließlich mit der flachen Hand eine Ohrfeige gegeben. Ich möchte an dieser Stelle hervorheben, dass ich strikt gegen Gewalt bin. Doch ich habe in meiner Gefängniszeit gelernt, dass es das einzige erfolgreiche Mittel gegen hysterische Anfälle ist.

Selin hat nur kurz gestutzt und sich dann noch mehr in ihr Schreien hineingesteigert.

Wie es scheint, ist sie wohl nicht hysterisch. Aber sie dreht eindeutig durch.

Ich kann es ihr nicht einmal verdenken. Sie ist in den letzten Tagen unter Umständen, die man durchaus als schwerwiegend bezeichnen kann, zweimal aus ihrer vertrauten Umgebung herausgerissen worden. Sie hat am Abend doch noch Radio gehört und nimmt nun an, dass die Großmutter tot ist und ich ihre Mörderin bin. Oder zumindest am Mord beteiligt. Ich habe sie in völliger Auflösung vorgefunden, als ich im Morgengrauen zurückkam. Sie hat mir nicht geglaubt, dass alles nur eine Finte der Polizei ist. Daher hat sie alles Recht der Welt, ihre eigene Entführung empörend zu finden.

Aber ich kann nicht Auto fahren, wenn es um mich herum laut ist. Und was noch schlimmer ist: Ich kann auch nicht denken. Ich muss aber dringend denken, wenn ich uns heil aus dieser Lage herausbringen will.

Also habe ich schließlich ihre Hand genommen und ihr den Daumen in den Mund gesteckt. Augenblicklich war sie still. Sie starrte mich empört und zugleich besänftigt an und fiel sofort in einen bleiernen Schlaf.

Jetzt schlummert sie, schweißgebadet und rosig von der Anstrengung, ein erledigter schwarzer Engel mit angebrochenen Flügeln aus Damaszenerstahl, aber sie schläft. Ihren Daumen hat sie seither nicht mehr losgelassen. Sie ist doch immer noch ein Kind.

Obwohl sie bald dreizehn wird. Wie ich damals.

Ich hoffe, dass unser Haus in Esztergom noch bewohnbar ist. Kurz nach dem Tod meines geliebten Großvaters ist auch meine wunderbare Großmutter von dieser Erde gegangen. Ich habe alles geerbt, bin aber seitdem nicht mehr in Ungarn gewesen.

Wovon wir dort allerdings leben sollen, weiß ich noch nicht. Sicherlich werde ich unsere Familientradition nicht fortführen, auch wenn Selin im idealen Einstiegsalter ist. Hoffentlich geben die Ungarn Geld für gutes Essen aus! Ich habe überdies keine Ahnung, wie das Ungarn von heute ist. In den Medien hört man nicht viel Gutes. Es ist ganz sicher nicht mehr das Land, das mein Großvater einmal so geliebt hat.

Wie wird das alte Café Hungaria in Budapest heute aussehen? Sitzt dort noch Fanni, die Meisterdiebin, als betagte Zeugin des Wandels? Was ist mit dem prächtigen Gellert-Bad? Der Markthalle mit der Bejgli-Verkäuferin?

Ich bin müde. Die letzte Nacht war sehr kurz. Sehr früh habe ich mich aus Vincents Haus geschlichen. Ich wollte vermeiden, dass es einen sentimentalen Abschied gibt. Ich weiß, ich bin feige. Eine Gefühlsflüchtige gar. Aber ich muss schließlich damit klarkommen, auf einmal wieder allein zu sein. Ich habe mich an die Gesellschaft meiner kleinen und großen Parasiten gewöhnt. Die Müdigkeit macht mich zudem melancholisch. Ich brauche dringend einen Kaffee zur Aufmunterung. Selbst die Restaurants an der Autobahn bekommen diesen mittlerweile einigermaßen trinkbar hin.

Also ordne ich mich rechts ein, setzte den Blinker und fahre an der nächsten Raststätte raus. Selin schläft immer noch tief. Es muss mir gelingen, in den nächsten Wochen ihr Vertrauen zu gewinnen. Ich habe keine Ahnung, wie ich das erreichen soll. Warum sollte sie mir glauben, dass ihre Schwiegermutter noch lebt, wenn sie nicht mit ihr sprechen kann?

An der Raststätte stehen einige Lkw-Fahrer, sehen fern, wärmen sich im Laderaum eine Dose Ravioli auf oder schlafen. Ich stoppe den Speisewagen in einer Parkbucht und stelle den Motor ab. Er bleibt ächzend stehen. Ein ausgebauter Food-Truck ist nicht gerade das ideale Fluchtauto. Ich ziehe den Schlüssel ab und greife nach meiner Handtasche.

»Wird aber Zeit, dass wir mal eine Pause machen. Der Mensch hetzt immerzu durch Raum und Zeit«, tönt es von hinten.

Trimethylaminoxid!!!

Ich lasse vor Schreck den Schlüssel fallen. Im Kochbereich rumpelt es, und unter der Spüle kriecht eine mir leider sehr bekannte Person hervor.

»Meine Beine sind ganz steif. Hast du da vorn noch ein Plätzchen für einen fahrenden Gesellen?«

Ich stöhne auf. »Viktor!«

Er reckt und streckt sich übertrieben sportlich, um seine steifen Gelenke aufzulockern. Immerhin hat er fast fünf Stunden zusammengefaltet unter der Spüle zugebracht.

»Ah, tut das gut!«

Selin beginnt neben mir zu jammern und bewegt sich. Ich klaube den Schlüssel aus dem Fußraum, steige möglichst leise aus dem Wagen und öffne die hintere Tür. Viktor plumpst heraus wie ein fauler Apfel.

»Wie kommst du hier rein?«

»Das war ganz einfach«, prahlt er. »Ich habe mich gewundert, dass du heute Mittag nicht am Platz warst. Also bin ich zu dir gefahren. Und da habe ich gesehen, dass du am Packen bist. Da habe ich drei und drei zusammengezählt und bin spontan in den Wagen geschlüpft.«

Viktor grinst mich mit seiner rudimentären Zahnreihe zutraulich an. Ich kann seine Begeisterung nicht ganz teilen.

»Dass du dich überhaupt noch in meine Nähe traust!«

Viktor wirft mir einen verständnislosen Blick zu.

Selin gibt durch die offene Scheibe erneut einen Wachwerde-

Laut von sich. Also ziehe ich Viktor mit mir in die Raststätte. Jetzt brauche ich erst recht einen Kaffee.

Wir holen uns zwei Tassen und setzen uns ans Fenster. Außer uns sitzt nur ein junges Paar im Restaurant, das sich lautstark über das richtige Urlaubsziel streitet. Er will zum Balaton, sie nach Budapest. Vielleicht hätten sie das mal früher klären sollen als vierhundert Kilometer vor der Grenze. Ein typischer Übermüdungsstreit, der nichts bringt, außer Stress zu erhöhen, aber man kann einfach nicht damit aufhören.

Ich sehe Viktor streng an. »Was willst du hier?«

»Ich kann einfach nicht auf dein Paprikahuhn verzichten.« Er lächelt mich mit einem einstudierten Gesichtsausdruck an, der treuherzig wirken soll. In Wahrheit sieht er einfach nur dämlich aus. Er müsste nach all den Jahren langsam wissen, dass ich gegenüber Schmeicheleien vollkommen immun bin.

»Was hast du dann die letzten dreieinhalb Jahre gemacht?« Mein Blick hat hoffentlich die Strenge einer unerbittlichen Mutter Oberin. Wahrscheinlich sieht er einfach nur dämlich aus.

»Gedarbt.« Armer Welpe ruft sein Gesicht. Irgendetwas scheint mit meiner Dechiffrierungsmaschine nicht zu stimmen. Denn heuchlerischer Ex-Junkie kommt bei mir an.

Im Gefängnis habe ich gelernt, solche Sätze zu entschlüsseln. Allerdings nicht die Sätze der Mitgefangenen. Sie haben meist klar und deutlich formuliert, was sie wollten. Verpiss dich! Gib das her! Halt‘s Maul! Das sind eindeutige Botschaften.

Damit kann man arbeiten. Nein, die Sätze, an die ich anfangs glaubte, die ich aber nach und nach zu deuten wusste, waren die Schwüre der Freunde und Bekannten, die nach meinem Urteil weiter jenseits des Tores lebten.

Ich denke an dich. Dechiffrierung: Das ist aber auch das Einzige, was ich für dich tue.

Du kannst mich jederzeit anrufen. Erwarte nicht, dass ich mich bei dir melde.

Lass es mich wissen, wenn du etwas brauchst. Von mir hast du absolut nichts zu erwarten.

»Also, was willst du?« Die Frage klingt härter, als ich beabsichtigt hatte.

»Nun, ich dachte, meine alte Freundin Oli könnte ein bisschen männlichen Schutz gebrauchen. Es gibt da so Gerüchte.« Er hebt mit seinen dünnen Armen völlig unbeeindruckt die Tasse und nimmt einen tiefen Schluck Kaffee. Ich stelle mir vor, wie Mürsel und Gürsel ihn einfach wegpusten würden, wenn er sich ihnen in den Weg stellt.

»Ich bringe dich zum nächsten Bahnhof, und du fährst zurück.«

»Ach nee, Oli«, winselt er. »Ich könnte wirklich ein bisschen Luftveränderung gebrauchen. All die Jahre in derselben Stadt.«

Dechiffrierung: Er hat ebenfalls Ärger. Wahrscheinlich mit Ronja und Smokey. »Du fährst zurück!«

Viktor greift in die Tasche seiner abgewetzten Jeansjacke und nimmt einen Umschlag heraus. Ich sehe auf einen Blick, dass es sich um mehrere zehntausend Euro handelt. Mein Puls schießt in die Höhe.

Trimethylaminoxid.

»Du hast die Uhr tatsächlich verkauft!«

»Nun ja. Ich habe ausgerechnet: Der Lieberknecht hat zwanzigtausend Schulden bei den Red Wolves. Die Uhr bringt dreißigtausend. Bleiben zehntausend für uns, und alle sind zufrieden.« Viktor schiebt Beifall heischend sein Kinn vor.

»Für uns«, wiederhole ich schnaubend. »Das sind doch viel mehr als zehntausend! Also hast du es dir doch anders überlegt und die Schulden von Lieberknecht erst gar nicht beglichen! Bleiben dreißigtausend!«

»Das wollte ich ja. Ehrlich! Habe als sein lieber Bruder erst mal Kontakt mit den Red Wolves aufgenommen. Waren dann auch sehr kooperativ.«

»Natürlich, wenn es um so viel Geld geht, schätzt sogar ein Einsiedlermönch plötzlich die Gesellschaft.«

»Aber nach ein paar Tagen, am vereinbarten Treffpunkt zur Geldübergabe, ist sie nicht gekommen.«

»Sie?«

»»Klar, die Chefin der ganzen Bande. Die alte Şimşek.«

Ich schreie auf. »Die Şimşek ist die Chefin der *Red Wolves?*«

Das Paar nebenan unterbricht sein Gezänk und blickt erschrocken zu uns.

»Ja natürlich. Wusstest du das nicht?«

»Nein, das wusste ich nicht.« Aka, ich bringe dich um. Du hast mir nicht nur verschwiegen, dass deine Schwiegermutter über eine Schutzgelderpresserbande gebietet, sondern auch noch, dass sie die allerschlimmste Bande überhaupt anführt.

»Aber jetzt ist sie ja tot. Bandenkriege.« Viktor nippt gleichgültig an seinem Kaffee.

»Eben nicht. Polizeitrick«, würge ich hervor.

Viktor nickt so beiläufig, dass mir gleich klar ist, dass er das schon längst wusste und wahrscheinlich auch deshalb auf der Flucht ist. Und genauso sehr weiß er vermutlich auch, warum ich auf der Flucht bin.

»Das da im Auto ist ihre Enkelin.«

»Schöner Scheiß.«

»Jep, dann haben wir jetzt nicht nur den Lieberknecht, sondern auch noch die Red Wolves am Hals.«

»Es weiß ja keiner, wo wir sind.«

»Das will ich für dich hoffen.«

»Außerdem ist sie ja noch offiziell tot.«

»Aber ihre beiden Helferlein sind am Leben«, gebe ich zu bedenken.

Viktor nickt. Er nimmt den Umschlag und hält ihn triumphierend in die Luft.

»Damit können wir uns erst mal eine schöne Zeit machen. Es gehört ja auch ein bisschen dir.«

Es rührt mich Trottel beinah, dass Viktor das Geld tatsächlich mit mir teilen will und es nicht lieber für eine erlesene Auswahl an Cannabisblüten verprasst, mit denen er sich seine verbogene Welt rund rauchen kann. Aber nur beinah. Ich warte darauf, dass mein Wortverfolger sich meldet. Doch in meinem Hirn bleibt es erstaunlich still.

Die Schiebetür der Raststätte geht auf, und eine vollkommen kraftlose Person schleppt sich herein. Selin. Sie sieht sich kurz im Restaurant um, entdeckt mich, kommt zu uns an den Tisch, bedenkt Viktor mit einem ihrer angewidertsten Blicke und lässt sich erledigt auf die Bank fallen.

»Was ist denn das für ein Vollhorst?«

Viktor saugt empört die Luft an, sagt aber nichts.

»Ich will Cola. Aber ohne Zuckerscheiß. Bin eh viel zu fett. Mit Zitrone. Und kalt. Richtig, richtig kalt, nicht nur halb kalt.« Nach diesem aufreibenden Bestellvorgang wirft sich Selin strapaziert in die Lehne ihrer Bank.

»Und ich nehme noch ’n Kaffee«, legt Viktor nach. »Und bringst du mir noch ein Salamibrötchen mit, Süße. Ach, und noch eins mit Schinken. Aber ohne Gürkchen. Die weichen alles immer so auf.« Viktor schafft es tatsächlich, gleichzeitig Selin verächtlich anzufeinden, während er mich mit einem Zuckergusslächeln bedenkt. Das lernt man nur in jahrelangem Training auf der Straße.

Trimethylaminoxid. Trimethylaminoxid. Trimethyl ...

Die nächsten Monate soll ich also auf der Flucht vor allerhand Gangstern in einem halb verfallenen Haus mit einem verzogenen Teenie und einem durchgeknallten, scheinheiligen Ex-Drogenwrack in einem Land verbringen, das immer mehr in die Unfreiheit abgleitet? Selbst in der finstersten Tiefsee dürfte man kaum auf bizarrere Lebensgemeinschaften treffen.

»Wie war das? Cola kalt, zuckerfrei, Salami und Schinken.« Selin und Viktor nicken gnädig. Ich stehe auf, nehme einen Packen dicker Scheine aus dem Umschlag, was Viktor mit leichtem Argwohn beobachtet und ich mit »mein Anteil!«, begründe, und bewege mich gemächlich in Richtung Theke. An einem Verkaufsständer mit Snacks studiere ich ausgiebig die Auswahl des Brötchensortiments. Ich schiele durch die Regale zu meinen beiden Parasiten hinüber. Selin starrt Löcher in die Decke, während Viktor diskret das Geld zählt. Ich muss jetzt schnell sein. Ich ducke mich, haste im Schutz der Regale zur Tür der Raststätte und sprinte los.

Aus den Augenwinkeln sehe ich, dass Viktor stutzt und mir verwundert hinterhersieht, sein Gehirn aber noch nicht begreift, was seine Augen ihm gerade mitteilen.

Selin verarbeitet das Gesehene weitaus schneller. »Die Alte haut ab«, stellt sie ganz richtig fest.

Im Rennen ziehe ich die Autoschlüssel aus der Jackentasche. Als ich am Bus ankomme, fällt mir der Schlüssel prompt aus der

Hand. Ich fluche, hebe ihn auf und stecke ihn zitternd ins Schloss. Gehetzt drehe ich mich um. Viktor ist in seinem komischen Schlenkergang bereits an der Raststättentür angelangt. Hinter ihm rennt Selin in nie gesehener Schnelligkeit.

Die Tür ist endlich offen, ich springe ins Auto, fummle mit dem Schlüssel herum. Wo ist das verdammte Zündschloss auf einmal geblieben? Ich bücke mich unter das Lenkrad.

»Oli! Was soll das?« Viktor wird gleich am Wagen sein. Ich finde das Schloss, drehe den Schlüssel um. Nicht ein einziges Mal in den vergangenen Wochen hat der Motor mir seine Dienste versagt. Aber natürlich springt er genau jetzt, als es besonders darauf ankommt, nicht an.

Viktor klatscht an der Tür ab, versucht, sie am Griff aufzureißen. Ich halte mit der linken Hand dagegen, mit der rechten starte ich noch einmal. Selin erreicht ebenfalls den *Speisewagen*. Es muss jetzt sofort klappen, gegen ihre vereinten Kräfte werde ich kaum mehr eine Chance haben.

Der Motor springt tatsächlich an. Ich ramme den Rückwärtsgang ins Getriebe, drücke aufs Gas. Der Wagen schießt nach hinten aus der Parkbucht. Viktor wird am Griff hängend ein Stück mitgerissen, die Seitentür geht auf, und er klebt in all seiner Flattrigkeit an ihr fest. Ich versuche, ihn durch abrupte Lenkbewegungen abzuschütteln, wie man eine lästige Fliege verscheucht. Doch er klammert sich eisern an den Griff. Ich gebe Gas. Viktor hebt ab, fliegt wie eine anorektische Seidenprinzessin für einen Moment mit. Selin rettet sich mit einem lethargischen Sprung zur Seite.

»Olivia, das kannst du nicht machen! Du kannst mich nicht mit diesem Gör ...«

Ich stoppe, lege den Vorwärtsgang ein, knalle mit aller Macht die Fahrertür zu. Viktor lässt verblüfft los und taumelt ein Stück zurück.

Ich kurble die Scheibe einen winzigen Spalt hinunter. »Der Schlüssel liegt im Holzschuppen meiner Großeltern unter der Karbonlampe. Adresse simse ich. Viel Spaß!«

»Meine Mutter wird stinksauer sein«, stößt Selin hasserfüllt aus.

Ich winke ab. Selten war mir etwas so herrlich egal.

Bevor die beiden wieder näher kommen können, gebe ich Vollgas und rase vom Parkplatz hinunter zur Autobahnauffahrt. Im Rückspiegel sehe ich zwei Menschen, deren Vertrauen in ihr zuverlässiges Wirtstier gerade einen tiefen Riss erhalten hat. Ich winke ihnen jovial zu. Viktor ist so verblüfft, dass er aus Versehen kurz die Hand hebt, um zurückzuwinken, ehe er merkt, dass er gerade Opfer eines heimtückischen Verrats geworden ist, und sie sofort wieder fallen lässt. Selin steht mit geballten Fäusten da wie ein einziges Ausrufezeichen des Zorns.

Als ich mich siegesgöttinnengleich auf der rechten Spur der Autobahn einreihe, klingelt mein Smartphone. Viktor. Ich ziehe es aus der Handtasche und stelle es, ohne zu zögern und ohne das geringste Bedauern zu verspüren, einfach aus.

Nach ein paar Kilometern auf der fast leeren Autobahn verlasse ich die A8 in Richtung Süden. Ich kann schon fast das Meer riechen.

Genau so hatte ich mir die Freiheit vorgestellt.

Niemand wird mich jetzt mehr verfolgen.

Nicht einmal Worte.

Trimethylaminoxid

Eine Substanz, die die körpereigenen Eiweiße von Fischen gegen den hohen Druck in der Tiefsee schützt. Sie ist giftig, daher ist der Eishai, der bis zu vierhundert Jahre alt wird, erst nach monatelangem Fermentieren essbar.

Lea Streisand

War schön jewesen

Geschichten aus der großen Stadt

Taschenbuch.
Auch als E-Book erhältlich.
www.ullstein-buchverlage.de

Lea Streisand sagt die Wahrheit. Jetzt. Hier. Und überhaupt.

Lea Streisand berlinert sich schwungvoll durch die deutsche Hauptstadt. Sie schaut hin, wenn die Beknacktheiten des täglichen Lebens passieren und schreibt famos-schräge Geschichten über frischluftfanatische Jogger, angsteinflößende Bäckerinnen und die Herausforderung, sich zwischen laktosefreiem Möhre-Walnuss-Eis und glutenfreiem Mango-Bärlauch-Eis zu entscheiden.

Berlin entfaltet sich hier als nie endender Rummel – turbulent, kurios und unglaublich unterhaltsam.

»Lea, wenn ich das mal so sagen darf: Du bist Bombe!«
Bettina Rust, Radio Eins

ullstein